SEU ROSTO AMANHÃ

JAVIER MARÍAS

Seu rosto amanhã
1. Febre e lança

Tradução
Eduardo Brandão

1ª reimpressão

COMPANHIA DAS LETRAS

Copyright © 2002 by Javier Marías

Grafia atualizada segundo o Acordo Ortográfico da Língua Portuguesa de 1990, que entrou em vigor no Brasil em 2009.

Título original
Tu rostro mañana — 1. Fiebre y lanza

Capa
Raul Loureiro

Foto de capa
1985, Espanha, 50º aniversário da Guerra Civil Espanhola.
Perto da Gran Via, as marcas dos tiros desferidos na batalha de Madri ainda são visíveis. Copyright © Ferdinando Scianna / Magnum Photos

Preparação
Eugênio Vinci de Moraes

Revisão
Maysa Monção
Carmen S. da Costa
Luicy Caetano

Os personagens e as situações desta obra são reais apenas no universo da ficção; não se referem a pessoas e fatos concretos, e sobre eles não emitem opinião.

Dados Internacionais de Catalogação na Publicação (CIP)
(Câmara Brasileira do Livro, SP, Brasil)

Marías, Javier
    Seu rosto amanhã / Javier Marías ; tradução Eduardo Brandão. — São Paulo : Companhia das Letras, 2003.

    Título original: Tu rostro mañana.
    Conteúdo: 1. Febre ; Lança
    ISBN 978-85-359-0423-9

    1. Romance espanhol I. Título.

03-5257   CDD-863.64

Índice para catálogo sistemático:
1. Romances : Literatura espanhola 863.64

Todos os direitos desta edição reservados à
EDITORA SCHWARCZ S.A.
Rua Bandeira Paulista 702 cj. 32
04532-002 — São Paulo — SP
Telefone: (11) 3707-3500
www.companhiadasletras.com.br
www.blogdacompanhia.com.br
facebook.com/companhiadasletras
instagram.com/companhiadasletras
twitter.com/cialetras

Sumário

1. Febre 9
2. Lança 193

Para Carmen López M.,
que espero queira continuar me ouvindo

And for Sir Peter Russell,
to whom this book is indebted
for his long shadow,
and the author,
for his far-reaching friendship

1. FEBRE

Ninguém nunca deveria contar nada, nem fornecer dados nem veicular histórias nem fazer com que as pessoas recordem seres que nunca existiram nem pisaram na terra ou cruzaram o mundo, ou que, sim, passaram mas já estavam meio a salvo no retorcido e inseguro esquecimento. Contar é quase sempre uma oferenda, mesmo quando o conto leva e injeta veneno; é também um vínculo e outorgar confiança, e rara é a confiança que mais cedo ou mais tarde não é traída, raro o vínculo que não se enreda ou amarra, e assim acaba num nó e tem-se de sacar a faca ou o gume para cortá-lo. Quantas das minhas permanecem intactas, das muitas confianças proporcionadas por quem tanto acreditou em seu instinto e nem sempre fez caso dele e foi ingênuo por muito tempo? (Já menos, já menos, mas a diminuição disso é muito lenta.) Continuam intactas as que depositei em dois amigos, que ainda as conservam, diante das postas em outros dez, que as perderam ou as desbarataram; a escassa que dei a meu pai e a pudica que dei à minha mãe, muito parecidas, se é que não foram a mesma, a dela além do mais não durou muito, já não pode traí-la ou só postumamente, se um dia eu fizesse uma infeliz descoberta e algo oculto deixasse de se ocultar; não perdura a da minha irmã, nem a de nenhuma namorada nem de nenhuma amante nem de nenhuma esposa passada, presente ou imaginária (a irmã costuma ser a primeira esposa, a esposa menina), parece obrigatório que nessas relações se acabe utilizando o que se sabe ou se viu contra o amado ou cônjuge — ou contra quem resultou ser apenas momentâneo calor e carne —, contra quem fez revelações e admitiu uma testemunha para suas fraquezas e pesadumes, e se prestou a confidências, ou simplesmente rememorou sobre o travesseiro, absorto, em voz alta sem reparar nos riscos, nem no olho arbitrário que sempre nos olha, nem no ouvido seletivo e enviesado que nos escuta (muitas vezes não é nada grave, somente uma utilização doméstica, defensiva e encurralada, para encher-se de razão num apuro dialético quando se discute demoradamente, um uso argumentativo).

 A quebra da confiança também é isto: não só ser indiscreto e causar dano ou perdição com ela, não só recorrer a essa arma ilícita quando mudam os ventos e a proa aponta para quem contou e deixou ver — esse que se arrepende agora, e nega e confunde e enturva agora, e gostaria de apagar e cala —, mas também tirar proveito do conhecimento obtido por fraqueza, descuido ou generosidade do outro, sem respeitar nem levar em conta o meio pelo qual se veio a saber o que se esgrime ou se falseia agora — ou basta enunciá-lo para que o ar o desfigure já ao captá-lo: se foram as confissões de uma noite enamorada ou de um desesperado dia, de um entardecer de culpa ou de um despertar desolado, ou da embriagada loquacidade de uma insônia: uma noite ou um dia em que quem falava, falava como se não houvesse futuro além dessa noite ou dia e sua língua solta fosse morrer com eles, ignorando que sempre há mais por vir, sempre fica, um pouco mais, um minuto, a lança, um segundo, a febre, e outro segundo, o sono — a lança, a febre, minha dor e a palavra, o sono —, e também o interminável tempo que nem sequer vacila nem minora a passagem após nosso acabamento, e continua acrescentando e falando, murmurando e perguntando e contando embora já não ouçamos e tenhamos calado. Calar, calar, é a grande aspiração que ninguém realiza nem mesmo depois de morto, e eu muito menos, que tanto contei, além do mais por escrito, em relatórios, e ainda olho e escuto mais, embora já quase não pergunte nada de volta. Não, eu não deveria contar nem ouvir nada, porque nunca estará ao meu alcance que não se repita e se enfeie em meu desfavor, para me perder, ou, pior ainda, que não se repita e se enfeie contra aqueles a quem quero bem, para condená-los.

E depois tem a desconfiança, ela também não me faltou, de maneira nenhuma.

É significativo como a lei adverte para isso, mas é raríssimo que nos previna, que se incomode: quando alguém é detido, pelo menos nos filmes, permitem-lhe guardar silêncio, porque "qualquer coisa que disser poderá ser utilizada contra o senhor", comunicam-lhe imediatamente. Há nessa advertência uma disposição estranha — ou indecisa e contraditória — de não querer jogar totalmente sujo. Ou seja, informa-se ao réu que as regras vão ser sujas a partir de agora, anunciam ou lembram a ele que não vão lhe dar sossego e que suas possíveis trapalhadas, inconsequências e erros serão aproveitados — já não é um suspeito, mas um acusado cuja culpa vão tentar demonstrar, seus álibis destruir, a imparcialidade já não o ampara, de hoje até o dia em que comparecerá diante do juiz —, todo esforço será dirigido para a obtenção de provas para a sua condenação, toda vigilância, escuta, investigação e pesquisa para o levantamento de indícios que o incriminem e fortaleçam a decisão tomada de detê-lo. E no entanto oferecem-lhe a oportunidade de se calar, quase o exortam a fazê-lo; em todo caso, fazem-lhe saber desse seu direito que ele talvez ignorasse, e portanto lhe sugerem não abrir a boca, nem mesmo negar o que lhe imputarem, não se expor ao perigo de se defender sozinho; calar se mostra ou é apresentado como o mais prudente, de todos os pontos de vista, e é o que pode nos salvar mesmo que saibamos que somos culpados, a única maneira para que esse jogo sujo anunciado fique sem efeito ou mal possa ser posto em prática, pelo menos não com a involuntária e ingênua colaboração do réu: "Tem direito de guardar silêncio", chamam a isso na América de *fórmula Miranda* e nem mesmo sei se existe algo parecido em nosso país, a mim aplicaram-na uma vez, faz muito tempo ou não tanto assim, mas o policial recitou-a incompleta, imperfeitamente, esqueceu-se de dizer "num tribunal" ao soltar rápido a famosa frase "qualquer coisa que disser poderá ser utilizada contra o senhor", houve testemunhas da sua omissão e a detenção não foi válida por causa disso. E ao mesmo e estranho espírito corresponde este outro direito do processado, de não declarar nada contra si mesmo, de não se prejudicar verbalmente com seu relato, ou suas respostas, ou suas contradições, ou seus balbucios. De não se danar narrativamente (ah, isso pode vir a ser um grande dano); e de mentir, portanto.

    O jogo é, na realidade, tão sujo e interessado que não há sistema judicial que possa ser tido como justo com premissas assim, e talvez não haja justiça possível nesse caso, nunca, em nenhum lugar, a justiça como uma fantasmagoria e um conceito falso. Porque o que se diz ao acusado é isto: "Se você declarar alguma coisa que nos convenha ou for favorável aos nossos propósitos, acreditaremos em você e levaremos em conta o declarado, e o usaremos contra você. Se, pelo contrário, você alegar alguma coisa em seu benefício ou defesa, algo favorável a você e inconveniente para nós, não acreditaremos absolutamente em você e serão palavras ao vento, pois o direito de mentir te ampara e damos por favas contadas que todo mundo se vale dele, isto é, todos os criminosos. Se te escapa uma afirmação que te inculpe, ou se você cair numa contradição flagrante, ou confessar abertamente, essas palavras terão seu peso e atuarão contra você: nós não deixaremos de ouvi-las, nós as registraremos, tomaremos nota, daremos por pronunciadas, faremos constar uma por uma e, incorporadas aos autos, serão sua acusação. Em compensação, qualquer frase que ajude em sua defesa não terá importância e será descartada, faremos ouvidos moucos e não a levaremos em conta, será ar, fumaça, vapor, e não lhe valerá de nada. Se você se declarar culpado, assim julgaremos e levaremos a sério; se inocente, só tomaremos como piada e para fins de inventário". Dá-se assim por evidente que tanto o inocente como o culpado se proclamarão a primeira coisa, logo, se falam, não haverá distinção entre eles, ficarão igualados ou nivelados. E é então que se acrescenta: "pode guardar silêncio", embora isso também não os vá distinguir, o inocente do culpado. (Calar, calar, a grande aspiração que ninguém realiza nem mesmo depois de morto, e que no entanto nos aconselham e nos instam a realizar nos momentos mais graves: "Cale-se, cale-se e não diga nada, nem mesmo para se salvar. Guarde a língua, esconda-a, engula-a mesmo sentindo-se sufocar, como se o gato a tivesse comido. Cale-se e então salve-se".)

No relacionamento pessoal, na vida sem sobressaltos, não se dão avisos assim e talvez não devêssemos esquecer nunca sua ausência ou falta, ou, o que é a mesma coisa, a sempre implícita e ameaçadora repetição exata ou torcida do que dizemos e falamos. As pessoas vão e contam irremediavelmente, contam imediatamente ou mais tarde, o interessante e o fútil, o privado e o público, o íntimo e o supérfluo, o que deveria permanecer oculto e o que há de ser difundido, a dor, as alegrias e o ressentimento, as ofensas, a adoração e os planos de vingança, o que nos orgulha e o que nos envergonha, o que parecia um segredo e o que pedia para sê-lo, o sabido por todos e o inconfessável, e o horroroso, e o manifesto, o substancial — a paixão— e o insignificante — a paixão. Sem pensar duas vezes. As pessoas relatam sem cessar e narram sem nem sequer se dar conta do que estão fazendo, dos incontroláveis mecanismos de insídia, equívoco e caos que põem em movimento, os quais podem vir a ser funestos, falam sem parar dos outros e de si mesmas, e também dos outros ao falar de si mesmas, e também de si mesmas ao falar dos outros.

Esse contar constante é percebido às vezes como uma transação, embora sempre disfarçada sob um bom propósito (porque em toda ocasião tem algo disso), e seja amiúde muito mais um suborno, ou o saldo de alguma dívida, ou uma maldição que se lança a um destinatário concreto ou talvez ao acaso para que alguém cave atordoado sua sorte ou desgraça, ou a moeda que compra relações sociais e favores e confiança e até amizades — e, é claro, sexo. E também um amor, quando o que o outro conta torna-se imprescindível para nós e passa a ser nosso ar. A alguns de nós pagaram para isso, para contar, e ouvir, e ordenar, e contar. Para reter, e observar, e selecionar. Para averiguar, ajeitar, recordar. Para interpretar, e traduzir, e instigar. Para mostrar a língua, persuadir e falsear. (A mim, pagaram para contar o que ainda não havia sido, o futuro e provável ou tão só possível — a hipótese —, isto é, para intuir, imaginar e inventar; e para convencer a todos.)

Depois a maioria esquece como ou através de quem inteirou-se do que sabe, e há pessoas que até creem terem elas próprias dado à luz, qualquer coisa, um relato, uma ideia, uma opinião, uma fofoca, uma anedota, uma falácia, um chiste, um trocadilho, uma máxima, um título, uma história, um aforismo, um lema, um discurso, uma citação ou um texto inteiro, de que se apropriam cheias de si, convencidas de serem seus progenitores, ou talvez saibam que estão roubando mas tiram essa ideia da cabeça e, assim, escondem-na. Hoje isso acontece cada vez mais, como se houvesse pressa para que tudo caísse em domínio público e não houvesse mais autorias ou, dito com não tanto prosaísmo, para converter tudo apenas em rumor, refrão e lenda que corram de boca em boca e de pena em pena e de tela em tela, tudo descontrolado, sem firmeza, nem origem, nem sujeição, nem dono, tudo esporeado, desbocado, sem freio.

Eu pessoalmente trato sempre de me lembrar muito bem das minhas fontes, talvez por minha deformação profissional passada, que também é presente porque não me abandona (tinha que adestrar a memória para distinguir o certo do imaginado, o sucedido do suposto, o dito do entendido); e, dependendo de quais forem, procuro não fazer uso da minha informação e do meu conhecimento, ou até me proíbo de fazê-lo, agora que não me dedico mais a isso, salvo ocasionalmente, quando é mais forte que eu querer e não posso evitar, ou quando me pedem amigos que não me pagam, pelo menos não com dinheiro, só com a gratidão e uma vaga sensação de endividamento. Má forma de pagar essa, pois às vezes acontece, e talvez nem seja tão raro, que tentam transferir para mim essa sensação, para que eu é que sofra e, se não me presto à troca de papéis e não a tomo para mim e não me comporto como se lhes devesse a vida, acabam me considerando um porco mal-agradecido e me repelindo: há muita gente que se arrepende de ter solicitado favores, de ter explicado no que consistiam e de ter-se explicado, portanto, demasiadamente a si mesma.

Faz algum tempo uma amiga não me pediu nada, mas me obrigou a ouvi-la e, com verdadeiro espanto mais do que com afetação, me fez partícipe do seu recém-inaugurado adultério, sendo eu mais amigo do seu marido do que dela, ou mais antigo. Péssima ideia a dela, passei meses atormentado por saber disso — saber que ela ampliava e renovava teatral e egoisticamente, cada vez mais tomada por seu narcisismo —, com a certeza de que diante do meu amigo eu ia guardar silêncio: não só por eu me julgar sem direito de pô-lo a par do que talvez ele — como saber? — teria preferido continuar ignorando; não só por eu não querer assumir a responsabilidade de desencadear ações ou decisões alheias com minhas palavras, mas também por ser plenamente consciente do modo como aquele incômodo relato havia chegado a mim. Não posso dispor livremente do que não descobri por acaso nem por meus meios, eu me dizia, nem no cumprimento de um encargo ou pedido. Se eu tivesse surpreendido a mulher do meu amigo embarcando num voo rumo a Buenos Aires com o amante, talvez pudesse considerar a hipótese de revelar de maneira neutra essa minha visão involuntária, esse dado interpretável mas nunca incontroverso (para começar, sem certeza da relação com o homem, teria competido ao meu amigo, e não a mim, ocupar-se da suspeita), embora viesse provavelmente a me sentir um delator e um intruso, mas não creio que me atreveria de forma alguma. Mas a possibilidade teria sido cabível, era o que eu me dizia. Já tendo conhecimento do que sabia por ela, eu me via totalmente impedido de usá-lo contra ela ou divulgá-lo sem seu consentimento, nem mesmo na crença de agir assim em favor do amigo, e essa crença me tentava muito nos momentos de maior desassossego, por exemplo, quando estava com os dois ou jantávamos juntos os quatro (minha mulher o quarto comensal, não o amante) e ela cruzava comigo um olhar de entendimento e temor comprazido (e eu prendia a respiração), ou ele se referia despreocupadamente a algum conhecido caso do conhecido amante de alguém cujo cônjuge entretanto ignorava o caso. (E eu prendia a respiração.) E assim permaneci calado durante muitos meses, ouvindo e quase assistindo ao que me interessava pouco e me desagradava muito, e tudo, seguramente, pensava eu em meus instantes mais nebulosos, para ser denunciado um dia, quando se descobrir o desagradável ou por fim se contar ou então se aventar e exibir, como conivente ou cúmplice, ou consabedor se preferirem, daquela cujo segredo guardo e cuja autoridade exclusiva na matéria sempre reconheci e respeitei, sem dizer nada a ninguém. Sua autoridade e sua autoria, ambas as coisas, embora nessa matéria estejam envolvidas outras duas pessoas pelo menos, uma sabendo e a outra sem a menor ideia, ou talvez meu amigo ainda não esteja envolvido apesar de tudo e só passaria a estar se eu lhe contasse. Pode ser, em vez disso, que eu, sim, já esteja envolvido por ter sabido, ouvido e interpretado — pensava —, é o que me sugerem minha vasta experiência e meu vasto rol de responsabilidades, com os quais constato diariamente, cada dia que passa e as esfuma, e afasta, e faz com que me pareçam por instantes tão só lidas, vistas na tela ou fantasiadas, que não é tão fácil se desprender, nem mesmo se esquecer. Ou que não é possível de maneira nenhuma.

Não, eu nunca deveria contar nada, e também nunca ouvir nada.

Fiz isso durante algum tempo, ouvir, prestar atenção, interpretar e contar, fiz como trabalho remunerado durante esse tempo, mas vinha fazendo desde sempre e continuo, passiva e involuntariamente, sem esforço e sem recompensa, já é certo que não posso evitá-lo ou que é minha maneira de estar no mundo, vai me acompanhar até a morte, descansarei disso então. Mais de uma vez me disseram que era um dom que eu tinha, como me mostrou Peter Wheeler, que foi quem me alertou ao me explicar e descrever tal dom, as coisas só passam a existir quando você as nomeia, isso todo o mundo sabe ou intui. Esse dom, ao contrário, eu vejo às vezes como uma maldição, e olhe que agora costumo cingir-me às três primeiras atividades, que são caladas, interiores, da consciência, e não têm por que afetar ninguém além de quem as exerce, e só conto quando não tem mais remédio ou me pedem insistentemente. Porque, na minha época profissional de Londres, ou digamos recompensada, aprendi que o que tão só acontece mal nos afeta ou não mais do que o que não acontece, mas seu relato sim (também o do que não acontece), que é indefectivelmente impreciso, traiçoeiro, aproximado e no fundo nulo, e no entanto quase a única coisa que conta, a decisiva, a que transtorna nosso ânimo, nos desvia e envenena nossos passos, e seguramente faz girar a preguiçosa e frágil roda do mundo.

Não é gratuito, não é um capricho que na espionagem, ou nas conspirações, ou no delito, o saber dos que participam de uma missão, de uma maquinação ou de um golpe — do clandestino, do sub-reptício —, seja difuso, parcial, fragmentário, oblíquo, que cada um esteja a par apenas da sua tarefa mas não do conjunto nem do objetivo final. Vimos isso nos filmes, como o guerrilheiro da Resistência que prevê não sair vivo da próxima emboscada, ou do atentado que prepara, e diz à namorada na despedida: "É melhor que você não saiba de nada, assim, quando te interrogarem, dirá a verdade ao dizer que não sabe, a verdade é fácil, tem mais força, é mais crível, a verdade persuade". (E é verdade que a mentira exige capacidade de fabulação e de improvisação, e inventiva, memória férrea, arquiteturas complexas, todos a praticam mas poucos são os capacitados.) Ou como o cérebro que planejou o grande assalto, o que concebe e dirige, instrui seu comparsa ou um esbirro: "Se você só conhecer sua parte, mesmo que te peguem ou você falhe, a coisa terá seguimento". (E é verdade que sempre se pode admitir que um elo se solte ou se produza alguma falha, não se chega ao fracasso definitivo tão rápido nem é tão simples, toda empresa ou ação resiste e se debate antes de vir abaixo.) Ou como o chefe do Serviço Secreto sussurra ao agente de quem suspeita e em quem não confia mais: "Sua ignorância é o que mais te protegerá, não pergunte mais, não pergunte, será sua salvação e seu salvo-conduto". (E a melhor maneira de evitar traições é que nada se preste a elas, ou que consistam em blefe, seu conteúdo sem valor nem peso, casca, frustração para quem paga por elas.) Ou como o que encomenda um crime, ou o que ameaça com um, ou o que deixa a nu seus podres expondo-se a uma chantagem, ou o que compra às escondidas — a gola do capote erguida e a cara sempre à sombra, nunca acenda o cigarro — avisa ao assassino de aluguel, ou ao ameaçado, ou ao possível chantagista, ou à comutável mulher já esquecida no desejo e que mesmo assim nos envergonha: "Já sabe, a partir de agora você nunca me viu, não sabe quem sou, não me conhece, não falei com você nem te disse nada, pra você não tenho rosto nem voz nem bafo nem nome, nem mesmo nuca ou costas. Não houve nem esta conversa nem este encontro, o que sucede aqui diante dos seus olhos não ocorreu, não está acontecendo, você não ouviu estas palavras porque eu não as pronunciei. E embora você as ouça agora, eu não as digo".

(Calar-se, e apagar, suprimir, cancelar, e já ter calado antes: é a grande aspiração impossível do mundo, por isso ficam tão poucos os sucedâneos, e é pueril retirar o dito e fazer uma retratação tão vazia; por isso é tão irritante — porque é a única coisa que pode incutir a dúvida e ser às vezes eficaz, de modo inverossímil — a negação extremada, negar ter dito o formulado e ouvido e negar ter feito o cometido e sofrido, é desesperador que se possa cumprir sem fissuras e com todo rigor o que essas palavras de antes anunciam, possíveis na boca de tantos e tão diferentes, do indutor e do ameaçador, de quem pressente a chantagem e do que paga seus prazeres ou sucessos furtivamente, e também na boca de um amor ou de um amigo, e então nos atinge com elas o desespero de sermos negados.)

Todas essas frases que vimos pronunciadas no cinema eu disse, ou me dispararam, ou ouvi de outros ao longo da minha existência, isto é, na vida, que guarda muito mais relação com os filmes e a literatura do que normalmente se reconhece ou se acredita. Não é que um imite o outro ou o outro o um, como se afirma, mas que nossas infinitas fantasias também pertencem à vida e contribuem para ampliá-la e complicá-la, e para torná-la mais turva e ao mesmo tempo mais aceitável, embora não mais explicável (ou sim, muito de vez em quando). É muito tênue a linha que separa os fatos das fantasias, e também os desejos da sua consumação, e o fictício do acontecido, porque na realidade as fantasias já são fatos, e os desejos sua consumação, e o fictício acontece, embora nada disso seja desse modo para o senso comum ou para as leis, que por exemplo estabelecem uma abissal diferença entre a intenção e o delito, ou entre seu cometimento e sua tentativa. Mas a consciência não tem presente as leis, nem o senso comum lhe interessa ou atine, somente a cada consciência seu sentido próprio, e essa linha tão tênue muitas vezes se esfuma, de acordo com a minha experiência, e não separa mais nada quando desaparece, de modo que aprendi a temer o que passa pelo pensamento e inclusive o que o pensamento ainda ignora, porque vi quase sempre que tudo já estava ali, em algum lugar, antes de chegar a ele ou de atravessá-lo. Aprendi a temer, portanto, não apenas o que se concebe, a ideia, mas o que a antecede ou é anterior a ela. E assim eu sou minha própria dor e minha febre.

Meu dom ou minha maldição não são nada do outro mundo, o que também quer dizer que não são nada sobrenatural, preternatural, antinatural nem contra a natureza, nem tampouco têm a ver com faculdades extraordinárias nem mesmo com a adivinhação, embora meu chefe temporário esperasse algo parecido com isso, o homem que me contratou durante um período que se fez longo, mais ou menos o da minha separação de Luisa, quando voltei à Inglaterra para não continuar perto da minha mulher enquanto ela se afastava de mim. As pessoas se comportam de maneira idiota com notável frequência, com essa tendência a acreditar na repetição do que as agrada: se algo de bom se dá uma vez, então deve acontecer de novo, ou pelo menos deve ser propiciado. E bastou que eu interpretasse acertadamente, numa oportunidade, uma relação que para o senhor Tupra era de consequência (momentânea), para que mr. Tupra — como eu sempre o chamava até que me instou a passar a Bertram e mais tarde a Bertie, muito pouco me apetecia — quisesse dispor de meus serviços, primeiro de vez em quando e depois em período integral, com funções teóricas tão vagas quanto variadas, entre elas a de informante ou intérprete ocasional em suas incursões espanholas e hispano-americanas. Mas, na realidade, eu lhe interessei mesmo — na prática — e ele me tomou como intérprete de vidas, segundo sua expressão solene e suas desmedidas expectativas. Seria melhor deixar por tradutor ou intérprete das pessoas: das suas condutas e reações, das suas inclinações, características e capacidade de suportar; da sua maleabilidade e da sua submissão, das suas vontades frouxas ou firmes, das suas inconstâncias, limites, inocências, da sua falta de escrúpulos e da sua resistência; dos seus possíveis graus de lealdade ou vileza e dos seus prováveis preços, de seus venenos e tentações; e também das suas dedutíveis histórias, não passadas mas vindouras, as que ainda não aconteceram e que, portanto, podiam ser impedidas. Ou então podiam forjar-se.

Eu o conhecera na casa do professor Peter Wheeler, de Oxford, um hispanista e lusitanista eminente e já aposentado, o homem que mais sabe na Terra sobre o príncipe Henrique, o Navegador, e um dos que mais sabe sobre Cervantes, hoje sir Peter Wheeler e primeiro ganhador do Prêmio Nebrija de Salamanca, destinado aos maiores lumes da sua especialidade ou campo e — algo surpreendente no mundo universitário, tacanho ou depauperado conforme o caso — dotado de uma soma de dinheiro não desdenhável, o que fez os espremidos olhos dos seus avarentos ou necessitados colegas internacionais pousarem nele pela penúltima vez com inveja. Eu saía de Londres para encontrá-lo de vez em quando (uma hora de trem na ida, outra na volta), depois de tê-lo conhecido e convivido um pouco com ele muitos anos antes, quando — ainda solteiro; e agora estava separado, sempre sozinho na Inglaterra — havia ocupado o cargo de Leitor de Espanhol na Universidade de Oxford, por dois cursos. Wheeler e eu tínhamos nos entendido bem desde o começo,

talvez como deferência a quem nos apresentou na época, o professor Toby Rylands, de Literatura Inglesa, grande amigo dele desde a juventude e com quem compartilhava não poucas coisas, além da idade e da condição, então, de aposentado a contragosto. Se Rylands eu frequentei muito, Wheeler eu só vi no fim daquela minha estada, pois ele lecionava então como professor emérito no Texas durante nossos períodos letivos, e nas férias eu costumava voltar a Madri ou viajar, não coincidíamos. Mas quando da morte de Rylands, já depois de eu ter ido embora, Wheeler e eu prolongamos essa deferência que, por sê-lo para com uma recordação ou fantasma indefeso a partir de então, suponho que haverá de durar indefinidamente: nos escrevíamos ou telefonávamos de quando em quando e, se eu ia a Londres por uns dias, procurava reservar um tempinho para visitá-lo, sozinho ou com Luisa. (Wheeler também como substituto ou sucessor de Rylands, ou como sua herança: é escandaloso como suprimos as figuras perdidas da nossa vida, como nos esforçamos para cobrir as vacâncias, como nunca nos resignamos a que se reduza o elenco sem o qual nos suportamos mal e mal nos sustentamos, e como ao mesmo tempo todos nós nos prestamos a ocupar vicariamente os lugares vazios que vão nos atribuindo, porque compreendemos e participamos desse mecanismo ou movimento substitutivo universal contínuo, que por ser de todos é nosso, e assim aceitamos ser arremedos, e viver cada vez mais cercados deles.)
    Ele me divertia e me ensinava muito com sua malícia inteligente, nunca abusiva portanto, e com sua assombrosa perspicácia suave, tão pouco ostentosa que muitas vezes havia que pressupô-la ou decifrá-la em suas observações e interrogações aparentemente inócuas, retóricas ou sem transcendência, ou então quase hieroglíficas, se você já estivesse alertado: era preciso ouvi-lo "entre vocábulos", como às vezes é preciso lê-lo entre linhas em seus escritos, se bem que essa maneira indireta predo-

minante também não o impedia, se se aborrecesse com os subentendidos ou de repente os julgasse um estorvo, de ser tão franco e até impiedoso — com terceiros, com a vida ou consigo mesmo, com seus interlocutores não costumava ser — como nunca vi nenhum outro, quando muito só Rylands; e quiçá eu mesmo, mas na esteira e como pupilo de ambos. E eu provavelmente — não me atrevia a pensar outra coisa — o distraía, e também o lisonjeava com minha boa predisposição, meu fácil contentamento e meu riso celebratório que nunca se fez de rogado ante as pessoas que estimo ou admiro, e Wheeler merece ambos esses meus afetos. (Eu para ele como substituto ou sucessor de ninguém, ou de alguém que eu não conhecia e vai ver que do seu passado antigo, uma substituição por longo tempo adiada ou quem sabe já descartada, a de alguma figura remota a cujo eco ou mera sombra ou reflexo ele já teria renunciado.)

De modo que durante minha estada em Londres, a serviço da rádio BBC até mr. Tupra me tirar de lá, ia vê-lo em sua casa de Oxford, à beira do rio Cherwell como a de Rylands, de quem ele também tinha sido vizinho, por minha iniciativa ou em algumas ocasiões pela dele, quando queria testemunhas seja lá por que motivo para as suas intervenções ou dissimuladas encenações, ou tinha convidados a quem desejava oferecer um mínimo de variedade — por exemplo, um latino já alheio agora ao ambiente universitário tão visto — ou sobre os quais lhe agradaria comentar depois comigo, no dia seguinte, a sós. Tive essa impressão duas ou três vezes: era como se Wheeler, bem vividos os seus oitenta anos, preparasse conversas que poderiam entretê-lo ou estimulá-lo no futuro próximo, ou para ele ainda previsível. E, se ele previa que ia se divertir falando posteriormente de Tupra comigo, ou me contando indiscrições dele, seus vícios e penumbras e comicidades, convinha que eu conhecesse Tupra antes, ou pelo menos pudesse dar a ele voz e cara e me fazer uma ideia, por superficial que fosse, para ele confirmá-la ou desmenti-la mais tarde, ou até discuti-la com desnecessário empenho, só assim nosso papo teria graça. Ele exigia seus contrapontos, quando perorava.

Pergunto-me se o enigmático e esmiuçado tempo da velhice consistirá nisso, em dispor — os que nele desembocam e lhe pertencem — tão paradoxalmente de tal excesso desse tempo minguante a ponto de poder dedicar não pouco dele à confecção ou à composição de momentos escolhidos; ou, por assim dizer, de poder conduzir seus numerosos tempos vazios ou mortos para umas tantas cenas prefiguradas e deliberados diálogos, sua parte já memorizada antes: como se o tempo dos anciãos — ao mesmo tempo curto e pausado, reduzido e abundante, o tempo do ancião astuto — eles tratassem de planejá-lo, encaminhá-lo e dirigi-lo o máximo possível, e não o aceitassem mais — chega, basta: não mais dor nem mais febre; nem palavra nem lança nem sequer sonho — como consequência do acaso e do inesperado e alheio, mas procurassem transformá-lo em obra da sua maquinação, e da sua dramaturgia, e do seu cálculo. Ou, o que dá na mesma, como se tratassem de antecipá-lo, configurá-lo e elaborar seu conteúdo ao máximo; e assim quisessem ditá-lo, o único modo seguro de aproveitar deveras o que ainda lhes resta, que parece andar muito devagar mas tanto quanto a neve escorre sobre os ombros, escorregadia e mansa. E a neve sempre para.

Tive sem dúvida essa sensação no que se refere a Tupra, a de que Wheeler queria que eu o conhecesse ou visse, porque podia ter se limitado a me convocar por telefone e me dizer: "Vêm uns amigos e conhecidos para um jantar informal, daqui a dois sábados; venha você também, está muito sozinho aí em Londres". Ele não sabia se eu estava muito ou pouco sozinho ou excessivamente acompanhado, mas costumava atribuir aos outros sua própria situação, suas carências e até suas renúncias, um ardil, se se antecipava era difícil que alguém lhe fizesse vê-las ou voltasse o argumento contra ele, teria parecido falta de originalidade por parte do interlocutor, e infantilismo. Mas embora houvesse mais ou menos dito isso, ficou um segundo hesitando ao telefone quando eu já havia aceitado de bom grado e tomado nota da data e da hora, e acrescentou com fingida hesitação (mas sem dissimular que a fingia): "Bem, você vai ver, virá aquele indivíduo, Bertram Tupra, um ex-aluno de Toby". (*"Fellow"* foi a palavra empregada, talvez menos despeitosa que "indivíduo": falávamos em inglês ou espanhol indistintamente, às vezes cada qual na sua língua.) E antes que eu pudesse reproduzir o inverossímil nome, ele se antecipou soletrando-o e concedendo: "Sim, eu sei, parece nome inventado e bem que podia ser, mais provável é que o falso fosse Bertram e não Tupra, esse sobrenome deve ser autêntico, de origem russa ou tcheca, não sei, quem sabe finlandês, ou talvez pareça ser isso só porque soa um pouco como 'tundra', não?... Em todo caso, é claro que não é inglês mas muito francamente estrangeiro, quem sabe armênio ou turco, de modo que o homem achou prudente compensá-lo com um primeiro nome digno dos nossos teatros, você sabe, Cyril, Basil, Reginald, Eustace, Bertram, estão em todas as comédias fora de moda. Talvez tenha mudado por isso, não teria podido andar por aqui sem levantar suspeitas se se chamasse, sei lá, Vladimir Tupra, ou Vaslav Tupra, ou Pirkka Tupra, imagine que desgraça até poucos anos atrás, só teria podido fazer carreira no balé ou no circo, suponho, na dele teria sido impossível...". Wheeler riu brevemente, com escárnio, como se por um instante houvesse imaginado Tupra, cuja imagem ele conhecia, vestindo calças apertadas e decote pronunciado ou uma fenda, saltitando num cenário com robustíssimas coxas e panturrilhas venosas a ponto de rebentar; ou com malha e capinha fosforescente de trapezista. E ainda fez uma pausa antes de prosseguir, como se esperasse um estímulo meu ou hesitasse entre explicar ou não o que era "a dele". Eu não disse nada, então ele permaneceu na dúvida, notei que não prestava totalmente atenção ao que foi acrescentando, pareceu-me que ganhava tempo até se decidir e improvisava: "Eu me pergunto se não se inspiraria naquele livreiro lendário perto de Covent Garden, Bertram Rota, você conhece a livraria, creio que o nome completo dele era Cyril Bertram Rota, até agora eu não me havia dado conta de como é excêntrico seu sobrenome, para ter uma loja em Long Acre ou por ali, na certa é de origem espanhola, não? Você conhece algum Rota na Espanha, fora do venal tribunal eclesiástico? Claro que Bertram poderia, sim, ser seu verdadeiro nome, estou falando do Tupra, e que seu pai, se é que foi ele que emigrou da tundra ou da estepe, é que teve a ideia de britanizar o filho, ao nascer, para paliar o efeito bárbaro, quase acusatório de Tupra, na Espanha ia ter de renunciar, não?, teria sido objeto de piadas cruéis com a palavra 'estupro'. Mas essas coisas bobas funcionam, olhe o caso de Rota, não tinha me dado conta até agora, após tantos anos minando minha fortuna comprando os caríssimos livros de seu catálogo; vou perguntar ao filho dele, Anthony, creio que ainda está vivo...". Wheeler parou outra vez, conforme falava ia sopesando, queria e não queria me contar, ou me anunciar, ou me fazer uma consulta. "Além do mais", continuou logo em seguida, "Bertram permitirá a Tupra ser chamado de Bertie na intimidade, o que o fará sentir-se saído diretamente de uma obra de Wodehouse quando estiver entre amigos ou com sua namorada, ela também vai vir, claro, uma nova namorada que ele tem e que insistiu em nos apresentar, com toda certeza deve se orgulhar muito mais do seu físico do que da sua mui esperável sabedoria..." Fez uma derradeira pausa, mas eu não estava comunicativo ou não tinha o que intercalar, de modo que recorreu a mais uma digressão para concluir com garbo, pareceu-me mais intrigante que as anteriores: "Claro, ele fala inglês como um nativo, sul de Londres semieducado, diria eu. E, pensando bem, talvez seja mais inglês que eu, afinal de contas nasci na Nova Zelândia e só cheguei aqui com dezesseis anos, e com o nome também mudado, claro que por motivos distintos, nada a ver com a eufonia patriótica das estepes. Mas, bom, isso tudo você já sabe e não vem ao caso, estou te tomando muito tempo. Conto com você, então, no sábado". E se despediu com seu melhor tom de afeto, que tornava quase imperceptível sua nunca descartável galhofa: "Aguardarei sua chegada com a maior impaciência. Você está muito sozinho aí em Londres. Não vá voltar atrás". Esta última frase ele disse na minha língua.

Assim era e é sir Peter Wheeler, esse falso velhinho, quero dizer que por trás do seu venerável e manso aspecto se escondem com frequência maquinações enérgicas, quase acrobáticas, e por trás das suas absortas divagações, uma mente observadora, analítica, antecipadora, interpretativa; e que julga sem cessar. Pelo espaço de vários minutos havia dirigido minha atenção para aquele Bertram Tupra, em quem eu me veria obrigado a fixar-me durante o jantar, foi sem dúvida essa a principal intenção, que eu voltasse minha atenção para ele. Mas afinal não explicou por quê, nem na realidade soltou uma só palavra descritiva nem informativa acerca do indivíduo em questão ou *fellow*, só que tinha sido aluno de Toby Rylands e que tinha uma namorada nova, o resto, especulações e conjecturas ociosas sobre seu nome absurdo. Nem mesmo tinha se decidido, após suas hesitações não expressas, a especificar o que era "a dele", aquilo em que nunca teria prosperado caso se chamasse Pavel ou Mikka ou Jukka. E no fim tinha até desviado meu possível interesse, aludindo pela primeira vez diante de mim às suas raízes neozelandesas, à sua nada prematura incorporação à Inglaterra e a seu nome alterado ou apócrifo, mas impedindo-me, ao mesmo tempo, de lhe perguntar o que quer que fosse a esse respeito, ao acrescentar logo em seguida "Mas isso tudo você já sabe e não vem ao caso", quando na verdade tudo isso eu havia ignorado até aquele instante.

"Mais um paralelismo com Toby, então", pensei depois de desligar, "de quem se dizia à boca pequena que era sul-africano de origem, assim como se diziam tantas outras lendas; mais um motivo para ficarem amigos quando jovens, britânicos forasteiros ou tão só de cidadania, ambos ingleses postiços." Rylands nunca tinha me esclarecido nenhum daqueles rumores nem eu o havia sondado a respeito deles, ele não gostava muito de rememorar seu passado em voz alta, era o que se dizia e assim foi comigo; e não me pareceu respeitoso investigar por minha conta depois da sua morte, era como contrariar seus desejos quando ele já não podia mantê-los nem revogá-los. ("Estranho não continuar desejando os desejos", citei de memória para mim mesmo, "estranho ter de se desprender até do próprio nome.") Hesitei em discar o número de Wheeler imediatamente, para que me falasse mais desses novos dados sobre ele, sobre o seu passado, e me explicasse por que diabos havia falado tanto tempo em Tupra, a ponto de me deixar impaciente. Porque pouco antes do seu telefonema eu estivera tentando o número de Madri que ainda estava em meu nome mas que não era mais meu, e sim de Luisa e das crianças, e dava ocupado com tanta insistência que eu queria tentar novamente o quanto antes, nem que fosse só para calibrar a duração desse malogro. Por isso não liguei para Wheeler no ato, mal desliguei, tinha pressa de continuar discando aquele meu número perdido ou do qual tinha de me desligar, e que antes eu atendia quando estava em casa, com frequência. Agora não atendia nunca porque não estava mais em casa nem podia voltar a dormir com ela, e estava em outro país, embora não tão sozinho quanto

Wheeler acreditava, às vezes sim, um pouco, ou é que eu tolerava mal não estar sempre acompanhado e não estar sempre aturdido, e então o tempo me pesava ou eu obstaculizava sua passagem, quem sabe por isso não me foi difícil primeiro ouvir Wheeler com atenção, em sua casa, e depois aceitar a proposta de Tupra, que se me proporcionava alguma coisa era companhia incessante, muito embora em muitas ocasiões apenas auditiva e visual, e era também motivos de aturdimento.

Esse telefone de Luisa em Madri continuava ocupado, não estava com defeito segundo me disseram na central telefônica, e ambos nos negávamos a usar celulares, um aparelho de espionagem. Talvez estivesse pendurada na internet, eu tinha lhe rogado que contratasse uma segunda linha para liberar o telefone mas ela nada de contratá-la apesar de eu ter me oferecido para pagar, só usava a rede de vez em quando, é verdade, logo era improvável que fosse isso, tanto tempo em comunicação numa noite de quinta-feira, era um dos dias a princípio acertados para que eu falasse com o garoto e a garota antes de eles irem para a cama, estava ficando tarde, uma hora a mais na Espanha, lá dez e pouco, aqui nove e pouco, os três devem ter jantado com a televisão ligada ou com algum vídeo, não era fácil o garoto e a garota terem as mesmas preferências, a distância entre os dois era grande, por sorte o garoto era paciente e protetor com ela e costumava ceder, eu começava a temer por ele, era protetor até com a mãe e eu não sabia se até comigo mesmo, agora que me via longe e desterrado, órfão segundo seu critério ou seu entendimento, sofrem muito na vida os que se fazem de escudo, e os vigilantes, com seu ouvido e seu olho sempre despertos. Já deviam ter ido para a cama, mas a luz ainda estaria acesa por alguns minutos, que nós lhes concedíamos, Luisa e eu, como recompensa ou tempo extra para que lessem alguma coisa — um gibi, uma poesia, uma história — enquanto o sono não chegava, é triste conhecer os costumes exatos de uma casa da qual você de repente não faz mais parte e à qual só volta de visita, avisando antes, como um parente próximo e de vez em quando, você fica preso na teia de aranha do cenário e no ritmo que construiu e que te abrigavam e que pareciam impossíveis sem a sua contribuição e sem a sua existência, longo prisioneiro do presenciado e levado a cabo tantas vezes, e é incapaz de imaginar que se vão produzindo mudanças, embora tenha consciência de que nada as impeça, que podem ocorrer e até procurá-las, e aprenda a desconfiar abstratamente delas, quais poderiam ser essas mudanças que se darão em sua ausência e às suas costas, você deixa de assistir, não é mais um participante nem mesmo uma testemunha, e é como se você tivesse sido expulso do tempo que avança, transformado esse tempo, para você, em pintura congelada ou em memória congelada, da adversa distância.

E você acredita estupidamente que vão respeitar suas ausências, não no essencial mas no simbólico, como se não fosse infinitamente mais fácil arrasar os símbolos do que os fatos passados e acontecidos, eles são suprimidos ou apagados sem esforço excessivo, basta estar decidido e dominar as recordações. Você não acredita que Luisa vá ter um novo amor ou um amante dentro de pouco tempo, não acredita que já o esteja esperando sem saber que o espera, ou até procurando-o de pescoço espichado e olhar alerta sem saber que procura, nem que lhe cause ilusão passiva a aparição previsível de quem ainda não tem rosto nem nome e portanto encerra todos, os possíveis e os impossíveis, os suportáveis e os nauseabundos. No entanto você acredita, sim, incoerentemente que esse novo amor ou amante Luisa não levará para casa, com as crianças, nem para nossa cama que já é só dela, e que o verá quase às escondidas como se o respeito para com minha lembrança ainda recente assim lhe impusesse ou lhe implorasse — um sussurro, uma febre, um arranhão —, como se ela fosse uma viúva e eu fosse um morto merecedor do luto que não se pode substituir tão cedo, ainda não, meu amor, espere, espere, ainda não é sua hora e não arruíne a minha, dê-me tempo e dê tempo a ele, a esse morto, seu tempo que já não passa, dê-lhe para se esfumar, deixe que ele se transforme em fantasma antes de você ocupar o lugar dele e afugentar a carne dele, deixe-o transformar-se em nada e aguarde até que não reste cheiro nos lençóis nem em meu corpo, deixe que o que foi não tenha sido. Você acredita que Luisa não admitirá sem mais nem menos esse homem em nossos costumes e em nosso retrato, que não permitirá que seja ele de repente que a ajude a preparar o jantar — pode deixar que eu faço o omelete — e que se sente com ela e as crianças para ver um vídeo — ninguém contra Tom e Jerry —, nem que seja ele que vá mais tarde na ponta dos pés — você está exausta, eu vou, fique aí — apagar a luz dos dois quartos, depois de verificar que meus filhos dormiram com um *Tintim* nas mãos que deslizou sem sobressaltos até o chão ou com uma boneca no travesseiro que o diminuto abraço dos sonos simples asfixiará.

Mas a gente deve se acostumar com a ideia de que não há nenhum luto nem esse respeito por nossa lembrança nem pelo que agora decidimos erigir tardiamente em símbolo, entre outras razões porque Luisa não é viúva nem nós morremos nem eu morri, senão que não estivemos suficientemente atentos e nada nos é devido, sobretudo porque o tempo dela, que envolve e arrebata as crianças, já é muito diferente do nosso, o dela avança sem nos incorporar e eu não sei direito o que fazer com o meu, que também avança sem me incorporar ou ao qual ainda não soube me elevar, talvez eu nunca mais me ponha em dia e siga somente a esteira desse tempo meu. Logo haverá um sujeito ao seu lado encarregando-se dos omeletes e esforçando-se por marcar pontos no dia a dia perante ela e as crianças, ele dissimulará durante meses seu aborrecimento por não dispor dela só para si e a qualquer hora, será o paciente, o compreensivo, o solidário, e com meias palavras e perguntas solícitas e sorrisos de pesar retrospectivo cavará minha cova mais fundo ainda, na qual já estou enterrado. Isso é o previsível, mas quem sabe... Talvez seja um sujeito desenvolto e risonho que a leve para se divertir todas as noites e não queira nem ouvir falar das crianças nem pisar em nossa casa além da entrada, já vestido para sair e tamborilando apressado no batente da porta; que a obrigue a afastar-se delas, a descuidar delas, e a exponha a riscos e arraste a excessos alegres semelhantes aos que eu me permito aqui, não poucas vezes... Ou pode ser também um tipo despótico e venenoso, que a subjugue e isole e lhe insinue pouco a pouco suas exigências e proibições, disfarçadas de paixão e fraqueza e ciúme, de adulação e súplicas, um homem tortuoso que quem sabe uma noite de chuva e reclusão cerre suas manzorras no pescoço dela enquanto as crianças — minhas crianças — espiam tudo de um canto comprimindo-se contra a parede como se quisessem que esta cedesse e desaparecesse, e com ela a visão atroz e o impedido choro que anseia por brotar mas não consegue, o pesadelo, e o barulho prolongado e esquisito que a mãe faz ao morrer. Mas não, isso não vai acontecer, isso não acontece, não terei essa sorte e não terei essa desgraça (sorte no imaginário, na realidade desgraça)... Quem sabe quem nos substitui, só sabemos que sempre nos substituem, em todas as ocasiões, em todas as circunstâncias e em qualquer desempenho, no amor, na amizade, no emprego e na influência, na dominação e no ódio que também acaba se cansando de nós; nas casas em que moramos e nas cidades que nos aceitam, nos telefones que nos persuadem ou nos escutam pacientemente com o riso no ouvido ou um murmúrio de assentimento, no jogo e no negócio, nas lojas e nos escritórios, na paisagem infantil que pensávamos somente nossa e nas ruas esgotadas de tanto ver o viço perder--se, nos restaurantes, nas calçadas, em nossas poltronas e em nossos lençóis, até que não reste neles nem cheiro nem nenhum vestígio e se rasguem para virar tiras ou panos, e em nossos beijos nos substituem, e os olhos se fecham ao beijar, nas lembranças, nos pensamentos, nos sonhos, em toda parte, sou como neve sobre os ombros, escorregadia e mansa, e a neve sempre para...

 Olho pela janela do meu apartamento mobiliado ingenuamente por alguma mulher inglesa que eu nunca vi, enquanto ponho e tiro o fone do gancho e disco e ponho de novo no gancho, contemplo a noite preguiçosa de Londres através da Square ou da praça que vai se despovoando de seres ativos e dos passos decididos para ser tomada por um momento — um interregno — pelos inativos com seu passo errático que os conduz agora às cestas e latas de lixo em que enfiam seus braços cinzentos procurando tesouros invisíveis para nós ou o fortuito salário de mais um dia sobrevivido, quando ainda não é noite fechada, mas evidentemente também não é dia, ou quando ainda é hoje para os que voltam para casa ou se vestem para dela sair, mas já é ontem para quem vai e vem sem se orientar nunca. Ergo a vista para procurar e continuar vendo o mundo orientado e vivo a que imagino ainda pertencer, que vai se protegendo da cinza crepuscular do ar em seus interiores iluminados, para me afastar e não me assimilar ao desorientado mundo desses fantasmas que se submergem até se confundirem com os desperdícios; ergo a vista por cima do trânsito que já se acalma e dos mendigos sombras e dos retardatários — cinco ou seis passos às carreiras e o pulo no ônibus de dois andares sem porta que quase arranca, os saltos das mulheres raspam, correm sério risco; olho por cima e através das árvores e da estátua até a outra extremidade, onde estão o elegante hotel e os escritórios enormes e as casas que alojam famílias ou nem sempre famílias, nem sempre o que eu era e às vezes, isso sim, o que sou agora — "Serei mais do que sou: serei mais eu agora", digo-me; *"I'll be more myself"*, cito para mim mesmo: estando e sendo eu só; vejo ocasionalmente os que são meus iguais num aspecto, pessoas que não vivem com ninguém e no máximo recebem visitas, e pode ser que alguma fique para passar a noite com elas, como também acontece no meu apartamento, se é que de algum observatório alguém repara em mim.

Há um homem que vive em frente, para lá das árvores cujas copas coroam o centro desta praça e exatamente à minha altura, um terceiro andar, as casas inglesas não têm persianas ou só raramente, às vezes cortinas ou contraventos que não costumam ser fechados até o sono iniciar suas caçadas tresloucadas, e vejo esse homem dançando frequentemente, às vezes acompanhado mas quase sempre a sós com grande entusiasmo, percorrendo em sua dança, ou antes em seu dançaricar atropelado, toda a extensa sala, ocupa quatro janelas. Não é um profissional ensaiando, de jeito nenhum, isso é certo: costuma estar vestido a passeio, às vezes de gravata e tudo, como se acabasse de entrar pela porta depois de um dia de trabalho e sua impaciência lhe permitisse apenas livrar-se do paletó e arregaçar as mangas (mas a norma é que vista um suéter elegante ou uma camisa polo de manga comprida ou camiseta de manga curta), e seus passos de dança são espontâneos, improvisados, não carentes de harmonia e graça, mas eu diria que sem muita medida nem ritmo nem estudo, inspirados numa música que não ouço e que talvez apenas ele ouça, com o binóculo de turfe pareceu-me ver — assim creio: levo-os aos olhos de vez em quando, também em casa — que ajusta nos ouvidos algum fone ou outra geringonça qualquer, sem dúvida uma coisa sem fio, senão não poderia saltitar e movimentar-se tão livremente. Isso explicaria que algumas noites dê início às suas sessões quando já é bem tarde, principalmente na Inglaterra, onde nenhuma vizinhança toleraria música alta depois das onze, nem mesmo uma hora antes, não sei como faz para amortecer o barulho dos pés. Talvez procure chamar o sono quando começa tão tarde: cansar-se, alienar-se, estontear-se, distrair os afãs da consciência. É um indivíduo de uns trinta e cinco anos, magro, feições ossudas — mandíbula, nariz, testa — mas constituição atlética, ombros bastante largos, ventre plano e notável agilidade, parece tudo natural e não o produto de alguma academia. Ostenta um bigode denso mas bem cuidado, como os dos primeiros boxeadores mas sem ondulações oitocentistas, reto, e penteia-se para trás com uma risca no meio, como se usasse rabo de cavalo, que não vi, um dia desses deixa-o crescer. É estranho vê-lo movimentar-se em diferentes ritmos sem ouvir a música que o conduz, distraio-me tentando adivinhá-la, ouvi-la mentalmente para — como dizer — evitar-lhe o ridículo de dançar em silêncio, diante de mim em silêncio, a visão fica incompreensível, incongruente, quase demente, se você não supre com sua memória musical — ou até pega o disco imaginado e bota-o para tocar, se ele estiver à mão — o que domina ou guia o indivíduo e jamais se ouve, às vezes penso "Vai ver está dançando ao som do "Hucklebuck" de Chubby Checker, a julgar pelo desenfreamento do torso, ou algo de Elvis Presley, "Burning Love" por exemplo, com aquele cabeceio velocíssimo como de uma marionete, e aqueles passos tão curtos, ou a coisa deve ser menos antiga, aquela música famosa, sei lá o que de Alabama, levanta muito as coxas como a atriz Nicole Kidman quando dançou num filme, inesperadamente; e agora talvez seja um calipso, reconheço em suas cadeiras um vaivém absurdamente antilhano, vá saber, além do mais pegou as maracas, é melhor eu desviar a vista ou pôr logo para tocar no meu toca-discos "I Learn a Merengue", "Mama" ou "Barrel of Rum", que doido esse sujeito, como parece feliz, como está alheio ao que nos desgasta e consome, entregue à sua dança que não é para ninguém, ficaria surpreso se soubesse que eu o observo vez ou outra, quando estou à espera ou à toa, e pode ser que não seja o único, é divertido e até dá alegria vê-lo, e também tem mistério, não consigo imaginar quem é nem o que faz, isso escapa — o que não é frequente — das minhas faculdades interpretativas ou dedutivas, que acertam ou erram mas em todo caso nunca se inibem, ao contrário, na hora põem-se em funcionamento para compor um retrato improvisado e mínimo, um estereótipo, um flash, uma suposição plausível, um esboço ou fragmento de vida por mais imaginários, elementares ou arbitrários que sejam, é minha mente detetivesca e alerta, minha mente imbecil que Clare Bayes me criticava e repreendia neste mesmo país já faz muitos anos, antes que eu conhecesse Luisa, e que tive de sufocar com Luisa para não irritá-la e não lhe meter medo, o medo supersticioso que mais dano causa, e mesmo assim não adiantou muito, nada adianta contra o que já se sabe e mais se teme (vai ver porque você o atrai então com fatalismo e o procura, senão é uma decepção), e você costuma saber como as coisas acabam, como evoluem e o que nos aguarda, para onde se encaminham e qual há de ser seu fim; tudo está aí à vista, na realidade tudo é visível desde bem cedo nas relações como nos relatos honrados, basta se atrever a olhar, um só instante encerra o germe de muitos anos por vir e quase toda a nossa história — um só instante carregado ou grave —, e querendo nós a vemos e já a percorremos, a passos largos, não são tantas as variações possíveis, os indícios raras vezes enganam se soubermos discernir os significativos, se estivermos — mas é tão difícil e catastrófico — dispostos a tanto; você um dia vê um gesto inconfundível, assiste a uma reação inequívoca, ouve um tom de voz que diz muito e anuncia mais, embora também ouça alguém a morder a língua — tarde demais; sente na nuca o caráter ou a propensão de um olhar quando este se sabe invisível, resguardado, a salvo, tantos são involuntários; nota a melosidade ou a impaciência, percebe as intenções ocultas que nunca estão totalmente ocultas, ou as inconscientes antes que se tornem consciência em quem deverá abrigá-las, às vezes você prevê alguém antes que esse alguém preveja a si mesmo, e não se conheça nem sequer se imagina, e adivinha a traição ainda não tramada e o desdém ainda não sentido; e a indigestão que alguém causa, o cansaço que provoca ou a aversão que já inspira, ou o contrário que nem sempre é melhor: a incondicionalidade que nos refreia, a expectativa excessiva, a entrega, o afã de agradar do outro e de nos ser vital para depois nos superar e ser, assim, quem somos; e a ânsia de posse, a ilusão que uma pessoa cria, a determinação de alguém estar ou permanecer a seu lado, ou de conquistá-lo, e a lealdade irracional, desvairada; você nota quando há entusiasmo e quando é só bajulação e quando é um misto (porque nada é puro), sabe quem não é trigo sem joio, quem é ambicioso, quem não tem escrúpulos, quem passará por cima do seu cadáver depois de esmagá-lo, quem é uma alma cândida, e sabe o que será destas últimas quando as encontra, o destino que lhes espera se não se emendam e se viciam, e também se assim fazem: sabe se serão vítimas suas. Vê quem um dia abandonará quem quando lhe apresentam um casal ou um par, e vê isso no ato, assim que os cumprimenta, ou à sobremesa já tem isso claro. Também percebe quando algo vai mal e se põe a perder, ou dá uma grande reviravolta e o vento muda, quando tudo azeda, em que momento alguém deixa de gostar como antes ou deixam de gostar de alguém, quem irá para a cama conosco, quem não, e quando um amigo descobre sua própria inveja, ou melhor, decide render-se a ela e deixar que agora só ela o conduza e guie; quando começa a ressumar ou se enche de ressentimento; sabemos o que é que exaspera ou arrebenta em nós e que nos condena, o que convinha dizer e não dissemos ou o que calar e não calamos, o que faz com que de repente um belo dia nos olhem com outros olhos — enviesados ou maus olhos: já é aversão —; quando decepcionamos ou quando irrita que ainda não decepcionemos e não ofereçamos o pretexto ansiado para sermos despachados; que detalhe não se suporta e assinala a hora em que nos tornamos insuportáveis desta vez para sempre; e sabemos também quem vai nos amar, até a morte e além dela, e às vezes para desagrado nosso; além da morte dessa pessoa ou minha ou de ambos... contra a nossa vontade às vezes... Mas ninguém quer ver nada e assim ninguém quase nunca vê o que está na sua frente, o que nos aguarda ou com que depararemos mais cedo ou mais tarde, ninguém deixa de entabular conversa ou amizade com quem só nos trará arrependimento e discórdia e veneno e lamentações, ou com aquele a quem nós é que causaremos isso, por mais que o vislumbremos no primeiro instante, ou por mais manifesto que fique para nós. Tentamos fazer com que as coisas sejam diferentes do que são e de como aparecem, empenhamo-nos insensatamente para que goste de nós quem gosta pouco desde o princípio, e em poder confiar em quem nos inspira desconfiança aguda, é como se fôssemos frequentemente de encontro ao nosso conhecimento, porque é assim que sentimos muitas vezes, mais como conhecimento do que como intuição, impressão ou palpite, as premonições não têm nada a ver com isso, não há nada de sobrenatural nem misterioso nisso, o misterioso é que não esperemos. E a explicação tem de ser simples, de algo tão compartilhado por tantos: é só que sabemos, e detestamos saber; que não toleramos ver; que odiamos o conhecimento, a certeza, a convicção; e ninguém quer se transformar em sua própria dor e em sua febre...

Em certas ocasiões, já disse — só uma ou duas na época, que eu tivesse visto —, aquele homem que não interpreto ou não reduzo, sobre o qual não consigo formar ideia clara nem vaga, dançou acompanhado, ao contrário do seu costume, e foi com duas mulheres diferentes, uma branca e outra negra ou mulata (não sei direito, as luzes fracas); mas também pareceu mais preocupado consigo mesmo então e com seu deleite do que com seus pares, muito embora com toda certeza lhe agradava contar com elas para variar o número e poder cruzar com elas, agarrar-se, roçar pela sala desimpedida, toda uma zona ou faixa longitudinal sem móveis, quer dizer sem obstáculos, como se a mantivesse livre de propósito para facilitar o vira e mexe. A branca vestia calças, foi uma pena; já a negra, uma saia que esvoaçava e se levantava, e às vezes não voltava logo a se abaixar, ficava enganchada nas meias um instante (bom, meias inteiras, ou seja qual for o nome que tenham, dessas que chegam à cintura) até que um novo requebro ou um movimento distraído das mãos soltava o tecido e o devolvia às leis censoras da gravidade. Gostei de ver suas coxas e fugazmente as nádegas, por isso me abstive de usar o binóculo, em princípio espiar não é meu estilo, pelo menos não com intenções e nesse caso intenções teria havido. A mulher branca foi embora depois da sessão dançante, eu a vi sair pelo portão da casa do homem e subir na bicicleta (talvez as calças fossem por isso, mas também não há por que procurar uma causa); a negra ou mulata ficou para dormir, acho eu; pararam depois de muita farra e então as luzes se apagaram, e eu não a vi sair passado um bom momento, já era tarde e era mais tarde ainda quando resolvi me deitar para me esquecer dela. Aqui em casa também já ficou uma ou outra mulher, vez ou outra, principalmente nos meses iniciais de instalação, reconhecimento e sondagem: uma voltou, outra quis voltar mas eu não concordei, a terceira nem pensou no assunto, já se desinteressou do caso antes de ele terminar — sim, tinham sido três até aquele momento —, não sei nada dela ou não sabia então desde que tomou o café da manhã na minha cozinha, menos perturbada do que maquinal e veloz, como se estar ali de manhã tão cedo não fosse com ela, uma coincidência de alojamento, estava comprometida com o filho de um sujeito importante com o qual tinha prazer em anunciar seu iminente casamento e lhe espantava casar-se com tal iminência, e que talvez estivesse telefonando para ela desde a noite anterior ou desde cedo, discando e desligando e pegando o fone e discando, aquele noivo nervoso sem receber resposta ou só as da secretária eletrônica e da caixa postal, isso é insuportável, ligar e ligar em vão, eu não aguentava mais continuar tentando Luisa, o que estaria fazendo, talvez houvesse desligado o telefone porque tinha visita, talvez alguém ia ficar esta noite com ela e a única maneira de se assegurar de que minha voz distante não interrompesse ou atrapalhasse nada — devia ter se dado conta de repente de que era quinta, decidido em cima da hora o prolongamento da visita: a lança, a febre, minha dor, o sono, o substancial ou insignificante — era pôr as crianças na cama um pouco antes que de costume e deixar a noite inteira o telefone fora do gancho, sempre poderia pretextar amanhã um descuido.

Mas só o homem adulador e aplicado fica nessa fase, só o que procura marcar pontos para se instalar e ocupar o vazio na cama quente sem aspirar a introduzir nenhuma mudança, pois o esquema do seu predecessor lhe parece cair como uma luva e só anseia por ele, ainda que não o saiba; o festeiro e risonho se vai ou nem mesmo entra, nem quer saber de compartilhar travesseiro além das horas despertas e ativas; e o despótico e possessivo dissimula muito de início, toma todo o cuidado para não parecer um intruso, sempre espera ser incentivado e mesmo quando o é declina dos primeiros convites ("Não quero complicar a sua vida, seria um incômodo para você, e talvez você não tenha certeza se vai querer me ver amanhã sem ter pensado nisso antes"), mostra-se deferente, respeitoso e até precavido, esforça-se para não manifestar nenhum traço invasor ou expansivo, e não permanece ou se demora no território alheio até uma fase tardia, precisamente porque planeja tomá-lo por inteiro e não quer correr o risco de levantar suspeita. Este não fica para dormir nem que lhe implorem, não no começo: este se veste de cima a baixo outra vez apesar da hora, do desgrenhamento e do frio, e vence toda a preguiça — a de pôr novamente as meias

— e adia toda avidez e toda pressa — não lhe importa que se condensem, a avidez e a pressa; pega o carro ou chama um táxi e vai embora de madrugada sem fazer barulho, também para começar a ser desejado rápido, mal feche a porta atrás de si, abra a do elevador e deixe a mulher desarrumada e já morna voltar para a cama desfeita, nada acolhedora, para os lençóis amarrotados e o cheiro que ainda não se foi. Se é esse o homem, esse sujeito tortuoso que mais adiante não a deixará respirar chova ou faça sol e a isolará totalmente, e que a mim nem sequer precisará afundar nem cavar mais fundo minha cova porque minha recordação ele terá suprimido com o primeiro terror, a primeira súplica, a primeira ordem; se é essa a visita desta noite, então talvez Luisa volte a pôr o fone no gancho quando ele tiver ido embora, tão bem vestido quanto chegou e até com as luvas postas, e quem sabe chegue a ouvir soar na entrada do prédio ou na rua seus passos agora ruidosos, seguros e firmes, pelo avanço sustentado e firme que o leva a ela. Assim, talvez eu ainda deva insistir, ou tentar de novo mais tarde, quando decidir por fim me deitar para me esquecer dela, quase onze horas em Madri, que faço aqui tão longe sem poder voltar para dormir em casa, que faço em outro país me comportando como um noivo nervoso, ou pior, como um namorado insignificante, ou pior, como um cortejador pobre coitado que se nega a inteirar-se do que já sabe, que será repelido sempre. Já não é tempo disso, já não é meu tempo ou meu tempo passou, tenho dois filhos faz muito e estou ligando para a mãe deles, faz o bastante para que meu pensamento nunca mais se esqueça deles e eles sejam para mim minhas crianças eternas, por que meu tempo destrambelhou e por que ficou em suspenso que sentido tem eu ficar nervoso com o pretexto de temer pelo futuro possível que aguarda os três conforme quem me substitua, que eu saiba ainda não há ninguém a caminho ou nesse caminho, embora se Luisa soubesse não teria por que me contar, ainda menos seus encontros ocasionais que por enquanto não levam a nenhum começo, quem ela vê ou com quem sai, e não vamos dizer com quem vai para a cama e de quem se despede à porta de casa com um robe jogado sobre o corpo afogueado e nu até pouco antes, a quem diz até logo com um beijo para estocar até a vez seguinte, ou talvez esteja mortiço ao fim de um dia comprido, já sem rastro da maquiagem e toda despenteada, com os cabelos infantis por causa dos vaivéns de noite e dia e com o cansaço visível nas profundas olheiras e na pele tão baça, quando nem o momentâneo contentamento da transa terminada pode embelezar um rosto que só pede e tolera repouso e sono, mais sono, e parar finalmente com os pensamentos. Eu também não lhe contei das três mulheres que pernoitaram aqui, nem sequer de uma, de qual, e para que iria fazer isso, nem mesmo da que voltou.

Os mendigos se retiraram depois de catar seu butim — são apenas um interregno de cinza e sombra — e a praça está quase vazia, alguém a cruza de quando em quando, ninguém é o último em nenhum lugar, sempre alguém passa mais tarde. Há luzes no hotel elegante e nuns tantos apartamentos, mas em meu campo visual não aparece nenhuma figura, neste instante. O insondável dançarino da frente parou e apagou as suas, começou tarde para aguentar muito saracoteio. De modo que fico sozinho aqui como um noivo ou um namorado, substancial e insignificante, fico aqui acordado.

"Alô?"

Atendi mal tocou, estava tão à mão. Respondi espontaneamente em espanhol, fazia um bom tempo que eu vinha matutando na minha língua.

"Deza." Era assim que Luisa me chamava algumas vezes, pelo sobrenome, quando queria se fazer perdoar ou obter alguma coisa de mim, também quando ficava muito mal-humorada por minha causa. "Oi, deve ter tentado me ligar, sinto muito, minha irmã ficou uma hora no telefone comigo me fazendo de psiquiatra, está mal com o marido e agora me considera uma especialista no assunto. Imagine só. As crianças já estão dormindo, sinto muito mesmo, foram para a cama na hora de sempre, na verdade só me lembrei que hoje é quinta-feira agora, quando desliguei, você sabe como é quando a gente enxerga o que o outro não vê, a gente repete dez vezes, vai se exasperando, minha irmã também, na realidade ela só quer ouvir o que diz a si mesma e não o que eu possa entender ou lhe aconselhar. Como tem andado?"

Sua voz soava muito cansada e medianamente ausente, como se falar comigo fosse um último e adicional esforço noturno com o qual não havia contado, e como se ainda estivesse conversando com a irmã e não comigo, se é que essa conversa se deu. É sempre a mesma coisa, todo dia e com qualquer pessoa, constantemente, em qualquer troca de palavras triviais ou graves, você pode acreditar ou não acreditar no que lhe contam, não há mais opções, muito poucas e muito simples, assim você acredita em quase tudo o que lhe dizem, ou se não acredita se cala no mais das vezes, senão tudo se torna trabalhoso e se complica, avança aos trancos e barrancos e nada flui. Assim, o que se emite fica como verdadeiro em princípio, tanto o certo como o falso, a não ser que este último seja notório, notoriamente falso. Não era esse o caso agora, o que Luisa dizia podia ser o que aconteceu ou encobrir algo — outra conversa telefônica, um jantar fora com a cobertura de uma baby-sitter tagarela, uma visita demorada e sua despedida, não era da minha conta, e sei lá o que mais —, eu tinha de aceitar como válido, na realidade não devia nem me fazer perguntas a esse respeito. Além disso, há sim outra opção, tudo está cheio de meias verdades e todos nós nos inspiramos na verdade para urdir ou improvisar as mentiras, logo há sempre nestas algo de incerto, uma base, o ponto de partida, a fonte. Eu costumo saber, embora não me digam respeito e não haja comprovação possível (e muitas vezes me deixam indiferente, não me importam). Detecto-as sem provas, mas em geral me calo, a não ser que estejam me pagando para apontá-las, como na época em que trabalhava em Londres.

"Bem", eu disse, e até essa solitária palavra era falsa. Simplesmente não tinha vontade de falar. Nem mesmo de perguntar pelas crianças, certamente não havia novidades. Contudo, ela me fez um resumo rápido, como para me compensar por não ter ouvido suas vozes naquela noite: vai ver que foi por esse motivo que me chamou de Deza, para que eu perdoasse seu esquecimento, e nem a repreendesse, afinal de contas esses minutos com o garoto e a garota no telefone eram sempre rotineiros e idiotas, as mesmas perguntas da minha parte e as respostas deles sempre parecidas, não me perguntavam nada salvo quando eu ia vir e o que ia levar para eles, depois algumas frases carinhosas e algumas graçolas, tudo muito contido, a dor viria depois em silêncio, pelo menos a minha, era suportável.

"Estou completamente morta", disse Luisa para concluir. "Não aguento mais falar no telefone, vou já para a cama."

"Boa noite. Vou ver se ligo domingo. Descanse."

Desliguei ou desligamos, eu também me senti esgotado e na manhã seguinte me aguardava muito trabalho na BBC, na rádio, ainda trabalhava lá, ignorava que por pouco tempo mais. Enquanto me despia para me deitar, lembrei-me de uma bobagem que tinha perguntado certa vez a Luisa enquanto ela se despia para se deitar mil anos atrás, pouco depois de o menino nascer, quando eu ainda não tinha me acostumado plenamente com a sua existência, ou com a sua onipresença. Tinha perguntado a Luisa se ela acreditava que o menino viveria sempre conosco, enquanto fosse criança ou bem jovem. E ela tinha respondido com surpresa e ligeira impaciência: "Claro, que besteira é essa? Com quem, senão com a gente?". E imediatamente acrescentou: "Se não acontecer nada conosco". "O que você quer dizer?", perguntei eu, um pouco desnorteado ou desconcertado, como costumava ficar naquele tempo. Ela estava quase nua. E sua resposta foi: "Nada de ruim, só isso". Agora o menino ainda era um menino e não vivia conosco, mas só com ela, e com nossa nova filha que também teria vivido sempre assim, conosco. Deve ter acontecido algo de ruim então, talvez não com os dois, mas comigo. Ou com ela.

Tupra mostrou-se à primeira vista ou numa festa um homem cordial, risonho, abertamente simpático para ser insular, com uma vaidade branda e ingênua que não só não incomodava como fazia a gente o encarar com leve ironia, e com instintivo e leve afeto também. Era inequivocamente inglês, apesar do sobrenome tão esquisito, era muito mais Bertram do que Tupra: seus gestos, sua entoação, seus agudos e graves alternados numa mesma tirada, seu balanço suave sobre os calcanhares com as mãos juntas nas costas quando estava de pé, sua impostada timidez inicial, muitas vezes adotada como mero sinal de educação ou como preliminar declaração de renúncia a quaisquer abusos verbais — foi muito inicial a dele, quero dizer que a timidez não durou além das apresentações —; e, contudo, algo das suas origens estrangeiras remotas ou rastreáveis sobrevivia nele — talvez fossem paternas e nada mais —, algo aprendido quem sabe sem propósito deliberado e com naturalidade em casa e não apagado totalmente pelo bairro e pela escola, nem mesmo pela Universidade de Oxford em que estudou e que traz tantos amaneiramentos e modismos na fala e tantas atitudes excludentes e distintivas — parecem quase senhas ou códigos —, não pouca soberba e até alguns tiques faciais nos casos de maior e mais denodada assimilação ao lugar — ou quem sabe a uma velha lenda. Esse algo tinha a ver com certa rigidez de caráter ou certa tensão permanente, ou pode ser que fosse uma veemência postergada, subterrânea, cativa, sempre impaciente por ficar sem testemunhas — ou tão só com as de confiança — para emergir e se manifestar. Não sei como dizer, não teria me estranhado se Tupra, quando estivesse sozinho ou ocioso, dançasse como um louco pela sua casa, com par ou sem, mas provavelmente com mulher à mão, saltava à vista que gostava desmedidamente delas (e na Inglaterra quando isso ocorre fica muito patente, em contraste com a simulação dominante), não só a que estivesse com ele mas quase todas, inclusive de idade madura, era como se tivesse a capacidade de vê-las como eram antes, quando moças ou quem sabe meninas até, de adivinhá-las retrospectivamente e conseguir, com aquele olho seu que sondava o passado, que o passado se tornasse de novo presente durante o tempo em que ele o perscrutava e o resgatava, e que as mulheres em processo de encolher, murchar ou mirrar recuperassem diante dele lubricidade e viço (ou não mais que fulgor: o tresloucado e efêmero crepitar, mais ainda que a chama, de um fósforo ao ser riscado). O mais notável era que não apenas conseguia que assim acontecesse aos seus olhos, mas também aos de todos os outros, como se sua visão se tornasse contagiosa quando a relatava ou, de outra maneira, como se nos persuadisse e nos fizesse ver o que ele via naquele instante e que nós não teríamos percebido sem seu concurso, suas descrições, seu indicador que apontava.

    Isso eu observei já no jantar de sir Peter Wheeler e, é claro, depois, com maior conhecimento de causa. Depois me dei conta, de fato, de que sua perspicácia em relação às biografias já meio escritas e aos trajetos meio percorridos atingia todo o mundo em geral, mulheres e homens, embora as primeiras o estimulassem e comovessem muito mais. Na festa apresentou-se acompanhado daquela que havia anunciado a Wheeler como sua nova namorada, uma mulher dez ou doze anos mais moça que ele e que parecia ver em Tupra e naquela situação qualquer coisa, menos novidade: esbanjava sorrisos aos de aparência mais rica e os roçava sem intenção aparente, esforçava-se por participar das conversas como se estivesse interpretando um papel conhecido e consultando mentalmente o relógio (e olhou para ele uma ou outra vez sem aparente cooperação mental). Era alta, demais da conta até, sobre seus bem amestrados saltos altos, com pernas fortes e sólidas como as das americanas e uma beleza um tanto equina no rosto, traços graciosos mas mandíbula ameaçadora e dentadura compacta de peças excessivamente retangulares, tanto que ao rir o lábio superior se dobrava para cima até quase desaparecer — quando não ria parecia melhor. Cheirava gostoso com aroma próprio, uma dessas mulheres cujo ácido e grato cheiro original — muito sexuado, cheiro corporal — prevalece sobre os acrescentados, na certa era isso o que mais excitava seu namorado (coxas generosas à parte).

Tupra devia andar por volta dos cinquenta e era mais baixo que ela, como a maioria dos homens da reunião; seu aspecto era o de um diplomata viajadíssimo e mandado com frequência de lá para cá, ou de alto funcionário menos ocupado nas repartições do que fora delas, isto é, não tão importante nominalmente quanto indispensável na prática, mais acostumado a sufocar incêndios maiúsculos e tapar grandes buracos, a consertar encrencas pré--bélicas e acalmar ou tapear insurretos do que a organizar estratégias sentado numa escrivaninha. Parecia um sujeito de pé no chão, de modo algum extraviado pelas alturas nem abobado pelo cerimonial: fosse qual fosse a sua ocupação ("a dele"), transitava certamente muito mais pelas ruas do que pelos carpetes, embora talvez agora só fossem ruas escolhidas, elegantes e abastadas. Seu crânio avultado era amortecido por um cabelo muito mais escuro, volumoso e crespo do que se costuma encontrar no reino (salvo no País de Gales), e provavelmente tingia as têmporas, em que o crespo se transformava em pouco menos que cacheado, delatando assim inoportunos mas adiados fios grisalhos. Tinha olhos azuis ou cinzentos, conforme a luz, e pestanas compridas e espessas demais para não ser cobiçadas por quase todas as mulheres e temidas por quase todos os homens. Seu olhar pálido no entanto era zombeteiro mesmo sem ter a intenção de sê-lo — logo, expressivo também nos momentos de inexpressividade — e bastante acolhedor, ou deveria dizer apreciativo, olhos aos quais nunca é indiferente o que têm diante de si e que fazem sentir-se dignas de curiosidade as pessoas em que pousam, como se sua disposição tão ativa desse desde o primeiro instante a impressão de ir desentranhar o que houvesse no ser ou objeto ou paisagem ou cena avistado por eles. É um tipo de olhar que quase não sobrevive em nossas sociedades, é reprovado e o estão banindo. Claro que não abunda na Inglaterra, onde a tradição já antiga reza que sejam velados, opacos ou ausentes; mas tampouco na Espanha, onde ocorria e agora ninguém vê nada nem ninguém, nem tem o menor interesse nisso, e onde uma espécie de tacanhice visual leva as pessoas a se comportarem como se os outros não existissem, ou só como vultos ou obstáculos que devem ser esquivados, ou como meros pontos de apoio para você se amparar ou galgar por eles, melhor ainda se esmagando-os, e onde parece que prestar desinteressadamente atenção no próximo é lhe dar uma desmerecida importância que além do mais menoscaba a de quem a presta.

No entanto, quem ainda olha como Bertram Tupra, pensei, quem focaliza com nitidez e na altura adequada, que é a do homem; quem capta ou captura, ou, melhor dizendo, absorve a imagem que está diante de si sai ganhando muito, sobretudo para saber e tanto quanto o saber possibilita: persuadir e influir, para tornar-se imprescindível e ser desejado quando se afasta, vai embora ou tão só esboça ir, para dissuadir e para convencer e se apropriar, para inocular e para conquistar. Tupra tinha algo em comum com Toby Rylands, de quem fora aluno, aquela cálida e envolvente atenção; tinha igualmente algo em comum com Wheeler, só que o olhar de Wheeler era espreitante, emboscado, e seus olhos pareciam estar opinando até quando você os via rememorativos, ou distraídos, ou sonolentos, pensando por si sós sem intervenção da mente, julgando sem necessidade de formular qualquer juízo, nem mesmo de si para si. Já Tupra não intimidava em princípio, não produzia essa impressão e portanto não instava ninguém a pôr-se em guarda, ao contrário, convidava a baixar o escudo e tirar o elmo, para melhor deixar-se apreender por ele. Havia algo em comum entre eles, e ele como nexo me fez perceber mais semelhanças entre os dois anciãos, o amigo morto e o amigo vivo: vínculos de caráter; ou não era isso, mas sim vínculos de capacidade. Ou talvez nos três fosse um dom.

Pensei que Tupra devia ser irresistível para as mulheres (pensei isso várias vezes, vi isso), de qualquer classe, profissão, experiência, grau de pretensão ou idade, embora já beirasse os cinquenta e não fosse propriamente bonito mas apenas atraente no todo e com um ou outro traço talvez até repelente para a objetividade: não tanto o nariz meio grosseiro e como que quebrado por uma antiga pancada ou várias mais; não tanto a pele inquietantemente lustrosa e lisa para sua idade e de uma bela e acervejada cor (qualquer ruga afugentada, e sem recurso artificial); não tanto as sobrancelhas negras como piche e com tendência a juntar-se (sem dúvida de vez em quando desbastava com pinça o espaço entre as duas); quanto a boca demasiado carnuda e mole, ou tão carente de consistência como excessiva de extensão, lábios um pouco africanos, ou melhor, hindus, ou seriam eslavos, que ao beijar deviam ceder e esparramar-se como massinha de modelar manuseada e macia ou proporcionar essa sensação, com um tato como de ventosa e de sempre renovada e inextinguível umidade. Mesmo assim, disse comigo, mesmo assim ele prenderia quem quisesse prender, porque nada dura menos que a objetividade, e então quase nada repele, uma vez que se perdeu ou que você porventura se desfez dela, para poder viver. E não faltaria quem gostasse e inflamasse essa boca, ainda por cima. Raras vezes, já adulto ou até jovem e mais hesitante, senti diante de um homem a convicção de que contra ele não haveria nada a fazer conforme o terreno; e de que, se esse indivíduo ou *fellow* pusesse seus olhos na mulher que estivesse ao meu lado, não haveria possibilidade alguma de retê-la ali. Mas eu não estava com nenhuma mulher ao meu lado, nem no jantar de Wheeler nem na maior parte do tempo em que Tupra me contratou como colaborador. Ainda bem que Luisa não está comigo, pensei; não está por aqui e nada devo temer (pensei isso várias vezes, vi isso). Esse homem a divertiria, a lisonjearia, a compreenderia, sairia com ela todas as noites e a exporia aos mais convenientes e frutíferos riscos, se mostraria solícito e solidário e engoliria sua história inteira de cabo a rabo, e também a isolaria e logo insinuaria suas exigências e suas proibições, tudo isso ao mesmo tempo ou em muito breve lapso de tempo, e não teria de cavar nem uma polegada mais fundo para me mandar para os quintos dos quintos dos infernos, nem tomar o menor impulso para me despachar para o limbo, a mim e à lembrança de mim, e à ocasional e improvável saudade de mim.

Essa convicção tornava ainda mais estranha a meus olhos a atitude da sua nova namorada em relação a ele, pois ela mais parecia alguém que já havia efetuado o percurso completo a seu lado tempos atrás: tão completo que até teria chegado a esticá-lo além da conta e a abusar do trajeto comum, e portanto enfastiar--se também um pouco de Tupra, que mais parecia tolerar com envelhecido afeto e espírito conciliador — e talvez um tanto bajulador — do que perseguir com entusiasmo pelo grande salão, ou com a pegajosidade do amante recém-estreado que ainda não dá crédito à sua fortuna (este homem gosta de mim, esta mulher gosta de mim, que bênção) e a confunde com a predestinação ou outras bobageiras enaltecedoras. Não é que não a visse pendurada em Tupra, e sim mais por ser ele seu acompanhante e quem a tinha arrastado ou guiado até a casa de Wheeler com aquela gente metade universitária e metade diplomática, ou financeira, ou política, ou empresarial, ou quem sabe literária e de profissão liberal (não dá para você distinguir direito os engalanados em terra estrangeira e de arcaica etiqueta, mesmo que tenha vivido nela; e havia um embriagado e gigantesco nobre, lorde Rymer, velho conhecido meu de Oxford e diretor ou *warden* já aposentado de um *college*, All Souls), que por querença, submissão, desejo, amorosidade, ou pela habitual impaciência ante as novidades que o término inevitável da sua condição ainda escondem, o que no fundo sempre se prefere acelerar (cansa muito o novo, pois requer adestramento e está sem trilha traçada). Peter apresentou-a a mim simplesmente como Beryl. "Mr. Deza, um velho amigo espanhol", disse em inglês quando chegaram e eu já estava lá, dando-lhes natural precedência ao mencionar primeiro meu nome, a dama obrigava a que assim fizesse e talvez algo mais; em seguida: "Mr. Tupra, cuja amizade remonta ainda mais longe no tempo. Ela é Beryl". Nada mais.

Se Wheeler queria que eu observasse Tupra com cuidado e prestasse mais atenção nele do que em qualquer outra pessoa durante a noitada, tinha cometido um erro de cálculo ao convidar outro espanhol, um tal De la Garza, não me ficou claro em princípio se adido cultural ou de imprensa ou de natureza ainda mais vaga e parasitária na embaixada do nosso país, embora algumas das suas expressões me impedissem de descartar que fosse apenas encarregado de relações impudicas, sommelier, subornador in petto ou camarista. Um sujeito empetecado, fátuo e falastrão que, como costuma ser a norma entre meus compatriotas quando se encontram entre estrangeiros em qualquer ocasião ou lugar, seja na Espanha como anfitriões ou fora como convidados, estejam em maioria absoluta ou em minoria individual, na realidade não suportava relacionar-se com gringos nem se ver na chata circunstância de precisar lhes dispensar uma curiosidade cortês, e que, por conseguinte, assim que divisou um conterrâneo, mal desgrudou de mim e deixou totalmente de levar em conta qualquer nativo (afinal de contas, nós éramos gringos ali), com exceção das duas ou três, talvez quatro mulheres sexualmente apreciáveis entre a quinzena de comensais (frios, logo sentados mas sem lugar fixo, ora de lá para cá ou parados em pé), porém mais para olhar para elas com olhos excessivamente diáfanos, fazer sobre elas comentários grosseiros, apontá-las a mim com sua ingovernável barbicha e até soltar alguma ruborizante e improcedente cotovelada alusiva, do que para se aproximar delas e travar conhecimento ou entabular conversa, isto é, para apostar as suas fichas além do visual, o que não lhe devia ser nada fácil fazer em inglês. Notei logo seu contentamento e seu alívio quando nos apresentaram: com um espanhol à mão, poupava a tensão e o cansaço do oneroso uso do idioma local, que ele pensava falar, mas seu sotaque indecente transformava as mais vulgares palavras em ásperos vocábulos irreconhecíveis a todos, salvo a mim, sem que isso fosse privilégio mas tormento, pois minha familiaridade com sua imutável fonética me levava a decifrar tão somente idiotices e petulâncias, sem eu querer; podia dar generosa vazão às suas críticas e maledicências sem que os criticados presentes ouvissem, embora às vezes esquecesse o perfeito domínio do castelhano de sir Peter Wheeler, e quando se lembrava e o via à distância, recorria a gírias obscenas ou da marginália, quer dizer, mais ainda do que quando não via; sentia-se autorizado a me falar de temas nacionais absurdos com não sempre justificada naturalidade, pois não sei praticamente nada de touros nem dos disparates da imprensa marrom nem dos integrantes da família real, embora tampouco tenha nada contra os primeiros nem quase nada contra os terceiros; e também, comigo, podia soltar palavrões e ser vulgar, e isso sim é que é difícil em outro idioma (com desembaraço e veracidade) e além do mais faz uma falta indescritível para quem está acostumado, tive a oportunidade de verificar muitas vezes isso no exterior, onde vi ministros, aristocratas, embaixadores, potentados e catedráticos, e até suas respectivas e muito enfeitadas mulheres, filhas e mesmo mães e sogras de variada educação, noções e idade, aproveitar minha momentânea presença para desafogar-se com palavrões e blasfêmias infernais em nossa língua (ou em catalão). Eu era uma bênção e uma oportunidade para De la Garza, por isso me procurava e me seguia pela casa e pelo jardim, apesar da fresca noturna, a fim de alternar grosserias com pedanterias e recuperar o atraso em espanhol.

 Foi como uma sombra minha a noite inteira, e mesmo se eu estivesse falando com outras pessoas, forçosamente em inglês, ele aparecia a cada minuto (quando alguém o largava no meio do salão, por aqui com seus barbarismos e idiotismos fonéticos) e se imiscuía, primeiro com sua afrontosa dicção nessa língua, para passar logo depois à nossa, visto o esforço que representava para meus interlocutores tentar compreendê-lo, e com a pretensão inicial e aparente de que eu lhe servisse de intérprete simultâneo ("Ande, traduza para essa mocreia a piada que fiz, dá pra ver que ela não quer entender"), porém com a mais verdadeira e firme de afugentar todo o mundo a fim de monopolizar minha atenção e minha conversa. Eu tentava não lhe prestar uma coisa nem lhe dar a outra, e prosseguia sem nem sequer ouvi-lo ou só quando elevava demais a voz, de modo que me iam chegando fragmentos equívocos ou frases soltas que ele intercalava à mais ínfima pausa ou sem nem mesmo esperar por uma delas, ignorando eu entretanto, no mais das vezes, o contexto a que pertenciam, já que o adido De la Garza, na realidade, aderia a mim a cada instante e em nenhum deixava de perorar comigo, sem se importar se eu lhe respondia ou o ouvia.

Isso começou a acontecer após nosso primeiro assalto, que me pegou desprevenido, do qual escapei já alarmado e arrasado e durante o qual ele me interrogou sobre meus afazeres e atribuições na rádio BBC, e passou a me propor na mesma hora seis ou sete projetos de programas radiofônicos que oscilavam entre o imperial e o idiota, ambas as coisas coincidindo mais de uma vez, supostamente benéficos para sua embaixada, para nosso país e, sem dúvida alguma, para ele e sua promoção, pois me comunicou que era especialista na pobre Geração de 1927 (pobre de tão explorada e surrada), no pobre Século de Ouro (pobre de tão manuseado e mencionado), e nos nada pobres escritores fascistas do pré-guerra, do pós-guerra e do entreguerras, que em todo caso eram os mesmos (sofreram poucas baixas durante a contenda, que azar), e a que, é claro, ele não dedicou esse epíteto, parecia-lhe gente honrada e desinteressada aquela malta de delatores e cafetões de primeira.

— Extraordinários estilistas, a maioria, quem pode ser hoje tão mesquinho para se lembrar da ideologia deles ante versos e prosas assim. É preciso separar de uma vez por todas a literatura da política, cara. — E reforçou: — Porra de uma vez por todas.
— Ele tinha esse misto de cafonice e grosseria, besteiras e ordinarices, melosidade e brutalidade, que tanto ocorre entre meus compatriotas, uma verdadeira praga e uma grave ameaça (conti-

nua ganhando adeptos, com os escritores à frente), os estrangeiros vão acabar considerando-o um traço predominante do caráter nacional. Tinha me tratado por você desde que me viu, por princípio: era daqueles para quem o senhor é tratamento só de subalternos e operários.

Estive a ponto de atirar a luva no seu cabelo esticado e untado (teria assentado bem, quase aderido), mas não tinha nenhuma à mão, só um guardanapo, e não é a mesma coisa, apesar da depreciação geral da nossa época, de modo que me limitei a responder-lhe, com mais displicência do que secura para abaixar a bola:

— Há prosas e poesias cujo estilo é em si mesmo fascista, embora só falem do sol e da lua e as assinem esquerdistas por autoproclamação, nossa imprensa e nossas livrarias estão cheias delas. O mesmo acontece com os espíritos, ou com o caráter: há os que são em si mesmos fascistas, embora abrigados por corpos com tendência a levantar o punho e suar em bicas em manifestações e passeatas com fileiras de fotógrafos abrindo passagem e imortalizando-os como é natural. Só falta agora reivindicarem o espírito e o estilo de quem, além de sê-lo, se proclamava fascista, e tão ufanisticamente, na hipótese de não notarem o bastante quanto o eram com a pena na mão, em cada página que deram a imprimir e em cada denúncia entregue na delegacia. Já deixaram laivos suficientes sem necessidade disso, entre os autores atuais, embora a maioria os cale e procure antecessores com menos máculas, o pobre Quevedo em primeiro lugar, e alguns talvez não tenham consciência da sua ascendência mais próxima, levam-na no sangue e aliás fervem-lhe nas veias.

— Porra, cara, como é que você pode dizer uma coisa dessas? — De la Garza protestou mais por desconcerto do que por desacordo, não lhe dei tempo para isso. — Como pode saber que um estilo é fascista em si? Ou um espírito. Deixa de botar banca.

Vi-me tentado a lhe responder, imitando sua fala: "Se você não é capaz de distinguir isso no quarto parágrafo de um texto, ou meia hora depois de conhecer alguém, é que você não sabe porra nenhuma de literatura nem de gente". Mas fiquei pensando um pouco, pensando superficialmente. Sim, na realidade não era fácil explicar o como, nem tampouco em que consistiam esse espírito e esse estilo com tão variadas faces, mas eu sabia reconhecê-los logo, ou era o que acreditava então, ou talvez tenha de fato botado banca. E tinha de fato feito isso quando falei — mas só comigo mesmo — de quatro parágrafos e de meia hora, deveria ter dito ou pensado "em poucas horas", e mesmo assim teria sido uma fanfarronada de pensamento. Talvez sejam dias e semanas, ou meses e anos, às vezes você enxerga claramente algo na primeira meia hora para senti-lo vago e depois perdê-lo de vista e não conseguir mais captá-lo até passado um decênio ou meia vida, pode ser até que não volte nunca mais. Às vezes não convém deixar o tempo transcorrer e embaralhar o que concedemos e confundir o que nos concedem. Não convém que nos ofusque, que é o que o tempo sempre tenta, e enquanto isso vai passando. Também já não era fácil definir o que era fascista, está se transformando num qualificativo antiquado e muitas vezes impróprio ou, por força, impreciso, muito embora eu costume empregá-lo num sentido coloquial e provavelmente analógico, e nesse sentido e com esse uso sei muito bem o que significa e sei que não me engano. Mas tinha recorrido a ele ante De la Garza mais que nada para incomodá-lo e pôr em seu devido lugar os péssimos escritores fascistas que ele tanto admirava, o sujeito não me havia agradado desde o primeiro instante, vi muitos assim desde criança e não se extinguem, só se maquiam e se adaptam: são elitistas, pretensiosos e muito simpáticos, são risonhos e até formalmente carinhosos, são ambiciosos e semifalsos (sim, não são totalmente falsos), procuram parecer finos e, ao mesmo tempo, fingir-se simplórios e até suburbanos (má a imitação, não cola, sua íntima aversão ao que imitam os desmascara logo), daí esbanjarem palavrões acreditando que isso os faz terra a terra e ganhar confianças reticentes, daí combinarem seu adelgaçado refinamento com modos um tanto de milico e léxico carcerário, o serviço militar lhes caía como uma luva para completar o quadro, e o efeito que acabam produzindo é o de caipiras perfumados. Não me pareceu um espírito fascista o de De la Garza, nem mesmo por analogia. Era tão somente um espírito adulador, dos que não suportam não cair nas boas graças de ninguém, nem daqueles que detestam, aspiram a ser queridos até por aqueles a quem fazem mal. Não era dos que apunhalam por iniciativa própria, só se precisam marcar muitos pontos, ou conquistar simpatias, ou se recebem um encargo, aí sim carecem de escrúpulos, por serem muito hábeis no manejo da sua consciência.

Mas adiei esses pensamentos para mais tarde e apenas meneei a cabeça e alcei as sobrancelhas em resposta, como se concedesse e dissesse: "Você vai ver, que mais posso dizer" e deixando morrer o assunto, sobre o qual ele não insistiu, mas aproveitou minha inibição, em compensação, para me comunicar que também entendia pacas — como apreciador, explicou, não como especialista — de literatura fantástica, inclusive a medieval (foi o que ele disse, disse "pacas" e "inclusive a medieval"). Por seu tom ficou patente que o fantástico lhe parecia chique. Pensei que um dia acabaria sendo Ministro da Cultura, ou pelo menos Secretário de Estado do ramo, conforme a expressão de antanho, embora eu nunca tenha sabido direito o que significava "ramo" nessa acepção burocrática e não floral.

Aqueles segundos de tensão político-literária não foram um impedimento, já disse, para que o adido aderisse a mim ou me rondasse sem descanso depois de concluído nosso encontro inicial e apesar de eu me afastar dele sem dissimulação várias vezes e pôr-me a conversar com outros no inglês mais obscuro, afetado e para ele dissuasório de que fui capaz. Assim, por exemplo, o escasso instante em que falei a sós com Tupra foi viciado pelas suas incongruentes intromissões ocasionais em espanhol. Isso só se deu bem tarde, os dois tomando café de pé próximo dos sofás que naquele momento eram ocupados por Wheeler, a namorada Beryl e a esfuziante viúva do deão de York e dois ou três mais, a mudança e o intercâmbio de posições são constantes nesses jantares nômades informais à americana.

A verdade era que Wheeler não havia feito nada para nos juntar, Tupra e eu, e eu tinha chegado a pensar que sua conversa telefônica sobre o indivíduo ou *fellow*, ou melhor, sobre seu nome e sobrenome tinha sido casual e sem segundas intenções, por mais que me custasse imaginar Peter cingindo-se em qualquer aspecto às aborrecidas e chãs primeiras intenções, para não falar na absoluta ausência delas. Ele esteve equitativamente atento a quase todos os seus convidados, assistido pela senhora Berry (mais recatada que de costume), a governanta que tinha herdado de Toby Rylands quando da morte deste anos atrás, e por três garçons contratados para a noitada, junto com a comida, e cujo turno acabava à meia-noite em ponto, segundo tinha me dito com ligeira preocupação (confiava em que a essa altura não lhe sobrassem muitos convidados). Ele e eu mal tínhamos conversado, sabendo ambos que no dia seguinte disporíamos de tempo: eu ia ficar para dormir aquela noite na sua casa, como às vezes fazia, e assim passaria com ele a manhã e compartilharia o almoço dominical. À distância, não o vira muito atento a ninguém em particular, como bom anfitrião, nem tampouco propiciar aproximações concretas, pelo menos não no que a mim dizia respeito, pois não podia acreditar que houvesse posto De la Garza de propósito no meu pé, o qual me amargou a alma e estorvou qualquer diálogo com suas tentativas de papo e seus comentários nunca relacionados com aquilo de que se falava; e embora entendesse a língua inglesa melhor do que a falava, os muitos copos com que foi distraindo seus solilóquios involuntários — queria participar, não se conformava em ser o único ouvinte — deterioraram velozmente suas faculdades intelectivas (maneira de dizer) e envileceram a índole das suas observações.

Enquanto falei brevemente com Beryl, por exemplo, bem no início ainda (suas frases bem desanimadas e formais, não devo ter lhe parecido endinheirado), perambulou à nossa volta sem descanso e soltou inconveniências sobre ela que por sorte ninguém ouviu, além de mim ("Caralho, viu que pernas compridas tem essa tipa? É para a gente deslizar por elas como num tobogã. O que que você acha, o que que você acha? Acha que a gente podia tirá-la desse cigano com que ela veio? Ela está cagando pra ele, mas o puto não desgruda os olhos dela, é desses caras que é capaz de te furar, por mais britânico que seja"). E quando eu mantinha uma soporífera conversa sobre terrorismo com um historiador irlandês chamado Fahy, sua mulher e um prefeito trabalhista de não sei que desgraçado povoado do Oxfordshire, o adido, ao ouvir saírem com nitidez dos meus lábios alguns topônimos bascos, tratou de meter uma colher folclórica ("Ei, diga a essa gente que San Sebastián é uma cidade que fomos nós, madrilenos babacas, que inventamos, indo veranear e embrulhando a gente de lá com lacinho e tudo, caso contrário não seria tão bonita; diga pra eles, vai, que esses bostas têm muita universidade, mas não sabem merda nenhuma de nada." A essa altura, ele já tinha misturado xerez com uísque e três tipos de vinho). E mais ainda que de Beryl, gostou da efusiva viúva do deão de York, pois enquanto conversei uns minutos com ela, De la Garza me repetia: "Caralho, que turbinada essa tipa, puta mulherão gostoso, caralho!", aparentemente sem palavras para desmembrar o conjunto, analisar em detalhe, acrescentar matizes ou acrescentar o que quer que fosse (agora já tinha somado o vinho do Porto). Sua excitação era tão pueril quanto o termo "turbinada", mais apropriada a alguém que poucos relacionamentos teve na vida do que a um libidinoso de nascença e experiente. Pensei que faltava a De la Garza conhecer muitas noites em que sucumbiria a mulheres que sua avidez e o álcool lhe fariam julgar desejáveis, para levar no dia seguinte as mãos à cabeça ao descobrir que tinha se metido na cama com descomedidas parentas de Oliver Hardy ou com desmioladas êmulas de Bela Lugosi. Não era o caso da deã viúva, com seu rosto corado e plácido e seu expandido tórax realçado por um enorme colar do que me pareceram jacintos do Ceilão ou zirconitas imitando gomos de laranja em sua forma, mas que podia ser a mãe (mãe moça, porém) do seu desbocado e bisonho admirador.

Tupra, com seu café na mão, tinha me perguntado qual era meu campo, seguindo ao pé da letra a norma oxfordiana segundo a qual é ponto pacífico que nessa cidade todo o mundo tem um campo específico de ensino ou pesquisa, ou tão só de jactância.

— Nunca fui muito constante em meus interesses profissionais — respondi — e só estive na universidade de forma intermitente, quase por acaso. Ensinei aqui anos atrás, por uns poucos anos letivos, literatura espanhola contemporânea e tradução, é dessa época que conheço sir Peter, embora conviva pouco com ele desde então, muito mais com o professor Toby Rylands, com quem pelo que entendi o senhor estudou. — Podia ter parado por ali, era suficiente como primeira resposta, e até teria lhe dado ensejo a continuar sem esforço o papo ao mencionar Toby, que ele poderia ter começado a evocar, eu o teria ouvido com grande prazer. Mas Tupra deixou passar um segundo ou dois, nada, sem voltar a falar, provavelmente teria falado ao terceiro ou quarto ou quinto (um, dois, três, quatro; e cinco), mas eu não estava certo, ele era um desses raros homens que sabem aguentar o silêncio, que podem calar, calar, não para deixar o interlocutor nervoso, mas sim para lhe dar confiança e mostrar-lhe que está disposto a ouvir mais, se o outro quiser falar mais. Com essa atitude receptiva e seus olhos cortês ou afetuosamente brincalhões, ele convidava a contar. Foi isso, ou pode ser também que eu quisesse ganhar com minhas explicações supérfluas um maior direito de perguntar depois a ele qual era seu campo, isto é, qual era "a dele", segundo a expressão de Wheeler, já era hora de eu ficar sabendo, e era estranho que a noção de "direito" tivesse me passado pela cabeça em relação a algo tão inócuo e normal, todo o mundo pergunta aos outros o que fazem na vida, quase em primeiro lugar. Ou vai ver que diante de Tupra você se sentia cobrado ainda que ele nem abrisse a boca, como se fosse sempre nosso tácito credor. De modo que acrescentei: — Depois estive nos Estados Unidos, mas quase não dei continuidade à docência quando regressei ao meu país, dediquei-me a diversas atividades, fiquei algum tempo numa revista muito influente, traduzi, montei um ou outro negócio, também tive uma minúscula editora, depois me cansei e vendi.

— Com lucro, espero — interrompeu-me sorrindo.

— Com grande e imerecido lucro, para dizer a verdade. — E sorri por minha vez. — Agora estou trabalhando para a rádio BBC em Londres, a programação em espanhol, o senhor sabe, aliás, em inglês também, claro, quando se abordam temas da Espanha ou hispano-americanos. Meio aborrecido e monótono, os assuntos nossos que interessam aqui na Inglaterra não são muitos nem muito variados, terrorismo e turismo, uma combinação mortal. — Minha língua tinha me pedido para dizer "aborrecido e monótono, é sempre valete, dama e rei", mas não tinha certeza de qual era o equivalente dessa expressão em inglês, nem de que houvesse uma, "*King, Queen, Knave*" era outra coisa, e por um instante entendi De la Garza com sua saudade da língua materna e sua resistência à língua alheia, às vezes acontece conosco e isto nos cansa, mesmo se estivermos acostumados com isso e não nos causarem dificuldades, e às vezes a saudade é das línguas alheias que conhecemos e quase nunca podemos usar. Valete, dama e rei. Foi literalmente um instante, porque irritou-me ouvir de repente uma das suas absurdas e extemporâneas frases dirigidas a mim, pertencente a sabe lá que argumento arbitrário que só ele acompanhava:

— As mulheres são todas umas putas, e as mais bonitas são as espanholas — chegou aos meus ouvidos. Naquela altura o Porto sem sombra de dúvida já devia tê-lo inundado, pois eu o vira fazer dois ou três brindes seguidos com lorde Rymer (cálice e um só gole, cálice e um só gole) durante os minutos em que este o reclamou como companheiro de pileque e, para meu alívio, o entreteve. Lorde Rymer, lembrei-me no ato, era conhecido havia séculos em Oxford por um apelido malévolo, *the Flask*, que, com inexatidão semântica mas com proximidade fonética bem como de intenção, eu me inclinaria a traduzir sem mais complicações como o Frasco.

— Entendo — disse Tupra com simpatia após o sobressalto. Por sorte só conhecia umas poucas palavras de castelhano, conforme soube mais tarde, se bem que figurassem entre elas, como seria de temer e também soube mais tarde, "mulheres", "putas", "espanholas" e "bonitas", a besta do De la Garza não tivera nem sequer a decência de se mostrar obscuro em seu vocabulário naquela intervenção. — Nestes momentos qualquer outro trabalho lhe pareceria mais atraente, não é? Embora, objetivamente, a BBC não é nada mal, claro, o senhor deve se repetir com frequência. Mas se alguém gosta da diversidade e ainda por cima está saturado antes do tempo, que diabo importa a objetividade, não é? — A voz de Tupra era grave normalmente e levemente afligida (aqui minha língua teria pedido uma palavra do idioma que eu estava falando, *ailing* talvez), tinha como que uma tonalidade de corda, quero dizer que parecia brotar da passagem de um arco por umas cordas ou dever-se, ou corresponder, a isso, se uma viola da gamba ou um violoncelo pudessem emitir sentido (talvez eu tenha dito mal e fosse isso sim aflitiva, e nesse caso *"ailing"* não serviria: não era dele, mas de quem ouvia, a sensação suave, quase grata, fragilizadora, de aflição). — Diga-me, mr. Deza, quantas línguas o senhor fala ou entende? Foi tradutor, disse. Quero dizer, fora as óbvias, seu inglês é magnífico, se não soubesse sua nacionalidade nunca teria pensado que fosse espanhol. Canadense, talvez.

— Obrigado, tomo por um elogio.

— Oh, deve tomar, era a intenção, creia-me. E em todos os sentidos, além do mais. O sotaque canadense culto é o mais parecido com o nosso, sobretudo o da Colúmbia Britânica, como se pode inferir pelo nome. Diga-me que línguas domina. — Tupra não se deixava distrair pelos vaivéns das conversas que as tornam erráticas e indefinidas até que o cansaço ou a hora lhes põe fim, sempre voltava para onde queria.

Tinha tomado seu café de um só gole (boca grande, boca grande) e depositado, ato contínuo, com verdadeira urgência, o pires com a xícara vazia na mesa de centro diante dos sofás, como se o impacientasse ou incomodasse o já utilizado e sem mais função. Ao se inclinar para pousá-los, tinha lançado um rápido olhar para sua namorada, Beryl, cuja estreitíssima saia mal lhe cobria as pernas que não estavam cruzadas (daí possivelmente a olhada); logo, de uma altura inferior à nossa talvez desse para ver, como direi, o fundilho da sua calcinha, se é que usava uma: vi De la Garza sentado num pufe no nível adequado, improvável que fosse mera coincidência. Beryl conversava e ria com um jovem gordíssimo e escarrapachado que me haviam apresentado como "juiz Hood" de quem nada sabia, salvo que presumivelmente era juiz apesar da sua gordura e da sua juventude, e continuava sem prestar muita atenção em Tupra, como se ele fosse um marido gasto que já não representa nunca a diversão nem a festa e é só parte da casa, não tanto como um móvel talvez sim como um retrato, que embora costumem ser ignorados sempre possuem um olhar e assistem aos nossos quefazeres. Tupra também trocou um olhar com Wheeler, que acendia insistentemente um cigarro mais que aceso (aquilo era uma fogueira) sem falar com ninguém enquanto se aplicava em fazê-lo com um palito de fósforo compridíssimo, a eclesial viúva de York parecia sonolenta e menos paparicada ao seu lado, não devia dormir tarde quase nunca ou o vinho a derreava. Não percebi gesto ou sinal entre Wheeler e Tupra, mas os olhos daquele se permitiram um instante de elevação e fixidez, através das labaredas e da fumaça, que me pareceu de subentendido e recomendação, como se com a forçada ausência de pestanejar o aconselhasse: "Está bem, mas não demore mais", e a mensagem se referia a mim. Da mesma forma que Peter me havia descrito Tupra, alguma coisa devia ter lhe contado a meu respeito, ignorava eu o que e para quê. Mas o caso é que Tupra tinha dito "e se ainda por cima está saturado antes do tempo", e eu não lhe havia mencionado quanto tempo estava na BBC e de volta à Inglaterra — como era possível que estivesse de volta, minha estada pertencia ao passado remoto que não se recria, ou já lhe pertencera e de lá não se regressa —, tinha de sabê-lo por Wheeler, eram só três meses. Sim, havia apenas três meses eu ainda estava em Madri e tinha acesso normal à minha casa ou à nossa casa, pois ainda vivia e dormia nela, embora o afastamento de Luisa já houvesse começado e avançado com espantosa velocidade, um avanço perturbador, desconcertante e diário — ou era coisa de horas —, é incrível a rapidez com o que é e se perseverou de repente deixa de ser e se anula, uma vez que se atravessa a última faixa iluminada e se inicia o processo do sombreamento e da esfumação. Você perde a confiança com que compartilhou com alguém anos de narração contínua, essa pessoa já não lhe conta nem lhe pergunta e mal lhe responde, e você mesmo não se atreve a perguntar nem a contar, pouco a pouco vai se calando e chega um dia em que não fala mais nada, procura não ser notado ou tornar-se imaterial na casa comum desde que sabe ou se lembra que logo ela deixará de sê-lo e também quem irá embora, tem a sensação de estar ali de favor até encontrar outro lugar onde possa se refugiar, como um hóspede impertinente que vê e ouve o que não lhe diz respeito, saídas e entradas sem seu anterior comentário nem seu posterior relato, conversas telefônicas que lhe são enigmáticas e que você não decifra, e que provavelmente não são diferentes das que pouco antes você nem escutava nem registrava, nem é claro retinha como agora retém todas, porque então você não estava alerta nem se perguntava por elas, nem acreditava que lhe dissessem respeito, nem fabulava com sua ameaça. Você sabe bem demais que as de agora não lhe concernem, e no entanto se sobressalta cada vez que ouve um número ser discado ou o telefone tocar. Mas cala e espera com temor, e cala, e chega o momento em que sua única correia de transmissão ou apoio são as crianças, a quem conta muitas vezes coisas só para que ela ouça no outro quarto ou acabem chegando ao ouvido dela e para marcar algum ponto que não será percebido nunca mais como ponto, assim como as emoções estão descartadas, e além do mais não há criança no mundo que seja confiável como emissária. No dia em que por fim vai embora você sente um pouco de alívio além da pena ou do desespero — ou será vergonha —, mas esse pouco de alívio misturado nem mesmo dura, logo desaparece ao se dar conta de que o seu na verdade não existe comparado com o que sente o outro, que fica, não se move, respira fundo ao ver como você se afasta e se perde.

Tudo é ridículo e subjetivo a extremos insuportáveis, porque tudo encerra seu contrário: as mesmas pessoas no mesmo lugar se amam e não se aguentam, o que era costume afiançado se torna paulatinamente ou de repente — tanto faz, é o de menos — inaceitável e improcedente, quem inaugurou uma casa vê proibida sua entrada nela, o tato, o contato tão costumeiro que quase não era consciência se transforma em ousadia ou ofensa e é como se fosse preciso pedir licença para se tocar a si mesmo, o que se gostava e tinha graça se detesta e incomoda, e se amaldiçoa e arrebenta, as palavras ontem ansiadas envenenariam o ar e hoje provocariam náuseas, não querem ser ouvidas em hipótese alguma, e as ditas um milhar de vezes tenta-se que não valham mais (apagar, suprimir, cancelar, e ter calado já antes, essa é a aspiração do mundo); e também é o inverso: aquele de quem se escarneceu é agora levado a sério, e quem repugnava é chamado: "Venha, venha", diz-se, "eu estava tão enganada antes". "Ocupe este lugar ao meu lado, eu não soube te ver." Por isso é preciso pedir sempre o adiamento: "Mate-me amanhã, deixe-me viver esta noite", citei para mim mesmo. Amanhã você pode me querer viva, nem que meia hora, e não estarei aqui para te agradar, e seu querer não será nada. Nada é ou nada é nada, as mesmas coisas, os mesmos fatos, os mesmos seres são eles e também seu reverso, ontem e hoje, amanhã, logo, e antigamente. E no meio não há mais que tempo que se esforça para nos ofuscar, a única coisa que se propõe e busca, e assim não somos de confiar nas pessoas que por ele ainda transitam, tolas, insubstanciais, inacabadas todas, tolo eu, eu insubstancial, eu inacabado, também em mim ninguém deve confiar... Claro que estava saturado muito antes do tempo, já estava ao começar e nunca me interessou aquele emprego na BBC, tinha sido tão só a melhor e mais razoável maneira de deixar de ser impertinente, fantasmagórico e tão calado, de sair dali e assim me perder.

— Traduzir, só me atrevi do inglês, e não o fiz por muito tempo. Falo e entendo sem dificuldade francês e italiano, línguas que não domino a ponto de escrever, na minha, textos literários delas. Tenho compreensão suficiente do catalão, mas nem pensaria em falá-lo.
— Catalão? — Era como se Tupra tivesse ouvido a palavra pela primeira vez.
— Sim, é o que se fala na Catalunha, muito mais hoje em dia do que espanhol, castelhano, como costumamos dizer na Península. Catalunha, Barcelona, Costa Brava, sabe. — Mas como Tupra não reagisse logo (talvez estivesse puxando pela memória), acrescentei didaticamente: — Dalí? Miró? Pintores.
— Fale na Caballé, soprano — interveio De la Garza quase no meu cangote —, aposto que esse sicrano gosta de ópera. — Sem dúvida nenhuma ouvia melhor do que falava, e os nomes espanhóis o atraíam como um ímã, quando os captava. Tinha se levantado do pufe e tornava a me atazanar (Beryl agora havia cruzado as pernas, não por nada). Supus que ele tinha querido chamar Tupra novamente de "zíngaro" (pelo cabelo crespo, imaginava eu, e pelos cachinhos) e que, por efeito dos drinques abusivos, tinha saído outra palavra com z e proparoxítona.
— Gaudí? Arquiteto — sugeri, não tinha a menor vontade de dar bola para ele, teria sido como admiti-lo no diálogo.
— Não, sim, claro, George Orwell e tudo o mais — disse Tupra então, posicionando-se por fim. — Desculpe, estava puxando pela memória... Estão bastante esquecidas minhas leituras sobre a Guerra Civil de vocês, são leituras de juventude, sabe, a gente lê sobre essa guerra romântica aos dezenove ou vinte anos, talvez pelos jovens idealistas britânicos que foram morrer voluntariamente nela, alguns eram poetas, você se identifica facilmente nessa idade. Enfim, não sei agora, falo da minha época, mas diria que continua igual, para os jovens inquietos,

claro: ainda leem Emily Brontë e Salinger, *Dez dias que abalaram o mundo* e sobre a Guerra Civil de vocês, essas coisas não mudaram tanto. Lembro-me que a história de Nin sempre me impressionou muito, que acusação mais demente, a que lhe fizeram de espionagem. E a farsa dos brigadistas alemães fazendo-se passar por nazistas que iam libertá-lo, isso demonstra que até o mais descabelado e inverossímil tem seu tempo para ser acreditado. Às vezes dura só uns dias, esse tempo, mas às vezes dura para sempre. A verdade é que tudo tende a ser acreditado, em primeira instância. É estranho, mas é assim que acontece.

— Nin, o dirigente trotskista? — perguntei surpreso. Não dava para entender que Tupra desconhecesse Dalí e Miró, a Caballé e Gaudí (pelo menos foi o que deduzi do seu silêncio) e, em compensação, estivesse tão familiarizado com Andrés Nin, o caluniado, mais que eu com toda a certeza. Talvez não entendesse de arte nem gostasse de ópera, e seu campo fosse a política ou a história.

— E quem mais poderia ser? Embora no final tenha rompido com Trótski.

— Bem, houve um músico chamado Nin, depois há essa escritora péssima — salientei, mas me detive. Leituras de juventude, dissera ele. Algo para mim tão real e ainda tão próximo era em outro lugar não muito distante como *O morro dos ventos uivantes* desde havia anos: isto é, como ficção, e além do mais como ficção romântica, que os universitários mais antipáticos ou irados liam para em seus sonhos sentirem-se perdedores e puros; e heroicos talvez. Seguramente é o destino de todo horror e de toda guerra, pensei, acabar embelezados e abstratos pela repetição do relato, e alimentar fantasias juvenis ou adultas com o passar do tempo, mais rapidamente se a guerra for distante, talvez para muitos estrangeiros a nossa já seja tão literária e remota quanto a Revolução Francesa e as campanhas napoleônicas, ou quem sabe como o cerco de Numância e o de Troia. No entanto meu pai tinha estado a ponto de morrer nela com o uniforme da República, em nossa cidade sitiada, e quando ela acabou passou por um simulacro de processo e pela prisão franquista, e um tio meu foi morto em Madri aos dezessete anos, a sangue-frio por um bando inimigo — bando partido em tantos outros, cheio assim de calúnias e de expurgos —, de milicianos sem controle nem uniforme, que fuzilavam qualquer um, tinham-no matado à toa na idade em que quase só se fantasia e não há mais que sonhos, e sua irmã mais velha, minha mãe, procurou seu cadáver por essa mesma cidade sitiada sem encontrá-lo, só a burocrática e minúscula foto desse cadáver, eu a vi e agora guardo-a. Talvez também no meu país tudo aquilo ia se tornando fictício e eu não tinha me dado conta, tudo é cada vez mais veloz, menos duradouro, e se dá baixa, se arquiva mais depressa, nosso passado se torna cada vez mais espesso, amontoado, nutrido, porque se decreta — e também chega-se a crer — que o ontem já é caduco, o anteontem só história, e imemorial o acontecimento de um ano atrás. (O de três meses atrás também, quem sabe.) Pensei que era o momento de averiguar por fim qual era "a dele", eu havia marcado um número suficiente de pontos, se é que necessitava disso. Cá pra mim, eu não acreditava nisso, mas tinha a sensação de que assim era. — Diga-me, mr. Tupra, qual é a sua área, se é que posso perguntar tal coisa? Não há de ser a história do meu país, suponho. — Reparei que ainda estava pedindo vênia para fazer a pergunta mais banal e impune das nossas sociedades.

— Oh não, claro, pode apostar sem medo — respondeu rindo com gosto, na verdade cordialmente, seus dentes eram miúdos mas muito luminosos, suas fartas pestanas dançavam. Sua cara era uma dessas que vão ficando mais simpáticas a cada minuto que passa depois que você se acostuma a elas, e com ele a objetividade não durava nada e o receio se dissipava. Você logo percebia sua generosidade e interesse, que demonstrava como se naquele momento só lhe importasse quem tinha à sua frente, e às nossas costas se apagassem as luzes do mundo e este se transformasse numa simples moldura a serviço do nosso realce. Sabia reter a atenção dos seus interlocutores, a menção a Andrés Nin havia bastado em meu caso para me intrigar, não a respeito dos seus conhecimentos, mas é que me vieram ganas de me atirar sobre *Lutando na Espanha* de Orwell ou do compêndio de Hugh Thomas, e refrescar a história do caluniado, da qual não me lembrava de nada. E se notava também em Tupra aquela estranha tensão ou uma veemência que se adiava, mas que se tomava no início por um efeito dos seus modos sempre atentos. Vestia-se bem sem exagerar em nenhum detalhe, tecidos e cores discretos (sempre de extraordinária qualidade o tecido, finas gravatas e o alfinete jamais ausente), sua vaidade delatada apenas — ou era um resto do mau gosto pretérito — por seus sempiternos coletes sob o paletó, também não lhe faltou essa peça no jantar de Wheeler. — Não, minhas atividades também foram diversas, como as suas, mas negociar sempre foi minha habilidade maior, em diferentes campos e circunstâncias. Inclusive prestando serviço ao meu país, a gente deve procurar fazer isso se puder, não?, ainda que seja feito à parte e vise antes de mais nada aos próprios interesses.

Ele tinha escapado pela tangente, aquilo tudo era vago demais, nem sequer tinha dito o que estudara em Oxford, se bem que Toby Rylands, seu mestre, foi catedrático de Literatura Inglesa. Mas isso não quer dizer nada. Naquela universidade, pouco importa o que se aprende, o que conta é tê-la frequentado e ter se submetido a seu método e a seu espírito, e nenhum ensino, por mais excêntrico ou ornamental que seja, impede que seus doutores ou diplomados se dediquem depois ao que preferirem, ao mais oposto: você pode passar anos analisando Cervantes e acabar nas finanças, ou rastreando os antigos persas para transformar isso, finalmente, no extravagante preâmbulo de uma carreira política ou diplomática, seguramente era esta última a de Tupra, pensei de novo, agora não só por minha intuição nem por seu aspecto, mas por aquele verbo, "negociar", e por aquela expressão, "prestando serviço ao meu país". Teve sorte — por assim dizer — de que em inglês não exista um vocábulo equivalente a "pátria" na minha língua, tão inequívoco (ou só há os muito rebuscados, retóricos): o que ele havia empregado, *country*, faz suas vezes conforme o contexto, mas tem menos emotividade e pompa, e deve ser traduzido quase sempre como "país". De outro modo quem sabe teria me ocorrido — isto é, se tivesse dito em castelhano "pátria", algo impossível; mas mesmo assim a sombra dessa ideia se insinuou, sem chegar a tomar corpo — que seu espírito podia ser fascista num sentido analógico, em que pese a aparente solidariedade ou simpatia com que tinha se referido à sina de Nin, o ex-secretário de Trótski, pois nesse sentido coloquial ou analógico a palavra é compatível com todas as ideologias, não tem nada a ver com elas ou não necessariamente, por isso se tornou hoje tão imprecisa, conheci líderes oficiais da antiga esquerda, aquela que parecia intocável, com um espírito intrinsecamente fascista (e um estilo, se escreviam). Na expressão "prestar serviço" eu tinha visto um indício de coquetismo e outro de jactância. O coquetismo de quem se deleita mostrando-se misterioso, a jactância de quem se vê ou se concebe concedendo favores sempre, nem que sejam para a pátria. Um terceiro britânico forasteiro, talvez, um terceiro inglês postiço, pensei, como Toby segundo os rumores e como Peter confessara havia algumas semanas, eu ainda não tivera a oportunidade de interrogá-lo a esse respeito. Postiço ao menos pelo sobrenome, aquele estranho Tupra, de fato, talvez não por nascimento em seu caso; os recém--chegados e os de nome suspeito são os mais patriotas em toda parte, os mais dispostos a prestar serviços, nobres ou vis, limpos ou sujos, sentem-se gratos e se oferecem, ou é a forma de se acreditarem imprescindíveis ao país que um dia condescendeu com eles e ainda agora os aceita, apenas os aceita, mesmo se trocaram de nome, como o pobre anatoliano Hohanness que passou a ser Joe Arness na América, ou o riquíssimo austríaco Battenberg que se transformou em Mountbatten para a sua existência inglesa. Estranho que Tupra tivesse conservado o seu, talvez lhe parecesse um excesso ou um risco exagerado, e "estranho ter que se desprender até do próprio nome".

— Escute aqui, Deza — ouvi a voz de De la Garza novamente ao meu lado, suas rondas não o cansavam —, se você continuar marcando bobeira com esse cigano aí, vamos perder todas as minas. No passo em que vamos, a Pernalonga acaba ficando com aquele bolo fofo, olhe só como ele cai matando em cima dela. Parece uma fera.

Desta vez, nem mesmo Wheeler teria entendido nada, com todo o seu impecável espanhol livresco. Era verdade que o jovem juiz Hood cochichava no ouvido de Beryl e agora lhe arrancava gargalhadas como recompensa, o lábio superior da negligente namorada fazia um tempinho que desaparecera; no sofá se roçavam irremissivelmente, o juiz muito espaçoso e flutuante. Não respondi ao adido, ainda não, como se ele não existisse, parecia ter esquecido com quem a Pernalonga tinha vindo. Em compensação, agora Tupra aludiu a ele, devia ter estado observando-o de esguelha, como eu, ou adivinhava o que ele dizia apesar de não conhecer nossa língua, ainda menos sua gíria, sempre uma gíria um pouco artificial ou forçada, soava falsa, parecia arremedo. Sua língua estava ficando mole e trôpega: ninguém nunca saiu incólume em Oxford de uns drinques com o Frasco.

— Será melhor você dar atenção ao seu compatriota ou amigo — disse-me Tupra com paternal ironia. — Ele está ficando nervoso com as mulheres e seu inglês não o ajuda na empreitada. O senhor deveria lhe dar uma mãozinha. Não creio que consiga nada com mrs. Wadman, a deã viúva — empregou um termo legal ou irônico, *dowager*, para dizer "viúva" —, antes dirigi a ela uns cumprimentos que não só a enlevaram por toda a noite, como a fizeram sentir-se, como diria, inacessível, não creio que esta noite se considere digna de nenhum ser vivo, o senhor não a vê, tão acima das paixões terrenas, tão formosa em seu setembro, tão plácida rumo ao outono ignorado? Melhor seria ele tentar a sorte com Beryl, embora ela esteja se distraindo e tenhamos de ir embora daqui a pouco, temos de dirigir até Londres. Ou com Harriet Buckley, é doutora em medicina e creio que se divorciou faz uns dias, seu novo estado poderia animá-la em suas pesquisas.

Não só havia humor nesses comentários, eles ressumavam algo de satisfação ingênua, um pouco de literatura; e nos olhos pálidos não havia apenas sua natural e não deliberada expressão zombeteira, a diversão os aguçara, estavam carregados de intenções. Foi então que me dei conta de que ele sabia de seu poder para persuadir as mulheres e fazê-las sentir-se deusas — talvez menores — ou lixo. Ou melhor, porque ele ainda não havia comprovado em quão alto grau o possuía, pensei naquele momento que ele acreditava saber ou então que era tudo pura troça. Ele havia enlevado a viúva com seus cumprimentos, nada menos, e devia estar mais que seguro da devoção ou da incondicionalidade de Beryl para falar dela daquele jeito, como falasse de uma velha comparsa ou de uma velha chama, para utilizar uma expressão inglesa, teoricamente livre para se deixar levar pelas fraquezas dos penúltimos tragos ou do último riso.

— Não sabia que a viúva do deão de York se chamava mrs. Wadman — foi a única coisa que consegui dizer.

Tupra riu muito de novo, seus lábios grandes continham-se quando o fazia, não ficavam tão úmidos.

— Bem, deveria ser esse o nome, sendo viúva e sendo de York, creio. — Deu uma olhada em volta, como se a menção de sua iminente partida o houvesse apressado. Olhou para o relógio, que levava no pulso direito. — Peço que me desculpe, deixo-o com seu compatriota. Preciso falar com o juiz Hood antes de ir embora. Foi um prazer, mr. Deza, garanto.

— O prazer foi meu, mr. Tupra — respondi.

Como prova da sua inglesidade, não me apertou a mão para se despedir, o normal é que, na Inglaterra, esse gesto ocorra apenas uma vez num relacionamento formal, só quando as pessoas são apresentadas e nunca mais depois disso, nem que se passem meses ou anos até o próximo encontro entre elas. Eu nunca me lembrava disso, minha mão ficou no ar por um instante.

— Mais uma coisa, mr. Deza — acrescentou balançando nos calcanhares depois de ter se afastado apenas um passo. — Espero que não me tome por intrometido, mas se é verdade que está farto da BBC e quer mudar de ares, poderíamos conversar sobre esse assunto e tentar resolvê-lo. Com seus bons e úteis conhecimentos... Fale com Peter, pergunte a ele o que acha, aconselhe-se com ele, se achar conveniente. Ele sabe onde me encontrar sempre. Boa noite.

Desviou um instante o olhar para Wheeler ao mencioná-lo, e eu fiz a mesma coisa automaticamente. Ele fumava seu charuto com avareza e tentava amparar a viúva Wadman com um dissimulado mas firme cotovelo nas costelas, o torpor ia fazendo-a cair de lado e ela acabaria vencida de um momento para o outro, com a cabeça encostada no ombro do seu anfitrião — ou, ainda mais incômodo, peito mole contra peito mole —, se alguém não a sacudisse: estava pronta para seus justos sonhos, o colar poderia se abrir, as contas se perderem decote abaixo. Tornei a ver correspondência nos olhos de Peter, quero dizer para com os de Tupra, como se censurasse um pouco, muito pouco, com a falta de ênfase com que se alude a uma imprudência consumada que, no fim das contas, não foi grave: "Você exagerou, mas tudo bem. Não deu atenção", pareceu-me essa a mensagem, se é que houve uma. Depois Tupra passou pelo sofá até colocar-se atrás, inclinou-se e apoiou os antebraços no encosto para dizer algo rápido — uma só frase — no ouvido do jovem juiz Hood, ou melhor, quase na nuca, não era confidencial, supus. Ele e Beryl pararam de rir, viraram-se para ouvi-lo, ela olhou para o relógio maquinalmente outra vez, como quem só esperava ser resgatada ou talvez liberada, descruzou as pernas tão compridas e descobertas. "Os três vão sair juntos, vão-se embora ao mesmo tempo", disse eu comigo. "Tupra vai levar o gordo a Londres. Ou Beryl, se é ela que dirige."

— Eu não me chamo Rafael de la Garza se esta noite não garfar uma dessas sacanas. Não vim aqui para sair com as porras das mãos abanando. Hoje eu afogo o ganso, juro sobre o meu cadáver.

De la Garza não perdoava um segundo, mal eu me separei de Tupra, e ele já voltava à carga. Lembrei-me de um provérbio incompreensível, como quase todos eles.

— Embora a garça voe alto, o falcão a mata. — Soltei assim sem pensar, do jeito que veio.

— O quê? O quê? Que porra você falou?

— Nada.

De la Garza saiu, sim, com as porras das mãos abanando, em todo caso não saiu acompanhado senão pelo aziago prefeito de alguma localidade de Oxfordshire e a que presumi ser sua esposa, e não pareciam inclinados a misturas (na mulher eu nem tinha reparado até então, pouco contrabalançaria os infortúnios do lugar que governavam) nem com idade para elas, sobretudo; o adido foi pego desprevenido e coube-lhe levá-los em seu carro até onde fossem, Eynsham, Bruern, Bloxham, Wroxton, ou talvez ao lugar de pior fama desde a era elisabetana, Hog's Norton, não sei. Estava em péssimas condições para dirigir (e com o volante à direita), mas não devia dar a mínima caso o multassem, era desses sujeitos presunçosos em cuja cabeça jamais passa a ideia de que possam se esborrachar. Mas passou pela de Wheeler e este manifestou sua preocupação, perguntou-se se não devia hospedar os três aquela noite. Eu o dissuadi da ideia, apesar da visível apreensão do trabalhista e da sua trabalhista, que falaram em chamar um táxi até Ewelme, ou Rycote, ou Ascot, não sei. Não era longe, argumentei, e De la Garza era moço, com reflexos indubitavelmente fabulosos, um leopardo. A última coisa que eu queria era encontrar-me de novo no café da manhã com o fã ou especialista de literatura fantástica chique universal medieval, o Senhor das Sacanas, e eu não dava a mínima se ele se esborrachasse.

Também saíram juntos os três que eu tinha previsto, foram os primeiros a ir embora. Por sorte de sir Peter Wheeler, o único que ficou depois da meia-noite foi lorde Rymer *the Flask*, não porque estivesse muito animado ou sem sono, mas por sua absoluta incapacidade de mover um pé ou outro. Mas isso não era nenhum problema para ele, aquele Recipiente morava em Oxford. A senhora Berry chamou um táxi, e ela e eu fizemos o pesado e alcoólico Frasco sair da poltrona em que ficou cravado metade da noite e, com discretos empurrões (impossível tarefa, se ele mal tocava o chão), o levamos até a porta sob a supervisão e orientação da bengala de Peter; a colaboração do taxista para encaixá-lo dentro do veículo não foi em absoluto rejeitada, o homem iria passar pior bocado mais tarde para desatolá-lo sozinho no destino. Os garçons de aluguel não puderam cair fora sem antes recolher as principais sobras dos pratos e travessas, e depois eu ajudei a senhora Berry com xícaras, copos e cinzeiros finais, tudo ficou bem arrumado, Wheeler odiava ver de manhã os vestígios da noite, é coisa que quase ninguém suporta, eu também não. Quando a governanta se retirou, Peter sentou-se ao pé da escada com lentidão e cuidado, apoiando-se no pomo do corrimão até tocar firmemente o chão (não me atrevi a lhe oferecer a mão) e tirou outro puro da sua charuteira.

— Vai fumar outro agora? — perguntei-lhe espantado, sabendo que aquilo demoraria um bom tempo.

Eu havia acreditado que a súbita escolha de tão impróprio assento para um mais que octogenário obedecia a um momentâneo cansaço ou era uma forma habitual de fazer uma pausa e um breve recobrar de forças antes de subir ao primeiro andar, onde ficava seu quarto, talvez sempre parasse ali e iniciasse logo depois a subida. Sua mobilidade era boa, mas não parecia aconselhável à sua idade o convívio tão contínuo, diário, com aqueles degraus de madeira — treze até o primeiro andar, 25 até o segundo —, pouco profundos e um pouco altos. Tinha deixado a bengala atravessada no colo como a carabina ou a lança de um soldado em seu descanso, observei-o enquanto preparava o havana, sentado no terceiro degrau, os sapatos limpíssimos no primeiro, a parte central com passadeira, ou talvez um tapete comprido bem fixado ou preso, grampeado invisivelmente. Sua postura era a de um jovem, também seus cabelos sem falhas embora já muito brancos, suavemente ondulados como se fossem de confeitaria, bem penteados com a acentuada risca à esquerda, que de resto ajudava a adivinhar que já devia estar ali aquela risca na mais remota criança, invariável, desde a primeira infância, devia ser anterior inclusive ao sobrenome Wheeler. Tinha se enfatiotado para o seu jantar e não era dos que acabam as festas em semidecomposição, ao estilo de lorde Rymer ou da viúva Wadman, um pouco também de De la Garza (a gravata no fim frouxa e torta, a camisa rebelando-se na cintura): tudo continuava intacto em seu lugar, até a água com que teria se penteado horas antes parecia ainda não ter secado totalmente (eu descartava a hipótese de ele usar fixador). E ali sentado com aparente despreocupação ainda dava para ver, era fácil imaginá-lo como um galã dos anos 30 ou talvez 40, que na Europa foram por força mais austeros, não tanto de cinema como da própria vida, ou no máximo de um anúncio ou cartaz da época, não havia nada de irreal na sua figura. Deve ter ficado satisfeito com seu ágape e talvez desejasse comentá-lo um pouco, embora para isso dispuséssemos da manhã seguinte, não dá-lo ainda por encerrado, provavelmente se sentia mais animado — ou apenas estava acompanhado

— do que na maioria das outras noites que logo terminavam. Embora fosse eu quem estivesse muito sozinho lá em Londres, e não ele aqui em Oxford.

— Bah, só a metade ou até menos. Não me cansei muito. E nem ficou caro — disse. — Então? Como foi? Hein?

Perguntou com um mínimo de condescendência e orgulho, estava claro que pensava ter me ajudado muito com a sua convocação e a sua ideia, permitindo-me sair do meu suposto isolamento, ver e conhecer gente. De modo que aproveitei sua venial arrogância para lhe fazer antes de mais nada a única censura que merecia:

— Muito bem, Peter, agradeço-lhe por tudo. Mas teria sido muito melhor se o senhor não houvesse convidado aquele cafajeste da embaixada, como teve essa ideia? Quem diabos era ele? Onde você pescou esse bacalhau? Com futuro político, este sim, tem futuro político e até diplomático. Se é por aí e se o senhor aspira a lhe arrancar subvenções para simpósios ou publicações ou alguma coisa, então não digo nada, embora seja injusto que tenha cabido a mim servir-lhe de intérprete, quase de alcaguete e babá. Na Espanha será ministro um dia, ou embaixador em Washington no mínimo, é o tipo da besta pretensiosa com perfume de cordialidade aparente que a direita do meu país multiplica e cria, e a esquerda reproduz e imita quando governa, como se acometida por um contágio. Essa história de esquerda é só um modo de dizer, o senhor sabe, como em todas as partes hoje em dia. De la Garza é um investimento seguro, reconheço, e de curto prazo, fará carreira com qualquer partido. Só que não foi embora muito contente. Ainda bem, já é alguma coisa, mas me fez perder metade da festa. — Foi esse o meu desabafo.

Wheeler acendeu o charuto com outro dos seus fósforos compridos, sem tanto afinco quanto antes. Ergueu então a vista e fixou-a bem em mim com leve e carinhosa comiseração, eu tinha ficado de pé, de frente para a escada, a pouca distância, encostado no batente da porta de correr que ficava entre a sala de estar e o seu escritório e que ele costumava deixar aberta (sempre dois leitoris visíveis naquele escritório, num o dicionário da sua língua aberto, uma lupa, no outro um atlas, o Blaeu às vezes ou o magnífico Stieler também abertos, e outra lupa), eu de braços cruzados e o pé direito também cruzado por cima do esquerdo, só com a ponta tocando o chão. Assim como os olhos do seu colega, amigo e semelhante Rylands tinham uma qualidade algo líquida e também chamado muito a atenção por suas cores diferentes — um olho era cor de azeite, o outro cinza pálido, um era cruel e de águia ou gato, noutro havia retidão e era de cachorro ou cavalo —, os de Wheeler tinham um aspecto mineral e eram demasiado idênticos em desenho e tamanho, como duas bolas de gude quase roxas mas jaspeadas e muito translúcidas, ou até quase malvas, mas raiadas e nada opacas, ou até quase grenás como a granada, ou eram ametistas ou morganitas, ou calcedônias quando mais azulados, variavam segundo a iluminação que recebessem, segundo o dia ou a noite, segundo a estação do ano e as nuvens, a manhã, a tarde, e segundo o humor de quem os dirigia, ou eram grãos de romã quando se apertavam, aquela fruta do começo do outono na minha infância. Devem ter sido muito brilhantes, e temíveis quando coléricos ou punitivos, ficaram agora as brasas e um fugaz enfado dentro do seu apaziguamento geral, e costumavam ficar com uma calma e uma paciência que não eram congênitas mas aprendidas, trabalhadas pela vontade ao longo de muito tempo; mas não haviam atenuado sua malícia nem sua ironia nem o sarcasmo abarcador, terráqueo, de que você os via capaz em qualquer instante da sua aquiescência; nem tampouco a sensata penetração de quem tinha passado a vida observando com eles, comparando e reconhecendo o já visto no novo, e vinculando, associando, e rastreando na memória visual e assim prevendo o ainda por vir ou não acontecido, e aventurando juízos. E quando pareciam piedosos — o que de modo algum era raro —, uma espécie de constatação aniquilada ou de acatamento abatido logo reduzia um pouco sua espontânea piedade, como se no fundo das suas pupilas habitasse a convicção de que no fim das contas e em alguma medida, por infinitesimal que fosse, todos nós trazíamos nossas próprias desgraças, ou as forjávamos, ou nos prestávamos a sofrê-las, ou talvez consentíssemos nelas. "A infelicidade se inventa", cito às vezes em pensamento.

— A esquerda sempre foi apenas uma maneira de dizer, em toda parte, essa a que vocês, espanhóis, italianos, franceses e latinos, ainda se referem, é como se nunca existisse ou houvesse existido fora do imaginário e do especulativo. Vocês já deviam ter percebido isso nos anos 1930, senão antes. Mera imaginação coletiva. Disfarces, retórica, uniformes mais austeros e mais enganosos por isso, facetas ou modalidades mais solenes da mesma coisa, sempre odiosa e sempre injusta, e invulnerável, a mesma coisa. Prefiro que se perceba pela cara que os filhos da puta são filhos da puta desde o início, pelo menos você fica sabendo a que se ater e não precisa convencer ninguém, é muito esforço a mais. Todos oprimem, parece mentira que não se saiba isso ab ovo, pouco importa que varie a causa, a causa pública, ou os motivos propagandísticos. Os farsantes e os ingênuos transcendentais chamam a isso motivos históricos ou ideológicos, eu nunca os chamaria assim, é ridículo demais. Parece mentira que ainda se acredite que há exceções, porque não há nenhuma, não a longo prazo, nunca houve. Procure-as, pense. A esquerda como exceção, que besteira. Quanto desperdício. — Soltou uma grande baforada como se interpusesse um parágrafo, como para passar a outro assunto, o que acabou fazendo: — Quanto ao Rafita, conforme o chama seu pobre pai, não creio que você deva queixar-se mais nem guardar qualquer rancor contra ele, seria obstinação depois de tê-lo mandado ainda há pouco para uma morte segura na estrada (talvez ela já tenha ocorrido) — e fez o gesto de consultar o relógio, mas não chegou nem a descobri-lo sob a manga —, condenando além do mais, de passagem, o prefeito Pennick e sua submissa esposa, também não será uma perda irreparável para ninguém, suponho, nem no público nem no privado. É filho de um velho amigo, embora bem mais moço que eu, não menos de dez anos. Durante a guerra, esteve em Londres, ajudou em maus momentos. Mais tarde, entrou para o corpo diplomático e fez das tripas coração para conseguir a Embaixada, sem êxito. Quero dizer, a daqui, passou meia vida peregrinando pela África e parte da Oceania, até que o aposentaram. Pediu-me que distraísse Rafita de vez em quando, que o orientasse um pouco e lhe desse uma mãozinha, se ele precisasse. Sabe como é, coisas de pai, que nunca veem que o filho está crescido nem em que más pessoas eles às vezes se transformam, se é que não o eram visivelmente, desde o berço, e eles ainda não quiseram perceber. — "Nem em que babacas", pensei sem interromper Peter. — Você pode imaginar que não sou o mais indicado hoje em dia para entreter, guiar nem auxiliar ninguém, mas se dou um jantar... Para dizer a verdade, achei que ele não viria. Pelo que sei, está muito bem acompanhado em Londres. Lamento que tenha sobrado para você aguentá-lo demais da conta, a colaboração de lorde Rymer foi exígua, entendo, eu confiava mais nas afinidades dos dois. E, claro, imaginava que Rafita fosse mais autossuficiente em inglês, já está aqui há quase dois anos e sou capaz de jurar que aprendeu inglês desde criança, o do pai dele é muito bom, embora com sotaque, mas nada a ver, nem de longe, com a atrocidade do seu rebento. Claro que Pablo, o pai, mal bebe, e esse Rafita é como uma pipa, porém com maior capacidade, que animal, uma garrafa recarregável. O pai é uma pessoa estupenda, o

rapaz saiu um imbecil. Acontece, não?, tantas ou tão poucas vezes como o inverso. E no entanto o idiota vai chegar mais longe.
— "Saiu um babaca consumado", pensei de novo sem dizer, "e vai chegar a ministro." Wheeler soltou mais fumaça, agora com dois ou três anéis e, portanto, com pausa, como se aquele assunto também não lhe interessasse muito e as explicações dadas houvessem sido mais que suficientes para liquidá-lo e abandoná-lo. Tirei o maço de cigarros do bolso, ele agitou à distância, oferecendo-a, a caixa grande de seus requintados fósforos, eu lhe mostrei meu isqueiro indicando-lhe que tinha fogo, acendi um. A maneira como me fez em seguida sua pergunta levou-me a pensar que necessitava fazê-la por algum motivo ou que ela lhe dava comichões na língua já fazia um tanto, não era simples passatempo nem pertencia ao vaivém casual de um bate-papo, aos comentários posteriores que se fazem oportunos ou se impõem ao terminar um jantar ou uma festa, quando todos já se foram ou um só se foi com alguém. Tupra, o gordo e Beryl talvez estivessem falando de nós, já perto de Londres, ou dos Fahy e da viúva Wadman. De la Garza e o prefeito de Thame ou Bicester ou de onde quer que fosse talvez estivessem passando em revista as sacanas esquivas para violência da prefeita, se é que já não tinham perecido todos numa curva e se o primeiro conseguisse fazer entender em inglês duas palavras seguidas (sempre podia recorrer à mímica e largar de passagem o volante, assim aumentavam as chances). Até a senhora Berry devia estar recapitulando consigo mesma em sua cama, sem conseguir dormir, ela também havia recebido convidados e havia sido anfitriã subsidiariamente, também não ia querer que sua longa noite se encerrasse de todo.
— Diga-me, o que achou da Beryl? Que efeito te causou? Que impressão te deu?
— Beryl? — respondi meio desconcertado, não tinha imaginado que fosse me perguntar por ela, mas sim por seu anuncia-

do amigo Bertram, se é que era amigo mesmo. — Bem, mal nos falamos, parece não fazer muito caso de quase todo o mundo, não a vi divertir-se muito, como se viesse só por compromisso. Mas ótima de pernas, sabe disso e explora o fato. De rosto, sobram-lhe dentes e queixo, mesmo assim é bem bonita. O cheiro é seu maior atrativo e seu melhor trunfo: um cheiro incomum, agradável, muito sexy.

Wheeler lançou-me um olhar que era misto de censura e gozação, divertido, em todo caso. Brandiu um pouco a bengala, sem chegar a levantá-la, bastou-lhe agarrá-la pelo castão. Às vezes me tratava como um aluno, eu nunca tinha sido, em certo sentido era. Era um discípulo, um aprendiz da sua visão e do seu estilo, como também dos de Toby, em outra época. Mas com Wheeler eu fazia mais caçoada. Ou não, é que o que cede e não volta mais, senão em rememorações, se atenua muito e parece menos, eu tinha caçoado com ambos, como com Cromer-Blake, outro colega da minha época em Oxford, mais da minha idade e de inteligência proeminente, e no entanto não tinha chegado muito longe, morreu de aids quatro meses depois do fim da minha estada e da minha partida, sem que ninguém da congregação oxfordiana dissesse então (nem logo depois, gente maledicente para o trivial, discreta para o grave) que seu mal era aquele. Eu o vi doente, recuperado, mais doente, sem nunca lhe perguntar a causa. E também sempre tinha caçoado muito com Luisa, talvez seja minha principal e decepcionante maneira de manifestar afeto. Os problemas surgem quando há mais que afeto, é o que creio.

— Ora, ora, eu tenho lhe dito, você está muito sozinho lá em Londres. Francamente, não estava me referindo a isso. Francamente: eu nunca teria me atrevido nem a perguntar a mim mesmo se os humores animais de Beryl te haviam estimulado ou não, você há de me desculpar minha falta de curiosidade sobre essa classe de avatares seus. Queria dizer quanto a Tupra, que impressão ela te causou em relação a ele, na atual relação dela com ele. É o que me interessa saber, não se você ficou excitado com as — parou um instante — secreções dela. Sei lá por quem você me tomou.

Depois de dizer estendeu um braço e apontou com o indicador para algum impreciso lugar da sala, pedindo-me sem dúvida que eu pegasse alguma coisa. Como eu precisava de um cinzeiro para as cinzas do meu cigarro, não hesitei, fui buscar um e peguei outro para as do seu charuto, que haviam crescido perigosamente. Aceitou-o e depositou-o no degrau, ao seu lado, mas ainda não fez o já aconselhável uso e, ademais, negou com a cabeça e continuou apontando na mesma vaga direção com o dedo, agora vibrante. Tinha os lábios apertados, como se houvessem ficado colados de repente e lhe fosse difícil abri-los. O semblante não se havia alterado, contudo.

— Um Porto? Gostaria de tomar um último Porto, Peter? — experimentei, tinham ficado por ali várias garrafas com suas correntes e medalhas. Tornou a negar, como se a palavra em questão lhe escapasse, um tropeço, um bloqueio, talvez a idade vivida em tão boa forma (a idade burlada) se vingue com bobagens assim, de vez em quando. — Um bombom? Uma trufa? — As respectivas bandejas não tinham sido retiradas da sala. Negou de novo, mantinha o indicador estendido, agitando-o de cima para baixo. — Quer que lhe traga um foulard? Está com frio? — Não, não era isso, negou, sua elegante gravata lhe protegia bem o pescoço. — Uma almofada? — Por fim assentiu com alívio e então uniu o dedo médio ao indicador e levantou ambos, eram duas almofadas que me pedia.

— Almofada, demônio, não sei o que acontece comigo, às vezes as palavras mais bobas ficam entaladas, e não sai também nenhuma outra até eu soltar a que resiste, uma espécie de momentânea afasia.

— Foi ver o médico?

— Não, não, não é coisa fisiológica, disso tenho plena certeza. É só um instante, como se a vontade se retirasse. É como um anúncio, ou uma presciência... — Não continuou. — Dê-me duas, por favor, minhas costas agradecerão.

Peguei-as num sofá, passei-as a ele, colocou-as na altura dos rins, perguntei-lhe se não preferia que nos sentássemos na sala, fez com a mão em que segurava o charuto um gesto negativo (caiu então no carpete a cinza comprida), como dando a entender que não valia a pena, que ele não me entreteria por muito tempo (com o canto da mão fez a cinza ainda compacta rolar até o cinzeiro, que pôs ao pé do degrau manchado, sem se desfazer), voltei ao meu lugar, mas puxei uma escadinha de cinco ou seis degraus que havia no escritório, coloquei-a sob o batente da porta de correr e sentei-me nela, quer dizer, mantive-me à mesma distância.

Wheeler tinha dito em inglês as últimas frases, falávamos mais nessa língua porque era a língua local e a que ouvíamos e utilizávamos com os outros todo dia, mas a alternávamos com o espanhol quando estávamos a sós e passávamos de uma a outra conforme a necessidade, a comodidade ou o capricho, bastava insinuar duas palavras de um ou outro idioma para que às vezes nos transportássemos automaticamente por um instante ao assim introduzido, seu castelhano era excelente, com sotaque mas não muito carregado, fluente e bastante rápido — embora, naturalmente, mais lento que o meu, velocíssimo, repleto de elisões encadeadas que ele evitava —, preciso demais no vocabulário, cuidadoso demais talvez para ser de um nativo. Tinha empregado a palavra "*prescience*", culta mas não tão rara em inglês quanto o é em espanhol "presciência", entre nós ninguém a diz e quase ninguém a escreve e muito poucos a sabem, nós nos inclinamos mais por "premonição" e "pressentimento" e até "palpite", todas têm mais a ver com as sensações, uma desconfiança — também se diz, coloquialmente —, mais com as emoções do que com o saber, a certeza, nenhuma delas implica o *conhecimento* das coisas futuras, que é o que de fato significam *"prescience"* e também "presciência", o *conhecimento* do que ainda não existe e não aconteceu (nada a ver, portanto, com as profecias, os augúrios, as adivinhações, os vaticínios, muito menos ainda com o que os charlatães de hoje chamam de "vidência", tudo isso incompatível com a mera noção de "ciência"). "É como um anúncio ou uma presciência dessa vontade ausente", pensei que teria dito Wheeler, se tivesse terminado. Ou talvez teria sido ainda mais claro em seu pensamento, do que se tivesse concluído por inteiro: "É como um anúncio ou uma presciência do que é estar morto". Lembrei-me de uma coisa que tinha ouvido uma vez de Rylands ao falar de Cromer-Blake, quando ambos estávamos muito preocupados com sua doença tão calada. "A quem pertence a vontade de um doente?", tinha dito junto do mesmo rio que agora se podia ouvir ali perto na escuridão durante os silêncios, o Cherwell, ao procurar nos explicar algumas atitudes do nosso amigo infectado. "Ao doente? À doença, aos médicos, aos remédios, à perturbação, à dor, ao medo? Aos anos, aos tempos passados? Ao que já não somos... que a levou consigo?" ("Estranho não continuar querendo", parafraseei comigo mesmo, "e não querer querer, mais estranho ainda. Ou não", corrigi-me no mesmo instante, "talvez isso não seja muito estranho.") Mas Wheeler não estava doente, só tinha idade e quase todo o seu tempo já era passado, e teve a longa oportunidade de já não ser o que tinha sido, ou nenhum dos vários que vinha sendo. (Tinha até se desprendido muito rápido do nome.) Nem mesmo tinha chamado de "prefiguração", ele estava acostumado com isso, com as representações antecipadas de todas as coisas e das cenas e diálogos em que intervinha, seguramente havia prefigurado e até planejado a conversa que estávamos tendo, os dois sentados em nossos respectivos degraus depois da festa, quando todos tinham ido embora e a senhora Berry se remexia em seus lençóis sem conciliar o sono insolitamente no andar de cima, relembrando suas tarefas e preparativos cumpridos, talvez atormentada por alguma falha que só ela teria notado. Provavelmente esse bate-papo transcorria segundo o critério e o desígnio de Wheeler, sem dúvida ele o dirigia, mas isso em princípio não me importava, e nunca lhe regateei esses prazeres. O que Peter tinha dito era "presciência", um latinismo chegado quase sem alterações às nossas línguas a partir do original *praescientia*, uma palavra desusada, rara, e um conceito nada fácil de compreender, portanto.

— Como um anúncio de quê, Peter? Uma presciência de quê? — Não terminou sua frase.

Nem ele nem eu éramos dos que se deixam distrair ou tapear e perdem de vista seu objetivo ou o que lhes interessa. Não éramos dos que soltam a presa. Eu sabia isso dele e ele de mim, ainda ignorava até que ponto ele sabia, fiquei sabendo melhor na manhã seguinte. Talvez por isso tenha rido um pouco, por me vir empenhado, e desta vez a fumaça escapou de entre os dentes, sem abrir parágrafo.

— Não pergunte o que já sabe, Jacobo, não é do seu estilo — respondeu-me ainda sorridente. Também não era dos que se deixam sitiar nem capturar facilmente, mas dos que só dão como resposta o que já se propunham comunicar ou confessar de antemão. Era dos que me chamavam Jacobo; outros, como Luisa, me chamavam de Jaime, é o mesmo nome e nenhum dos dois era exatamente o meu (talvez também por ter consciência disso minha própria mulher às vezes me chamava pelo sobrenome). Eu mesmo me apresentava com um ou com outro ou com o mais verdadeiro, conforme a companhia, os ambientes, a conveniência, conforme o país em que estivesse e a língua em que fosse falar. Wheeler gostava da forma mais pretensiosa, talvez, ou da mais artificialmente histórica, conhecia bem a antiga tradição espanhola de traduzir desse modo o James dos reis britânicos Stuarts.

— Desde quando lhe acontece? Não tinha acontecido antes falando comigo, que eu me lembre.

— Oh, deve ter começado faz seis meses ou pouco mais. Mas é muito raro, só acontece de vez em quando, senão seria grotesco. Você já viu, é só um momento, não tem nada de especial você não ter presenciado antes, o estranho e o azar seria o contrário. Mas deixe para lá, não perca tempo com isso, ainda não me disse o que achou da Beryl, além das suas coxas e das suas fuças: em relação a Tupra, que impressão os dois te causaram juntos. — Ele não soltava a presa, obrigava a responder o que queria ver respondido. Também nunca resisti a essas suas insistências.

Vi que suas meias estavam descendo, eram um pouco meias esportivas, talvez pela postura juvenil na escada, as pernas mais flexionadas do que numa poltrona ou numa cadeira, os joelhos mais altos. Eu as vi enrugadas, repentinamente frouxas, contrastando agora com seus impolutos sapatos de verniz com as solas por demais intactas (um convite aos escorregões, a senhora Berry não se mostrara muito atenta nisso), se as meias prosseguissem seu curso deixariam suas canelas descobertas. E se isso acontecesse eu talvez devesse assinalar, ele não gostaria desse fato inadvertido, tão vaidoso e caprichado como era sempre, embora eu fosse sua única testemunha e o único em condições de avisá-lo.

— Bem, já que está interessado: não daria nem seis *pennies* por esse casal, pouco promissor o caso para seu amigo Tupra. A última coisa que essa mulher parece ser é a nova namorada de alguém. Muito pelo contrário, é como se estivesse com ele por indolência ou rotina ou por não ter nada melhor nem pior em vista, uma atitude muito estranha a dela, em se tratando de uma relação recente. Deram-me justamente uma sensação de veteranice e preguiça, como se fossem velhas chamas um do outro — *"old flames"*, disse eu, melhor traduzido como "antigas paixões" em castelhano —, que mantêm um bom relacionamento mas que se conhecem de cor e salteado e logo se saturam mutuamente, embora se tolerem e conservem uma pitada de saudade recíproca, que na realidade se amparam como representantes dos seus respectivos tempos passados. Era como se Tupra, não sei, houvesse recorrido a ela para não se apresentar sozinho no jantar, esse tipo de convenções, o senhor sabe. O que em princípio seria esquisito no caso de alguém com sua aparência e seu estilo, não parece um homem com dificuldade para arranjar companhia, e bem lúcida. E se o favor ele é que tivesse feito a ela, levando-a para sair, a coisa também não bate, eu já disse que Beryl estava se aborrecendo, como se houvesse vindo quase obrigada ou em cumprimento de um acordo, não sei, sim, pouco menos que arrastada. Nem se preocupava em causar boa impressão aos amigos dele, se é que são seus amigos. No começo, a pessoa quer ser aprovada até pelo gato do outro, pelo canário, pelo calista, ver-se assegurada até pelo leiteiro. Faz um esforço contínuo para cair na graça de todo o círculo do novo amado, mesmo se o mundo dele lhe repugnar. E nela não se via o menor empenho. Nem sequer a tentativa.

Wheeler esquadrinhou a brasa do seu charuto aproximando-a bastante do olho, seu metal brilhava mais do que a brasa; avivou-a soprando-a, já pouco fumava o charuto ou assim fingia; e, sem me olhar de frente, aparentando uma indiferença que sem dúvida não sentia, instou-me a prosseguir. Mas, embora me ocultasse os olhos, vi suas sobrancelhas muito brancas e lisas franzirem-se de complacência e notei na voz uma excitação contida e ansiosa, a de quem põe o outro à prova, já prevendo durante o transcurso que ele pode sair vencedor (mas ainda aguarda com os dedos cruzados, sem se atrever a cantar vitória).

— Deveras — fez, sem chegar a ser interrogativo. — Como velhas chamas, hem? E ela veio aqui *velis nolis*, você acha. — Ele gostava deveras do latinório. — Ande, continue contando o que mais viu.

— Não saberia lhe dizer muito mais, Peter, não conversei grande coisa com nenhum dos dois, e foi separadamente com cada um, com ela três palavras protocolares e com ele alguns minutos, não os vi juntos. Por que me pergunta tanto? Eu tenho algumas perguntas por minha vez a lhe fazer sobre esse indivíduo, ainda não me explicou por que me falou tanto tempo dele outro dia no telefone. Sabe que me ofereceu trabalho se eu me cansar da BBC? Nem sei a que se dedica. Sugeriu-me que falasse com você, não por acaso. Que o consultasse. Você deve saber. Me dirá quando achar melhor, Peter. Ele é um homem simpático, à primeira vista. E com capacidade de — hesitei: não era sedução, não era intimidação, não era proselitismo, embora também pudesse pôr todas essas em funcionamento — domínio, não? Qual é a dele, qual o ramo?

— De Tupra falaremos amanhã, no café. E possivelmente do trabalho. — Wheeler não chegou a ser autoritário, mas aquele era um tom que mal admitia objeção ou protesto. — Conte-me mais de Beryl agora, dela com Tupra. Em frente, vamos. — E insistiu na ideia em que eu devia me concentrar: — Velhas chamas, ora essa... — "*Old flames, well, well...*" Continuávamos em inglês e ele me indicava o caminho, como se estivesse me animando ("está quente") no meio de uma adivinhação. — Representantes dos seus tempos passados, você diz. Dos seus respectivos tempos.

Agora estava completamente certo de que Wheeler estava me submetendo a uma prova, mas não tinha ideia do porquê nem em que consistia, nem tampouco se eu queria vencê-la, fosse qual fosse. Ante essa sensação de exame, a gente deseja instintivamente ser aprovado, pelo desafio, ainda mais se quem nos sonda e nos julga é alguém que admiramos. Mas eu receava estar às cegas. Aquilo tinha a ver com Tupra, e com Beryl, era evidente, e provavelmente com a oferta informal ou hipotética de trabalho que ele tinha feito ao se despedir, eu a tinha tomado muito mais por amabilidade do que por outra coisa, ou por um desejo último de se fazer de importante, apesar de não combinar com Tupra essas vanglórias, não parecia necessitar delas, eram mais próprias de um De la Garza. Na boca do adido Rafita, teriam sido sem dúvida palavras vazias, que bobo alegre, um mascarado, um picareta. Eu não conseguia entender as reticências e meandros de Wheeler, a não ser que fossem para sua diversão e para me intrigar, comigo ele podia falar com toda a confiança. Entendi que ia fazê-lo na manhã seguinte durante o café, cada coisa em seu tempo escolhido ou adjudicado, ele decidia sobre o tempo da sua velhice, diminuído e minguante, embora qual não seria assim. De modo que o agradei, deixei-me levar, apesar de que, na verdade, não podia acrescentar muito mais: inventei um pouco, elaborei e enfeitei o exposto, estendi-me, talvez tenha inventado demais. Percebi que as meias sociais ou esportivas de Wheeler (inicialmente teriam chegado até os joelhos, como as que uso) haviam escorregado um pouco mais, da minha posição eu via aparecer uma estreita faixa de pele bronzeada, sua cor e sua tez eram mais austrais do que inglesas, era o que eu pensava agora. Tinha agarrado sua bengala com os dois punhos em cima, como se fosse definitivamente uma lança, tinha apoiado no cinzeiro o charuto pouco fumegante, não fosse por sua expressão de agrado eu teria dito que estava uma brasa, brasa de categoria menor, é bem verdade, que nunca o teria abrasado muito.

— Sim, bem, não sei, pareceu-me que cada um estava demasiado na sua, para terem começado recentemente. Isso não teria me chamado a atenção se vivessem um casamento rotinizado, desses com a emoção tão gasta que, no fundo, já estão caducados, salvo quando os cônjuges ficam a sós sem nada com que se entreter, e mesmo assim. Bem, o senhor não teve tempo de viver nada parecido, com seu casamento breve e distante, mas terá observado: há um momento lamentável ou de duelo tácito em quase todos eles, em que basta haver uma terceira pessoa presente, seja quem for, mesmo que seja um taxista de costas, para que a mulher ou o marido não dê mais a menor bola para o outro. A alegria quase nunca está neles, a dele nela ou a dela nele ou a de nenhum em nenhum, depende de quem se desinteresse antes ou de o enfastiamento ser simultâneo, quase sempre acaba envolvendo e afetando ambos, se é que continuam juntos, e então nenhum dos dois sofre muito ou só por efeito da sua decepção e da sua desistência, mas durante os períodos descompensados isso entristece um e irrita o outro indescritivelmente. Quem está triste não sabe o que fazer nem como se comportar, prova uma coisa e outra e seus respectivos contrários, dá tratos à bola para interessar-se novamente ou fazer-se perdoar embora ignore qual o seu erro, e nada adianta, porque já está condenado, não adianta ser encantador nem antipático, suave nem arisco, complacente nem crítico, amoroso nem beligerante, atento nem torpe, adulador nem intimidador, compreensivo nem impermeável, tudo é perplexidade e tempo perdido. E quem está irritado às vezes se dá conta da sua parcialidade e da sua injustiça, mas não pode evitá-las, sente-se irascível e tudo o que vem do outro tira-o do sério, o que é a prova máxima, na vida pessoal e cotidiana, de que nada nunca é objetivo e tudo pode ser falseado e distorcido, de que nenhum mérito ou valor o são em si mesmos sem um reconhecimento alheio, que no mais das vezes é puramente arbitrário, de que os fatos e as atitudes sempre dependem da intenção que se lhes atribua e da interpretação que se lhes queira dar, e sem essa interpretação não são nada, não existem, são neutros ou podem ser negados sem mais nem menos. As maiores evidências são negadas, o que acaba de acontecer, e visto pelos dois, pode ser negado na mesma hora por um deles, nega-se o que um disse ou ouviu ali mesmo, não ontem nem há tempos, tão só um minuto antes. É como se nada contasse, nada se acumulasse nem tivesse peso, e ao mesmo tempo fosse ruindo, tudo indiferente, sem cômputo, sem memória, ar, mas ar sujo, e para ambos é desesperador, de maneira distinta para cada um e com maior intensidade para quem está triste. Até que tudo se desfaz. Ou não, e então se espicha, e se assimila interiormente, e no exterior se acalma ou enlanguesce, ou também se guarda e apodrece sem fazer barulho e oculto, como o que se enterra. E embora tudo esteja caduco, os dois permanecem juntos, como me pareceu que continuavam juntos Tupra e Beryl, mais ou menos.

Claro está que Wheeler não queria perdê-los de vista, e eu havia por fim voltado a eles após minha digressão tão comprida, que ainda pensava em continuar, apesar disso. Mas, em vez de aproveitar minha volta, pareceu esquecer-se momentaneamente do casal e se interessar por minha peroração, apesar de correr assim o risco de que eu me afastasse novamente do objetivo. Foi a curiosidade, seguramente, porque não pôde evitar de me perguntar:

— Foi o que aconteceu com você e Luisa? Só que vocês não espicharam, nem continuaram juntos? — Encarou-me um segundo com aquela sua compaixão que logo corrigia ou atenuava. Não é que a perdesse nem desestimasse nem retirasse, de maneira nenhuma, tão somente a matizava depois da primeira irrupção, que era muito sincera e espontânea. Mas esse estado de inocência ou de elementaridade, talvez teria sido essa a sua palavra, fosse ele quem se descrevesse, nunca podia durar muito.

— Não, não deixei, ou não deixamos que isso acontecesse. Foi outra coisa, talvez mais simples, sem dúvida mais rápida. Menos pegajosa. Talvez mais limpa.

— Algum dia você tem de me falar um pouco mais sobre isso. Se você quiser, é claro, e se souber, às vezes é impossível explicar o mais decisivo, o que mais nos afetou, e guardar silêncio é a única coisa que nos salva nos momentos difíceis, porque as explicações quase sempre soam tolas em relação ao mal que um faz ou lhe fizeram. Não costumam estar à altura do mal sofrido ou causado, e não se aguentam, não é mesmo? Eu não entendo vocês, apesar de entender que não entenda. Gostava muito dos dois. Bem, é um absurdo dizê-lo no passado: gosto muito dos dois. Suponho que é porque como casal vocês parecem ser passado, por enquanto. Porque nunca se sabe, não?, com os vínculos, pouco importa de que tipo. Vínculos. — Parou um instante, como se sopesasse essa palavra ou rememorasse algum fato concreto seu. — O que quis dizer é que gostava de vocês juntos, e em geral as pessoas separadamente costumam parecer melhores, cada uma por sua conta, sem aderências conjugais nem familiares. Mas, agora que penso nisso, não sei se vi Luisa sem você, se a vi sozinha alguma vez, você se lembra? Acho que sim, mas não tenho certeza.

— Creio que não, Peter, creio que não a viu sem a minha companhia. Sim, falaram por telefone, claro. — Devo ter soado reticente a essa última e para mim inesperada derivação. Mas não me escapou que se Wheeler e Luisa não se viram sem mim (também não tinha certeza absoluta disso, rondava-me alguma recordação indefinida e vaga), o que ele tinha afirmado era que me preferia com ela do que sozinho, como me havia conhecido. A inferência não me ofendeu: eu não tinha a menor dúvida de que ela me melhorava, me tornava mais alegre e leve, não tão meditabundo, muito menos perigoso, muito menos sombrio. "*My dear, my dear*", pensei, e pensei em inglês porque era a língua em que eu estava falando e, além do mais, há coisas que envergonham menos numa que não é a nossa, mesmo se são só para o pensamento. "Se me fosse dado o esquecimento", pensei já em espanhol agora. "Se você me desse, seu esquecimento."

Mas antes de voltar aos Tupra — ou a Tupra e Beryl, melhor dizendo —, Peter acrescentou algo mais do seu canteiro de rodeios, ele sem dúvida teria chamado isso de *excursus*:

— Não sei se você se dá conta — disse, enquanto reavivava a brasa do charuto com um novo fósforo, depois falou envolto numa fumaceira ferroviária — de que tudo o que você descreveu sobre o conjugal, o privado, também acontece em quase todos os âmbitos, no profissional, no público, no político. A negação de tudo, de quem você é e de quem foi, do que faz e do que fez, do que pretende e pretendeu, dos seus motivos e das suas intenções, das suas profissões de fé, suas ideias, suas maiores lealdades, suas causas... Tudo pode ser deformado, torcido, anulado, apagado, se você foi sentenciado sabendo ou sem saber, e se você nem sabe, então está inerme, perdido. É o que acontece nas perseguições, nos expurgos, nas piores intrigas, nas conspirações, você não sabe como isso é espantoso quando quem decide lhe negar tem poder e influência, ou quando são muitos agindo de comum acordo, ou pode nem ser necessário o acordo, basta uma insídia que prenda e contagie, é como um incêndio, e convença outros, é uma epidemia. Você não sabe o quanto são perigosas as pessoas persuasivas, nunca enfrente quem seja, a não ser que você esteja disposto a se tornar pior que eles e creia que sua imaginação, não, sua capacidade de fabulação seja superior à deles, e que seu surto de cólera se propagará mais depressa e na direção correta. Você deve ter presente que a maioria das pessoas é tonta. Tonta e frívola e crédula, você não sabe até que ponto, uma permanente folha em branco sem a menor marca nem resistência, por mais que você imagine que sabe disso não pode saber direito até que ponto, você não passou por uma guerra, espero que nunca passe por uma. O persuasor conta com isso, conta até demais da conta, e no entanto nunca falha, conta até o exagero e até o último extremo, e isso lhe confere uma audácia quase sem limites. Mas se é bom, nunca erra. — Calou-se um momento, deixou que se aplacasse a fumaça que parecia sair agora dos seus cabelos brancos de confeitaria, então olhou muito fixamente para mim, com um misto de curiosidade e confirmação, como se me visse pela primeira vez e ao mesmo tempo me reconhecesse (talvez como sujeito da última frase que tinha dito), ou me comparasse com alguém ou consigo mesmo, ou talvez me abençoasse. — Mas você também tem isso, você é persuasivo. Melhor não enfrentar você. — Voltou a dar uma boa chupada no charuto, observou com satisfação sua brasa avermelhada e soprou-a mais, por gosto, para vê-la avermelhar-se mais. — Hoje não se usa muito, não é mesmo?, a expressão "cair em desgraça". Cair em desgraça. É interessante, é estranho que esteja um pouco em desuso, quando o que ela designa, e melhor que nenhuma outra, acontece sem parar, incessantemente, em todas as partes e talvez mais que nunca, embora com maior dissimulação ou com menos barulho do que no passado, e muitas vezes supõe a destruição de quem cai, que já é literalmente um caído, como dizer, já é uma baixa, uma não pessoa, uma árvore cortada. Vi isso muitas vezes, melhor dizendo, participei disso umas tantas vezes, quero dizer que contribuí para que mais de um caísse em desgraça, inclusive na odiosa desgraça de que jamais se sai. Até propiciei isso, eu. E determinei. Ou ajudei a se consumar a desgraça que outros ditaram. A levar-se a cabo.

— Aqui, na Universidade?

— Não. Bem, sim, mas não só. Também em frentes nas quais essa queda era mais grave e trazia maiores consequências do que não ser convidado para jantares — disse *"high tables"*, os "jantares elevados" ou de gala nos *colleges*, eu tive de engolir muitos em outras épocas — ou se transformar em objeto de comentários e críticas, ou sofrer um vazio social ou acadêmico, ou ver-se desprestigiado profissionalmente. Mas disso também conversaremos amanhã, talvez, um pouco, apenas o necessário. Ou talvez não, não falemos, não sei, veremos. Veremos amanhã.

Não sei como olhei para ele, sei que não gostou do meu olhar. Mas não tanto pelo que este exprimira — talvez surpresa, curiosidade, leve incredulidade, leve receio, não creio que de modo algum reproche ou censura, para com ele era-me impossível ter esses sentimentos intuitivamente — quanto pelo mero fato de ter olhado assim. Era como se o fizesse duvidar da sua anterior confirmação ou comparação ou reconhecimento, quando já era tarde demais ou não tinha por quê.

— O senhor propagou surtos de cólera? — Foi essa a pergunta que acompanhou meu olhar.

Encostou a ponta da bengala no chão, agarrou-se ao corrimão, o charuto e o cabo da bengala na outra mão, ia se levantar mas não o fez. Ficou assim, com os dois braços ao alto, como se estivesse pendurado em ambos os apoios ou num gesto semelhante ao que serve para proclamar a inocência ou anunciar que está desarmado: "Não me revistem". Ou "Não fui eu".

— Você é inteligente demais, Jacobo, para que nem me passe pela cabeça que pode ter entendido essa expressão em outro sentido que o devidamente metafórico. Claro que propaguei. — E rapidamente, depois desta arrevesada tirada jamesiana e da subsequente afirmação desafiadora, tratou de atenuá-la, ou mitigá-la, ou pinçar um âmago de explicação nebulosa e parcial, como se Wheeler também não quisesse que minha visão dele se turvasse ou se estropiasse por um mal-entendido ou por uma metáfora antipática. Não sei como pôde lhe ocorrer que eu o fosse tomar por um desalmado. — Faz muito tempo isso — falou. — Nunca se esqueça de que nasci em 1913. Antes, imagine, de começar a Grande Guerra. Não parece possível, não é mesmo?, que continue vivo. A mim mesmo não me parece, certas tardes. Numa vida como a minha dá tempo para coisas demais. Bem, não dá tempo para nada e ao mesmo tempo dá: para coisas demais. Minha memória está tão cheia que às vezes não a suporto. Queria perdê-la mais, queria esvaziá-la um pouco. Ou não, isso não é verdade, prefiro que ainda não me falhe. O que queria é que não se houvesse enchido tanto. Quando jovem, você sabe, a gente tem pressa e teme não viver o suficiente, não aproveitar as experiências bastante variadas e ricas, a gente se impacienta e acelera os acontecimentos, se possível, e se carrega deles, faz estoque, a urgência do jovem em somar cicatrizes e forjar-se um passado, essa urgência é muito estranha. Ninguém deveria ter esse medo, nós, velhos, deveríamos ensinar isso a essa gente, mas não sei como, hoje ninguém escuta os velhos. Porque no fim de qualquer vida mais ou menos longa, por mais monótona que tenha sido, e anódina, e cinzenta, e sem turbulências, sempre haverá demasiadas recordações e demasiadas contradições, demasiadas renúncias e omissões e mudanças, muito passo atrás, muito arriar bandeiras, e também demasiadas deslealdades, isso é certo. E não é fácil ordenar tudo isso, nem mesmo para se contar a si mesmo. Demasiada acumulação. Demasiado material brumoso e amontoado, e ao mesmo tempo muito disperso, demasiado para um relato, até para um relato apenas pensado. E não falemos das infinitas coisas que caem no ponto cego do olho, toda vida está cheia de episódios literalmente invisíveis, você ignora o que aconteceu porque simplesmente não viu, não teve a possibilidade de ver, boa parte do que nos afeta e nos determina está tapado, como dizer, não se ofereceu à visão, subtraiu-se, não houve ângulo. A vida não é contável, e é extraordinário que os homens tenham passado todos os séculos de que temos conhecimento dedicando-se a isso, empenhados em contar o que não pode ser contado, seja em forma de mito, de poema épico, de crônica, anais, atas, lenda ou gesta, versos de cego ou cantigas, de evangelho, vida de santos, história, biografia, romance ou elogio fúnebre, de filme, de confissões, memória, de reportagem, dá na mesma. É uma empresa condenada, falida, e que talvez nos traga menos benefício do que danos. Às vezes penso que valeria mais abandonar o costume e deixar que as coisas apenas passem. E depois se acalmem. — Deteve-se, como se se desse conta de que já se afastava demais da conversa que planejara. Mas não devia ter perdido de vista Tupra e Beryl, disso não havia dúvida, ele podia se permitir excursos de excursos e acabar voltando ao que queria. Tornou a ser desafiador e em seguida a amortecer o desafio: — Claro que propaguei surtos de cólera, de malária, de peste. Lembre-se que tivemos aqui uma longa guerra contra a Alemanha faz muito menos anos do que os que vivi, eu já era adulto então. E que antes também passei pela de vocês. Também era adulto então, faça as contas.

Fiz mentalmente, num instante. Wheeler fazia anos em 24 de outubro, logo não tinha feito 23 em julho de 1936, quando estourou a Guerra, e em abril de 1939, no fim dela, tinha 25 anos. Isso também era uma revelação, ele nunca me havia contado nada. "Antes também passei pela de vocês", tinha dito, logo havia tomado parte, havia combatido ou talvez apenas espiado ou feito propaganda, ou talvez tenha sido correspondente, ou enfermeiro da Cruz Vermelha, dirigido ambulâncias. Não podia acreditar. Não no fato, mas em não ter sabido disso até aquela noite, depois de tantos anos que nos conhecíamos.

— Nunca me disse que esteve na Guerra da Espanha, Peter, como é possível. — *"The Spanish War"*, disse eu, obedecendo excessivamente à língua em que falava, pois é assim que a chamam coloquialmente em inglês quase sempre. — Nunca tocou nisso. — Na verdade, não acreditava. — Como se explica. Nem sequer tinha me dado a entender.

— Não. Creio que não — confirmou-me Wheeler com seriedade, como se agora também não tivesse a menor intenção de acrescentar mais nada. E, em seguida, iluminou seu rosto com um sorriso de indisfarçável deleite que o fez parecer ainda mais juvenil, adorava me intrigar para depois me deixar na ignorância, suponho que fazia assim com todo o mundo se a ocasião se apresentasse, nisso também era como Toby Rylands, que costumava sugerir fatos deploráveis do seu passado, atividades semiclandestinas remotas, frequentações inesperadas ou em princípio impróprias a um catedrático, sem abordar totalmente nenhum relato. Insinuava e calava, acendia a imaginação mas não a atiçava nem alimentava e, se começava com alguma história, parecia que era apenas sua memória, e não sua vontade — sua memória em voz alta, articulada —, que o levava, e então reagia e parava logo em seguida, e assim nunca chegava a contar nada por completo dos seus possíveis dias inclementes ou aventureiros, só permitia vislumbrá-los. Pertenciam à mesma escola e à mesma remota época, ele e Wheeler, não era de estranhar uma amizade tão longa, quanto devia o vivo fazer falta ao morto, imensamente. — Mas tampouco te ocultei — acrescentou Wheeler com seu grande sorriso, ao mesmo tempo que por fim esmagava o charuto verticalmente contra o cinzeiro, com força e de um só golpe, como se fosse um bicho indesejável. No fim tinha-o fumado todo. — Se um dia você tivesse me perguntado... — E, divertindo-se mais ainda, fez a si mesmo o mimo de me dedicar uma reprimenda: — Você nunca mostrou o menor interesse em sabê-lo. Não teve nenhuma curiosidade por minhas andanças peninsulares.

Quando o via jogar eu costumava jogar seu jogo, do mesmo modo que procurava prolongar sua complacência se o via comprazer-se. Assim sendo, disse-lhe o que ele queria que eu dissesse, apesar de já saber sua resposta ou precisamente para que ele pudesse dá-la:

— Pois agora eu lhe pergunto, Peter, e com veemência. Garanto que nada no mundo nunca poderá me interessar tanto. Ande, me conte sem demora essas desconhecidas andanças suas da Guerra Peninsular Segunda.

— Não exagere, infelizmente não tivemos tanta participação como na Primeira. — Nem é preciso dizer que ele tinha entendido a piada, é assim que é conhecida na Inglaterra o que para nós é a Guerra de Independência contra a ocupação napoleônica: *The Peninsular War*, eles escreveram um montão de livros sobre essa campanha, ao contrário de nós, consideram-na deles. É significativo como os nomes variam de acordo com o ponto de vista, a começar pelo das contendas. A que se conhece em toda parte como Primeira Guerra Mundial ou Guerra de 1914 ou até Grande Guerra é, oficialmente, para os italianos, *La Guerra del Quindici- -Diciotto*, porque foi só em 1915 que eles entraram em combate. — Agora já está muito tarde — Wheeler não se desfez de seu previsto papel de difícil — e amanhã não teremos tempo, temos assuntos a despachar, várias causas. Você deveria ter aproveitado outras ocasiões passadas, está vendo? A gente tem que pensar nas coisas a tempo, ou antecipá-las. — Continuava sorrindo. Tomou

impulso e se levantou, apoiando-se ao mesmo tempo na bengala e no corrimão. Na verdade era forte para a sua idade, ergueu-se quase sem trabalho nem dificuldade e, ao fazê-lo assim, com celeridade, as meias sociais ou esportivas por fim sucumbiram inteiramente, vi como as duas deslizavam sincronicamente até o tornozelo. Os dois já de pé (eu também me levantei da minha escadinha, não ia ficar sentado, uma educação já remota também, a minha), encostou-se na balaustrada e brandiu a bengala com a mão esquerda, a ponta para cima, como se fosse mais um chicote do que uma lança, lembrou-me na mesma hora um domador.
— Mas antes de nos despedirmos — acrescentou —, uma coisa a respeito de Tupra e Beryl: entendo seus comentários, deduzo — agora pronunciava cada palavra lentamente, talvez as estivesse escolhendo com grande cuidado ou, mais provavelmente, desfrutava-as, todas e cada uma, com debochado cinismo — que pelo visto não cheguei a te dizer que Tupra finalmente não vinha com sua nova namorada como me anunciou no começo, mas com sua ex-mulher, Beryl. Beryl é sua ex-mulher mais recente, você não sabia, não é mesmo? Não cheguei a te comunicar a mudança, não é mesmo? Bem, é óbvio.

Agora eu também sorri ou ri mesmo, com toda a certeza, acendi outro cigarro, mais fumaça, a fumaça acompanha e acolhe, tenho de reconhecer que a desfaçatez em alto grau às vezes acho bastante engraçada. Claro que depende de em quem a vejo, nas coisas menores é preciso saber ser injusto.

— Vamos, Peter, você sabe perfeitamente que não me disse, e por que cargas d'água ia me comunicar tal mudança, que não me dizia respeito de modo algum, agora começo a pensar que dizia sim, por algum motivo que o senhor deve saber mas que eu ignoro. O senhor mencionou no telefone a nova namorada dele, de maneira muito casual, e só. Diga-me o que está maquinando, acho que aqui tem muito pouco de casual, não é verdade? Alguma brincadeira, algum teste, uma adivinha, uma aposta? — E então me dei conta de um detalhe mínimo: era por isso que Wheeler, sempre tão formal nas apresentações, tinha se permitido omitir o sobrenome de Beryl ao nos apresentar. Não era de todo impróprio se fosse o mesmo do seu acompanhante, e assim podia se subentender. "Mr. Tupra, cuja amizade remonta ainda mais longe no tempo. Ela é Beryl", tinha dito, e era possível entender "Beryl Tupra", se ainda era esse seu nome, se não o tivesse substituído ao se casar com outro, por exemplo. Se se tivesse tratado da nova namorada, Peter teria se encarregado de verificar o nome inteiro, a fim de apresentá-la devidamente. Não era nem um pouco dos que gostam de imitar as inovações sem graça, na verdade eu o tinha ouvido deblaterar contra o costume atual, próprio de adolescentes mas implantado entre muitos adultos bobocas, de privar em sociedade as pessoas de seus sobrenomes, em primeira instância o equivalente do tratamento informal generalizado na minha língua.

Mas é claro que não respondeu à minha pergunta. Já era tarde, ele tinha sua agenda feita, ou havia programado seu horário para aquele fim de semana, tratava do que queria quando queria.

— É interessante, é notável que sem saber você tenha detectado a índole da relação entre eles, e só os tendo visto juntos à distância — disse, e levou a bengala ao ombro, agora como o fuzil de um soldado num desfile ou de guarda, o cabo como culatra, foi um gesto meditativo. — Tupra tem sérias dúvidas neste momento, segundo me contou. Eles se separaram finalmente faz um ano, após um ou outro estrépito e um longo esmorecimento, depois pediram divórcio de comum acordo, deve fazer uns seis meses. Agora estão a ponto de obtê-lo em definitivo, tecnicamente ainda não são ex-cônjuges, parece-me. E, como acontece muitas vezes ante as iminências, um deles, Beryl, propôs voltarem, paralisar todo o processo e tentar de novo. Apesar da nova namorada (isso também não será crucial, ultimamente Tupra troca rápido demais, de namoradas), ele ficou em dúvida. A idade vai avançando, já se casou duas vezes e Beryl foi muito importante para ele, o bastante para sentir falta dessa importância, quero dizer para dá-la, mesmo se não a tem mais, creio eu, realmente. Por um lado, voltar é uma tentação para ele, mas ele não confia. Sabe que ela não brilha mais em nenhum aspecto, nem sentimental nem econômico, embora não vá sair mal amparada desse divórcio, ele apenas pôs limites aos pedidos dela. Mas Beryl está acostumada a uma folga maior ou, digamos, aos imprevistos, às gratas surpresas frequentes na profissão de Tupra, aos extras, e em espécie. E, claro, a não ficar sozinha. Ele teme, ele desconfia que ela quer voltar somente por isso, por apreensão e impaciência, não por verdadeira falta, nem por obstinado afeto, nem por ter pensado melhor (deixemos o amor em paz), mas porque não melhorou sua situação este ano, provavelmente ao contrário do que previa. Nem sequer se refez, como se diz, parece, e também não é mais tão moça, portanto não sabe mais esperar, nem confiar, ficou com pressa e se esqueceu, você sabe que as mulheres deixam de ser moças quando creem que não são, não é tanto a idade quanto sua crença o que de fato as envelhece de início, são elas mesmas que se dão baixa. De modo que Tupra a está pondo à prova estes dias, entreabriu-lhe a porta, não a repele, traz, leva, avalia, voltam a sair de vez em quando. Quer ver. Mas Tupra teme que Beryl esteja fingindo. Só ganhando tempo e um respaldo passageiro à espera do substituto adequado que ainda não apareceu: que se enrabiche ou goste dela e, além de tudo, lhe convenha, a ela.

    A profissão de Tupra. Não me escapou, mais uma vez. Mas deixei para lá e não pude deixar de ser áspero. Aquilo tudo não batia com alguém como Tupra, isto é, com alguém como o indivíduo que eu acreditava ter entrevisto. Tudo era possível, no entanto. É bem sabido que os que mais podem escolher, escolhem mal quase sempre.

— Deve estar muito enrabichado — comentei —, deve estar mais que cego se teme uma coisa dessas. Salta aos olhos que ela está mais interessada em qualquer outro futuro possível do que em qualquer presente ao lado desse homem. Claro que não sou ninguém para garantir nada, mas não sei, era como se de vez em quando ela se lembrasse do papel de reconquistadora que, segundo o senhor disse, anunciou ao marido e então se esmerasse um instante, ou melhor, se aplicasse rotineiramente a agradá-lo e até a lisonjeá-lo, suponho. Mas não parece capaz nem mesmo de fazer com que uma lembrança dure, ou esse impulso; deve ser artificial demais, só inventado, não deve existir nem em espectro, enfim, o senhor sabe, o mais árduo nas ficções não é criá-las mas fazer com que durem, porque tendem a cair sozinhas. Um esforço sobre-humano, sustentá-las no ar. — Parei, talvez eu me houvesse aventurado excessivamente, procurei um apoio sólido, prosaico. — Olhe, até De la Garza notou que ela estava cagando pra ele, foi assim mesmo que viu e falou, não usou meias palavras. E não creio que ele se enganasse, prestou bastante atenção em Beryl porque achou-a turbinada, foi o que disse. Leve isso em conta. Ou talvez tenha dito isso da deã viúva, mas tanto faz: não tirou os olhos dela, principalmente da cintura para baixo e da coxa para dentro.

Passei ao castelhano porque era obrigado: "que estava cagando pra ele", "turbinada". Impossível uma tradução verossímil. Ou não, para tudo há tradução, é só trabalhá-la, mas eu não ia me dedicar a isso àquela hora. O reaparecimento da minha língua fez Wheeler transportar-se a ela momentaneamente.

— Turbinada? Turbinada, você disse? — perguntou-me com uma ponta de desconcerto e também de aborrecimento, não gostava de descobrir lacunas em seus conhecimentos. — Não conhecia o termo. Embora o entenda sem dificuldade, creio. É como "boazuda"?

— É. Sim. É. Isso mesmo, Peter. Não sei explicar agora, mas com certeza entende, perfeitamente.

Wheeler se coçou na altura da costeleta. Não é que as tivesse compridas nem desenhadas, de maneira alguma, no seu entender era elegante. Mas também não eram ausentes, longe disso, não era desses tipos obscenos que não emolduram o rosto, caras gordas apesar de sem gordura. Gente ruim, na minha experiência (com uma grande exceção, na minha experiência, para tudo há exceções, isso é incômodo e desconcertante, você não sabe a que se ater), quase tanto como os que usam pera, barbicha debaixo do queixo, mosca. (O cavanhaque é outra história.)

— Deve ter a ver com turbina, humm — murmurou, de repente muito pensativo. — Embora não veja a associação, a não ser que seja como aquela expressão, "do peru", essa sim eu conheço, aprendi faz uns meses. Você diz, do peru? Ou é muito vulgar?

— Meio juvenil, isso sim.

— Bem, eu deveria visitar mais a Espanha. Fui tão pouco nos últimos vinte anos que daqui a pouco serei incapaz de ler um jornal direito, a língua coloquial muda sem parar. Não se faça desmerecer, em todo caso. Pode ser que Rafita não seja tão idiota quanto supusemos, gostaria que assim fosse por causa do pai dele, boa pessoa. Mas a percepção dele não tem nada a ver com a sua, tenha isso por certo, não se iluda.

De repente eu o vi cansado. Minutos antes sorria com vivacidade, jovial, agora pareceu-me esgotado, absorto. E então também notei meu cansaço. Para um homem da idade dele, deve ter sido brutal um dia tão cheio e longo, com os preparativos, a atenção, os garçons, a festa, com fumaças, engenhosidades, drinques e muito papo. Talvez as meias por fim rendidas tivessem estabelecido o limite, ou tinham sido a causa.

— Peter — disse-lhe eu, talvez por superstição e claro que sem prudência —, não sei se percebeu mas suas meias caíram. — E me atrevi a assinalar com um tímido dedo os seus tornozelos. Ele se recompôs no mesmo instante, afugentou o cansaço com três piscadas de olho e teve presença de espírito para não baixar a vista e verificar. Talvez já houvesse notado, sabia, não lhe importava. Seu olhar tinha se anuviado, ou era opaco agora, seus olhos duas cabeças de fósforo recém-apagadas. Sorriu de novo, mas sem ânimo, ou paternalmente. E voltou ao inglês, sempre lhe custaria menos; como minha língua, para mim.

— Em outra ocasião eu teria agradecido infinitamente a advertência, Jacobo. Mas agora não é grave. Vai ver, vou já para a cama, e penso em tirá-las antes, pode ter certeza. Era bom irmos nos deitar logo, para estarmos renovados amanhã, temos muitos assuntos pendentes. Obrigado pelo aviso, em todo caso. E boa noite. — Deu meia-volta e dispôs-se a subir os degraus que o separavam do primeiro andar, ficava lá seu quarto, o quarto de hóspedes que eu ocuparia e tinha ocupado outras vezes ficava no segundo e penúltimo andar. Ao dar essa meia-volta, Wheeler acertou sem querer um pontapé no cinzeiro, que tinha ficado ali com o cadáver de seu charuto. Rodou, não quebrou, os tombos amortecidos pela parte atapetada sobre a qual nevou cinza, eu me apressei a pegá-lo enquanto ainda dançava. Wheeler ouviu e identificou o barulho mas nem por isso se virou. Ainda de costas me disse com indiferença: — Não se preocupe em limpar. Mrs. Berry arruma amanhã. A sujeira não a perdoa. Boa noite. — E iniciou a subida, ajudando-se com a bengala e o corrimão, outra vez vencido pelo esgotamento, como se lhe houvessem lançado subitamente uma onda enorme que o houvesse ensopado e desequilibrado, sua figura de repente desarticulada, levemente encolhida apesar do seu grande tamanho, como se tiritasse, vacilantes os passos, cada degrau era um custo, seus bonitos sapatos novos de verniz pareciam lhe pesar, a bengala era só báculo agora. Escutei, tornou-se muito audível o sossegado, ou paciente, ou lânguido rumor do rio. Parecia falar com serenidade, ou sem vontade, quase desmaiadamente, um fio. Um fio de continuidade, o rio Cherwell, também entre o morto e o vivo com suas semelhanças, entre Rylands morto e Wheeler vivo.

— Desculpe se o retenho um segundo mais, Peter. Gostaria de lhe perguntar...

— Diga — disse Wheeler parando, mas ainda sem se virar.

— Acho que não vou conseguir dormir logo. Você com certeza deve ter em algum lugar *Lutando na Espanha* do Orwell e a história da Guerra Civil do Thomas, suponho. Gostaria de dar uma folheada, consultar uma coisa antes de me deitar, se não há inconveniente. Se pode me emprestar, se estão por aí mais ou menos à mão.

Agora sim deu meia-volta, de novo. Ergueu a bengala e apontou com ela por cima da minha cabeça, movendo-a levemente para a esquerda, quer dizer, para a minha direita, como um ponteiro. Seus músculos tinham se afrouxado, sua tez como uma casca de árvore ou terra úmida, de repente tão batida.

— Quase tudo da Guerra da Espanha está ali, no escritório, às suas costas. Estante oeste. — E ralhou suscetível: — "Suponho", você diz. Suponho. Como não vou ter esses livros. Lembre-se de que sou hispanista. E embora tenha escrito sobre séculos de maior interesse e momentum, o XX não deixa de ser o meu, certo?, o que eu vivi. E também o seu, não se iluda. Apesar de ainda lhe faltar muito para viver do seguinte.

— Obrigado, desculpe, Peter, vou procurá-los agora, se me permite. Bom descanso. Boa noite.

Tornou a me dar as costas, só lhe faltavam poucos degraus. Sabia que eu não afastaria a vista da sua figura enquanto não a visse no alto, sã e salva, temia por suas solas tão lisas. E sem dúvida por isso, porque ele sabia, nem sequer torceu o pescoço quando me falou mais uma última vez naquela noite, mas continuou me oferecendo a nuca como origem obscura das suas palavras. Era como a de Rylands, ondulada e branca, como um capitel lavrado, deslavado pelo tempo. De costas se pareciam mais ainda, os dois amigos, eram ainda mais afins. De costas eram o mesmo.

— Se você pensa me procurar no índice onomástico, para ver se apareço e se descobre o que fiz na Guerra da Espanha, é melhor não perder nem um minuto de seu tempo com isso. Não creio que eu figure nessa classe de índice em Orwell. Mas, principalmente, leve em conta que na Espanha eu não me chamei Wheeler.

Não via o seu rosto, mas tinha a certeza de que havia recuperado o sorriso vivaz enquanto dizia isso. Hesitei entre responder ou não. Respondi:

— Ah. Então me diga como achou melhor se chamar.

Notei-o tentado a voltar a voltar-se, mas cada virada era trabalhosa demais para ele, pelo menos naquela noite, àquela hora da noite.

— Já é querer saber demais, Jacobo. Pelo menos por esta noite. Outro dia, veremos. Mas vou lhe dizendo, não desperdice seu tempo, você nunca me encontraria nesses índices de nomes. Não nos dessa época.

— Não se preocupe, Peter, levarei em conta — disse. — Mas, na verdade, não era isso o que eu pensava procurar, juro, nem tinha me passado pela cabeça. O que quero consultar é outra coisa. — Calei-me. Ele ficou imóvel. Ficou calado. Continuou imóvel. Continuou calado. De modo que acrescentei logo em seguida, para não vexá-lo: — Mas o senhor me deu uma grande ideia.

Wheeler acabou de subir o resto da escada em silêncio. Respirei aliviado quando o vi lá em cima. Então pôs de novo a bengala no ombro, de novo transformou-a em sua lança e murmurou sem olhar para mim, satisfeito, enquanto virava à esquerda para desaparecer da minha vista:

— Que bobagem. Uma grande ideia.

Os livros falam no meio da noite como fala o rio, com sossego ou sem vontade, ou a falta de vontade é a gente que põe com nosso cansaço, nosso sonambulismo, nossos sonhos, embora se esteja ou se creia acordado. A gente colabora pouco, ou assim crê, tem a sensação de ir se pondo a par quase sem esforço e sem fazer muito caso, as palavras vão deslizando suave ou desmaiadamente, sem o obstáculo da leitura alerta, da veemência, absorvem-se passivamente ou como um presente e parecem algo que não computa nem custa nem traz proveito, seu barulho também é tranquilo ou paciente ou lânguido, também são um fio de continuidade entre vivos e mortos, quando o autor lido já é falecido ou não, mas interpreta ou relata fatos passados que não palpitam e no entanto podem se modificar ou se negar, ser entendidos como baixezas ou façanhas, e essa é sua maneira de seguir vivendo e seguir perturbando, sem nunca nos dar descanso. E é no meio da noite que a gente mais se assemelha a esses fatos e a esses tempos, que já não podem opor resistência ao que se diga deles ou à narração ou à análise ou à especulação de que são objeto, tal como os indefesos mortos, mais indefesos ainda do que quando eram vivos e por muito mais tempo, a posteridade é infinitamente mais longa que os escassos e malvados dias de qualquer homem. Também então, quando ainda no mundo, muitos não puderam desfazer os equívocos ou refutar as calúnias, muitas vezes não têm tempo ou nem sequer ficaram sabendo delas para poder tentar, porque estiveram sempre nas suas costas. "Tudo tem seu tempo para ser acreditado, até o mais inverossímil e descabelado", tinha dito Tupra sem dar a essa frase a menor importância. "Às vezes dura só uns dias, esse tempo, mas às vezes dura para sempre."

Andrés Nin não teve tempo em absoluto para desmentir as difamações nem vê-las rebatidas por outros, mais tarde, segundo conta Hugh Thomas em seu compêndio, nele foi fácil achar as referências, nele sim tem índice onomástico, o que de fato não acontece em Orwell, incrível que Wheeler se lembrasse desse detalhe, ou talvez fosse dedução apenas por ser *Lutando na Espanha* um livro de 1938, publicado em plena guerra, ninguém então dava a mínima para os nomes. Antes de mais nada, procurei por via das dúvidas o sobrenome Wheeler em Thomas, nada mais simples para Peter ter me mentido a esse respeito e assim ter certeza de que eu não o encontraria, se acreditasse nele e não me desse ao trabalho de verificar. Mas era verdade, não constava, nem Rylands, verifiquei por verificar, não me custava nada. Que maldito nome Wheeler teria utilizado na Espanha, agora ele tinha conseguido despertar minha curiosidade. Talvez alguma andança dele estivesse registrada naquele livro ou em Orwell, ou em qualquer dos muitos que tinha sobre a Guerra Civil na estante oeste do seu escritório, conforme vi (e muito me entretive com eles), e, se fosse esse o caso, eu não podia ficar sabendo apesar de a andança ser pública, isso me pareceu irritante. O que não era público era o nome, ou o codinome, muita gente usou-os durante a Guerra. Eu me lembrava quem era Nin, mas não das suas vicissitudes finais, a que Tupra sem dúvida havia aludido. Ele tinha sido secretário de Trótski na Rússia, onde havia vivido a maior parte dos anos 1920, até 1930; dessa língua, a russa, havia traduzido para o catalão não pouca coisa, e também alguma coisa para o castelhano, das *Lições de Outubro* e *A revolução permanente*, do seu temporário e protetor chefe, a *Ana Karenina*, de Tolstói e *Uma caçada dramática*, de Tchékhov e *O Volga desemboca no mar Cáspio*, de Boris Pilniak, assim como algum Dostoiévski. Já iniciada a Guerra, foi secretário político do chamado POUM ou Partido Operário de Unificação Marxista, sempre visto com maus olhos por Moscou. Disso sim eu me lembrava, e também da caçada mais trágica do que dramática que sofreram seus membros por parte dos stalinistas na primavera de 1937, sobretudo na Catalunha, onde esse partido tinha maior penetração. Foi o que fez Orwell sair rapidamente da Espanha para não ser preso e quem sabe executado, pois tinha sido muito próximo do POUM, se é que não pertenceu a ele — eu ia lendo aqui e ali, saltando, passando de um volume a outro (amontoei uns tantos em cima da impoluta mesa de Peter), procurando principalmente o dos brigadistas alemães que tanto havia impressionado Tupra —, em todo caso tinha combatido com a 29ª Divisão, formada por milicianos poumistas, no front de Aragão, onde tinha sido ferido. Como aconteceu com tantas pessoas, movimentos, organizações e até povos, esse partido é mais célebre e lembrado pela brutal dissolução e perseguição de que foi objeto do que por sua constituição ou seus feitos, há finais que marcam. Em junho de 1937, como relatam Orwell com grande detalhe e de primeiríssima mão, Thomas e outros, mais distante e resumidamente, o POUM foi posto na ilegalidade pelo governo da República por pressão dos comunistas, não tanto espanhóis — mas também — como russos e, ao que parece, por decisão e insistência pessoal de Orlov, chefe na Espanha da NKVD, o Serviço Secreto ou de Segurança soviético. Para justificar a medida e a detenção de seus principais dirigentes (não só Nin, mas também Julián Gorkin, Juan Andrade, o militar José Rovira e outros) e de seus militantes, simpatizantes e milicianos, por mais lealmente que tenham lutado no front estes últimos, produziram provas falsas e grotescas, de uma carta supostamente assinada por Nin dirigida nada menos que a Franco, até o incriminatório conteúdo de uma maleta (vários documentos secretos com o selo do comitê militar do POUM, nos quais este se delatava como partido quinta-colunista, traidor e espião a serviço de Franco, Mussolini e Hitler, pago pela própria Gestapo) oportunamente achada pela polícia republicana numa livraria de Grona, onde pouco antes um indivíduo bem vestido a tinha deixado em custódia. O livreiro, um tal de Roca, era um falangista recentemente desmascarado pelos comunistas catalães, assim como o provável autor da carta falsa, um tal de Castilla, descoberto por sua vez em Madri com outros conspiradores. Ambos foram transformados em *agents provocateurs* e obrigados a colaborar na farsa, para dar apressada verossimilhança à ligação entre o POUM e os fascistas. É possível que tenham assim salvado a pele.

Nada disso me interessava muito, mas todos, com maior ou menor atenção e conhecimento, simpatia ou antipatia para com os expurgados, faziam menção a esses fatos: Orwell, Thomas, Salas Larrazábal, Riesenfeld, Payne, Alcofar Nassaes, Tinker, Benet, Preston, Jackson, Tello-Trapp, Koestler, Jellinek, Lucas Phillips, Howson, Walsh, a mesa de Wheeler já abarrotada com seus muitos livros abertos, faltavam-me dedos para segurar cada página e os cigarros, por sorte a maioria dos volumes trazia índice onomástico, Nin era chamado de Andreu ou Andrés conforme o caso. Nin foi detido em Barcelona em 16 de junho e desapareceu logo depois (melhor dizendo, foi sequestrado) e, como era o dirigente mais conhecido, tanto na Espanha como sobretudo no exterior, seu ignorado paradeiro transformou-se num breve escândalo e num longo, talvez eterno mistério que dura até nossos dias, nos quais não deve haver muita gente, suponho, preocupada com solucioná-lo, embora logo, logo aparecerá o romancista idiota e desonesto (se é que já não apareceu, não estou a par) que decida e pretenda desvendá-lo: segundo as bibliografias já houve um filme meio inglês, meio espanhol sobre aqueles meses e aqueles fatos, não vi, mas ao que parece, por sorte, não é idiota, ao contrário de tantas espanholadas leves, falazes, vagamente rurais ou provincianas e sobremaneira sentimentaloides sobre nossa Guerra, que são aplaudidas sem falta pelas boas consciências do meu país, as profissionalmente compassivas e por vocação demagógicas, lucram com isso.

Sem dúvida por causa desse mistério, os historiadores ou memorialistas ou relatores começavam a diferir neste ponto. Todos ainda coincidiam no mesmo e estupefaciente fato de que nem sequer o governo, com os teóricos responsáveis pela ordem à testa — o diretor-geral de Segurança Ortega, o ministro de Governo Zugazagoitia, o primeiro-ministro Negrín, menos ainda o presidente Azaña —, tinha a menor ideia do que fora feito de Nin. E quando lhe perguntavam e eles negavam conhecer seu destino, ninguém acreditava neles, tão lógica quanto ironicamente, apesar de serem de fato incapazes de responder, segundo Benet, "por ignorar as armações de Orlov e de seus rapazes da NKVD", que teriam agido por conta própria. Apareceram pichações com a pergunta "Onde está Nin?", que muitas vezes tiveram como resposta dos stalinistas "em Burgos ou em Berlin", dando a entender com ela que o dirigente revolucionário havia fugido e passado para o inimigo, isto é, para seus verdadeiros amigos, Franco ou Hitler. As acusações eram tão incríveis e grosseiras (os membros do POUM foram qualificados de "trotsko-fascistas", seguindo-se nisso ao pé da letra os ditames de Moscou) que, para apoiá-las e torná-las um pouco mais decentes, a imprensa socialista e republicana viu-se na necessidade de secundar a comunista: *Treball, El Socialista, Adelante, La Voz,* nenhum ficou atrás na difamação.

Não me lembro que historiadores de uma obra coletiva sustentavam que Nin tinha sido levado de imediato a Madri para seu interrogatório e que pouco depois "foi sequestrado quando estava detido no Hotel de Alcalá de Henares", apesar de contar com vigilância policial, por "um grupo de pessoas fardadas e armadas, que o levaram sob ameaça". Segundo eles, no suposto confronto entre os agentes que o guardavam e os misteriosos assaltantes fardados (não especificavam fardados de quê), "caiu no chão uma pasta com documentos em nome de um alemão e diversos escritos nessa língua, junto com distintivos nazistas e bilhetes de transporte espanhóis do lado franquista". Mas o assunto dos brigadistas a que Tupra tinha se referido ficava um pouco mais claro em Thomas e Benet (sem dúvida na monumental *Spanish Civil War* do primeiro — não sei por que cargas d'água chamo-a de "compêndio", abarca mais de mil páginas — que Tupra tinha lido na sua juventude). De acordo com Thomas, Nin foi levado de carro de Barcelona "para a própria prisão de Orlov" em Alcalá de Henares, berço de Cervantes, próximo de Madri mas "quase uma colônia russa" na época, para ser interrogado pessoalmente pelo mais oblíquo representante de Stálin na Península com os costumeiros métodos soviéticos para os "traidores da causa". Ao que parece a resistência de Nin à tortura foi assombrosa, isto é, espantosa se se levar em conta que Howson mencionava um relatório não especificado — tomara que pouco confiável — segundo o qual Nin teria sido esfolado vivo. O certo é que ele se negou a assinar qualquer documento admitindo sua culpa ou a de seus companheiros, também não revelou os nomes que lhe pediam, dos trotskistas menos notórios ou totalmente desconhecidos. Orlov perdeu as estribeiras diante da sua teimosia e ficou fora de si, em vista do que seus camaradas Bielov e Carlos Contreras, que o acompanhavam nesse infrutífero trabalho (este último um codinome, o do italiano Vittorio Vidali, como também Orlov era o de Alexander Nikólski e Gorkin de Julián Gómez, que não o tinha, como se vê), temerosos os três da provável fúria que sua ineficácia persuasória despertaria em Yezhov, seu superior em Moscou e chefe supremo da NKVD, sugeriram encenar "um ataque nazista para libertar Nin" e desfazer-se desse modo pitoresco do sequestrado incômodo e certamente demasiado alquebrado e arrebentado para o devolverem a qualquer luz, ou mesmo a qualquer penumbra, quiçá nem mesmo a uma treva. "De modo que, numa noite escura", relatava Thomas como se fosse o rumor do rio e o fio, "provavelmente em 22 ou 23 de junho, dez membros alemães das Brigadas Internacionais assaltaram a casa de Alcalá em que Nin estava detido. Falaram ostensivamente em alemão durante o simulado ataque e deixaram para trás algumas passagens de trem alemãs. Nin foi tirado dali e assassinado, talvez no El Pardo, o parque real ao norte de Madri." Benet dizia, por sua vez — ainda mais fluvial ou mais misturado com o rio, ou um fio mais denso de continuidade, talvez porque me falasse na minha língua —, que Orlov tinha trancado Nin "no porão de um quartel de Alcalá de Henares para interrogá-lo pessoalmente". (É de supor que naquele porão, casa, quartel, hotel ou prisão — era curioso como os historiadores não chegavam a um acordo quanto ao caráter do lugar — se falava em russo durante as sessões, que sem dúvida o interrogado conhecia melhor — Tolstói, Tchékhov, Dostoiévski— do que seu interrogador, o espanhol.) Nin "exasperou-o de tal modo que Orlov decidiu liquidá-lo, com medo das represálias do seu superior em Moscou, Yezhov. Não teve melhor ideia que a de imaginar um *resgate* levado a cabo por um comando alemão das Brigadas, supostamente nazista, que o liquidou num subúrbio de Madri e, provavelmente, enterrou-o num pequeno jardim interno do palácio de El Pardo". E, acrescentava Benet, não podendo deixar de ver a grave ironia e referindo-se ao fato de que esse palácio tornou-se a residência oficial de Franco durante seus 36 anos de ditadura: "Considere o leitor o destino de uns ossos perturbados sob as pisadas daquele outro decidido anti-stalinista, quando por ali passeasse em seus momentos de ócio". E completava: "Como sujeitos a uma maldição — o silêncio de Nin —, os homens de Orlov apareceriam nas semanas seguintes nas sarjetas de Madri, com um tiro na nuca ou um pente descarregado no bucho". Talvez tenha sido o caso de Bielov, mas não o de Vidali ou Contreras (ou, nos Estados Unidos, Sormenti), que foi líder dos comunistas de Trieste por muito tempo, nem do próprio Orlov, que, pouco depois, em 1938, quando recebeu a ordem de sair da Espanha e voltar para Moscou, não quis se enganar quanto ao destino que lá o aguardava e partiu incógnito num navio, para reaparecer mais tarde no Canadá e levar em seguida por muitos anos uma existência secreta de cidadão respeitável nos Estados Unidos, onde acabou publicando um livro em 1953, *The Secret History of Stalin's Crimes* (claro que sem se envolver em nenhum deles) e dando uma mãozinha ao FBI em casos difíceis de "espionagem", como o dos irmãos Soble e o de Marc Zbrowsky: quantas coisas desnecessárias se aprendem nas noites imprevistas de estudo. Isso, diga-se de passagem, levava um exegeta meio simplista, raivoso e frívolo — não me lembro quem, os volumes continuavam se amontoando, fui pegar uns bombons e umas trufas, servi-me de uma dose de uísque, estava de pernas para o ar a estante oeste de Wheeler e sua mesa já uma bagunça — a concluir que o major Orlov tinha sido desde o início um agente infiltrado dos americanos e que a maioria dos indivíduos que mandou executar na Espanha como "quintas-colunas" foram, na realidade, puros e leais vermelhos, vítimas de Roosevelt e não de Stálin. Não há dúvida de que o maniqueísta acertava no que dizia a respeito de Nin, se não inteiramente quanto ao "leal" (se devia tê-lo sido a Stálin, está claro que não foi), mas sim quanto ao "puro" e "vermelho". E embora não tenha sido anjo nem santo nem tampouco inofensivo (quem podia ser naquela guerra), seu assassinato e o dos seus camaradas (um historiador cifrava em centenas, outro em milhares os membros do POUM e os anarquistas da CNT mandados à fossa por Orlov e seus acólitos espanhóis e russos), assim como a difamação difundida e levada a sério por muita gente e que não cessou nem mesmo depois da sua supressão física e do esmagamento do seu partido, constituíram, de acordo com quase todas as vozes que ouvi nas páginas daquela noite silenciosa à beira do rio Cherwell, a maior e mais daninha vileza cometida por um lado contra gente do seu próprio lado durante a Guerra.

"A verdade é que tudo tende a ser acreditado, em primeira instância. É estranho, mas é assim que acontece", lembrei-me também do que Tupra tinha dito, lembrei-me das suas palavras enquanto continuava lendo isso e aquilo: como arremate das descabidas calúnias, publicou-se em Barcelona em 1938 um livro assinado por um tal de Max Rieger (certamente um pseudônimo, talvez de Wenceslao Roces, cujo nome eu conhecia por ter sido ele, mais tarde, o tradutor da *Fenomenologia do espírito*, de Hegel), supostamente vertido do francês para o castelhano por Lucienne e Arturo Perucho (este último, diretor do órgão dos comunistas catalães, *Treball*), com prefácio do famoso escritor mais ou menos católico e mais ou menos comunista José Bergamín — ai, essas misturas —, que, sob o título de *Espionaje en España*, recompilava todas as patranhas, falsidades e acusações lançadas contra Nin e o POUM, dando-as por líquidas e certas, sancionando-as, insistindo nelas, ornamentando-as, documentando-as com provas feitas sob medida, ampliando-as, aumentando-as e exagerando-as. Lembrei-me de que tinha ouvido meu pai falar certa vez desse prólogo de Bergamín, que justificava a perseguição e as matanças da gente do POUM e negava a seus dirigentes o direito a qualquer defesa (era condenar o enforcado: já tinha sido negado de fato a uns tantos, torturados e encarcerados ou justiçados sem julgamento), como uma grande indecência, mais uma das muitas em que incorreram não poucos intelectuais e escritores espanhóis de ambos os lados durante a Guerra, e mais ainda, depois de terminada, os do lado vitorioso. Li num comentador desonesto e incompetente — talvez Tello-Trapp, mas pode ser outro, eu havia começado a tomar notas em papéis soltos e em muita desordem, o escritório do coitado do Peter já estava virando um ninho de ratos — que tentava salvar Bergamín por tê-lo conhecido em pessoa ("personagem fascinante e sedutor", "quixotesco probo, amante da verdade") e porque gostava muito da sua poesia "profunda, pura e romântica" e da "sua voz de candeeiro" — engoli um bombom e uma trufa e tomei dois goles para me recompor, perguntei-me como alguém podia soltar semelhante cafonice e continuar escrevendo —, mas na verdade o prefácio em questão, com que me deparei profusamente citado em algum lugar, não dava margem alguma para a salvação do seu autor: o POUM era "um pequeno partido que traía", mas nem sequer tinha conseguido ser "tal partido, mas sim uma organização de espionagem e colaboração com o inimigo; isto é, não uma organização em conivência com o inimigo, mas o próprio inimigo, uma parte da organização fascista internacional na Espanha... A guerra espanhola deu ao trotskismo internacional a serviço de Franco sua verdadeira e visível figura de cavalo de Troia...". O comentador trapaceiro não podia deixar de lamentar e condenar esse prólogo, mas "não sabemos", dizia, se o responsável por ele "o escreveu cativo do Partido Comunista ou de boa-fé", quando o mais provável ou o quase evidente é que o tenha escrito com total liberdade e de péssima fé, como não deixava de assinalar o quase sempre ponderado e objetivo Thomas: "É impossível que acreditasse no que escreveu". O texto daquele "amante da verdade" fazia um bom par com o cartaz ou folheto que, segundo Orwell e outros, circulou amplamente por Madri e Barcelona na primavera de 1937, no qual o POUM era representado tirando uma máscara com a foice e o martelo para deixar a descoberto um rosto atravessado por uma suástica. Meu pai não tinha se excedido ao falar de indecência.

Foi então que reparei que Wheeler também guardava nas suas bem nutridas estantes, em seus grandes volumes encadernados, a coleção de fascículos que, com o título de *Duplo jornal da Guerra Civil 1936-1939*, o jornal *Abc* havia publicado de 1978 a 1980, isto é, de três a cinco anos depois da morte de Franco. Antes teria sido impossível uma iniciativa dessas, que consistia na reprodução fac-similar em duas cores de páginas inteiras, colunas, editoriais, notícias, entrevistas, anúncios, colunas sociais, artigos, opiniões, crônicas, dos dois *Abc* existentes durante a Guerra, o de Madri, republicano, e o de Sevilha, franquista, de acordo com os respectivos poderes em que haviam ficado uma e outra cidade no começo da contenda. O publicado pela edição madrilena vinha em tinta vermelha, e em cinza-azulado o da sevilhana, de modo que era fácil acompanhar a visão ou versão dos mesmos fatos — a verdade é que nunca pareciam ser os mesmos — segundo a imprensa dos dois lados. Senti-me tentado a procurar o correspondente àquela primavera de 1937, embora os acontecimentos relativos ao POUM houvessem ocorrido principalmente em Barcelona. Já um bocado cansado e apressado, não encontrei muita coisa numa primeira olhada. Mas uma dessas poucas notícias me fez deixar momentaneamente de lado os grandes volumes — um livro sempre leva a outro e a outro, e todos falam, a curiosidade é insana, não tanto pelo que comumente se crê como pelo esgotamento em que desemboca — e interrogar-me insensatamente sobre Ian Fleming, o criador do agente 007, o autor dos livros de James Bond. A nota em questão pertencia ao *Abc* madrileno de 18 de junho de 1937 e, para o jornal, era sem dúvida secundária, tanto que ocupava apenas meia coluna. Seu título dizia: "Detenção de várias personalidades do POUM". Li-a rápido e, em seguida, joguei impensadamente vários dos livros no chão e liberei a mesa o suficiente para pôr nela uma velha máquina de escrever eletrônica, que vi metida em sua capa e arrumada num canto, e transcrever com ela toda a notícia. Não queria nem pensar que Wheeler ou a senhora Berry podiam acordar, descer e descobrir o caos em que estava imerso o escritório tão organizado e limpo, ainda por cima num lapso de tempo bastante breve para explicar tamanho estrago: dezenas de volumes fora das suas estantes, abertos de par em par e espalhados pelo chão, e até mesmo invadindo desrespeitosamente os dois leitoris decorativos de Wheeler, com seu dicionário, seu atlas, suas respectivas lupas; as bandejas de bombons e trufas postas ali de qualquer jeito, com as consequentes e inevitáveis migalhas e manchas de chocolate em não poucas folhas, conforme percebi consternado; copo e garrafa de uísque, uma lata de coca-cola que eu havia trazido da geladeira para misturar as duas bebidas e um recipiente com cubos de gelo meio desfeitos, uma ou duas gotas, ou três, derramadas e as infalíveis marcas circulares na madeira, não tinha pensado em pegar descansos para os copos; meu cinzeiro e o de Peter cheios, e sabe lá se não havia alguma feia e amarelada marca de nicotina num lugar em evidência, quem sabe queimaduras por mim despercebidas em páginas-chave; meus cigarros, meu isqueiro, palitos de fósforo, uma carga da minha caneta-tinteiro dançando por ali ou meio escondidos, quem sabe um borrão de tinta caído enquanto eu trocava a carga; agora uma máquina desencapada e papéis e folhas rabiscadas ou datilografadas, em inglês ou em espanhol, conforme as citações. Eu ia pular miudinho para botar tudo de volta no lugar, deixar tudo como estava antes daqueles meus devastadores estudos noturnos improvisados.

"Barcelona, 17, 4 da tarde", indicava a primeira e mais breve parte da notícia. "A Polícia fez algumas detenções de elementos destacados do POUM, entre os quais se encontram Jorge Arques, David Pérez, Andrade e Ortiz. Nin, que foi detido ontem, foi transferido para Valencia." Assinava-a *"Febus"*, outro criptônimo, obviamente. A segunda parte acrescentava: "Barcelona, 17, 12 da noite. Durante o dia de hoje, a Polícia continuou fazendo detenções de elementos destacados do POUM. Como já se sabe, o dirigente de maior prestígio desse partido, Andrés Nin, foi detido faz uns dias e transferido, da Delegação do Estado na Catalunha, para Valencia, e dessa cidade saiu para Madri. Realizaram-se depois catorze detenções, entre elas a do diretor do jornal *La Batalla*, órgão do POUM, e de alguns redatores desse jornal. A gráfica, a redação e a administração do citado jornal foram fechadas pelas autoridades. Ante as declarações prestadas pelos detidos, procederam-se a novas investigações, que resultaram na detenção de mais cinquenta pessoas. Todas foram levadas para a Delegação do Estado na Catalunha. *Figuram entre os detidos várias mulheres, de singular beleza, de nacionalidade estrangeira.* Esse serviço está sendo levado a cabo por agentes das brigadas criminal e social, ajudados por membros das forças de Assalto e Segurança. Foram fechados todos os locais que essa organização tinha em Barcelona e minuciosamente estudada a documentação encontrada nos arquivos por 25 agentes especializados nesse trabalho. Numa torre de San Gervasio, que foi propriedade de Beltrán y Musitu, onde o POUM tinha um quartel, está sendo realizada uma minuciosa revista, e já foram encontrados milhares de equipamentos completos para soldados, último modelo". Quem assinava era de novo *"Febus"*.

Os grifos não eram desse redator pseudônimo nem meus,

mas de Wheeler, de quem eu tinha encontrado não poucos em seus muitos livros já folheados e também saqueados, assim como anotações marginais não muito extensas ou, mais que isso, geralmente cifradas ou abreviadas e assim pouco compreensíveis para mim ou qualquer outro que as visse. Nessa ocasião, à direita da meia coluna reproduzida em tinta vermelha, havia escrito verticalmente (mal tinha espaço), à caneta como de costume e com sua inconfundível letra que eu conhecia tão bem: "Cf. *From Russia with Love*", isto é, "Conferir *Da Rússia com amor*", latinório até nas margens, muito embora a abreviatura "Cf." seja uma maneira frequente em inglês de remeter num texto a outra obra, o equivalente aos nossos "*Vide*" ou "Ver". *Da Rússia com amor*, a segunda aventura ou romance da série de James Bond, se bem me lembrava, no máximo a terceira ou quarta? Perguntei-me no ato se se referiria ao filme *Moscou contra 007* que é claro eu não vi quando saiu (mas com o grande Sean Connery, disto eu estava certo), ou ao romance do infortunado Ian Fleming em que se baseava. A curiosidade gratuita ou imotivada (que é a que afeta os eruditos) nos transforma em fantoches, mexe conosco e nos joga de um lado para o outro, diminui nossa vontade, e o pior é que nos cinde e dispersa, nos faz desejar ter quatro olhos e duas cabeças, ou melhor, várias existências, com quatro olhos e duas cabeças todas elas. Mesmo assim consegui manter-me atento mais um instante àquele *Duplo jornal*, mas não trazia grande coisa sobre as vicissitudes de Nin e do POUM, as quais, por outro lado — eu me dava conta —, não me interessavam muito em si mesmas, em todo caso não tinham me interessado antes de abrir aqueles volumes, de Orwell e Thomas em princípio. (Tudo culpa de Tupra, ele tinha me envolvido, fez isso desde o primeiro instante.)

No mesmo *Abc* republicano do dia seguinte, 19 de junho de 1937, vi uma página inteira sobre a Plenária do Comitê do Partido Comunista que tinha começado em Valencia. Na primeira sessão, interviera com um "informe" Dolores Ibárruri, sem dúvida mais conhecida então e agora e no futuro por seu correspondente alônimo, Pasionaria, a qual, "sempre fiel a Stálin" e talvez "num surto de histeria", como havia murmurado Benet pouco antes, dedicou quatro furibundas e impiedosas palavras aos expurgados daqueles dias: "No ato do Monumental Cinema", disse, "levantamos a bandeira da Frente Popular. Os inimigos dessa união são certas esquerdas e os trotskistas. Nunca serão excessivas as medidas tomadas para liquidá-los". Tive ganas de sublinhar essa última frase, tão convidativa das execuções que de fato se seguiram, mas abstive-me, afinal de contas eram livros de Peter e era previsível que nunca mais na vida eu tornasse a consultá-los, depois daquela noite de estranha vigília não premeditada.

Vi que o *Abc* franquista de Sevilha fazia, por sua vez, um quase inaudível eco aos expurgos catalães, numa sucinta e desapaixonada nota de 25 de junho, cuja indiferença casava mal com as acusações que situavam o POUM e seus dirigentes a serviço de Franco, Mussolini, Hitler, da sua Gestapo e até da Guarda Moura: "O Governo Vermelho", era o título, "em consequência da perda de Bilbao, fuzilou vários dirigentes do POUM. A situação na Catalunha". A notícia dizia: "Notícias procedentes da França garantem que em consequência da perda de Bilbao o governo de Valencia passou à ofensiva contra o POUM e outros partidos pouco afins, para evitar que acontecesse o contrário". (Frase quase ininteligível, por certo, a direita sempre mais bruta que a esquerda.) "De acordo com essas informações, Andrés Nin, Gorkin e um terceiro dirigente cujo nome se desconhece, foram levados a Valencia e executados. Todos os dirigentes trotskistas foram detidos por ordem do cônsul dos Sovietes, Ossenko, que recebeu do seu governo ordem para realizar na Catalunha uma repressão semelhante à última realizada na Rússia contra Tukatchévski e seus amigos."

Obviamente, os dados eram totalmente inexatos, e não só no atinente a Nin, já que mais de um mês depois, em 29 de julho de 1937, o *Abc* republicano de Madri, sempre com assinatura de *Febus*, reproduzia sem comentários a nota tornada pública pelo Ministério da Justiça "sobre os réus do delito de Alta Traição". "Foram entregues ao Tribunal de Espionagem e Alta Traição" (que de fato acabava de ser criado em 22 de junho para esse fim, como prova o fato de o sumário número 1 desse Juizado Especial ter sido instruído contra o POUM) "os dossiês correspondentes" a onze acusações, dez do Partido Operário Unificado Marxista e um da Falange Espanhola, mencionando-se entre os primeiros Juan Andrade e "Julián Gómez Gorkin". Esses dossiês eram formados por "abundante documentação encontrada no local do POUM: cifras, códigos telegráficos, documentos referentes a tráfico de armas, contrabando de dinheiro e objetos de valor, diversos jornais de diversas capitais, principalmente de Barcelona; comunicações de elementos estrangeiros alusivas a entrevistas feitas dentro e fora do território leal, e participação de elementos estrangeiros nos antecedentes de espionagem e movimento subversivo de maio último". O escrito terminava com uma eloquente advertência a possíveis intercessores: "São, pois, inúteis quaisquer ingerências que não se reduzam à estrita e leal aplicação das leis". Aquela história de "diversos jornais de diversas capitais" pareceu-me a mais indefensável e traiçoeira de todas; e que, ainda por cima, fossem "principalmente de Barcelona", achando-se no local do POUM, revistado precisamente naquela cidade, um agravante clamoroso e sem dúvida condenatório. Os dez réus eram homens e tinham nome espanhol, e as várias mulheres de nacionalidade estrangeira e singular beleza pareciam ter sumido graciosamente do mapa, como correspondia às suas características.

Quanto ao "cônsul dos Sovietes, Ossenko", segundo a tinta cinza-azulada — na realidade, Antonov-Ovseenko —, se as detenções foram efetivamente ordenadas por ele, cumprindo por sua vez ordens do seu governo russo, devem ter sido in extremis e não lhe adiantou grande coisa, já que em junho — é de supor que bem no fim, para que lhe desse pelo menos tempo de transmiti--las e de saber Nin justiçado — foi chamado a Moscou para sua nomeação para Comissário de Justiça do Povo e sua imediata incorporação ao novo cargo: "típica piada de Stálin", cochichava agora Thomas numa nota de rodapé, pois o velho camarada Antonov-Ovseenko nunca chegou ao seu posto e desapareceu para sempre sem deixar rastro, não se sabe se num campo de concentração distante, lentamente, ou despachado com prontidão para o subsolo quando pisou em solo pátrio. Sem dúvida seu compatriota de Madri, Orlov, havia aprendido na ponta da língua a mortal lição daquele cônsul — veterano da tomada do Palácio de Inverno de São Petersburgo e velho amigo pessoal de Lênin — quando por sua vez foi chamado, pouco mais tarde, da Rússia com amor.

Aquela anotação de Wheeler continuava me chamando, por sua vez: "Cf. *From Russia with Love*". Que diabos esse romance ou esse filme de espiões já sem graça teria a ver com Nin ou com o POUM, ou com suas belas mulheres forasteiras? E muito embora o *Duplo jornal* não parasse de atrair minha atenção por mil outros motivos e eu ainda não pensasse abandonar minhas leituras por mais tarde que estivesse ficando — tudo despertava minha curiosidade gratuita, dos títulos incompreensíveis como um de 18 de julho de 1937, que dizia verbatim: "O toureiro Sidney Franklin, natural de Brooklyn, revela os embustes de Franco", até alguns artigos, com os quais fui topando, escritos por meu pai quando era bem jovem no *Abc* madrileno e, portanto, reproduzidos agora com tinta vermelha, seja assinados com seu próprio nome, Juan Deza, seja com o pseudônimo que tinha empregado às vezes durante a contenda —, de repente me lembrei de uma coisa que me fez largar os grandes volumes de lado e levantar-me indeciso. Num quartinho contíguo ao dos convidados que eu tinha ocupado outras vezes e já estava preparado para aquela noite, havia visto uns romances policiais ou de mistério, que Wheeler, como toda pessoa especulativa e mais ou menos filosófica, apreciava em silêncio (não tão secretamente, mas também não ia guardar essa seção de sua enorme biblioteca na sala ou no escritório, à vista de qualquer colega xereta e maledicente que o visitasse). Certa vez eu até tinha me perguntado se ele não as escreveria sob pseudônimo, como tantos outros *dons* de Oxford e Cambridge, que a princípio não querem ver essas atividades plebeias misturadas com seus nomes verdadeiros de luminares ou eruditos ou sábios, mas que quase sempre acabam se desmascarando sozinhos, sobretudo se o elogio e as vendas acompanham esses romances, obras menores ou de diversão para eles a que nunca dão importância, porém muito mais remunerativas do que as que consideram valiosas e sérias, e que no entanto quase ninguém lê. Era o caso de muitos: o catedrático de poesia de Oxford, Cecil Day-Lewis, tinha sido Nicholas Blake para os fãs dos enigmas, o anglicista J. I. M. Stewart, também de Oxford, havia sido Michael Innes, e até um dos meus ex-colegas, o irlandês Aidan Kavanagh, especialista no Século de Ouro e chefe da Subfaculdade de Espanhol a que fui vinculado, havia publicado desenvoltos romances de horror e sucesso sob o exagerado criptônimo de Goliath Cherubin, ninguém nunca pôde chamá-lo assim.

 Numa noite de insônia passada naquela casa eu tinha bisbilhotado um pouco naquele quartinho, lembrava-me de ter visto obras de autores policiais clássicos, Ellery Queen e Agatha Christie, Van Dine e Van Gulik, Woolrich, Highsmith e Dexter, e, é claro, Conan Doyle, Simenon e Chesterton, conhecia os nomes através do meu pai — muito mais especulativo do que eu —, não diretamente suas criações (Sherlock Holmes e Maigret à parte, que são cultura geral básica). Talvez eu tivesse sorte — a curiosidade premente, quando se apodera de nós — e o Fleming estivesse com eles, embora não fosse propriamente um autor policial, imagino que todos os autores citados antes o desprezariam com um ricto, também há plebeus para os plebeus sempre, e párias para os párias, também sempre (mistérios da voracidade, suponho). Mantive-me indeciso por uns segundos. Se subisse agora os dois andares corria mais risco de acordar Wheeler ou a senhora Berry, em todo caso teria de subi-los mais tarde para me deitar (embora, nesse caso, não descê-los e subi-los de novo), e o barulho da velha máquina que eu tinha usado com alegria já havia representado um risco considerável, caí em mim. Perguntei-me se não devia dar uma arrumada, antes, na barafunda do escritório; mas contava continuar dando mais uma olhada naquele *Duplo jornal* que continha notícias estapafúrdias e textos desconhecidos do meu pai quando jovem, muito jovem, escritos quando não desconfiava que os da tinta vermelha perderiam a Guerra nem que seria denunciado depois da derrota por seu melhor amigo, com a cumplicidade de outro indivíduo que nem sequer o conhecia — talvez contratado para a tarefa, talvez disposto a apor com prazer sua assinatura e assim ganhar crédito junto aos vencedores franquistas —, nem que por causa disso iriam por água abaixo suas principais vocações ou aspirações, a docente e a especulativa. De modo que abandonei a barafunda em que eu tinha transformado o escritório sem tentar remediá-la um pouco que fosse e subi lenta e precavidamente a escada, como um intruso ou um espião ou um *burglar* (não há palavra específica na minha língua para o tipo de ladrão que se insinua nas casas alheias), segurei firme no corrimão, como Peter havia feito, meu equilíbrio não era perfeito, em matéria de tonturas eu estava bem servido, quero dizer que com os últimos drinques solitários eu tinha deslizado sem pensar até um início de emulação com o Frasco.

Apesar das minhas precauções, fui acendendo luzes, pior teria sido tropeçar e rodar muito mais degraus que o cinzeiro, por falta de visão ao dar meus ébrios e silenciosos passos. Uma boa coleção tinha Wheeler, de policiais, mais nutrida do que eu me lembrava, era sem dúvida um grande fã, também havia representação de Stout, Gardner e Dickson, de MacDonald (Philip) e Macdonald (Ross), de Iles e Tey e Buchan e Ambler, os dois últimos eram mais do subgênero espionagem ou assim me parecia — todos esses nomes eu também conhecia por intermédio do meu pai —, logo havia esperanças de encontrar ali o Fleming, que se consumaram quando compreendi que a ordem era alfabética e focalizei melhor: não demorei a divisar então as lombadas da coleção completa com as famosas missões do Comandante Bond, havia até uma biografia do seu criador. Peguei *From Russia with Love*, tinha pinta de ser a primeira edição como o resto dos volumes, todos com suas capas gastas, e, ao buscar a página para verificar se era mesmo, vi que o exemplar estava dedicado à mão pelo autor a Wheeler, logo eles tinham se conhecido, as palavras de próprios punho e letra de Fleming não permitiam inferir mais além, quer dizer, se teriam chegado a ser amigos: "*To Peter Wheeler who may know better. Salud! from Ian Fleming 1957*", ano de publicação do livro. "*Who may know better*", por ser tão breve, era uma frase muito ambígua — era-o em parte por isso —, que podia ser traduzida e entendida de várias maneiras: "Que pode saber mais", "Que talvez esteja mais bem informado", "Que quem sabe está mais a par", ou mesmo "Que quiçá seja o mais sábio" (em algo concreto, haveria que subentender nesse caso). No entanto, cabia além disso toda uma gama de interpretações menos literais, conforme o sentido que com frequência tem a expressão "*to know better*" ou "*to know better than...*", e em todas essas versões possíveis haveria algo de advertência ou censura, não sei como dizer, "Para Peter Wheeler, que faria melhor se não..." ou "que pode abster-se de..." seja lá o que fosse a que se referisse; ou "Que mais lhe conviria"; ou "Que deve saber o que faz"; ou até "Que ele é que sabe" ou "Que azar o dele", um matiz ou uma insinuação dessa ordem. Dei uma olhada nos outros livros, de *Casino Royale*, de 1953, a *Octopussy and The Living Daylights*, de 1966, títulos já póstumos. Os cinco mais velhos traziam dedicatória escrita, a de *From Russia with Love* era de fato a última, as publicadas depois não tinham uma, e nenhuma das quatro anteriores era mais expressiva, ao contrário, todas eram na verdade mais anódinas ou lacônicas: *"To Peter Wheeler from Ian Fleming"*, *"This is Peter Wheeler's copy from the Author"*, e assim por diante. Talvez Wheeler e Fleming tenham parado de se relacionar por volta de 1958. Depois este último — li na orelha da sua biografia — tinha morrido em 1964, com 56 anos e em plena eclosão do sucesso, ou melhor, do sucesso dos filmes de James Bond com Connery, verdadeiro impulso para o êxito dos seus livros. Quanto à palavra em espanhol, *"Salud!"*, supus ter sido ditada apenas pela condição de hispanista do destinatário, sem maior mistério. Aquela relação ou amizade entre a eminência oxfordiana e o criador de 007 em princípio não me parecia casar, mas quase tudo tinha deixado de casar ultimamente. E afinal de contas Wheeler não era tão eminente nos anos 1950 — para não falar dos anos 1930, durante a Guerra da Espanha — como viria a ser mais tarde (o título de Sir lhe tinha sido concedido já depois de nós nos conhecermos, por exemplo; ele ainda era tão só o "professor Wheeler", quando Rylands o apresentou a mim).

De pé eu me cansava, sentia desconforto e cambaleava um pouco, de modo que resolvi descer o exemplar de *From Russia with Love* para revistá-lo calmamente no escritório — desci com ele, segurando-o como se fosse um tesouro —, e foi então, ao descer e conforme ia apagando as luzes que tinha acendido para subir sem tropeções, quando descobri uma grossa gota de sangue no alto do primeiro lance da escada. Não era uma gotinha, é o que quero dizer: estava sobre a madeira, não sobre a parte atapetada, era circular, de uns quatro ou cinco centímetros de diâmetro, ou entre uma polegada e meia e duas, mais que uma gota era uma mancha (por sorte não chegava a ser uma poça) que escapou à minha compreensão ao vê-la e, talvez, mesmo depois. A primeira coisa em que pensei, quando por fim pensei com atividade pensadora (antes não tinha havido nem isso), foi que ela me pertencia, que talvez eu a tivesse deixado cair sem me dar conta, ao subir; que eu tinha batido em algum lugar ou me arranhado ou raspado em alguma coisa sem perceber — com quem isso nunca aconteceu —, absorto como estivera em meus vagares livrescos e, ainda por cima, muito pouco sóbrio. Olhei para trás, para cima, os degraus do lance seguinte que iluminei de novo, também olhei os degraus de baixo, não havia nada, o que era estranho, quando você goteja sangue quase sempre deixa cair várias gotas, o que se chama um rastro ou trilha de sangue, a não ser que se dê conta ao cair a primeira e tape imediatamente a ferida — o rombo, mas isso não há quem tape — para não continuar manchando. E, nesse caso, você se preocupa com limpar mais tarde a que viu no chão, depois de deter a hemorragia, isso antes de tudo. Apalpei-me, olhei-me, toquei-me as mãos, os braços, os cotovelos — eu havia tirado o paletó e arregaçado as mangas da camisa durante meus aplicados estudos —, não vi nada, nem nos dedos, que sangram incrivelmente à menor espetada, arranhão ou corte, mesmo que seja o de uma folha, passei pelo nariz o polegar e o indicador, o nariz também sangra às vezes sem motivo aparente, lembrei-me de um amigo cujo nariz sangrou com motivo, tinha cheirado cocaína demais durante alguns anos e traficava um pouco, quantidades pequenas, e depois de cruzar com sucesso com um modesto carregamento um posto alfandegário italiano (a coca perfumada com colônia, para despistar os cachorros, quer dizer, perfumado o embrulho), antes de sair do recinto começou a lhe escorrer uma lenta gota de sangue por uma das suas fossas nasais, tão lenta que nem se deu conta: isso não tem nada de especial em lugar nenhum, menos num posto de alfândega, o detalhe bastou para que um policial, com olho crítico, o mandasse parar e iniciasse uma revista em regra com todos os cachorros assessorando, a gota lhe custou uma longa temporada numa prisão de Palermo, até a diplomacia espanhola conseguir resgatá-lo de lá, aquele xadrez era um formigueiro, um vespeiro, trouxe-lhe dissabores e cicatrizes, mas serviu-lhe também para fazer contatos e alianças notáveis e prolongar a má vida indefinidamente, e suponho que para aumentá-la, a última notícia que tive dele foi que começava a levar uma endinheirada e respeitável existência como empresário da construção em Nova York e Miami, depois de ter estreado no negócio em Havana com restauração de hotéis, nunca tivera nada a ver com esse ramo. É assombroso como uma só gota de sangue que nem mesmo cai — só se mostra — pode delatar e mudar a vida de alguém, por culpa do lugar em que foi se mostrar, só por isso, o acaso pouco distingue.

Examinei minha camisa, minha calça, de cima a baixo, assusta pensar em quantos pontos a gente pode sangrar, em qualquer um e todos, provavelmente, essa nossa pele não resiste a nada, não presta, tudo a fere, até uma unha a abre, uma faca a talha e rasga-a uma lança (também destroça a carne). Até levei o dorso da mão aos lábios e soltei saliva, para ver se não eram as gengivas ou mais atrás e mais abaixo e se o sangue não era cuspido por uma tosse esquecida ou em que não prestara atenção, acariciei o pescoço e o rosto, às vezes me corto fazendo a barba e podia ter aberto de novo um corte que equivocadamente imaginara cicatrizado. Mas nenhum rastro no meu corpo, parecia sem fissuras, fechado, não era minha a gota, logo talvez fosse de Peter, ele tinha virado para a esquerda ao ir se deitar, olhei para lá mas não vi outras manchas no breve trecho que separava a escada da porta do seu quarto, podia ser de qualquer convidado então, que houvesse subido ao primeiro andar durante o jantar, em busca de um segundo banheiro quando o do térreo estava ocupado ou em busca de um rápido quarto, e acompanhado. Também podia ser da senhora Berry, pensei, aquela figura tão opaca e tácita, eu a vinha vislumbrando havia anos em sua discrição, de quando em quando, quase um fantasma, primeiro a serviço de Toby Rylands, depois de Wheeler, que a tinha contratado ou ficado com ela, nunca tinha me perguntado por ela, dava-a por líquida, certa e confiável, desde que a conhecia havia atendido satisfatoriamente a governança e as necessidades dos dois professores solitários e já aposentados, primeiro de um, depois de outro, mas eu nada podia saber das suas, nem de seus problemas, nem da sua saúde, suas angústias, sua possível família, suas origens ou seu passado, seu provável e velho senhor Berry, era a primeira vez que pensava nisso, num senhor Berry do qual teria enviuvado ou talvez divorciado e com o qual quem sabe não manteria alguma relação, há pessoas que consideramos que sempre estiveram destinadas às suas funções, que nasceram para o que fazem ou já as vemos fazendo, quando nunca ninguém nasceu para nada, nem há destino que valha nem nada está garantido, nem mesmo para os nascidos de príncipes ou mais ricos, que podem perder tudo, nem para os mais pobres ou escravos, que podem ganhar tudo, embora essa última hipótese raramente aconteça e quase nunca sem rapina ou sem latrocínio ou sem fraude, sem ardis ou sem traições ou engano, sem conspiração, sem derrubada ou sem usurpação ou sem sangue.

Pensei em todo caso que devia limpar aquela, a mancha no alto do primeiro lance, é curioso — uma condenação — como a gente se sente responsável pelo que encontra ou descobre, ainda que não tenhamos nada a ver com isso, como sentimos que devemos nos encarregar ou consertar o que num momento só existe para nós e de que acreditamos ser os únicos a par, embora não nos diga respeito nem tenhamos tomado parte: um acidente, uma situação penosa, uma injustiça, um abuso, um recém-nascido abandonado, evidentemente um cadáver achado ou que poderia vir a sê-lo, um ferido grave, com aquele amigo que traficava um pouco — colega de colégio, Comendador se chamava ou se chama, se não mudou de nome na América ou aonde quer que tenha ido, foram anos e anos bem antes de mim quando faziam a chamada, se era sua vez de responder ou se encarregava de fazê-lo, eu sabia que eu era o seguinte, foi a sina dele por toda a infância — tinha acontecido uma coisa assim, e ele tinha fugido e ao mesmo tempo não tinha fugido: tinha ido pegar um pacote na casa do traficante que costumava abastecê-lo e também lhe pedir algum préstimo ocasional, como o que finalmente o mandou para o xilindró de Palermo; tocou a campainha várias vezes sem sucesso, era esquisito porque tinha avisado, por fim abriram mas o homem não estava, precisou sair repentinamente, ouviu mais ou menos isso da namorada dele à porta, a atual do traficante, tanto ele como Comendador mudavam de garota a cada semana, vai que elas desconfiassem de alguma coisa, e às vezes trocavam-nas entre si, como dizer, para amortizá-las. A moça parecia estar chapadona, balbuciava, a duras penas reconheceu meu amigo ("Ah é, te conheço, do Joy te conheço", disse), e cambaleou para o quarto em que seu parceiro de poucos dias havia deixado o pacote pronto para que ela o entregasse sem saber seu conteúdo, mas dois segundos depois e antes de chegar ao quarto, sem ter havido mais que frases desconexas entre Comendador e ela ("O que você tem, o que tomou?", ele lhe perguntava, "Agora estou te conhecendo", respondia ela), ele a viu trocar as pernas e sair como que projetada pelo corredor, dar dois ou três passos disparados e descontrolados por efeito do tropeção e bater de cara numa parede, uma pancada e tanto ("Soou seco, como lenha cortada"), e a garota desabou inconsciente. Viu logo um pequeno corte, a jovem vestia apenas uma camiseta comprida que chegava até a metade das coxas e que certamente tinha posto tão só ante a insistência da campainha e uma vaga consciência da sua encomenda, por baixo nada, segundo observou Comendador no instante depois da queda, da morte, do desmaio. Viu também então uma mancha de sangue no chão, semelhante talvez à que eu tinha diante dos meus olhos agora, só que mais fresca, parecia mesmo provir da garota, de entre as suas pernas, talvez menstruasse e não tivesse percebido em seu estado sonolento, ausente, narcotizado quem sabe, ou talvez tenha se ferido com algo pontiagudo e cortante ao cair, algo no chão, uma lasca, era improvável. O mais preocupante porém não era isso, nem o corte, mas seu ar tão alienado ou chapado, seguido da perda de consciência, que tinha se produzido ao mesmo tempo que a batida mas com toda a certeza não se devia a ela ou não só, mas ao que fosse que aquela garota andasse tomando pouco antes ou sabe lá desde que horas, o próprio tinha engatado toda uma manhã de excessos à precedente noite de farra prévia. Comendador se agachou, ergueu-a com cuidado, estava inerte, fez com que ela se sentasse com as costas contra a parede, no assoalho, preocupou-se em deixar-lhe as nádegas cobertas, as abas da camiseta borradas de vermelho, tratou de reanimá-la, falou com ela, deu-lhe tapinhas nas bochechas, sacudiu seus ombros, viu seus olhos semicerrados, ou antes, entreabertos, e no entanto vidrados, velados, sem foco nem visão nem vida, pareceu-lhe morta, e então achou-a efetivamente morta, sem remissão e para sempre morta diante dos seus próprios olhos e para seu exclusivo conhecimento. Não tentou mais nada. Deu-se conta de que a porta da rua tinha ficado aberta, ouviu passos pela escada e quando eles se distanciaram voltou até a entrada para fechá-la, voltou ao corredor, viu dali o pequeno pacote que viera buscar, estava em cima da mesinha de cabeceira no quarto ao lado, para o qual a jovem se dirigia em seu sonambulismo antes de tropeçar e estatelar a cabeça contra a parede. A cama desse quarto estava desarrumada, nos lençóis também uma mancha de sangue, não grande, talvez a menstruação houvesse começado enquanto ela dormia ou já agonizava sem saber que era isso, não tinha se dado conta do fluxo ou lhe haviam faltado vontade ou forças para contê-lo, não sei se a palavra é adequada. Comendador imaginou várias coisas, mas sem se deter, muito rápidas, tingidas de pânico, como quer que seja era melhor levar o embrulho dali, se por azar aparecessem enfermeiros ou policiais antes que o traficante voltasse, para ele seria uma merda se o vissem. Não pensou duas vezes, passou por cima das pernas da moça sentada e suja, entrou no quarto, catou a droga e meteu-a no bolso, passou de novo por ela e continuou até a porta de saída sem olhar para trás. Abriu-a, certificou-se de que não havia ninguém, fechou-a às suas costas com delicadeza e em quatro pulos e três passadas desceu os andares e se encontrou na rua.

Fugiu então e também não fugiu então, porque foi justo então, quando entendeu que não tinha meio de voltar à casa nem de entrar nela, mesmo se quisesse, nem de ajudar a moça se estivesse viva, então foi que correu como um louco até uma cabine e procurou localizar o traficante em seu celular, para avisá-lo do acontecido e compartilhar seu conhecimento. Respondeu uma caixa postal, deixou um recado breve e confuso, pensou que o homem podia estar na loja ou que, pelo menos, lá encontraria os empregados que Comendador conhecia e que fariam alguma coisa, o traficante tinha uma loja de roupas italianas caras, de grife, uma franquia ou seja lá como chamem, e estava cada vez mais dedicado a ela, todos tendem à respeitabilidade quando têm uma chance e assim deixam ou podem, quem viola as leis e quem aspira a subverter a ordem, os delinquentes como os revolucionários, estes muitas vezes só da porta para dentro, dissimulam a tendência quando vivem das suas representações, Comendador e eu conhecemos muitos deles. Comendador não sabia o telefone da loja, mas esta não ficava longe, de modo que pôs-se a correr e correr, e correu pelas ruas como nunca tinha feito desde a infância, ou desde a Universidade talvez, durante as manifestações do fim do franquismo ante seus sempre mais lentos e encapotados guardas. E conforme corria ia rememorando o que ainda era um passado tão imediato que lhe custava crer que não era mais presente e que não podia retificá-lo, e pensando: "Não fiz nada, não tentei, nem mesmo saber ou certificar-me, não tomei o pulso nem fiz boca a boca nem fiz uma massagem cardíaca, nunca fiz nada disso nem sei como fazer fora do que vi inúmeras vezes em dez mil filmes, mas tentar, pelo menos, quem sabe a teria salvado e agora é tarde, cada minuto que passa mais tarde fica e mais nos condena, a mim e àquela garota, mas principalmente a ela, talvez ainda não tenha morrido mas vá morrer enquanto estou correndo, ou enquanto chego e falo com os empregados da loja grã-fina e conto o que aconteceu, ou enquanto eles procuram Costa ou Navascués, seu sócio, que na certa tem a chave do apartamento e poderia abrir para eles, abrir para nós, se eu decidir voltar lá com eles, melhor não, estou com a droga no bolso, mas enquanto isso pode ser que aquela guria imprudente morra por culpa do tempo que estou perdendo, ou melhor, já perdi, o que deveria ter empregado para tentar fosse lá o que fosse no desespero ou chamar uma ambulância, podia ter molhado sua testa, a nuca, o rosto, feito cheirar conhaque, ou álcool, ou água-de-colônia, ter pelo menos limpado o sangue, sou tão egoísta e miserável e covarde como sabia que era, mas sabê-lo não era a mesma coisa que contemplá-lo e ver que tem suas consequências". Entrou na loja como um cavalo a galope, e lá estavam todos, o traficante Cuesta e Navascués, seu sócio, e os empregados, o primeiro tinha desligado o celular, atendia umas clientes que se sobressaltaram, não tinha ouvido o recado, Comendador chamou-o, contou-lhe atropeladamente, Cuesta levou-o para o escritório, acalmou-o, pegou o telefone fixo, digitou seu próprio número com pressa mas sem alarme excessivo, e poucos segundos depois Comendador ouviu-o falar com a namorada na casa de que ele havia fugido disparado, sem olhar para trás. "O que aconteceu", ouviu-o dizer, "Comendador me disse que você se machucou e desmaiou. Ah, bom. É que, como você não reagia, o cara não sabia o que pensar. Mas você não leva sempre na bolsa? Precisa ser mais cuidadosa, está-se vendo que você não pode deixar de tomar nem um só. Tem certeza de que está bem, não quer que eu vá aí? Tem certeza? Bom. Passe álcool na ferida, ponha um esparadrapo, do galo você não vai escapar, mas é melhor desinfetar, não se esqueça, ouviu? Bom. Bom. Sim, sim, parece que você lhe deu um bom susto, veio correndo, está aqui sem fôlego. Sim, ele me disse que você conseguiu entregar antes de apagar, claro, é normal que você não se lembre. Está bem, eu digo. Te vejo mais tarde. Um beijo." Cuesta lhe explicou brevemente, a moça tinha diabetes, aquilo acontecia às vezes se bebia uma noite e se esquecia de tomar o remédio para provocar mais a sorte, as duas coisas costumavam acontecer ao mesmo tempo e incorria nelas mais que o devido, era uma insensata, uma criança. Já tinha se recuperado, já estava melhor, tinha tomado seu comprimido, embora atrasado, o corte não era nada, um galo e um pouquinho de sangue. Que sentia muito, a garota, ter dado aquele susto no Comendador, um beijo para ele, que a perdoasse por tê-lo feito passar tão maus bocados, obrigada por ter se preocupado tanto com ela, que ele era um anjo, Comendador era um anjo.

 Lembrei-me desse episódio enquanto ia ao banheiro do térreo, pegava um pacote de algodão e um frasco de álcool e subia de novo para o alto do primeiro lance da escada a fim de limpar aquela mancha pouco explicável que não era responsabilidade minha, por sorte era no assoalho e não no carpete. Comendador não tinha falado a Cuesta, ao lhe fazer seu veloz e agitado relato na loja, das manchas de sangue que sem dúvida eram da sua namorada, a do chão e a dos lençóis e os borrões na camiseta, e ao que parece ela também não as tinha mencionado ao telefone, logo não tinha sentido — e até teria sido indiscreto, sem tato — fazer-lhe perguntas a esse respeito. Talvez a garota se envergonhasse e preferisse fazer como se não tivessem existido e portanto ninguém as pudesse ter visto: talvez — sem dizer — lhe pedisse perdão por isso. E assim Comendador nunca soube com certeza de onde vinham nem a que se deveram, deu por boa a explicação de uma menstruação sem aviso prévio ou não contida a tempo por compreensível descuido, e ao fim de alguns dias começou até a duvidar de tê-las visto, aquelas manchas, às vezes acontece com o que a gente nega ou cala, com o que guarda e sepulta, já se esfumando sem remédio e chegamos a descrer que existiu de fato ou aconteceu, tendemos a desconfiar incrivelmente das nossas percepções quando já são passado e não se veem confirmadas nem ratificadas de fora por ninguém, as renegamos às vezes da nossa memória e acabamos por nos contar versões inexatas do que presenciamos, não confiamos como testemunha nem em nós mesmos, submetemos tudo a traduções, fazemos traduções dos nossos atos nítidos e não sempre são fiéis, para que assim os atos comecem a ficar borrados e, no fim, nos entregamos e nos damos à interpretação perpétua, até do que nos consta e sabemos de ciência certa, e assim o fazemos pairar instável, impreciso, e nada nunca está fixado nem nunca é definitivo, e tudo dança para nós até o fim dos dias, vai ver que não suportamos as certezas, nem mesmo as que nos convêm e nos reconfortam, nem falemos nas que nos desagradam ou nos questionam ou machucam, ninguém quer se transformar nisso, em sua própria dor e sua lança e sua febre. "Talvez tenha me assustado ao ver a ferida na testa da moça, a batida soou fatal e foi muito espetacular, e ver brotar nela um pouco de sangue talvez tenha me feito tomar por ele, sabe lá, uma mancha escura do assoalho, por exemplo, não havia muita luz naquele corredor", tinha me dito

Comendador ao me contar o episódio, uns dias depois. "E a cama, e as gotas?", indagava eu. "Não sei, podiam ser qualquer outra coisa, pode ser que fossem de vinho, ou até de conhaque, vai ver que tinha bebido do gargalo no corredor e na cama e derramado tudo sem se dar conta em seu mal-estar, chapada como estava ou sentindo-se morrer, como deve ter sentido antes de fazer o esforço de se levantar para me abrir a porta." "Quer dizer que você está convencido de ter visto esse sangue em vários lugares e, ao mesmo tempo, acha possível não ter visto ou que nem mesmo houvesse sangue, que fosse apenas imaginação sua, ou seu medo de vê-lo?" "Sim, suponho que sim, suponho que isso seja possível", respondeu Comendador perplexo.

Agora eu estava limpando a mancha na casa de Wheeler com algodão empapado, o sangue não era muito fresco mas tampouco estava de todo seco ou ressecado, e a madeira bem envernizada, encerada, polida, permitia que eu a fosse tirando ou eliminando, embora não sem fazer força e insistir várias vezes e gastar álcool e algodão como não havia imaginado, ia pondo-os de lado, no cinzeiro de Peter — os já ensanguentados —, e ao mesmo tempo agia com cuidado para não danificar o assoalho nem substituir um sinal por outro, com o álcool nunca se sabe. O que mais custa limpar dessas manchas ou até de gotas minúsculas é seu redor, seu círculo, a circunferência, não sei por que isso se agarra ao chão muitíssimo mais que o resto, ou à louça do lavabo ou do banheiro, onde as gotas ou as manchas caem, além do mais isso acontece logo, inclusive quando o sangue é bem fresco, basta ser derramado, deve ter uma lei física, sem dúvida nenhuma, mas eu a desconheço. "Talvez", pensei, "talvez seja uma forma de se agarrar ao presente, uma resistência a desaparecer que os objetos e o inanimado também oferecem, não só as pessoas, talvez seja a tentativa de todas as coisas de deixar sua marca, de tornar mais difícil sua negação ou seu esfumar-se ou seu esquecimento, é sua maneira de dizer 'Eu fui' ou 'Ainda sou, logo é seguro que fui', e de impedir que os outros digam 'Não, isso nunca foi, nunca houve, não cruzou o mundo nem pisou na terra, não existiu e nunca aconteceu'. E agora, enquanto continuo limpando e começa a ceder e a se desdesenhar esta teimosa auréola de sangue, pergunto-me se, uma vez que eu a apagar totalmente e não sobrar mais rastro, começarei a duvidar de tê-la visto, como Comendador as suas manchas, e de ter estado ali de joelhos como uma velha fregona espanhola, só que sem aquela almofadinha de espuma que elas punham para não fincar os ossos no duro chão, as coitadas já faziam muito em nos mostrar as coxas de costas, quero dizer, às crianças, ou aos homens. E quando já não houver o menor vestígio, então eu talvez comece a não ter certeza de que esta mancha não passou de imaginação minha, causada pela vigília, e pelas muitas leituras, e pelos uísques excessivos, e pelas vozes contrárias, e pelo contrariado e lânguido rumor do rio. E pela sinuosa conversa com Wheeler." Durante alguns segundos me deu vontade — ou era tão só superstição — de não eliminá-la para sempre e totalmente, de deixar um resto que eu pudesse voltar a ver na manhã seguinte, que já tinha se iniciado de acordo com os relógios, um fragmento de circunferência, uma mínima curva que me lembrasse "Ainda sou, logo é seguro que fui: você me vê e você me viu". Mas terminei meu trabalho e a madeira ficou impoluta, ninguém mais saberia do sangue se eu calasse e não perguntasse nada a Wheeler nem à senhora Berry. E desci de novo aquele lance de escada e não joguei no lixo da cozinha os algodões vermelhos ou marrons e usados, mas fui ao banheiro para botar de volta em seu lugar o pacote e o frasco e ali levantei a tampa da latrina e esvaziei dentro dela o cinzeiro, dando a descarga logo em seguida e acabando assim com as últimas provas materiais.

"Que sorte você tem sempre, cara", eu tinha dito a Comendador. "Você deixa caída no chão a coitada de uma garota que tinha quebrado as fuças e ainda por cima está sangrando, abandona a dita cuja achando que está morta ou não quer nem mesmo verificar, e no fim das contas é ela que te pede desculpas pelo susto que você levou e te agradece por tê-la largado ali sem ajudá-la. Se isso acontecesse comigo um dia e eu agisse da mesma maneira, a garota morreria e depois ainda ficaria provado que ela teria se salvado se eu não houvesse perdido tanto tempo. E eu levaria para sempre esse peso na consciência." Comendador tinha me olhado então com um misto de superioridade e de resignada inveja, eu conhecia muito bem esse olhar dele, desde a infância, e depois o vi em muitas outras pessoas ao longo da minha vida, embora não se dirigisse a mim: é o olhar de quem gostaria de não ser como é — mais certamente por motivos estéticos ou, digamos, narrativos do que morais — e ao mesmo tempo sabe que tem a sorte de ganhar e sair-se bem sendo exatamente como é, e não como seus invejados. "Mas é que você não teria agido assim, Jaime, não teria tido meu comportamento", respondeu-me. "Você teria ficado até fazê-la reviver de algum jeito e, se não conseguisse, teria logo chamado um médico ou uma ambulância, mesmo com a droga no bolso e sabe lá o que mais na casa ou no corpo da garota. Mesmo com todo o risco. E se ela tivesse morrido, é porque tinha chegado a vez dela, não porque você tinha fugido ou sido negligente. Eu tenho essa sorte, você sabe, a sorte do covarde, é sempre muito maior que a do corajoso ou intrépido, digam o que disserem as histórias e as lendas do mundo inteiro. Na realidade, não aconteceu nada, e não foi só a garota que não ficou com raiva de mim, mas Cuesta também não. Nem desconfia nem se sente decepcionado, o que teria sido meio grave naquela hora. Mas isso não impede que eu tenha constatado qual é o meu caráter. Não é que eu não soubesse, entende?, mas agora experimentei, sofri esse caráter na minha própria carne, como se diz, e assim como nem a garota nem Cuesta nem se lembrarão desse episódio daqui a pouco, se é que ainda se lembram, eu nunca mais vou me esquecer dele, porque o que aconteceu para mim por um bom tempo foi que uma garota tinha morrido diante dos meus olhos e eu tinha dado no pé com a minha carga em segurança, sem fazer nada por ela." "Bem, você foi avisar, correu, pelo menos tentou que outros fizessem alguma coisa", eu disse a ele. Comendador não era dos que se enganavam, ou não muito (talvez se engane mais agora, que se tornou respeitável em Nova York ou Miami ou aonde quer que tenha ido). "Sim, podia ter sido pior, tudo é possível, mas você e eu sabemos que o que eu fiz não é coisa à toa, não era o que eu devia fazer. De modo que embora a garota esteja bem e nada de ruim tenha lhe acontecido por minha culpa ou por meu egoísmo, mesmo assim eu também carregarei isso na minha consciência." Depois acrescentou com um meio sorriso, como se desmentindo (seu meio sorriso do colégio diante dos colegas ou dos professores, que acabava livrando-o da ameaça ou castigo maiores, o que sempre semeava uma dúvida e desmentia, tanto o que havia afirmado um momento antes como o que jurava enquanto retirava um lábio e o descobria, esse meio sorriso, para nós): "Ainda bem que minha consciência é muito tolerante". Era verdade que tinha sorte, fosse a do covarde ou não. Nem podia considerar má, pensando bem, a da lenta gota que dançou em seu nariz diante de um policial muito dedutivo em Palermo. Tinha passado uma temporada atrás de grades especialmente cortantes, mas graças àqueles gumes tinha deixado de mixarias e riscos rasteiros e agora era um empresário cheio da grana, foi a última coisa que soube, mal recebia notícias dele, e na verdade achava melhor assim, achava melhor que se tivessem esfriado e espaçado nossos contatos, ou quem sabe haviam terminado: há irmãos e primos, há amigos de infância e há velhos amores com os quais muita gente não sabe o que fazer quando adulto. Talvez eu seja um desses, para algum outro, ou para alguma velha chama. Do que não estava nem um pouco convencido era de que no lugar do Comendador meu comportamento teria sido diferente do dele. Não podia comprová-lo, em todo caso, por não ter sofrido aquilo na minha própria carne, como se diz. Quem sabe. Ninguém sabe até que chega sua vez, nem mesmo assim. O mesmo indivíduo pode reagir de maneiras distintas ou opostas conforme o dia, o medo, o estado de espírito, conforme esteja em situação de perder ou conforme a importância que dê a seu retrato ou a sua história em cada etapa da sua vida, conforme vá contar ou calar seu comportamento depois, seja ele nobre ou mesquinho, seja ele vil ou elevado, qualquer que seja. Ou conforme espere que lhe atribuam mais tarde, que relatem, que contem outros, se ele morrer e não puder. Ninguém sabe da próxima vez, mesmo se houve uma precedente, nenhuma anterior nos obriga a nada, nem nos condena ao fio das repetições, e quem foi ontem generoso e corajoso pode ser traiçoeiro e fugidio amanhã, quem foi covarde e dedo-duro há séculos pode ser hoje leal e íntegro, e talvez o futuro nos condicione e obrigue mais do que o passado, mais o por conhecer do que o conhecido, o não provado do que o líquido e certo, o por vir do que o sucedido, o possível do que o que já tenha ocorrido. E ao mesmo tempo, porém. Também nada do que aconteceu jamais se apaga totalmente, nem sequer a mancha de sangue esfregada e limpa a seu redor, um perito sem dúvida encontraria algum vestígio microscópico sobre a madeira ao cabo do tempo, e no fundo da nossa memória — esse fundo raramente visitado — há um perito que espera com sua lupa ou seu microscópio (é por isso que o esquecimento é sempre caolho). Ou, pior ainda, às vezes esse perito está na memória de outros, a que não temos acesso ("Será que ele se lembra, será que sabe?", perguntamo-nos apreensivamente. "Estará ainda fresco na sua mente ou terá esquecido? Lembra-se de mim ou vai me ver como uma pessoa desconhecida e nova? Estará a par? Seu pai lhe diria, sua mãe lhe contaria, ele me reconhecerá, não o terão feito saber? Ou desconhecerá quem sou, o que sou, e ignorará tudo? '(Cale-se, cale-se e não diga nada, nem mesmo para se salvar. Cale-se, e então salve-se.)' Saberei pela maneira como olhar para mim, mas talvez não o saiba por isso mesmo, porque pode querer me enganar com seu olhar"). Há muito que me pertence ou não, na minha memória, sem ir mais longe. Quem sabia, quem sabe, ninguém sabe. E certamente Nin tampouco imaginava que ia resistir até a sepultura, quando seus vizinhos políticos o torturaram na língua que ele havia aprendido e a que havia bem servido. Ali, ali mesmo, ao lado da minha cidade, Madri, na qual não moro mais. Ali, num porão ou num quartel ou numa prisão, num hotel ou numa casa de Alcalá de Henares. Ali na colônia russa, onde Cervantes nasceu.

E ali estava Nin no romance de Fleming, bem no início, não demorei para encontrá-lo, Wheeler tinha marcado o parágrafo como havia feito com outros no *Duplo jornal* e nos outros livros, um leitor minucioso e atento, ao mesmo tempo que impulsivo, escrevia nas margens interjeições burlescas, ou notas depreciativas para com o autor (não passava um só raciocínio falso, nem a mentira, nem a ignorância, nem a tolice: "*Silly*" ou "*Foolish*", opinava parcimonioso e contundente às vezes), ou também entusiasmado, conforme os casos, e chamadas meramente rememorativas, e sinais de exclamação ou de interrogação quando não dava crédito ou julgava ininteligível, e às vezes rabiscava "ruim" (o trapaceiro e incompetente, Tello-Trapp ou lá quem fosse, havia levado uns tantos) e assinalava com uma flecha o condenado por sua maquinadora cabeça e seus exigentes olhos minerais, ou "Excelente" quando uma frase lhe parecia acertada ou o comovia, "*Quite moving*", tinha lido uma vez, creio que em *Lutando* de Orwell. "*Quite right*", também punha com aprovação às vezes, eu tinha visto em Benet, e "*Quite true*" amiúde em Thomas, que devia conhecer pessoalmente por este ter ensinado pertinho de Oxford, na Universidade de Reading, lugar célebre por sua velha prisão e pela balada que nela escreveu o recluso C.3.3., o que não é precisamente um codinome.

O parágrafo estava no final do capítulo sétimo, intitulado "The Wizard of Ice", isto é, "O mágico do gelo", num jogo de palavras intraduzível com o famoso de Oz. "Por certo Rosa Klebb", li em inglês nesse parágrafo, "possuía uma forte vontade de sobrevivência, ou não teria se tornado uma das mulheres mais poderosas do Estado e, sem dúvida, a mais temida. Sua ascensão, recordou Kronsteen, tinha se iniciado com a Guerra Civil Espanhola. Naquela época, como agente dupla dentro do POUM — isto é, trabalhando para o OGPU de Moscou assim como para a Inteligência Comunista na Espanha —, tinha sido o braço direito e, dizia-se, uma espécie de amante do seu chefe, o famoso Andreas Nin. Havia trabalhado com ele entre 1935 e 1937. Depois, ele foi assassinado por ordens de Moscou, e corria o boato de que quem o assassinara fora ela. Fosse isso verdade ou não, a partir de então Rosa Klebb havia ascendido, com lentidão mas em linha bem reta, pela escada do poder, sobrevivendo a reveses, sobrevivendo a guerras, sobrevivendo (porque não forjava lealdades nem se unia a nenhuma facção) a todos os expurgos, até que, em 1953, com a morte de Beria, aquelas mãos manchadas de sangue se agarraram ao degrau (já a tão poucos do próprio cume) que era o chefe do Departamento de Operações de SMERSH."

Apresentados os personagens, esmiucei-os. O OGPU já havia aparecido em outros livros, era a mesma coisa que a NKVD, ou de fato, mais para a frente, que a KGB, isto é, o Serviço Secreto soviético. Beria, claro, era o celebérrimo Laurenti Beria, Comissário de Negócios Internos ou chefe da polícia secreta durante muitos anos e até a morte de Stálin, seu mais astuto e impiedoso instrumento na organização de conspirações, depurações, expurgos, ajustes de contas, recrutamento forçoso, repressão, chantagem, campanhas de terror e difamação, interrogatórios, tortura e, nem é preciso dizer, espionagem. Quanto a SMERSH, iniciais que não conhecia, Fleming explicava numa nota prévia, por ele assinada que: "... contração de Smiert Spionam — Morte aos Espiões —, existe e, hoje em dia, continua sendo o departamento mais secreto do governo soviético. No início de 1956, quando este livro foi escrito, a força da SMERSH, tanto na URSS como no estrangeiro, era de uns quarenta mil membros, e o general Grubozaboyschikov, seu chefe. Minha descrição da sua aparência é correta. Hoje em dia, o quartel-general da SMERSH fica onde o situei, no capítulo quarto: no número 13 da Sretenka Ulitza, em Moscou...". Fui um instante até esse capítulo quarto, que, sob o título "The Moguls of Death" — digamos "Os autocratas da morte" —, começava com os mesmos dados ou parecidos: "SMERSH é a organização oficial do governo soviético para o assassinato. Opera tanto no seu território como no estrangeiro e, em 1955, dava emprego a um total de quarenta mil homens e mulheres. SMERSH é uma contração de Smiert Spionam, que significa 'Morte aos Espiões'. É um nome utilizado apenas por seu pessoal e entre os funcionários soviéticos. Não passaria pela cabeça de nenhuma pessoa de posse das suas faculdades mentais permitir que essa palavra aflorasse seus lábios...". Quando os transeuntes passavam na frente do número 13 da larga e triste rua em questão, prosseguia o narrador, baixavam os olhos para o chão com um calafrio na nuca ou, se se lembravam a tempo e podiam fazê-lo sem chamar muito a atenção, mudavam de calçada antes de chegar à abominável altura do desgracioso e feio edifício. Enfim, nunca se sabe, não me ocorreu onde procurar se a SMERSH havia de fato existido ou se tudo — a nota prévia à frente — era uma estratégia de romancista para apoiar ou afiançar uma falsa veracidade.

Voltei a Rosa Klebb e ao capítulo sétimo. A verdade é que

nunca, até então, eu tinha lido uma só linha de Ian Fleming, mas tinha visto, isso sim, como quase todo o mundo, os primeiros filmes da série Bond. Acreditava me lembrar daquela personagem em sua versão cinematográfica, uma mulher madura, de cabelos curtos e lisos cor de cenoura, sem o menor atrativo nem escrúpulo e que, no fim, enfrentava Connery de um modo inesquecível para o menino que eu era quando devo ter visto em Madri *Moscou contra 007* (tive na certa de vê-lo num cinema tolerante: a censura franquista foi sempre tão idiota que aquelas fitas eram proibidas para menores de dezoito anos): da ponta do seu sapato (ou dos dois, talvez) fazia surgir, mediante um mecanismo, uma ou duas tremendas lâminas horizontais impregnadas de um veneno rápido e fatal, um simples arranhão daqueles gumes bastava para que a vítima batesse as botas no mesmo instante e irremediavelmente, de modo que a mulher brigava aos chutes, afiadíssimos, com Bond ou Connery e este a mantinha à distância com uma cadeira, como fazem os domadores de circo com seus decrépitos leões e tigres cansados de puerilidades. No filme, também me lembrava disso, o papel da crudelíssima Klebb havia sido excepcionalmente encarnado pela famosa cantora e atriz de teatro austríaca (raras as suas aparições na tela) Lotte Lenya, máxima e mais genuína intérprete das canções e óperas de Bertolt Brecht e Kurt Weill (*A ópera dos três vinténs*, a mais conhecida), e na verdade, se não me falha a memória, mulher e viúva deste último, que continuou compondo para ela até o fim, muito anterior, é claro, àquela adaptação de Ian Fleming. O qual, diga-se de passagem, e a julgar pelas escassas páginas que li no escritório de Wheeler, pareceu-me melhor escritor, mais hábil e perspicaz, do que a altiva História da Literatura dignou-se de lhe conceder até agora. A descrição de Rosa Klebb, que vinha em seguida, sem ir mais longe, continha achados curiosos e apreciáveis, copiei alguns parágrafos: "... grande parte do seu sucesso se devia à índole peculiar do seu segundo instinto mais importante, o sexual. Porque Rosa Klebb pertencia sem dúvida à mais incomum de todas as tipologias sexuais. Era neutra... As histórias de homens e, sim, de mulheres eram por demais circunstanciadas para duvidar delas. Podia gozar o ato fisicamente, mas o instrumento não tinha nenhuma importância. Para ela, o sexo não passava de um prurido. E essa sua neutralidade psicológica e fisiológica a aliviava no mesmo instante de muitas das emoções e sentimentos e desejos humanos. A neutralidade sexual constituía a essência da frieza de um indivíduo. Nascer com isso era algo de magnífico e portentoso. O instinto gregário também estava morto nela... E, claro, no que concerne ao temperamento, era uma fleumática: imperturbável, tolerante com a dor, indolente. Seu vício dominante seria a preguiça. De manhã, custava arrancá-la da sua quente e emporcalhada cama. Seus hábitos privados seriam sem asseio, sujos até. Não devia ser agradável, pensou Kronsteen, insinuar-se no lado íntimo da sua vida, quando relaxava, já sem uniforme... Rosa Klebb devia ter uns quarenta e muitos anos, supôs, orientando-se pelas datas da Guerra Espanhola... O diabo sabe, pensou Kronsteen, como devem ser seus peitos, mas a uniformizada protuberância que repousava sobre o tabuleiro parecia um saco de areia enchido de qualquer jeito...". ("Saco de farinha, saco de carne", pensei, "neles se cravam a baioneta e a lança.") "As *tricoteuses* da Revolução Francesa deviam ter rostos como o dela... E as caras delas deviam transmitir a mesma impressão, concluiu Kronsteen, de frieza, crueldade e força daquela — sim, teve de se conceder a palavra emotiva — *aterradora* mulher da SMERSH."

Fleming também parecia muito bem documentado (SMERSH à parte: tinha de perguntar a Wheeler sobre isso, ele seguramente saberia se essa organização havia sido real ou era uma invenção), a menção ao POUM e a Andrés Nin já era um indício, por mais que ele o chamasse de "Andreas". Segundo essa trama, quem o teria matado seria uma mulher de nacionalidade estrangeira — quem sabe "de singular beleza" em sua juventude na Espanha —, que além do mais teria sido sua colaboradora e sua amante, para uma traição e amargura maiores. Wheeler, em todo caso, havia associado a referência no *Duplo jornal* às "várias mulheres" detidas em Barcelona em junho de 1937 ao personagem desastrado, sinistro e neutro de *Da Rússia com amor* (nunca a teriam detido), cujo parágrafo do capítulo sétimo havia marcado com dois traços verticais e escrito na margem "*Well well, so many traitors indeed*", isto é, "Ora, ora, quantos traidores". Sim, quantos tinha havido, no meu país e naquela época, em outras mais tarde e, é claro, em todas as anteriores até as imemoriais, desde o início dos tempos e em toda parte. Como era possível que tenham acontecido e aconteceram mesmo tantas traições, ou tantas com êxito, isto é, que não chegaram a ser suspeitadas nem detectadas antes da sua consumação? Que estranha inclinação temos pela confiança? Ou talvez não seja por ela, mas por não querer ver nem nos inteirar, ou pelo otimismo ou pelo consentido engano, ou é uma soberba o que nos leva a crer que conosco não vai acontecer o que acontece com nossos semelhantes e sempre aconteceu, ou que vamos ser respeitados por quem já — e diante dos nossos olhos — foi desleal com outros, como se fôssemos diferentes destes, e que nos induz a pensar sem motivo que estaremos a salvo dos reveses sofridos por nossos antepassados e também das decepções que atingem nossos contemporâneos: aos que não são "eu", suponho, a todos os que não o são nem serão nem foram. Vivemos, suponho, com a esperança inconfessa de que alguma vez se rompam as regras e o curso e o costume e a história, e de que isso se dê em nós, na nossa experiência, de que seja a nós — isto é, somente a mim — que caiba vê-lo. Aspiramos sempre, suponho, a ser uns eleitos, e é improvável que de outro modo estivéssemos muito dispostos a percorrer o trajeto inteiro de uma vida inteira que, curta ou longa, nos vai rendendo. Ali mesmo, no *Duplo jornal* que tornei a pegar, havia uns tantos artigos do meu pai, de quando ainda confiava apesar de estar em guerra: um de 2 de julho de 1937, por ocasião do terceiro centenário da publicação do *Discurso do método*, de Descartes, em 1637 em Leyden; outro de 27 de maio, deplorando as dementes mudanças de nome das ruas e praças (e até de cidades) que estavam sendo feitas tanto na "zona dominada pela facção" como na "leal" (seus termos) e, concretamente, em Madri: "E é em tudo e por tudo lamentável", dizia, "que imitemos nisso os rebeldes, porque não há que imitá-los em nada". Ou: "O Prado, o Paseo de Recoletos e a Castellana tiveram seu triplo nome trocado para o de Avenida de la Unión Proletaria. Essa união, por desgraça, começa por não existir, e nos parece muito mais interessante procurá-la do que escrevê-la nas esquinas... Em certo sentido parece que os novos rotuladores querem completar a obra dos bombardeios facciosos, na tarefa de deixar desfigurada nossa capital". Também havia alguns mais estritamente políticos, ora firmados com seu pseudônimo da época, ora com seu nome, Juan Deza, parecia-me fantasmagórico ver meu sobrenome naquelas velhas páginas reproduzidas com sua tinta vermelha. Lá estavam os textos juvenis, que sem dúvida constituíram parte das muitas acusações a que teve de responder — a maioria delas inventadas, imaginárias, falsas — pouco antes de a guerra terminar e ser perdida, quando foi traído e delatado para as vencedoras autoridades facciosas por seu melhor amigo de então, um tal Del Real, com o qual havia compartilhado aulas e conversas, interesses e cafés e amizades e tertúlias e filmes e seguramente algumas farras ao longo dos anos, todos os do curso que ambos fizeram e, imagino, também os da própria Guerra, do cerco de Madri com os bombardeios facciosos desfiguradores e os canhoneios rebeldes que vinham dos arredores e dos morros, os chamados obuses que faziam sua parábola e caíam sobre a telefônica ou na praça ao lado quando a pontaria falhava, por isso chamada "praça da bola de gude", com inverossímil humor fatídico, quase três anos da vida de ambos, de todos, sendo sitiados e correndo pelas ruas e praças de nomes mutantes com as mãos no chapéu, gorro, boina, saias esvoaçantes e meias rotas ou simplesmente sem meias, procurando as calçadas não visadas pelos canhões para andar ou correr por elas até alcançar uma entrada de metrô ou algum refúgio.

Os dois amigos tinham compartilhado inclusive, junto com um terceiro colega que morreu ainda jovem, a publicação de um livrinho de 1934, que recolheu aqueles que a Sociedade Geográfica considerou os três melhores diários de viagem dentre os redigidos por todos os alunos que participaram do então chamado Cruzeiro Universitário pelo Mediterrâneo, que, organizado pela madrilena Faculdade de Filosofia e Letras da República, levou estudantes e professores à Tunísia e Egito, Palestina e Turquia, Grécia e Itália e Malta, Creta, Rodes, Maiorca, ao longo de 45 entusiasmados e otimistas dias do verão de 1933, num dos quais os passageiros viram-se honrados com a visita do grande Valle-Inclán, que não sei onde nem por que subiu a bordo para conversar com eles. O navio da Companhia Transmediterrânea que os levou se chamava *Ciudad de Cádiz*, e a todas as suas travessias pôs fim o submarino italiano *Ferrari*, orgulho de Mussolini, que o torpedeou e o afundou nas águas do mar Egeu em 15 de agosto de 1937, já em plena guerra, quando o mercante republicano voltava de Odessa com alimentos e material bélico, conforme eu tinha ouvido meu pai dizer, ou talvez tenha sido no dia 14 do mesmo mês, saindo de Dardanelos, conforme tinha lido por acaso em Thomas um instante antes na interminável noite.

Esse colega de publicação, de viagem, de Universidade e até de Instituto anos antes (tão duradouro, portanto, como fomos

Comendador e eu), encarregou-se de promover e dirigir a caça àquele que ainda não era pai de ninguém. Levou a cabo uma campanha de difamação, procurou "testemunhas de acusação" que sustentaram tudo num processo (ou no simulacro deste, outra coisa não havia nas datas triunfais) e procurou uma assinatura de maior valor e autoridade que a dele para estampar na denúncia formal que num dia de maio de 1939 foi apresentada na delegacia. Essa assinatura foi a de um professor daquela mesma Faculdade, Santa Olalla seu nome, de fanatismo reconhecido e com quem meu pai não tivera aulas nem qualquer contato, apesar de que, pelo visto, o docente também não se havia privado de figurar na nada fanática expedição do Cruzeiro de 1933. Muitíssimos anos depois, quando eu fui estudante nas mesmas salas de aula (mas já então e ainda então eternamente franquistas), continuava lecionando nelas aquele Santa Olalla, já na sua qualidade de veteraníssimo catedrático — deve ter ganhado o título rapidamente e com facilidade —, e sua realidade e fama em minha época eram de fascista cabal, tanto no sentido analógico como ideológico, político ou temperamental, isto é, sensu stricto. Soube que também chegou à cátedra em alguma Universidade do norte (La Coruña, Oviedo, Santander, Santiago, não sei) o delator principal, Del Real, premiado provavelmente por seus imediatos e espontâneos serviços à recente e hiperativa polícia franquista de 1939. Mas, ao que parece, esse outro delator docente ainda se permitiu posar de "semiesquerdista" diante dos seus revoltosos alunos dos anos 1970 — no fundo, nada de excepcional nisso —, e alguns incautos e ignorantes jovens setentrionais daquela década indócil achavam-no "encantador". Assim é o mundo. ("Fale, delate, denuncie. Depois cale-se e, então, salve--se.") A última coisa que meu pai soube mais ou menos pessoalmente dele foi no próprio mês de maio de 1939, mês e meio depois de terminada a Guerra, em plena repressão, supressão e consciencioso expurgo dos derrotados e pouco depois da sua detenção e encarceramento no dia de são Isidoro, padroeiro de Madri, quando um conhecido comum — ou talvez minha mãe que foi visitá-lo e que ainda não era minha mãe nem mulher dele — contou-lhe que Del Real pavoneava sua grande façanha pela cidade com estas ou semelhantes palavras: "Vou conseguir que Deza pegue trinta anos de prisão, se não algo pior". Esse "algo pior" era fácil acontecer naquele tempo com qualquer detido com motivo ou sem ele, houvesse provas contra si ou não: se não houvesse, forjavam-se, e até isso não costumava ser necessário, para sua condenação bastava em princípio a mera denúncia, a de um porteiro, um vizinho, um invejoso, um padre, um ressentido, um rival, um delator profissional ou meritório, um cortejador repelido, uma namorada despeitada, um colega, um amigo, todas eram aceitas, mais valia exceder do que faltar na hora de completar a "contrição" iniciada em 1936, a palavra era de Thomas. E esse "algo pior" tinha o nome de *paredón*.

    Bem feitas as contas, Juan Deza até teve sorte, em comparação com tantos outros, e seu delator não conseguiu mandá-lo à parede branca. Durante a Guerra, meu pai tinha sido soldado do Exército Popular, ou da República, como ele preferia chamá-lo (tinha 22 anos feitos quando ela estourou, era poucos meses mais moço que Wheeler), mas, destinado a tarefas administrativas na retaguarda de Madri, esteve primeiro numa companhia de Intendência, depois foi nomeado tradutor do Exército de Terra, mais adiante prestou serviço como colaborador ou ajudante de dom Julián Besteiro até a capitulação, de modo que nunca teve de entrar em combate. E como sabia não ter sido obrigado a disparar um só tiro de fuzil, também tinha a certeza absoluta de não ter matado ninguém, com o que, dizia, se alegrava infinitamente. Escreveu seus artigos para o *Abc* e para algumas outras publicações, emitiu programas de rádio durante uma temporada de 1937 em que foi enviado a Valencia e traduziu a pedido do Estado-Maior um volumoso livro inglês de cujo autor não se lembrava, mas sim do título, *Spy and Counter-Spy* (A History of Modern Espionage), e que seguramente nunca viu a luz que ele lhe deu em espanhol para o Ministério da Guerra. Mas as acusações de seus delatores incluíam "delitos" muito mais graves e — fantásticos embora — concebidos com a pior das intenções, de falsidade difícil de desmascarar: entre vários outros, o de ter sido colaborador do jornal moscovita *Pravda*; o de ter servido de contato, intérprete e guia na Espanha do "bandido deão de Canterbury" (o dr. Hewlett Johnson, conhecido como "o Deão Vermelho", *"the Red Dean"*, que meu pai nunca tinha visto); e o de ser profundo conhecedor de toda a trama da "propaganda vermelha" ao longo da contenda, o que equivalia a um convite mais que direto a lhe arrancarem tão excepcional informação por qualquer meio (na verdade o de sempre). Nada disso aconteceu, por sorte: contou com testemunhas verazes, inclusive entre os que serviam "de acusação"; milagrosamente, seu caso foi passado para um segundo-tenente de grande decência, que, longe de falsear suas refutações durante a instrução (como era costume naquele sistema judicial), propôs tomá-las por escrito para maior exatidão, receoso das imputações, e que, antes de mandá-lo de volta para a cela, disse-lhe: "Não lhe aperto a mão porque estão nos observando e podem pensar que temos alguma relação, mas espiritualmente estou com o senhor" ("Antonio Baena", lembrava-se meu pai, "desse nome não me esquecerei"); e também coube-lhe por sorte um juiz felizmente folgado que extraviou seu processo e acabou arquivando seu caso em vista do comportamento anômalo de uma "testemunha de acusação" e da consequente confusão. E assim Juan Deza, meu pai, passou um tempo na prisão, durante o qual ensinou a ler e escrever, somar, diminuir e multiplicar, companheiros reclusos analfabetos (e os mais instruídos, noções de francês), depois pôde sair — não deu para ensinar a dividir —, se bem que para viver sob represálias por vários anos e portanto impedido de exercer a docência em qualquer nível, ao contrário dos seus encatedrados acusadores, e também de voltar a publicar uma só linha que fosse na imprensa do seu país, cuja tinta já era toda azul. Uma das "testemunhas de acusação" que, este sim, se refletiu no espelho escuro da sua função, outro ex-colega de faculdade a quem sua vítima havia visitado e emprestado livros sob os bombardeios, mais tarde romancista de prostituído ou barato sucesso (Flórez seu nome), lhe fez chegar esse recado através da sua amiga, minha mãe: "Se Deza se esquecer de que tem uma carreira, poderá viver; caso contrário, o liquidaremos". Mas essa é outra história. Algumas vezes eu o vi sofrer em silêncio por sua desditosa situação, e o vi passar maus pedaços. Mas nunca o vi amargurado, nem transmitiu a nós, seus filhos, nenhum ressentimento, e o que possamos ter desenvolvemos por conta própria. Também não o ouvi queixar-se nem dizer em voz alta os nomes dos seus delatores fora do círculo familiar e dos amigos mais íntimos, alguns dos quais já conheciam bem e de primeiríssima mão aqueles dois nomes, desde o dia de são Isidoro de 1939. Apesar das rasteiras e dos empecilhos soube se virar na vida e, se não se queixou nem nos anos mais duros e ingratos, não era eu que iria fazê-lo por ele. Ou talvez sim. Talvez sim fosse eu, e o único ainda por cima, com meus dois irmãos mais velhos e minha irmã mais moça, a fazer isso que tampouco ofende, lamentar-se um pouco pelos outros, por minha mãe e também por ele.

Do mesmo modo, eu nunca me abstivera de mencionar esses nomes quando a ocasião se apresentava ou era oportuno fazê-lo, porque desde pequeno eu os sabia, Del Real e Santa Olalla, Santa Olalla e Del Real, que para mim sempre foram os nomes da traição, e esses nomes não há que protegê-los. Era nisso que eu pensava enquanto na longa noite à beira do Cherwell comecei por fim a recolher todos os livros de Wheeler que havia tirado da sua estante oeste e espalhado por seu escritório ou gabinete, e a pôr alguma ordem, a limpar, esvaziar a mesa, tirar bandejas, garrafas, meu copo e o gelo, árdua tarefa para alguém cansado e absorto como eu estava e tarde que havia ficado, embora tenha preferido não saber quanto e não tenha consultado nenhum relógio. Como era possível que meu pai não houvesse desconfiado nem detectado nada? Era um homem inteligente e culto, nenhum boboca, e muito precoce, se bem que, claro está, um otimista irrecuperável que confiava em princípio em todo o mundo. Mesmo assim. Como se podia passar meia vida ao lado de um colega, um amigo íntimo — meia vida da infância, dos bancos da escola, da juventude —, sem se dar conta da sua natureza ou, pelo menos, da sua natureza *possível*? (Mas talvez em todos qualquer natureza seja possível.) Como é possível não ver nesse longo tempo que quem acabará e acaba nos desgraçando vai nos desgraçar? Não intuir nem adivinhar sua trama, sua maquinação e sua dança em círculos, não farejar sua aversão ou respirar sua torpeza, não captar sua vagarosa tocaia e sua lentíssima e languescente espera e a consequente impaciência que quem sabe por quantos anos tivera de conter? Como posso não conhecer hoje seu rosto amanhã, o que já está ou se forja sob a cara que você ostenta ou sob a máscara que você traz, e que vai me mostrar somente quando eu não estiver esperando? Sem dúvida esse homem deve ter tido de aplacar muitas vezes sua efervescência e morder os lábios até o sangue ferver, e esfriar esse sangue quando já fervia, e protelar o término da sua malograda e fétida fermentação, para tornar ainda a protelá-lo. Tudo isso se nota, se percebe, se cheira e às vezes até se apalpa e nos chega o suor, e nos aturde a condensação. No mínimo pressente-se. Na realidade, sabe-se, ou deve-se saber. Ou será que uma vez que as coisas acontecem não nos damos conta de que sabíamos que iam acontecer e que era justamente assim que tinham de ser? E não será verdade que no fundo não nos estranham tanto quanto aparentamos diante dos outros e sobretudo diante de nós mesmos, que vemos toda a lógica então e reconhecemos e até recordamos os desconsiderados avisos que alguma camada da nossa inconsciência no entanto considerou? Talvez porque queiramos nos convencer da nossa própria estupefação, como se nela encontrássemos incongruente consolo e desculpas inúteis que na verdade não servem: "Ai, eu não sabia, como podia imaginar e muito menos desconfiar, é a última coisa que eu esperaria e nunca me passou pela cabeça, teria dado minha palavra, teria jurado, teria posto a mão no fogo, teria dado meu pescoço, apostado meu ouro e arriscado minha honra, oh, que engano, que desengano, que incrível e não verdadeira é essa traição". Mas não há quase nunca essa estupefação. Não no mais fundo, não no saber que não se atreve a se dizer nem a se pronunciar nem mesmo a saber ou a saber-se nem a ter de si consciência, não no que se teme tanto que se detesta e se nega e se oculta a si mesmo e se afugenta, ou só se olha com o rabo dos olhos e com o rosto sempre embuçado. Sim, há essa estupefação, em nossas camadas mais altas que não são apenas as superficiais e epidérmicas, mas que na realidade são todas, inclusive as médias e inclusive as baixas e as profundas, até as recônditas e subterrâneas e venosas, as de fora e as de muito dentro, as da vida diária e externa da ponta de lança e as da nossa solitária pausa, as da companhia que ri alegre e as do início abissal do sono, quando entrevemos por um instante o que vamos sendo em nosso conjunto e qual é a história que vai se contar quando acabar nosso acabamento. Sim, até essa camada de rendição e angústia ou de premonição admite essa perplexidade, essa surpresa. Mas não a mais funda, que quase nunca alcançamos, a que habita no dorso do tempo e não se engana nem se equivoca, a que se confunde com medo ou adota seu disfarce, o do medo, e não a ouvimos por isso, para que o temor não nos governe, nos dite os passos e nos leve a sucumbir sob o temido, ou a propiciá-lo. Descartamos indícios e recusamos interpretar tantos sinais ("Cale-se, cale-se, e então salve-me"), e os relegamos e jogamos na bolsa das figurações, para contrapor-lhes outros que no fundo sabemos não são sinais mas fingimentos e simulacros que buscam nossa confiança e nosso torpor ou adormecimento ("Mantenha um olho aberto enquanto dorme, mantenha-o", citei para mim mesmo). Porque na realidade seria impossível nos enganar se assim quiséssemos — não nos enganar —, tarefa vã e fracassado empenho. Mas não soemos. Não soemos querê-lo: aborrecem-nos a proteção, a prevenção e o alerta, e todos nós gostamos de jogar o escudo longe e marchar ligeiro, brandindo a lança como um adorno.

Já adulto, eu tinha perguntado a meu pai, sem muita insistência contudo. Em criança e adolescente, tinham contado a história aos meus irmãos e a mim, mas somente em seu esqueleto, o mínimo, como se ele e minha mãe ainda não quisessem nos inteirar muito do que aguarda a todos em maior ou menor medida e de fato já começa na infância — caguetagem, deduragem, traição, punhalada, delação, engano, denúncia, entrega —, apesar de que, naquela época, chegava-nos sem falta e por diversos meios o exemplo fundacional ou caso máximo que os Evangelhos contam, porque outros mais antigos, os de Jacó e Davi, Absalão, Adonias, os de Dalila, Judite, e até o do Caim pouco querido, tinham meta e aduziam causa, por isso suas traições eram menos puras e desinteressadas, mais esperadas e compreensíveis, menos gratuitas e menos graves (as famosas trinta moedas nunca foram o motivo, mas tão somente um revestimento e um símbolo tangível para encarnar o ato e representá-lo). Mas Juan Deza não gostava de falar muito desse assunto, talvez porque sua simples recordação lhe doía, talvez para não ser tentado a manifestações de rancor ou talvez para não dar importância — nem mesmo com seu relato — a quem apenas mereceu desprezo desde o dia de são Isidoro de 1939, se é que não desde algum tempo antes.

"Mas você nunca pressentiu nada?", eu lhe havia perguntado, aproveitando uma ocasião em que recordava outros episódios daqueles tempos.

"Antes da minha detenção? Bem, sim, claro, tinha ouvido notícias da campanha de difamação e denúncia que ele havia iniciado. Notícias indiretas, procedentes da zona nacional para a qual ele tinha passado sem dizer nada a ninguém, nunca soubemos com exatidão em que momento nem como (sair de Madri não era fácil, sem ajuda de fora quase impossível); tardiamente, claro, na verdade só ficamos sabendo, então, que ele tinha passado. Não sei: prevendo que a derrota estava próxima, suponho, e já tomando suas posições. Não é que eu não me desse conta de como aquilo era perigoso, e do seu possível alcance. Quem foi seu amigo por muitos anos fala com uma autoridade que é venenosa se a emprega contra você. As pessoas pensam que ele tem bom conhecimento de causa, que sabe o que diz. Embora naqueles dias, convencer, francamente, não era um requisito indispensável, e persuadir também não. Bastava um pouco de ênfase e veemência, e nem mesmo isso era uma exigência."

"Eu me referia a antes disso, a antes que você tivesse notícia das suas imposturas. Nunca desconfiou de nada, não te passou pela cabeça que ele podia ir contra você, que você era seu alvo, que tentava te desgraçar?"

Meu pai tinha ficado calado um instante, mas não como quem hesita e medita uma resposta para não deixar de ser preciso, era antes a pausa de quem deseja realçar com ela uma verdade, ou uma certeza.

"Não. Nunca tinha imaginado algo assim. Quando soube, de início não dei crédito, pensei que só podia ser um erro ou um mal-entendido, ou uma mentira das pessoas, cuja intenção me escapava. Uma insídia. Uma intriga. Depois, quando a coisa me chegou por várias vias e eu não pude mais fazer ouvidos moucos e tive de acreditar, e me resignar a aceitá-la, foi incompreensível, inexplicável."

Essa era a palavra que ele sempre empregava, "incompreensível", quero dizer, as contadas vezes que eu tinha me atrevido a tentar que ele me falasse mais naquilo.

"Mas ao longo de tantos anos de convivência", eu havia insistido, "você nunca teve o menor indício, nenhuma desconfiança, uma advertência interior, uma apreensão, um pressentimento, alguma coisa?"

"Nada", ele havia respondido, cada vez mais lacônico e sombrio, e então eu mudava de assunto para não acabrunhá-lo. Suponho que o amargurava recordar sua ingenuidade ou sua boa-fé, não tanto tê-las tido quanto não ter podido conservá-las. Ou era o que ele devia crer. A verdade é que as conservava, demais até, na minha opinião (alguns outros dissabores lhe trouxeram, não tão azedos embora e com a diferença de que então só o surpreenderam parcialmente), eu fui mais cínico e descrente, creio, se bem que tampouco o bastante, talvez, para tempos tão desleais como são estes. Quem sabe tive os pés mais no chão e fui mais pessimista, só isso, e também mais conturbado.

Minha mãe morreu quando eu era jovem demais para me interrogar sobre essas questões refletidamente, por isso já homem feito não pude lhe perguntar (isto é, com consciência de sê-lo): talvez ela, que tinha os pés mais no chão, tivesse aventurado ao menos uma explicação possível. Não tinha sido tão amiga quanto meu pai, mas havia conhecido o traidor, claro. Tinha se mobilizado para tirar Juan Deza do cárcere, apesar de então ainda não serem namorados, só ex-colegas inseparáveis de faculdade. Tinha se mobilizado muito também durante a Guerra, que eu soubesse, para ajudar e dissimular aqui e ali, dentro das suas possibilidades. Tempos antes, em 1936, quando a sublevação militar e a "revolução" simultâneas de 18 de julho transformaram os dias e as semanas seguintes num absoluto caos aproveitado por ambos os lados (cada um nos territórios sob seu domínio) para acertar rápidas e irreversíveis contas e matar na maior tranquilidade sem nenhum controle, coubera-lhe buscar — como a mais velha de oito irmãos, uns pequenos outros já adolescentes — o de dezessete ou dezoito anos que uma noite não voltara para casa. E naqueles primeiros meses depois do início da Guerra, a ideia que vinha à mente das famílias quando isso acontecia — antes de qualquer outra, tão dominante o terror — era a de que o ausente podia ter sido preso arbitrariamente por milicianos em ronda, levado para uma *tcheka* e, depois, ao anoitecer ou à noite e sem nenhum processo, executado numa estrada ou via qualquer dos arredores. De manhã, os membros da Cruz Vermelha as percorriam para recolher os cadáveres das valas e dos arrabaldes, fotografá-los, enterrá-los e, se possível, identificá-los antes para arquivar numa ficha o fim da sua vida e sua morte. O mesmo em ambas as zonas, numa sinistra e demente simetria. Em Madri, a partir de certo momento encarregavam-se da coisa os chamados Tribunais Populares, mas, embora deles participassem magistrados (sujeitos aos "comissários políticos" dos partidos, privados de independência), os métodos expeditivos e sumaríssimos continuaram parecendo-se excessivamente com os que haviam precedido sua instauração algo inútil para frear ou canalizar tanto ódio.

 Assim é que minha mãe tinha saído às ruas, batendo delegacias e *tchekas* em busca do irmão mais moço desaparecido, com a contraditória esperança de não encontrar nem sinal dele: não naqueles lugares fatídicos que, no entanto, eram os que sempre deviam ser percorridos primeiro, depois dos desaparecimentos. Não teve sorte e deu com ele, ou antes, com sua foto mais recente, morto, de jovem morto, de irmão morto. Quem sabe por que o prenderam os que o levaram à *tcheka* da Calle Fomento, junto com uma amiga que o acompanhava e que sofreu seu mesmo e negro destino, prematuro e precipitado. Talvez porque ele tivesse posto de manhã uma insensata gravata e não tenham visto neles suficiente pinta revolucionária (os famosos macacões azuis que — eu tinha lido em Thomas, tinha ouvido meus pais comentarem, tinha visto em mil fotos — se transformaram no quase obrigatório uniforme civil de todo bravo madrileno armado), ou porque não cumprimentaram com o punho erguido, ou porque ela trouxesse uma imprudente cruz ou medalhinha pendurada no pescoço, descuidos assim eram o suficiente para receber um tiro na cabeça ou uma descarga no peito, naqueles dias da desconfiança aguda como álibi para o assassinato supérfluo, do mesmo modo que do outro lado não erguer o braço à fascista ou à nazista, ou ostentar uma aparência de deliberação proletária, ou ter sido leitor dos jornais republicanos, ou ter fama de passar ao largo das inúmeras igrejas peninsulares, as do solo pátrio.

Nunca acreditei que existisse essa foto burocrática a que tinha ouvido aludirem, de pequeno formato. Quero dizer que se conservasse em algum lugar, ou que se guardasse, ou que estivesse com minha mãe Elena a quem coube encontrá-la, que a teria pedido na *tcheka* aos comissários políticos de 1936 e eles lhe houvessem dado, quando a idade dela seria de 22 anos, a mais velha de oito irmãos mas ainda bem moça também. E quando a descobri casualmente, muito tempo depois da sua morte, embrulhada num estranho pedaço de cetim com duas largas listas vermelhas ladeando outra preta, e o cetim metido numa caixinha metálica de amêndoas de Alcalá de Henares junto com uma outra foto, já não embrulhada, do irmão ainda vivo e com a carteira da Biblioteca do Decanato da Faculdade de Letras e vários papéis dos anos 1930 cuidadosamente dobrados para que coubessem todos (entre eles um ingênuo poema a Madri coroado pela bandeira da República com sua cor roxa, quantos riscos minha mãe tinha corrido para conservar aquilo durante o franquismo eterno), meu impulso inicial foi não olhar para ela, para a foto, e não me deter no que eu havia avistado como uma labareda ou uma mancha de sangue e reconhecido mal desdobrei o papel, eu o tinha reconhecido na mesma hora apesar de nunca tê-lo visto e por mais distante da minha memória que estivesse naquele momento o tão remoto e mortal episódio. Meu impulso foi cobri-lo de novo com o pedacinho de cetim, como quem protege o olho do semblante de um cadáver, ou como se tivesse tido súbita consciência de que a gente não é responsável pelo que vê mas sim pelo que olha, de que a segunda sempre se pode sempre evitar — se pode escolher — após a inevitável visão primeira, a que é traiçoeira, involuntária, fugaz, a chegada de surpresa, a gente pode fechar os olhos ou tapá-los com a mão no ato, ou virar a cara, ou escolhe virar velozmente uma página sem se deter nela ("Vire, vire, que não quero seu horror nem seu sofrimento. Vire, e então salve-se").

Até que, palpitante, parei para pensar, e pensei então que, se minha mãe pediu e levou e conservou a vida toda a foto da atrocidade, não foi com toda a certeza por nenhum sentimento malsão nem para manter vivo nenhum rancor que teria necessária e forçosamente por destinatários concretos, pois nada disso batia com seu caráter. Mas provavelmente para poder certificar-se, cada vez que lhe parecesse impossível e apenas um sonho, que seu irmão Alfonso tivesse morrido de maneira tão mesquinha e não fosse mais voltar para casa nem naquela noite correndo as ruas, delegacias e *tchekas* nem tampouco em nenhuma outra. E para que o elemento de irrealidade que acabava por envolver as perdas não transitórias não se apoderasse totalmente das suas imaginações noturnas. E talvez também porque deixar aquela foto naquele arquivo de mortes administradas teria sido como deixar à intempérie o corpo que jamais chegou a ver nem a saber onde jazia, e não lhe dar sepultura. E quanto a destruí-la mais tarde, compreendo que tampouco fizesse isso, embora esteja convencido de que nunca mais voltou a mirá-la e de que era seguramente para não correr sequer o risco de vê-la que a mantinha embrulhada naquele pedaço de pano vermelho e preto, como um aviso ou um sinal dissuasório que lhe advertisse: "Lembre-se que estou aqui. Lembre-se que ainda sou e que, assim, é certo que fui. Lembre-se que você poderia me ver e que me viu". E é quase certo que não mostrou essa foto, não creio. Não aos seus pais, claro, não à sua mãe sempre delicada e assustadiça, sempre sobrecarregada pelos muitos filhos e pelas contínuas solicitações do marido, o pai, que a queria tanto para si que quase a sequestrava; e não a ele, não àquele pai tão simpático quanto autoritário, francês de origem, e por cuja causa meu verdadeiro nome não é Jacobo nem Jaime nem Santiago nem Diego nem Iago, que são todos iguais, mas Jacques, que também o é em sua forma francesa e pelo qual só ela me chamou na vida, minha mãe, amigos parisienses à parte e se não me esqueço de ninguém. Não, não a mostraria a eles embora lhe coubesse por força comunicar-lhes a notícia e contar-lhes sua descoberta, nem aos outros irmãos, todos eles mais moços e impressionáveis, e ele o único que não era assim, o mais velho dos rapazes, que vinha atrás dela em idade, andava escondido pela cidade, mudando sem parar de domicílio à espera de poder se refugiar em alguma embaixada neutra, ou não alinhada oficialmente. Talvez tenha sim mostrado ao meu pai, e só a ele, essa foto, e ao amigo inseparável e quem sabe se já namorado então, ou talvez ele próprio a tenha achado na delegacia e tirado do arquivo com um tremor e uma maldição calada, e ele é que a mostrou a ela, a última coisa que ela teria querido. Pois creio que a acompanhou toda aquela noite e todo aquele dia, em sua longa peregrinação angustiada e, no fim, mais desolada.

VIVA MADRI!

Primeira Edição

VIVA MADRI!
Madri...!
Que linda és!
Como acariciam as ruas
os olhos negros
das tuas mulheres!
Como brilha na manhã
o riso republicano
de tua gente folgazã!
Como ris...!
Como embalsamam teu céu
perfumes de primavera...
rosas, nardos, alelis...!
Madri...!
Como brilha a alegria
de teu nobre coração!
Como jorra em borbotões
do teu peito a riqueza,
remediando a tristeza
quando tens ocasião...!
Como prodiga tua mão
a esmola do carinho,
na testa do ancião
e no rosto do menininho...!
Fazes circular teus trocados
sem lhes conceder valor,
dissipando com amor
o que é um pesadelo
para mais de um "grão-senhor".
És nobre qual um cordeiro
que vai por onde o guia
a sanguinolenta harpia
disfarçada de carneiro.
Sofres calada e humilde
a opressão dos tiranos,
sendo alvo resignado
de seu trato desumano.
Mas um dia, sorridente,
sem um gesto de desmaio,
demonstras que és valente,
que não necessitas de aio
e elevas nobre tua fronte.
E nessa tarde sublime
do dia 13 de abril,
enquanto um tirano geme,
tu gritas: Viva Madri!
Enquanto, no governo,
um grande coração batia,
sem receber no entanto
os mandos da nação,
que ostentava aquele Bourbon

treze de uma dinastia.
E tu na rua agitando
tua bandeira tricolor,
não velas a dor
que seu peito ia minando,
porque sofria pensando
no triunfo do teu honor.
....
Já triunfaste nobre "gato"!
Só cabe agora,
uma lembrança, doce e grata,
ao grande ALCALÁ ZAMORA.
Modista republicana!
De estudantes que chefias
com teu riso picaresco e cristalino
és brava capitã.
Como ris...!
Como lanças ao passar
as flechas do amor!
Como esquivas ondulante
o intento de um "valente",
castigando sorridente
seu "temerário valor"...!
Como enchem o ambiente
teus gorjeios cantarinos,
que vão loucos desde a "Ponte"
até os Cuatro Caminos,
enchendo de beijos mil
tantos rincões divinos
do BAIRRO DE CHAMBERI...!
Que formosa és, mulher!
Contigo... Viva Madri!
Viva essa Madri castiça
poço de tanta ilusão,
que num dia satisfez
ânsias de libertação
sem derramar uma só
gota do teu sangue bravo,
desfraldando na rua
a insígnia republicana!
Sangue, trabalho e amor!
Quanto te quero charmosa!
Com teu céu me embelezo!
Recebe um profundo beijo
do POETA POPULAR...!

Julio S. Miranda

Madri, 7 de junho de 1931

**Canto a Madri por ocasião dos festejos organizados pela Exma. Prefeitura em homenagem à República Espanhola.
Aos organizadores e ao ilustre Governo Provisório, dedica este humilde trabalho seu autor**

Quase o pior dessa foto são os números e as etiquetas no pescoço e no peito do rapaz justiçado sem delito nem culpa nem julgamento, que foi e não foi meu tio Alfonso, ou que teria sido. Um 2 e, embaixo, 3-20, sabe-se lá o que significavam, que método de improvisada classificação se usava para os inumeráveis e desnecessários mortos, foram tantos ao longo de anos que ninguém pôde contá-los, menos ainda nomeá-los, tantos pela Península inteira, norte, sul, leste, oeste. Mas não, o pior não é isso, e como poderia ser se há manchas de sangue no rosto jovem, na orelha mais comprida, de onde se diria havia brotado, mas também no nariz, na bochecha, na testa e acima da pálpebra esquerda fechada a modo de salpicados, e seu rosto quase não parece o mesmo do rapaz vivo da outra foto que não estava enrolada em cetim, aquele menino com sua gravata. O que se reconhece melhor é que em ambas dá para ver os incisivos centrais um pouco salientes, e também aquela orelha esquerda, da qual o morto havia sangrado, parece igual à do vivo. Uma mão amistosa se apoiava no ombro dele, e quem quer que fosse dono dela (arregaçada a manga como a minha agora, quando pegava nela) tinha se inclinado para posar e sair na foto em cujo enquadramento não entrou apesar de tudo, talvez fosse algum outro irmão, da minha mãe Elena e do meu tio Alfonso, ele exibia em vida um lenço no bolso e se penteava com a risca à esquerda sobre a bossa frontal, conforme o costume predominante naquela época e que durou até a minha infância, eu também usava o repartido desse lado, em criança, quando ainda era minha mãe que nos penteava com água, a mim e aos meus dois irmãos, e à minha irmã com maior demora e esmero seus cabelos mais curtos ou mais compridos, conforme os anos (talvez sua própria mão, mas então fraterna, tenha sido a responsável por pentear também o rapaz vivo, quando menor). Essa foto embrulhada eu tinha tornado a embrulhar e guardar depois de vê-la e não querer vê-la e depois de examiná-la um pouco, muito pouco porque é difícil fazê-lo e mais ainda resistir a fazê-lo, eu nunca deveria tê-la mostrado a mim e não devo mostrá-la a ninguém. Mas há imagens que ficam gravadas embora durem um lampejo, e assim tinha acontecido com essa, a ponto de poder desenhá-la de memória com precisão, e assim fiz imediatamente, quando já tinha posto em ordem a mesa de Wheeler e quase tudo parecia intacto, e assim evitava um dissabor doméstico a Peter e à senhora Berry quando descessem de manhã, irremediavelmente mais cedo que eu: devia ser tardíssimo, preferia continuar ignorando quanto.

Acredito agora que meu pai teve sorte, no fim das contas, ao acabar a Guerra, quando muitos dos vencedores só pensavam em desforrar-se, de coisas como a do meu tio e também de outras muito piores, e também dos medos passados ou da frustração sofrida ou da compaixão recebida, ou do imaginário ou de nada em numerosos casos — tão propício o clima para a vingança, a usurpação, o ressarcimento e para a incrível realização dos mais quiméricos sonhos do despeito, da inveja e da raiva —, e quando alguns com mais cérebro abrigavam outra ideia mais ampla e abarcadora, menos passional e mais abstrata, mas de resultados igualmente sangrentos ao querer pô-la em prática: a eliminação total do inimigo, do derrotado e logo do suspeito, e a eliminação do neutro, do ambíguo, do não fanático, do não entusiasta, e depois a do moderado, do reticente, do hesitante, e sempre a do que lhes era antipático.

De modo que em outras ocasiões eu tinha voltado a perguntar ao meu pai, depois de deixar passar algum tempo desde a vez anterior, e tinha procurado fechar um pouco o cerco, nunca muito, não queria lhe causar uma melancolia ou um mal-estar excessivos. Não me lembrava de como surgia o tema, pois todas as vezes surgiu por si só, e nunca me passava tampouco pela cabeça forçá-lo. Disse-lhe:

"Mas no caso do Del Real, você nunca soube mesmo ou não quis nos contar?".

Olhou-me com seus olhos azuis que não herdei, com sua habitual limpidez que tampouco me foi transmitida ou não tanto, e me respondeu:

"Não, não soube. E ao sair da prisão tinha por ele tamanho asco que não valia a pena nem tentar verificar. Nem através de terceiros nem diretamente".

"Porque na realidade nada teria te impedido então de ir procurá-lo, ou telefonar e lhe dizer: 'Que história é essa, ficou louco, por que quer me matar', não?"

"Teria sido lhe dar uma importância que, desse ele a explicação que desse, e o mais provável é que não tivesse nenhuma nem tentado dar alguma, ele não merecia. Continuei tocando a minha vida e procurei não levá-lo em conta, nem mesmo quando me chegavam represálias ou negativas devidas a ele, à sua grande iniciativa. Suprimi-o da minha existência. E foi o melhor que pude fazer, estou convencido. Não só para o meu espírito, também do ponto de vista prático. Nunca tornei a vê-lo nem a manter o menor contato e, quando soube da sua morte muitíssimos anos depois, acho que nos anos 1980, nem me lembro direito quando, não senti nada nem lhe dediquei dois pensamentos. Na realidade, já estava morto para mim havia décadas, desde o dia de são Isidoro de 1939. Imagino que você me entende."

"Sim, entendo muito bem", respondi. "O que não entendo e nunca entendi é que você não tenha desconfiado de nada, que não tenha percebido essa tendência vivendo os dois grudados, anos e anos, uma coisa dessas está no caráter da pessoa. Nem por que ele fez isso, por que se faz uma coisa dessas, principalmente quando não se tem necessidade. Não consigo entender que não tenha havido nada entre vocês, nenhuma rixa, nenhum atrito, não sei, que vocês dois tenham cortejado a mesma mulher, sei lá eu, alguma ofensa inconsciente a ele ou que, sem ser, ele teria podido tomar como tal. Tenho certeza de que você deve ter pensado, dado tratos à bola, puxado pela memória. Não posso acreditar que você não tenha feito isso, pelo menos quando estava na prisão e não sabia como tudo ia terminar. Depois... sim, depois sim eu acredito que não tivesse mais se questionado. Nisso não me custa acreditar."

"Não sei", tinha me respondido meu pai e ficara olhando para mim com interesse, quase com curiosidade, como se me devolvendo um pouco, com deferência, o que eu sentia por ele. Às vezes olhava para mim desse modo, como se tentasse compreender melhor o homem tão diferente dele que eu era, como se procurasse reconhecer-se em mim apesar das diferenças mais evidentes e talvez um tanto superficiais, e em certas ocasiões parecia-me que ele de fato conseguia, "nas entrelinhas", por assim dizer, me reconhecer. E após essa pausa tinha acrescentado: "Lembra-se de Lissarrague? O que fez foi extraordinário, contei mais de uma vez a vocês". E antes que eu respondesse que me lembrava perfeitamente, ele refrescou minha memória (essa história sim ele gostava de rememorar e contar): "Sua intervenção foi decisiva. Tinham assassinado seu pai, militar, e ele tinha relações com a Falange, de modo que, entre uma coisa e outra, gozava naqueles momentos da consideração franquista. Meus denunciantes lhe perguntaram se conhecia minha atuação durante a Guerra e, quando ele respondeu que sim, o citaram como testemunha de acusação. Mas, ao ser interrogado em juízo, não só negou todas as acusações falsas que me imputavam, como além disso falou muito favoravelmente de mim. O capitão togado ficou nervoso e, atônito com sua declaração, alfinetou: 'O senhor sabe que foi convocado como testemunha de acusação?'. Ao que Lissarrague respondeu: 'Pensei ter sido convocado para dizer a verdade'. O juiz, estupefato, perguntou-lhe então que, se o que ele dizia era verdadeiro, a que obedeciam nesse caso as gravíssimas denúncias apresentadas contra mim. E Lissarrague respondeu concisamente e sem hesitação: 'Inveja'. Está vendo, ele e outros viram as coisas assim e não especularam mais sobre o caso. Mas eu não estou certo de que a explicação fosse tão simples".

"Mais um ponto a meu favor", aproveitei para dizer em seguida. "Um motivo a mais para que você se perguntasse, não? Se não te bastava a explicação mais simples e que todos aceitavam, menos você."

"Não, não me bastava", tinha replicado então meu pai com uma leve modulação de amor-próprio intelectual. "Mas isso não significa que tenha atinado com a explicação complexa, nem que encontrá-la me interessasse o bastante para dedicar meu tempo a isso ou voltar a dirigir a palavra àquele homem, não ia lhe tomar satisfações. Há pessoas cujos móveis não merecem a indagação, embora as tenham levado a cometer atos terríveis ou precisamente por isso. Sei que isso vai totalmente contra a tendência atual. Hoje em dia todo o mundo se pergunta o que motiva um assassino reincidente ou serial a assassinar serial ou reincidentemente, a um colecionador de estupros a sempre incrementar sua coleção, a um terrorista a desprezar todas as vidas em nome de alguma causa primitiva e a acabar com o maior número possível delas, a um tirano a tiranizar sem limite, a um torturador a torturar sem limite, burocrática ou sadicamente. Há uma obsessão em compreender o odioso, no fundo há um fascínio malsão por ele, e com isso se faz aos odiosos um imenso favor. Não compartilho essa curiosidade infinita do nosso tempo pelo que em hipótese alguma tem justificação, embora se pudessem encontrar mil explicações distintas, psicológicas, sociológicas, biográficas, religiosas, históricas, culturais, patrióticas, políticas, idiossincráticas, econômicas, antropológicas, tanto faz. Não posso perder meu tempo indagando sobre o mal e o pernicioso, seu interesse é sempre mediano no melhor dos casos e com frequência nulo, garanto, já vi muitos. O mal costuma ser simples, embora às vezes não *tão* simples, se você é capaz de apreciar a nuance. Mas há indagações que mancham, e há as que contagiam sem dar nada de valioso em troca. Existe hoje um gosto em se expor ao mais baixo e vil, ao monstruoso e ao aberrante, em contemplar o infra-humano e em roçar nele como se tivesse prestígio ou graça e maior importância que os cem mil conflitos que nos assediam sem cair nisso. Há nessa atitude um elemento de soberba também, mais um: afundamos na anomalia, no repugnante e mesquinho como se nossa norma fosse a do respeito, da generosidade e da retidão e houvesse que analisar microscopicamente quanto se sai dela: como se a má-fé e a traição, a hostilidade e a vontade de prejudicar não fizessem parte dessa norma, fossem coisas excepcionais e merecessem por isso todos os nossos desvelos e a nossa máxima atenção. Mas não é assim. Isso tudo faz parte da norma e não tem maior mistério, não maior que a boa-fé. Mas esta época é dedicada à tolice, às obviedades e ao supérfluo, e assim vamos. As coisas deveriam ser o contrário disso: há ações tão abomináveis ou tão desprezíveis que seu mero cometimento deveria anular qualquer curiosidade possível em relação aos que as cometem, em vez de criá-la ou suscitá-la, como tão imbecilmente acontece hoje. Assim foi no meu caso, apesar de ser *meu* caso, minha vida. O que aquele ex-amigo havia feito comigo era tão injustificável e tão inadmissível e grave do ponto de vista da amizade, que ele por inteiro deixou de me interessar na mesma hora: seu presente, seu futuro e até seu passado, embora eu estivesse nele. Não precisava saber mais, nem tampouco estava disposto a isso."

 Ele havia parado e olhado outra vez para mim com fixidez e expectativa, como se eu não fosse um dos seus filhos que ele tão bem conhecia, mas sim um amigo mais moço, um amigo recente que tivesse ido visitá-lo naquela manhã em sua casa em

Madri, tão luminosa e acolhedora. E como se pudesse esperar de mim uma reação inédita ao que ele tinha dito.

"Você é melhor do que eu", foi meu comentário. "Ou, se não for uma questão de melhor ou pior, então é mais esperto e mais livre. Não posso jurar, mas acho que eu teria tentado me vingar. Depois da morte de Franco, não sei, quando tivesse sido possível."

Meu pai riu, então, e isso sim ele tinha feito paternalmente, mais ou menos como quando crianças soltávamos uma frase bastante ingênua ou dizíamos uma bobagem qualquer diante das visitas.

"Pode ser", tinha dito ele, "você tem uma propensão a se prender às coisas, Jacobo, de algumas você tem dificuldade de se livrar, nem sempre sabe deixar pra lá. Mas sobretudo isso é um sinal de que você ainda se sente muito jovem. Ainda acredita dispor de um tempo ilimitado, a ponto de poder desperdiçá-lo. Talvez não seja fácil para você enxergar, mas tentar me vingar teria sido apenas perder mais tempo por causa dele, e os meses de prisão já tinham sido o bastante. Além disso teria dado a ele uma espécie de justificativa a posteriori, uma falsa razão, um motivo anacrônico para a sua ação. Não se esqueça de que no conjunto de uma vida o cronológico vai perdendo importância, não se distingue tanto o que veio antes do que veio depois, nem os atos das suas consequências, nem as decisões do que desencadeiam. Ele teria podido pensar que no fim das contas eu tinha lhe feito alguma coisa, pouco importa quando, e ter ido para o túmulo mais em paz consigo mesmo. Mas não foi assim. Eu nunca o prejudiquei, nunca lhe fiz nem lhe tinha feito nada, nem antes nem depois nem, é claro, naquela ocasião. Talvez fosse isso que ele não tolerasse, isso que lhe doesse. Há pessoas que não perdoam que outros se portem bem com elas, que lhes sejam leais, que as defendam e apoiem, não para não dizer que lhes façam um favor ou as tirem de algum apuro, isso pode ser a sentença definitiva para o benfeitor, aposto o que você quiser que vai conhecer exemplos assim. Parece que essas pessoas se sentem humilhadas pelo afeto e a boa intenção, ou pensem que com isso são menosprezadas, ou não suportam em se virem em imaginária dívida ou obrigadas à gratidão, sei lá. Claro que esses indivíduos não gostariam do contrário tampouco, valha-me o céu, são muito inseguros. E perdoariam menos ainda se alguém se portasse mal e com deslealdade, se lhes negasse favores e os deixasse metidos em seus atoleiros. Há pessoas que são simplesmente impossíveis, e a única coisa sábia é afastar-se delas e mantê-las longe, que não se aproximem nem para o bem nem para o mal, que não contem com você, não existir para elas, nem sequer para combatê-las. É claro que isso é um desideratum. Infelizmente, ninguém é invisível à vontade e quando quer. Mas, olhe, quando eu estava na prisão, veio me visitar (tela metálica entre nós) nossa amiga Margarita, estava tão indignada com as manifestações do meu delator ouvidas aqui e ali, que sua veemência chamou a atenção dos carcereiros. Perguntaram-lhe de quem falava assim, deviam temer que fosse do próprio Franco. Ela disse de quem, pois tinha o pavio curto, e então mandaram-na acompanhar à casa dele para comprovar se era verdade. Na casa, estava a mãe, que Margarita conhecia (bem, todos nós a conhecíamos, a convivência havia sido longa e a amizade plena), e que aproveitou para tentar convencer que chamasse o filho à razão e retirasse aquela denúncia injusta e incompreensível. A senhora, que tinha muito carinho por ela, ouviu-a com um misto de estupefação e incômodo. Mas finalmente a fé materna foi maior do que qualquer outra consideração, e para desculpar o filho só lhe ocorreu dizer: 'A pátria é a pátria'. Ao que Margarita respondeu: 'Sim, e as mentiras são as mentiras'."

    Meu pai tinha ficado calado de novo, mas dessa vez não olhou para mim, dirigindo em vez disso o olhar para o braço da poltrona. De repente, vi-o cansado ou talvez distraído por algo alheio à conversa. Eu não sabia ao certo se tinha se extraviado um pouco em suas recordações e não pensava acrescentar nada mais, ou se ainda lhe faltava costurar o último episódio com o anterior e me oferecer uma conclusão. Pensei que ia ficar sem saber, porque minha irmã tinha chegado (talvez meu pai tivesse ouvido o elevador) e acabava de entrar na sala, a tempo de ouvir tão somente a frase citada de Margarita, suponho, porque antes de mais nada nos perguntou com jovialidade e mal simulada repreensão:

"Ora, ora, sobre o que estão discutindo?".

E eu respondi:

"Não, falávamos do passado".

"De que passado? Eu estava nele?"

Meu pai se alegrava particularmente com minha irmã, embora ela se parecesse um pouco menos que eu com nossa mãe. Ou não exatamente: ela se parecia mais por ser mulher, porém menos nas feições, que eu reproduzia em meu rosto de homem com inquietante fidelidade. Ele havia respondido com um sorriso de ironia e contentamento, em harmoniosa e costumeira fusão:

"Não, você não estava nele, nem mesmo como embrião de projeto de possibilidade de acaso." E em seguida tinha se dirigido somente a mim, para terminar: "As mentiras são as mentiras, como você vê. Na realidade, não há mais o que dizer, nem mais tempo que perder com essas coisas".

"Uma vez que a gente saiu delas, claro. Entenda-se: mais ou menos bem", falei.

"Uma vez que a gente saiu delas, se dá por satisfeito. Bem ou menos bem. Mas se dá por satisfeito: se eu não houvesse saído, agora não estaríamos conversando, você e eu, e essa moça muito menos ainda."

"Que grande segredo é esse de que estão falando?"

Foi o que minha irmã disse então, eu me lembrava bem, e assim me vinham aquelas recordações enquanto eu por fim me enfiava na conhecida cama preparada pela senhora Berry havia muitíssimas horas, depois de também ter posto de volta em seu lugar o exemplar dedicado de *From Russia with Love* no quarto contíguo, acreditava ter deixado quase tudo em ordem, tinha até limpado uma estranha mancha de sangue que eu não havia derramado nem provocado e que agora, em meio à embriaguez e ao cansaço, e como tinha previsto antes de apagá-la de todo e suprimir sua auréola ou último resíduo, começava a me parecer irreal, produto da minha imaginação. Ou das minhas leituras talvez. Sem me dar conta, tinha lido muito sobre os dias de sangue do meu país. Sangue de Nin, sangue do meu tio que tio não foi, sangue de tantos sem nome ou que tiveram de se afastar dele e não mais habitar a terra. E sangue procurado do meu pai, que não conseguiram derramar (sangue do meu sangue que não jorrou nem me salpicou). "A pátria é a pátria", pobre e cativa mãe, a do traidor. Frase inextricável, sem significado como toda tautologia, oca a palavra, rudimentar o conceito, fanática sua aplicação. Nunca confiar em quem a empregou ou a empregasse, mas como saber se a estava empregando quem falasse em inglês e dissesse *"country"*, que quase sempre é "país" e às vezes apenas "campo", que é totalmente inofensiva em espanhol. No andar de cima ouvia-se melhor o rumor do rio, sossegado e paciente ou desanimado e lânguido, o som que sobe, ou era devido à ala do edifício em que eu estava agora, deitado por fim. Já notava um pouco de claridade no céu ou assim acreditava, era apenas perceptível, eu bem podia duvidar do meu olho. Mas ali, mesmo noite fechada e na hora que os latinos chamaram de *conticinium* e que minha língua já esqueceu, somos convidados a notar essa estranha mania inglesa de dormir sem persianas a que nunca consegui me acostumar, não há, não têm, quase sempre nem cortinas ou contraventos, mas com frequência apenas cortininhas de voile sobre a vidraça, que não protegem nem ocultam nem acalmam, como se tivessem de manter um olho aberto quando adormecem os habitantes dessa grande ilha na qual passei mais tempo que o aconselhável e jamais previsto, se eu somar o antes e o depois, o agora e o anteontem. "E as mentiras são as mentiras", outra tautologia sem significado, embora aqui a palavra não fosse oca, nem o conceito rudimentar, nem fanática sua aplicação, mas universal, sem esforço, rotineira, constante, até tornar-se maquinal e não deliberada às vezes, e quanto mais for mais difícil sua identificação, distingui-la, e maior sua verdade então, a dos embustes, e maior nossa indefensibilidade. "As mentiras são as mentiras, mas tudo tem seu tempo para ser acreditado." Como se eu acreditasse agora no rio ao ouvir seu rumor e, ao acreditar entendê-lo, repetisse com ele, enquanto ia adormecendo com o olho aberto desse país que para alguns é pátria, suave e desmaiadamente com o olho aberto do meu contágio e da claridade que não há: "Eu sou o rio, sou o rio e portanto um fio de continuidade entre vivos e mortos tal como os contos que nos falam de noite, eu me assemelho aos tempos e também aos fatos, sou o rio. Mas o rio é o rio. E nada mais".

2. LANÇA

Você nunca sabe direito se ganha a confiança de alguém, menos ainda quando a perde. Quero dizer a de alguém que nunca falaria disso, nem faria protestos de amizade nem censuras, nunca empregaria estas palavras — desconfiança, amizade, inimizade, confiança —, ou somente como elemento burlesco de suas representações e diálogos naturais, como ressonância e citação de falas e cenas dos tempos passados que sempre nos parecem ingênuos, também o hoje assim será amanhã para quem quer que venha, e só os que sabem disso se poupam das acelerações do pulso e da suspensão do fôlego, e assim não submetem suas veias aos sobressaltos. Mas é difícil aceitar ou ver isso, de modo que os corações perpetuam seus apertos e as bocas suas pastosidades e arquejos e seus tremores as pernas, como pude — dizem-se os homens consigo mesmos — ser tão bobo, ser tão esperto, tão ressabiado, tão crédulo, tão trouxa, tão cético; o confiante não é forçosamente mais ingênuo que o receoso, não o é menos o cínico que o rendido incondicional que se pôs em nossas mãos e já nos oferece o pescoço para o último ou o primeiro corte, ou o peito para que o atravessemos com nossa lança mais pontiaguda. Até os mais descrentes e astutos, os mais marotos revelam-se um pouco ingênuos uma vez expulsos do tempo, uma vez que passaram e que sua história é conhecida (corre de boca em boca, e assim se vai configurando). Talvez seja isso, o final e sabê-lo, saber o que aconteceu e em que pé ficaram as coisas, quem ficou com as surpresas e quem conduziu o engano, quem saiu favorecido ou perdido ou empatado, e quem não apostou nem portanto correu nenhum risco, quem — mesmo assim — saiu perdendo porque o arrastou a corrente do largo rio mais forte, povoado sempre por tantos trapaceiros, tantos que acabam envolvendo sempre todos os passageiros, até os mais passivos, os indiferentes, os desdenhosos e reprovadores, os adversos e os mais reticentes; e também os ribeirinhos. Não parece possível manter-se à parte, na margem, trancar-se em casa e não saber nada nem querer nada — não querer nem mesmo querer, isso de pouco adianta —, não abrir o envelope nem atender nunca o telefone, nem puxar o ferrolho por mais que batam e pareça que vão derrubar a porta, não parece possível simular que não há ninguém ou que quem havia morreu e não te ouve, ser invisível à vontade e quando quiser, também não o é calar e conter eternamente a respiração enquanto você está vivo, tampouco é totalmente possível quando você acreditou não habitar mais a Terra e desprender-se até do seu próprio nome. Não é tão fácil que isso ocorra, não é tão fácil apagá-lo e apagar-se de modo que não fique nenhuma marca, nem sequer a derradeira curva ou o derradeiro fim da auréola, não é simples ser apenas como a mancha de sangue que se lava, se esfrega, se suprime, e então..., então pode começar a duvidar de que tenha um dia existido. E em cada vestígio sempre se rastreia a sombra de uma história, talvez não completa ou sem dúvida incompleta, cheia de lacunas, fantasmal, hieroglífica, cadavérica ou fragmentária como pedaços de lápides ou como ruínas de tímpanos com inscrições quebradas, pode até se ignorar cabalmente a forma do seu fim, como no caso de Nin, e no do meu tio Alfonso, e no da sua jovem amiga, com uma bala na nuca e sem nome nunca, e no de tantos outros dos que não sei e ninguém conta. Mas uma coisa é a forma e outra é o próprio fim, que sempre se conhece: assim como uma coisa é o tempo e outra seu conteúdo, nunca repetitivo, variável infinitamente, enquanto o tempo é homogêneo e não se altera. É esse fim sabido que nos permite tachar todos de ingênuos e vãos, os espertos e os bobos, os entregados e os fugidios e esquivos, os incautos, os precavidos, e os que urdiram conspirações e armaram tramoias, as vítimas e os carrascos, e os fugitivos, os inócuos e os que foram daninhos, desde a falsa superioridade — o tempo a rematará, será o tempo, o tempo que porá remédio — dos que não chegaram ao seu fim e ainda caminham tateando, caolhos, ou andam ligeiros com escudo e lança, ou já cansados e lentos com o escudo amassado e a lança rombuda e sem gume, sem nos dar nem mesmo conta de que logo estaremos com eles, com os expulsos ou que passaram, e então..., então até nossos juízos tão comiserativos e agudos serão por sua vez tachados de vãos e ingênuos, fez isso com que fim, dirão de você, por que tanta ansiedade e esse pulso acelerado, para que aquele movimento e aquele aperto; e de mim dirão: por que falou ou calou e guardou tantas ausências, para que aquela vertigem, tantas as dúvidas e tamanho tormento, por que deu aqueles e tantos passos. E dos dois dirão: por que se enfrentaram e para que tanto esforço, para que guerrearam em vez de espiar e ficar quietos, por que não souberam se ver ou continuar se vendo, e para que tanto sonho e aquele arranhão, minha dor, minha palavra, sua febre, e tantas as dúvidas, e tamanho tormento.

Assim é e será sempre, foi o que Tupra veio me dizer certa ocasião, e Wheeler me disse claramente na manhã seguinte e durante nosso almoço. E se Tupra não disse com igual clareza foi sem dúvida porque ele jamais falaria disso nem empregaria palavras como desconfiança, amizade, inimizade, confiança, ou não a sério, não relacionadas a si mesmo, como se nenhuma delas pudesse lhe dizer respeito ou tocá-lo nem coubesse em suas experiências. "É o estilo do mundo", dizia às vezes, como se fosse na verdade tudo o que se podia dizer a esse respeito e todo o resto fosse adorno e talvez desnecessário tormento. Ele não esperava nada, creio, não lealdade, mas tampouco traições, e se topava com uma ou outra não parecia surpreender-se, nem tomar mais medidas que as recomendáveis de tipo prático. E não esperava apreço nem afeto, mas tampouco malevolências ou ódios, apesar de bem saber que destes e daquelas está infestada a terra e que muitas vezes os indivíduos não podem evitar nem umas nem outras e além do mais não querem fazê-lo, porque são mecha e alimento da sua combustão, são também sua razão e seu lume.

E que não precisam de motivo nem meta para nada disso, de finalidade nem de causa, de agradecimento nem de ofensa, ou nem sempre, ou, segundo Wheeler, que foi mais explícito, "levam suas probabilidades dentro das veias, e é só uma questão de tempo, de tentações e de circunstâncias que por fim as levem à sua consumação".

Nunca soube, portanto, se ganhei a confiança de Tupra, nem se a perdi nem quando, não houve possivelmente um momento nem outro para essas duas fases ou movimentos de espírito, ou não se poderia ter-lhes dado um nome, esses nomes, o de ganho, o de perda. Ele não falava disso, na realidade não falava às claras de quase nada, e não fossem as explicações preliminares de Wheeler naquele domingo oxfordiano, é possível que eu nunca tivesse sabido nada de preciso nem de impreciso sobre as minhas funções e não tivesse nem adivinhado seu sentido ou objeto. Claro que nunca cheguei a saber nem entender tudo: o que se fazia com meus pareceres ou impressões ou relatórios, a quem eram destinados em última instância ou exatamente para que serviam, que consequências acarretavam nem se acarretavam alguma ou pertenciam, ao contrário, a essa classe de tarefas e atividades que se realizam em alguns organismos e instituições porque vinham sendo feitos desde havia muito, mas sem que ninguém se lembrasse por que começaram nem se perguntasse por que continuá--las. Pensei às vezes que eram apenas arquivadas, por via das dúvidas. Que fórmula estranha, mas que justifica tudo: por via das dúvidas. Até o mais absurdo. Creio que agora não acontece mais, mas antigamente, quando se ia aos Estados Unidos, uma pergunta que se formulava a todo viajante que entrava era se tinha a intenção de atentar contra a vida do Presidente. Como é de imaginar, nunca ninguém a respondeu afirmativamente — era uma declaração sob juramento —, a não ser para fazer uma piada que saía cara em tão severa fronteira, muito menos ainda o hipotético magnicida ou chacal que desembarcasse precisamente sem outro propósito ou missão além dessa. O motivo da disparatada pergunta, ao que parece, era que, se algum estrangeiro resolvesse atentar contra Eisenhower, ou Kennedy, ou Lyndon Johnson, ou Nixon, à acusação principal se acrescentava a de perjúrio; isto é, a pergunta se fazia com má intenção e por via das dúvidas. Nunca compreendi, no entanto, a relevância ou vantagem dessa agravante suplementar contra alguém acusado de acabar ou tentar acabar com a pessoa dessa nação de maior nível hierárquico, o que seria um delito em si mesmo de gravidade dificilmente superável. Mas é assim que funcionam as coisas que são por via das dúvidas, suponho. Preveem-se os fatos mais inverossímeis e improváveis e se age contando com eles, embora quase nunca ocorram, quase sempre inutilmente. Levam-se a cabo infrutíferas ou supérfluas tarefas que seguramente nunca vão servir nem ser aproveitadas, trabalha-se com eventualidades, conjecturas, hipóteses, com o nada e o inexistente, e sobretudo com o que não acontece nem aconteceu antes. E isso é contar com o acaso.

No começo, fui chamado três vezes no curto prazo de uns dez dias, para trabalhar como intérprete, embora sem dúvida dispusessem de outros para contratar por hora e de alguém no quadro de funcionários, como a jovem Pérez Nuix, que conheci um pouco depois. Em duas das ocasiões, mal precisei intervir, pois os dois indivíduos chilenos e os três mexicanos com que Tupra e seu subordinado Mulryan compartilharam almoços rápidos — os cinco eram homens de tediosos negócios, vagamente diplomáticos, vagamente legislativos e parlamentares — falavam um inglês instrumental bastante aceitável, e minha presença no restaurante só se fez necessária para desfazer alguma hesitação de tipo lexical e para que os termos finais dos pré-acordos a que pelo visto chegaram estivessem bem claros para ambas as partes e não houvesse espaço para possíveis mal-entendidos, voluntários ou involuntários. Na realidade, só fui convocado para fazer o resumo. Não me inteirei direito do que tratavam, como acontece comigo em qualquer idioma quando não consigo me interessar pelo que meus ouvidos ouvem. Quero dizer que entendia as palavras, é claro, e também as frases, e podia vertê-las, reproduzi-las e transmiti-las sem nenhum problema, mas não compreendia o assunto nem seus respectivos contextos, não me atraíam.

A terceira ocasião foi mais estranha e divertida, e também ganhei melhor, porque fui convocado ao escritório de Tupra e tive de traduzir o que, a todas as luzes, me pareceu um interrogatório. Não o de um detido nem o de um prisioneiro nem mesmo o de um suspeito, mas sim, talvez — por assim dizer — o de um infiltrado, um trânsfuga ou um confidente no qual Tupra e Mulryan ainda não confiassem de todo, os dois faziam as perguntas (mais Mulryan porém, Tupra se reservava) que eu repetia em espanhol àquele venezuelano alto e sólido, de meia-idade, vestido à paisana e um tanto incomodado com aquelas roupas, ou digamos desassossegado, forçado, como se fossem emprestadas e passageiras ou recentemente adquiridas, como se ele se sentisse instável e talvez um farsante sem a mais que provável farda a que devia estar acostumado. Com seu bigode hirto e sua cara larga e bronzeada, suas velozes sobrancelhas separadas apenas por duas mínimas pinceladas cor de cobre flanqueadas por um intercílio breve como uma mosca transportada do queixo para a testa, com seu tórax muito convexo, perfeito para sustentar e realçar medalhas mas em compensação cheio demais para suportar apenas camisa branca, gravata escura e jaquetão claro (raro de se ver em Londres, parecia a ponto de estourar, os três botões abotoados como reminiscência da túnica militar), era fácil eu imaginá-lo com um gorro achatado de militar sul-americano, melhor ainda, seus cabelos de grossas cerdas negras e brancas que nasciam baixo demais pediam aos gritos uma pala bem luzidia que concentrasse toda a atenção nela e ocultasse ou dissimulasse sua tão invasiva impetuosidade.

As perguntas de Mulryan, mais alguma ocasional de Tupra, eram educadas mas muito rápidas e muito diretas (diretos ambos pareciam sempre ser, inclusive em suas conversas com os juristas ou senadores ou diplomatas chilenos e mexicanos, não estavam dispostos a gastar mais tempo que o necessário, notava-se que eram experientes nas negociações, treinados, não importando em serem um tanto ríspidos), e vi que de mim esperavam a mesma coisa em minhas traduções, que eu reproduzisse com exatidão não só as palavras mas também a premência e o tom taxativo, e se hesitei um par de vezes porque nem sempre fica bem na minha língua a absoluta falta de preâmbulos e circunlóquios, Mulryan me fez em ambas as ocasiões um gesto suave mas inequívoco, com dois dedos juntos, indicando-me que me apressasse e não pensasse em formulações da minha lavra. Aquele milico venezuelano não sabia nada de inglês, mas prestava tanta atenção às vozes dos britânicos enquanto perguntavam quanto à minha quando lhe proporcionava a compreensão das interrogações deles, embora inevitavelmente olhasse para mim, se dirigisse a mim, que era só o moço de recados, na hora de dar suas respostas, plenamente consciente de que eu era o único que de saída as entendia. Não é que com ele eu me inteirasse muito mais do conjunto do discutido ou compreendesse com total precisão qual era o cerne dos assuntos, mas sentia-me bem mais curioso, sem dúvida, do que durante os dois almoços, na verdade soporíferos e de conteúdos mais abstrusos ainda para um profano. Lembro-me ter traduzido, para aquele militar disfarçado e pouco à vontade, as perguntas sobre as forças com que ele e os dele contavam, quem quer que eles fossem, as seguras e as prováveis, e que ele respondeu que de seguro nunca havia nada na Venezuela, que o considerado seguro sempre era somente o provável, e o chamado provável era sempre uma incógnita. Lembro que essa resposta impacientou Mulryan, que tendia a ser concreto e preciso ao máximo, e que propiciou uma das intervenções de Tupra, talvez mais afeto às vaguezas e evasivas por suas possíveis e longas andanças no estrangeiro, seus trabalhos e missões de campo, seus pactos com rebeldes de vários tipos, isso eu pensei, eu lhe havia construído esse passado desde o primeiro momento, na casa de Wheeler. "Diga-me então as forças prováveis", assim com simplicidade havia driblado as reservas do interrogado e o mau humor de Mulryan. Também perguntou ao fulano sobre o apoio logístico garantido *from abroad*, que eu traduzi como "do estrangeiro", mas acrescentei, "exterior, de fora", para que não coubessem dúvidas. Ele entendeu com certeza o mesmo que eu, a saber, que aquilo era um eufemismo para se referir a um só apoio concreto, o estadunidense. Respondeu que isso dependia em grande parte do resultado e da popularidade da primeira fase de operações, que "a gente de fora" sempre aguardava até o último instante antes de se comprometer às claras e participar "com armas e bagagens" em qualquer empreitada, foi a expressão que utilizou, talvez aqui tanto no sentido literal como no figurado. Mas ante a visível e crescente irritação de Mulryan acrescentou que "o Ambásador" — foi assim que o chamou, com dicção hispânica mas em suposto inglês, desfazendo qualquer sombra de dúvida a quem aludia — tinha lhes prometido o reconhecimento oficial imediato, se não houvesse oposição ou esta ficasse "embolhada" desde o início, eu nunca tinha ouvido esse ridículo particípio na minha língua mas captei sem problemas seu significado. Pouco marcial me parecia o termo, mais adequado a um político picareta atarantado ou a um alto executivo também atarantado, versões modernas dos vendedores de tônicos capilares.

— E o senhor acha isso possível, que não haja resistência ou que ela se reduza a focos isolados? — perguntou-lhe Mulryan (eu havia traduzido desse jeito aquele absurdo, aqui a fidelidade não apenas se tornava difícil, mas eu teria me envergonhado). E acrescentou: — Não parece muito factível, com esse chefe tão encrenqueiro e teimoso e tão idolatrado em outros tempos, embora ainda tenha muitíssimos partidários incondicionais, não é verdade? E se a resistência é forte, a gente de fora não mexerá um só dedo nem reconhecerá ninguém até ver a situação se decantar para um lado ou para o outro, e isso poderia demorar um bocado. Esperariam os acontecimentos, é o que também lhes disseram. Ou não?

— Bem, pode ser que sim, que devêssemos entender assim. Mas se respeitarmos o chefe, quero dizer, sua pessoa física, não creio que muitas unidades arrisquem sua sobrevivência para defender seu posto, nem muitos venezuelanos tampouco. Trabalharia a nosso favor o amplo enfastiamento, e a classe política tradicional nos respaldaria em cheio, isso é certeza, quando anunciássemos eleições para breve.

— Provável, o senhor quer dizer — interveio Tupra.

— Quero dizer muito provável, efetivamente — corrigiu-se o militar, perturbado e sem esboçar nem meio sorriso, dava para ver que estava em mau terreno, tenso e frágil como se se sentisse culpado ou com lealdades antagônicas.

Não me passou despercebido durante o interrogatório que nem Mulryan nem Tupra nunca empregaram nenhum vocativo, não chamaram de nenhuma forma aquele paisano mal disfarçado, nem uma só vez disseram "senhor Tal", nem é claro "general", "coronel" ou "comandante", ou lá que patente tivesse o indivíduo. Imaginei que preferiam que eu ignorasse pelo menos com quem falavam, já que estava me inteirando de tudo o que diziam.

— Vejamos se entendi uma coisa que é importante, mais que isso, decisiva — prosseguiu então Tupra. — Vocês não iriam em hipótese alguma contra o chefe, contra a pessoa dele, é isso? Só visariam ao cargo dele, conforme o senhor disse. Contra ele, contra a integridade física dele, em hipótese alguma. Entendi direito?

    Aquele senhor venezuelano afrouxou a gravata de maneira instintiva, quase não chegou a fazê-lo, foi mais o gesto de desafogar-se; remexeu-se na poltrona; esticou um pouco as pernas como se de repente percebesse que o vinco da calça estava se desfazendo, de fato arrumou as duas pernas da calça com tato e os pés para cima, um e outro sucessivamente, e então percebi que calçava botas curtas de um verde-escuro, como de couro de crocodilo, imitação talvez, não sei distinguir. Pensei que ruminava e ganhava tempo, que não estava certo do que convinha responder agora. Achei que Tupra era mais hábil que Mulryan e por isso não aparecia muito, para não se dar a conhecer nem se desgastar e estar sempre fresco, supervisionando a certa distância.

— Seria tentar demasiadamente o diabo, não sei se me entende. Seria perigoso, poderia revelar-se contraproducente, acender uma chama que nunca deveria ser acendida, nem mesmo do tamanho da de um palito de fósforo. Ele não deveria sofrer nenhum dano, isso para nós todos é muito claro, luva de pelica, não se preocupe, nele não se pode tocar. De outro modo, os apoios com que contamos bambeariam. Não todos, claro. Mas parcialmente.

    Lembro que Tupra sorriu com afetado pesar e fez uma pausa, e que Mulryan não se atreveu a recomeçar as perguntas enquanto não ficasse claro que seu superior tinha se retirado do interrogatório de novo, momentaneamente. E fez bem, porque Tupra ainda não tinha saído de cena.

— Nesse caso, acho-os muito pouco determinados — disse.
— E nessas aventuras a falta de determinação equivale ao fracasso seguro, nem mesmo provável. Tanto como a falta de ódio, o senhor deveria saber disso, por estudos ou por experiência. De

acordo com a minha, pelo menos, tem-se de estar disposto a ir mais longe que o necessário, mesmo se se acabe não indo ou se decida frear chegado o momento, ou não se precise ir. Mas a predisposição tem que ser essa, jamais outra. Não se pode estabelecer o limite de antemão e aquém do que poderia facilmente mostrar-se necessário, não tenho razão? Se assim estão a resolução e os ânimos, minha opinião é que não tentem. E desaconselharei, por enquanto, qualquer financiamento e apoio.

Aquele militar um tanto desfigurado negou veementemente com a cabeça enquanto ia ouvindo minha versão em espanhol das palavras de Tupra, talvez como quem não dá crédito e se desespera ante um mal-entendido muito caro, mas talvez — também — como quem se dá conta tarde demais de que deu uma resposta errada e que, com isso, propiciou um desastre para o qual pode ser que não haja mais remédio, porque toda retratação ou retificação ou matização sempre soará insincera e interessada — velas arriadas —, além de, conforme forem, pífias. Aquele falso paisano ou soldado falso bem que podia estar pensando: "Raios, o que esses caras queriam ouvir é que não pestanejaríamos se tivéssemos de liquidá-lo, e não, como eu acreditava, que íamos respeitar a pele desse panaca, por mais feias que as coisas ficassem para nós". Sim, podia estar pensando isso, ou outra coisa que não tive imaginação nem tempo para elaborar mentalmente, porque quando meu espanhol cessou ele se apressou a protestar:

— Não, não, os senhores não entenderam — disse com agitação e maior expressividade do que até então. Talvez não falasse assim, mas é assim que lembro, as palavras e os acentos americanos se confundem muito na memória, e nos relatos. — Claro que estaríamos prontos para suprimi-lo, se não houvesse remédio. Determinação é o que não nos falta e, quanto ao ódio, olhem, o ódio se convoca num piscar de olhos, em qualquer instante, basta uma faisquinha, quatro frases bem juntadas e ele se alastra, e é melhor não atiçar suas chamas desde o começo, para que não se consuma, melhor a cabeça fria antes do corpo a corpo, o senhor não acha? Eu só disse que não acreditamos que possamos ter de fazer algum mal ao chefe, seria muito improvável, e que é preferível para todos, isso é certo, não precisarmos disso. Mas, creiam-me, se as coisas ficassem ruins e para deixarem de ficar tivéssemos de liquidá-lo, nossa mão não ia tremer absolutamente. Olhem, um bom tiro nele e pronto, é rápido e não é difícil, temos muitos acostumados com isso. E se os deles vierem se lamentar, o libertador já terá expirado. Fiquem como ficarem, não há mais o que fazer, já não há tirano, foi pras picas.

"É rápido e não é difícil", pensei. "Acredito, sei muito bem, sempre houve muitos acostumados a isso. Na têmpora, no ouvido, na nuca, um jorro de sangue, que depois se limpa." Traduzi com tanta expressividade quanta me foi possível, Tupra e Mulryan não olhavam para mim enquanto eu traduzia, mas para ele, para o venezuelano, isso sempre me chamou a atenção neles, porque o instinto de todo o mundo leva a dirigir o olhar para quem emite o som, o que fala, embora esteja apenas traduzindo, embora seja apenas quem reproduz e repete, e não quem diz, mas eles, ao contrário, encaravam invariavelmente o responsável original ou último pelo que foi dito, embora este por força permanecesse calado durante a transmissão delas. Mais de uma vez observei que isso deixava nervosos os interrogados, os quais, estes sim, olhavam para mim apesar de só me entenderem então por dedução (para eles a dedução muito fácil).

O paisano ou militar postiço não foi exceção no nervosismo (para mim, na verdade, foi o primeiro), mas talvez o que o alterou, mais que os quatro olhos pousados nele enquanto eu o emulava, foi a imediata resposta de Tupra, que disse:

— Mas vocês se dão conta de que se derem um tiro nele também terão de dar outros em muitos compatriotas, com ódio ou sem ódio, a quente ou a frio, em combates e quem sabe em execuções, também rápidas porém mais difíceis. E isso não seria bom para ninguém, muito menos para gente de fora, não é mesmo, inclusive nós. Com semelhante risco de carnificina e sem a certeza de que ela servisse para alguma coisa, minha opinião é que não se deve tentar. E temo que terei de desaconselhar por enquanto qualquer financiamento e apoio.

O venezuelano franziu muito suas velozes sobrancelhas, respirou fundo e lento e estufou ainda mais o peito parecido com o de um batráquio, fez menção de desfazer o nó da gravata (não mais afrouxá-la), ocultou suas botas verdes sob a poltrona, como quem as afasta e salva da mordida de um bicho ou, mais simbolicamente, como quem empreende uma retirada instintiva vencido pelo desconcerto. Pensei que podia estar pensando: "Estão brincando comigo de quê, esses filhos da Grã-Bretanha. Nem uma coisa nem outra, o que vão querer que lhes responda, filhíssimos da Grandíssima".

— O que é que vocês querem afinal — disse ao cabo de uns segundos, como quem se cansa de adivinhar e entrega os pontos, nem sequer chegou a ser interrogativo seu tom.

Foi ainda Tupra que respondeu:

— Que nos diga a verdade, nada mais. Sem nos interpretar. Sem tentar nos agradar.

A reação do militar foi instantânea, eu a traduzi com precisão, apesar de não ser muito fácil:

— A verdade, a verdade. A verdade é o que acontece, a verdade é quando passa, como vão querer que eu a diga agora. Antes de acontecer não se sabe.

Tupra pareceu um tanto surpreso e meio divertido com aquela resposta entre filosófica e rasteira, ou meramente confusa. Mas não mudou sua exigência. Sorriu, isso sim, e não se privou do comentário:

— Nem mesmo depois, muitas vezes. Às vezes nem passa. Não acontece, a verdade. Mesmo assim é o que queremos, como vê: pedimos o impossível, de acordo com o senhor. E se não está em condições agora de satisfazê-lo, se quiser consultar seus camaradas e ver se o tal impossível vai se tornando algo possível — deteve-se —, fique à vontade. Entendo que ainda permanecerá alguns dias em Londres. Antes de partir, ligaremos para o senhor, para ver se conseguiu: a façanha, a impossibilidade. Temos seu telefone. Mulryan, faça a delicadeza de acompanhar o senhor.

Em seguida dirigiu-se a mim, sem mudar de tom e sem nem mesmo uma pausa:

— Mr. Deza, o senhor se importaria de ficar um momento mais, por favor.

O falso ou verdadeiro militar se levantou, alisou a gravata, o casaco, as calças, fez um gesto desnecessário de enfiar a camisa nelas, pegou no chão uma pasta que havia depositado junto da poltrona e que não havia chegado a erguer nem abrir. Apertou a mão de Tupra e a minha de maneira distraída, meditabunda, ausente (uma mão mole, meio frouxa, talvez só pela meditação). Disse:

— Parece que não tenho seu número, o dos senhores.

— Não, creio que não — foi a resposta de Tupra. — Adeus.

— Senhor? — murmurou Mulryan antes de desaparecer, enquanto fechava com ambas as mãos as duas folhas da porta daquele escritório nada burocrático, lembrava antes o dos *dons* de Oxford que eu tinha conhecido, o do próprio Wheeler, o de Cromer-Blake, o de Clare Bayes, cheio de estantes entupidas de livros, com um globo terrestre que na verdade parecia antigo, a madeira e o papel dominavam tudo, não vi materiais não nobres nem tampouco metal, não vi arquivos nem computador. Mulryan murmurou aquilo como se perguntasse, à maneira de um mordomo, "Algo mais, senhor?", mas fez antes o efeito de quem se perfilava (batida de calcanhares, isso não). Saltava aos olhos que tinha devoção por seu superior.

 Foi então, quando já estávamos a sós, Tupra atrás da sua ampla mesa e eu sentado diante dele, que pela primeira vez me requisitou algo parecido com o que depois foi minha principal tarefa durante o tempo em que permaneci a seu serviço, e também algo relacionado com o que Wheeler tinha me explicado um pouco naquele domingo de Oxford, pela manhã e durante o almoço. Tupra esfregou com uma só mão suas faces cor de cevada, sempre tão bem barbeadas e recendendo sempre a loção *after-shave* como se esta ficasse impregnada nelas ou ele renovasse continuamente às escondidas sua aplicação, sorriu de novo, pegou um cigarro que pendurou nos lábios ameaçadores (pareciam sempre prestes a absorver algo), no momento não o acendeu, eu tampouco me atrevi a acender o meu.

 — Diga-me o que achou. — E fez um gesto com a cabeça em direção à porta de folha dupla. — O que ficou claro para você.
 — E como eu hesitasse (não estava seguro de a que se referia, não me havia perguntado nada depois dos chilenos e dos mexicanos), acrescentou: —Diga qualquer coisa, o que lhe ocorrer, fale. — Em geral, ele suportava muito bem o silêncio, salvo quando era totalmente alheio à sua vontade e decisão; nesse caso, sua veemência ou sua tensão permanentes pareciam exigir-lhe encher o tempo com conteúdos palpáveis, reconhecíveis ou computáveis. Era diferente se o silêncio vinha dele.
 — Bem — respondi —, não sei o que quer exatamente de vocês esse senhor venezuelano. Apoio e financiamento, entendo. Suponho que se esteja preparando ou cogitando a possibilidade de um golpe de Estado contra o presidente Hugo Chávez, isso ficou mais ou menos claro para mim. Esse senhor estava à paisana, mas por seu aspecto e pelo que dizia poderia ser um militar.

Ou então imagino que tenha se apresentado diante de vocês como militar.
— O que mais. Isso qualquer outro em seu lugar, em sua função, também teria deduzido, mr. Deza.
— O que mais o quê, mr. Tupra?
— O que o induz a pensar que era militar? Já viu alguma vez um militar venezuelano?
— Não. Quer dizer, na televisão, como todo o mundo. O próprio Chávez é militar, faz-se chamar de comandante, não?, ou subtenente, sei lá, Paraquedista Chefe, talvez. Mas não estou seguro de que esse cavalheiro fosse, claro, militar. Digo que diante de vocês provavelmente deve ter se apresentado como tal. Imagino.
— Depois veremos isso. Que efeito lhe produziu a trama, a ameaça de um golpe contra um governante eleito por votação popular, além do mais por aclamação?
— Muito ruim, o pior. Lembre-se que meu país sofreu quarenta anos por causa de um golpe assim. Três de guerra romântica talvez (vista com olhos ingleses), mas depois 37 de abatimento e opressão. Mas deixando de lado a teoria, quer dizer, os princípios, neste caso concreto não me incomodaria tanto. Chávez tentou dar um golpe tempos atrás, se bem me lembro. Conspirou e amotinou-se com suas unidades contra um governo eleito, e de civis. Embora fosse corrupto e ladrão, quem não é hoje, todos manipulam dinheiro demais e são como empresas, e os empresários querem seus lucros. De modo que ninguém poderia se queixar se o desalojassem. Outra coisa são os venezuelanos. Eles sim. Mas parece que já se queixam bastante de quem elegeram por aclamação. Ser eleito não vacina ninguém contra o desejo de também ser um ditador.
— Pelo que vejo, está bem informado.
— Leio jornal, vejo televisão. Nada mais que isso.

— Diga-me mais. Diga-me se o venezuelano dizia a verdade.
— Em relação a quê?
— Em geral. Por exemplo, se tocariam no Comandante ou não, em caso de necessidade.
— Ele disse duas coisas diferentes em relação a isso.

Tupra pareceu impacientar-se um pouco, mas muito pouco. Ele me dava a impressão de estar gostando, de que lhe agradava o diálogo e minha rapidez, uma vez vencida minha hesitação inicial e uma vez estimulado por suas perguntas, Tupra era um grande perguntador, nunca se esquecia de nada do que foi respondido e assim era capaz de retornar sobre isso quando o interrogado menos esperava e quando este sim tinha se esquecido, nós esquecemos o que dizemos muito mais do que o que escutamos, o que escrevemos muito mais do que o que lemos, o que enviamos muito mais do que o que nos chega, por isso não contamos apenas as ofensas que infligimos mas sim, em compensação, as que sofremos, e por isso quase todo o mundo tem guardada alguma de alguém.

— Disso já sei, mr. Deza. Pergunto-lhe se alguma das duas era verdade. Na sua opinião. Por favor.

Aquele "por favor" soou inquietante. Mais adiante comprovei que ele costumava recorrer a essas fórmulas, "tenha a bondade", "eu lhe peço", antes de se irritar plenamente. Nessa ocasião só intuí isso, por isso me apressei a responder, sem pensar muito então nem ter pensado nada anteriormente.

— Na minha opinião, uma não era em absoluto. A outra sim, mas num contexto que tampouco era verdade.

— Explique-me isso, faça o favor. — Continuava sem acender seu cigarro pendurado, devia estar todo molhado apesar do filtro, eu conhecia a extravagante marca Rameses II, cigarro egípcio de tabaco turco, um pouco picante, o faraônico maço vermelho parecia em cima da mesa um desenho do *Tintim*, hoje em dia eram caros, devia comprá-los na Davidoff, ou na Marcovitch, ou na Smith & Sons (se é que as duas últimas ainda existiam), não me lembrava de tê-los visto na casa de Wheeler, talvez só os fumasse em particular. Eu tampouco levava o fósforo ao meu, mais vulgar, que no entanto estava seco, não são úmidos meus lábios.

Outra coisa não fiz senão improvisar, é a verdade. Não tinha nada a perder. Nem a ganhar, tinha sido chamado como tradutor e já havia cumprido a minha função. Continuar ali era uma deferência da minha parte, embora Tupra não me fizesse sentir assim, talvez o contrário até, era um desses estranhos indivíduos que pedem um empréstimo e conseguem que quem o concede é que se sinta em débito.

— Não me pareceu verdade, em absoluto, que estivessem dispostos a passar pelas armas o Paraquedista-mor deles, nem se disso dependesse o sucesso ou o fracasso da operação. Dei por certo, consequentemente, que não iam lhe causar o menor dano físico em hipótese alguma, nem se as coisas azedassem por não se livrarem dele.

— E qual seria o contexto não verdadeiro dessa verdade?

— Bem, já disse que não sei como esse senhor se apresentou a vocês, nem o que quer tirar de vocês...

— De mim nada, de nós nada, não temos nada a dar — interrompeu-me Tupra. — Só o mandaram a nós para darmos um parecer, isto é, para que opinemos sobre seu grau de convencimento e sua veracidade. Por isso interessa-me conhecer seu juízo, vocês falam a mesma língua, ou já não é a mesma? Em alguns filmes americanos eu não entendo nem a metade dos diálogos, um dia vão ter de legendá-los para passá-los aqui, não sei se acontece o mesmo com o espanhol de lá. Enfim, há matizes de vocabulário, expressões que não posso distinguir nem apreciar em tradução. Já outro tipo de matizes sim, precisamente graças a não entender o que alguém diz enquanto está dizendo, isso pode ser muito útil. A letra, veja, às vezes distrai, e só ouvir a melodia, a música, com frequência é fundamental. Agora me diga o que pensa.

A esta altura eu já estava armado de atrevimento e despreocupação, de modo que me animei a improvisar mais. Mas não pude aguentar e acendi o cigarro, não porém o meu, mas um valioso Rameses II que lhe pedi licença de pegar (ele me ofereceu um, é claro, e sem fazer cara feia, cada um daqueles podia custar meia libra, por aí).

— Minha impressão é que talvez nem estejam planejando seriamente esse golpe. Ou que, se está sendo de fato preparado, esse homem não vai tomar parte nele ou mal terá o que dizer. Imagino que verificaram sua identidade. Se for um militar exilado ou afastado do corpo ou já na reserva, um opositor com contatos no país mas que age do exterior, o mais provável é que se dedique a levantar fundos a partir de nada, ou de propósitos muito vagos e informações muito tênues. E que seja seu próprio bolso o destino final do que consiga coletar, não se costumam pedir nem prestar muitas contas sobre os gastos de um clandestino fracassado. Se, pelo contrário, for um militar da ativa, tiver mando e estiver no país, e se apresenta a nós como um traidor do seu chefe pelo bem da pátria e muito a contragosto, então não seria impossível que o Comandante em pessoa o tenha enviado para sondar, para se antecipar, para indagar, para se prevenir e, se desse, também para levantar fundos do estrangeiro que seguramente acabariam nos bolsos do próprio Chávez, a jogada não seria nada má. Acho que também pode não ser nem uma coisa nem outra, quer dizer, que não seja nem nunca tenha sido militar. De qualquer modo, não creio que esteja por trás de nada sério, de nada que chegue a acontecer. Como ele mesmo disse, a verdade é quando passa, uma rude forma de expressar a coisa. Eu diria que a dele, essa dele, nunca vai acontecer, com ou sem apoio, com ou sem financiamento, de dentro, de fora ou interplanetário. — Eu tinha me deixado levar pelo atrevimento, refreei-me. Perguntei-me se Tupra não ia abrir o bico, nem mesmo em relação ao título com que o venezuelano teria se apresentado a ele (eu tinha dito "se apresenta a nós" conscientemente, para tratar de já me incluir). "Se não o fizer", pensei, "é que é desses indivíduos que não é possível enrolar e que só dizem o que na verdade querem dizer ou sabem que não tem a menor importância dar a saber." — Bem, tudo isso são especulações, está claro — acrescentei. — Impressões, intuições. O senhor me pediu isso.

Agora sim ele também acendeu seu precioso e ensalivado Rameses II. Não deve ter suportado me ver fruir do meu, que aliás era dele, meia libra convertida em fumaça por boca alheia e continental. Tossiu um pouco após a primeira tragada, picante egípcio, talvez fumasse dois ou três por dia e só, e nunca se acostumasse com ele.

— Sim, já sei que o senhor não pode saber — disse. — Acredite, eu também não, ou não muito mais. Por que pensa isso, diga-me.

Continuei improvisando, ou assim acreditei.

— Bem, o homem fazia sem dúvida nenhuma o tipo do militar sul-americano, temo que não se diferenciem muito dos espanhóis de vinte ou 25 anos atrás, todos usavam bigode e nunca sorriam. Sua aparência, claro está, pedia a farda, o gorro, as condecorações no peito como se fossem cartucheiras, em superabundância. Mas alguns detalhes não batiam. Fizeram-me pensar que não era um militar disfarçado de civil, como me pareceu no início, mas um paisano disfarçado de militar disfarçado de civil, não sei se me acompanha no que quero dizer. São detalhes insignificantes — desculpei-me. — E não é que eu tenha tido grande convivência com militares, não sou nenhum perito. — Detive-me, a momentânea ousadia estava se dissipando.

— Isso não tem a menor importância. Sim, eu o acompanho. Diga-me que detalhes.

— Bem, são mínimos, na verdade. Ele usou algumas palavras impróprias, como explicar. Ou os soldados já não são o que eram e se deixaram contagiar com os pedantismos ridículos dos políticos e dos locutores de televisão ou esse indivíduo não era militar; ou foi, mas já faz tempo que não está na ativa. Depois saiu espontâneo demais o gesto de enfiar a camisa dentro da calça, como de alguém acostumado à indumentária civil. Bom, é uma bobagem, e os militares às vezes andam mesmo de terno e gravata, ou de camisa se faz calor, e na Venezuela faz calor. Mas achei que ele não era ou então estava há tempos na reserva e sem vestir farda, afastado da corporação, sei lá. Nem era uma *guayabera*, um *liki-liki* ou como quer que chamem por lá, todas essas roupas vão por cima da calça. Também achei-o excessivamente preocupado com o vinco da calça e por como estava passada em geral, mas enfim, em toda parte há oficiais muito elegantes e convencidos.

— Não imagina como — disse Tupra. — Liki-liki — repetiu. Mas não perguntou. — Continue.

— Bem, talvez o senhor tenha reparado nas botas dele. Botas curtas. À distância ou sob uma luz fraca se poderia enxergá-las pretas, mas eram verde-garrafa e como que de pele de crocodilo, ou talvez de jacaré. Não imagino um militar de alta patente calçado assim, nem em seus dias de absoluto descanso e de farra total. Pareciam mais as de um narcotraficante ou de um fazendeiro na cidade, sei lá eu. — Senti-me um Sherlock menor, ou antes, um Holmes impostor. E então empurrei minha cadeira um pouco para trás, na repentina esperança de poder enxergar os pés de Tupra. Não tinha notado como estava calçado e de repente me ocorreu que ele podia usar botas parecidas com aquela e eu estava derrapando gravemente. Um inglês: era improvável, mas nunca se sabe, e ele tinha um sobrenome esquisito. E sempre usava jaqueta, um mau sinal. De qualquer forma não tive sorte, não havia distância, a mesa me impedia de divisar seus pés. Matizei, mas se seu calçado fosse excêntrico ia sair pior a emenda:

— Claro que num lugar em que o Comandante em chefe aparece publicamente disfarçado de bandeira nacional e com a cabeça coberta por uma boina vermelho-bordel, como vi faz pouco na televisão, não é de se descartar a hipótese de que seus generais e coronéis usem botas assim, ou tamancos, ou sapatilhas de balé, qualquer coisa nestes tempos histriônicos e com semelhante modelo para imitar.

— Tamancos? — perguntou Tupra, talvez mais por diversão do que por não me haver entendido. "*Sabots*?", perguntou, era o termo que eu havia empregado: graças às minhas antigas turmas de tradução em Oxford e a meus trabalhos ocasionais para certos sanguessugas, conheço as palavras mais absurdas em inglês.

— Sim, o senhor sabe. Esses sapatos de madeira, com a ponta arredondada. As enfermeiras usam e os holandeses, claro, pelo menos nos quadros. Acho que as gueixas também, com meias, não é?

Tupra riu brevemente, e eu também. Talvez tenha imaginado por um instante o senhor venezuelano que acabava de sair calçando tamancos. Ou quem sabe o próprio Chávez, com maciços tamancos e meias brancas. Em primeira instância e numa festa parecia um homem simpático. Também o era em segunda e no seu escritório, embora ali desse a entender que nunca se podia perder totalmente a seriedade do trabalho, nem tampouco viver apenas instalado nela.

— O senhor falou disfarçado de bandeira? Enrolado na bandeira, não é o que o senhor tinha querido dizer?

— Não — respondi. — O estampado da camisa ou da túnica, não me lembro, era a própria bandeira, com estrelas e tudo, garanto.

— Estrelas? Não me lembro da bandeira da Venezuela. Estrelas? — Não parecia ter se sentido tocado pela alusão ao calçado, o que me aliviou.

— É listada, não sei bem. Uma lista vermelha, amarela, tenho a impressão, talvez uma azul. E umas estrelas apinhadas em algum lugar. O presidente ia ataviado de estrelas, disso tenho certeza, com listas largas, uma túnica ou uma camisa de listas horizontais com essas cores ou outras assim. E estrelas, claro. Talvez fosse um *liki-liki*, traje de gala, creio que é, não sei se na Venezuela também, na Colômbia sim.

— Estrelas. É mesmo. — "*Indeed*", foi o que disse, sem interrogação. Tornou a rir brevemente, eu também. O riso une os homens desinteressadamente entre si, e entre si as mulheres, e o que se estabelece entre mulheres e homens pode ser um vínculo ainda mais forte e mais tensionado, uma união mais profunda, complexa, e mais perigosa por ser mais duradoura ou com maior aspiração à durabilidade. O duradouro desinteressado acaba ficando raro, às vezes por se tornar feio e difícil de tolerar, alguém tem de estar em dívida com o correr do tempo, só assim as coisas funcionam, um ou outro um pouco mais, e a entrega, a abnegação, o mérito podem ser um caminho seguro para assumir o lugar de credor. Assim eu ri com Luisa em oportunidades sem fim, breve e inesperadamente, os dois vendo a graça na mesma coisa sem acordo prévio, os dois brevemente e ao mesmo tempo. Também com outras mulheres, a primeira delas minha irmã; e mais umas poucas. A qualidade desse riso, sua espontaneidade (sua simultaneidade com o meu, quem sabe), fizeram-me saber e me aproximar ou então descartar no mesmo instante, e aí vi algumas mulheres em sua totalidade antes de conhecê-las, sem nem mesmo falar, sem ser eu olhado e sem nem mesmo olhar. Uma leve dilação, em compensação, ou a suspeita de mimetismo, de complacente resposta a meu estímulo ou minha indicação, a percepção de um riso educado ou oferecido para adular, o riso que não é totalmente desinteressado e é atiçado pela vontade, o que não ri tanto quanto quer rir ou se presta ou anseia ou também se deixa rir, desse eu me apartei logo ou lhe concedi um lugar secundário, só de acompanhamento, ou até de cortejo em épocas minhas de debilidade. Enquanto esse outro riso, o de Luisa, o que quase se adianta, o da minha irmã, o que nos envolve, o da jovem Pérez Nuix, o que se confunde com nosso próprio riso e nada tem de deliberação mas sim de esquecimento de nós dois (mas sim, em compensação, tudo de desprendimento, e gratuidade, e nivelação), a esse costumei dar o lugar principal que depois se mostrou duradouro ou não, perigoso às vezes e, com o tempo (quando houve tempo), difícil de tolerar sem que aparecesse ou mediasse uma pequena dívida simbólica ou real. Mas suportam-se menos ainda a ausência ou a diminuição desse riso, e isso por sua vez é o que sempre traz um ou outro, no dia em que cabe endividar-se um pouco mais, um dos dois um pouco mais. Fazia tempo que Luisa o havia retirado diante de mim ou o racionava, seu riso, não podia acreditar que o tivesse perdido em todas as ocasiões, devia brindá-lo a outros, quando alguém nos retira o riso é sinal de que não há nada mais que fazer. Esse riso desarma. Desarma com as mulheres e, de modo distinto, com os homens também. Desejei mulheres só por seu riso, intensamente, elas não costumaram ver. Às vezes soube quem era alguém só por ouvi-lo ou por não ouvi-lo nunca, o riso inesperado e breve, e até o que ia acontecer ou haver entre esse alguém e mim, se amizade, conflito, aborrecimento ou nada, não me enganei muito, pôde tardar mas acabou acontecendo, além do mais é sempre tempo enquanto a gente não morre ou não morramos esse alguém e eu. Esse era o riso de Tupra e também era o meu, assim tive de me perguntar um instante se no futuro ficaria desarmado ele ou ficaria eu, ou talvez os dois. — Liki-liki — repetiu. Impossível não repetir tal palavra, é irresistível. — Bem, não se pode julgar de fora os usos de nenhum lugar, não é verdade? — acrescentou, com inconvicta ou pouco séria seriedade.

— Verdade. Verdade — respondi, sabendo que essa frase não o era (verdade, quero dizer) para nenhum dos dois.

— Algo mais? — perguntou. Não havia aberto o bico, não sobre a identidade (isso eu não esperava), mas sobre a suposta condição ou cargo do venezuelano a que eu havia servido duplamente de intérprete. Fiz uma tentativa:

— Poderia dar um nome a esse senhor? Quando mais não fosse, para o caso de termos de nos referir a ele outra vez.

Tupra não hesitou. Como se já tivesse preparada uma resposta para o meu teste, mais do que para a minha curiosidade:

— Não me parece provável. Para o senhor, mr. Deza, vai se chamar Bonanza — disse com uma seriedade mais irônica ainda.

— Bonanza? — Deve ter notado minha estupefação, não pude evitar pronunciar o *z* como no meu país, ou em parte dele e, claro, em Madri. A seus ouvidos ingleses soaria "Bonantha", algo assim, como Deza soaria "Daetha", algo assim.

— Sim. Não é um nome espanhol? Como Ponderosa também, não? — disse. — Pois então Bonanza para o senhor e para mim. Não há mais nada que tenha podido observar?

— Só lhe confirmar esta impressão, mr. Tupra: o general Bonanza nunca atentaria contra a vida de Chávez, ou mr. Bonanza, seja lá quem for na realidade. Disso pode estar certo, tanto se for bom para os interesses de vocês como se não for. Admira-o demais, mesmo se for seu inimigo, e creio que não seja.

Tupra pegou seu chamativo maço vermelho com faraós e deuses e me ofereceu um segundo Rameses II, um gesto pouco comum nas ilhas, grande dispêndio sem sombra de dúvida, fiapo turco, picante egípcio, peguei-o. Mas era para levar, não para continuar, porque ao mesmo tempo que o oferecia se pôs de pé e ladeou a mesa para me acompanhar até a saída, assinalou a porta com um ligeiro aceno. Aproveitei para dar uma olhada de esguelha nos seus sapatos, eram sóbrios, de amarrar, marrons, não havia por que me preocupar. Ele percebeu, percebia quase tudo, sem parar.

— Alguma coisa com meus sapatos? — perguntou-me.

— Não, não, são muito bonitos. E estão limpos. Esplêndidos, invejáveis — respondi. Contrastavam com os meus, pretos, de amarrar também. Em Londres eu não conseguia me disciplinar para escová-los todo dia, essa é a verdade. Há coisas para as quais você fica preguiçoso, quando não está em casa e vive no exterior. Mas eu estava em casa, pelo menos não havia outra no momento, o que eu esquecia com demasiada frequência, a força do meu costume se empenhava em sentir o impossível às vezes, que eu ainda podia voltar.

— Digo onde pode encontrar, outro dia. — Ia me abrir a porta, não o fez ainda, ficou uns segundos com as mãos apoiadas nas respectivas maçanetas das duas folhas. Virou a cabeça, olhou-me de lado mas sem chegar a me ver, não podia, eu estava justo atrás dele. Era a primeira vez em todo aquele tempo que seus olhos ativos, acolhedores, brincalhões mesmo sem querer, não se encontravam com os meus. Só via suas pestanas compridas, de perfil. A inveja das damas, ainda mais de perfil. — Antes o senhor disse "deixando os princípios de lado", se bem me lembro. Ou "deixando a teoria de lado", pode ser?

— Sim, creio que disse algo assim.

— Eu me perguntava. — Continuava com as mãos nas maçanetas. — Deixe-me lhe perguntar: até que ponto o senhor é capaz de deixar os princípios de lado? Quero dizer, até que ponto o senhor costuma? Prescindir disso, da teoria, não é? Todos nós o fazemos de vez em quando, ou não poderíamos viver: por conveniência, por medo, por necessidade. Por sacrifício, por generosidade. Por amor, por ódio. Em que medida o senhor costuma? — repetiu. — Entenda-me.

Foi então que constatei que não só ele percebia quase tudo sem parar, mas que registrava e guardava também. A palavra "sacrifício" não me agradou, me causou um efeito parecido com aquela expressão dele na casa de Wheeler, "prestando serviço ao meu país". Além do mais, havia acrescentado: "a gente deve procurar fazer isso se puder?". Se bem que houvesse atenuado logo em seguida: "ainda que seja feito à parte e vise antes de mais nada aos próprios interesses". Eu também registrava e guardava, mais do que é normal.

— Depende — respondi e, continuando, utilizei um plural (*"them"*) porque era tão somente pelos princípios que ele me perguntava, segundo entendi. — Posso deixá-los bastante de lado, para opinar numa conversa. Um pouco menos para julgar. Para julgar amigos, muito mais, sou parcial. Para agir, muito menos, creio eu.

— Mr. Deza, grato por sua colaboração. Ficaremos em contato com o senhor, espero que sim. — Disse-me isso num tom apreciativo, ou com leve afetuosidade. Agora sim abriu a porta, as duas folhas ao mesmo tempo. Tornei a ver seus olhos, mais azuis do que cinzentos à luz da manhã, pálidos sempre, aparentemente divertidos ante qualquer diálogo ou situação, atentos, sempre sugadores, era como se honrassem o que estavam fitando, ou nem precisava que fitassem: o que entrava em seu campo visual. — Mas aqui não temos interesses, entenda isso, por favor — acrescentou sem transição, embora agora se referisse a algo não imediatamente anterior. A maioria das pessoas não teria voltado a isso, não teria recuperado aquele meu comentário tão

marginal ("tanto se for bom para os interesses de vocês como se não for"), é incrível quão rápido as palavras, pronunciadas ou escritas, leves ou graves, todas, insignificantes ou com significação, se extraviam, se tornam distantes e ficam para trás. Por isso há que repetir, eterna e disparatadamente há que repetir: desde o primeiro vocábulo, desde o primeiro balbucio humano e até desde o primeiro dedo indicador que apontou sem dizer. Uma vez, e outra, e outra, e inutilmente uma vez mais. Para nós, não se extraviavam com tanta facilidade assim, para ele e para mim, sem dúvida uma anomalia, uma maldição. — Nós nos limitamos a dar nosso parecer, e só quando nos solicitam, é claro. Como o senhor tão amavelmente acaba de fazer, tendo eu lhe pedido.
— E riu brevemente outra vez, dentes pequenos com luminosidade. O riso soou-me educado ou talvez impaciente, de modo que o meu não o acompanhou dessa vez.

Nunca soube claramente se eu tinha me saído bem com o coronel Bonanza, de Caracas ou do exílio ou de fora, não me comunicavam os resultados, muito menos claramente: não me diziam respeito, e pode ser que a ninguém tampouco. Às vezes não devia nem haver resultados, e os pareceres ou relatórios seriam meramente arquivados, por via das dúvidas. E se havia que tomar decisões a respeito de algo (o apoio e o financiamento de um golpe, por exemplo), é provável que os diversos responsáveis as tomassem — os que em cada caso tinham feito o pedido ou solicitado nossos pareceres — sem possíveis constatação nem certeza e só por sua conta e risco, isto é, confiando ou não confiando, apostando a favor ou contra o que Tupra e os seus teriam visto e opinado, ou talvez recomendado.

Num primeiro momento, porém, supus candidamente que tinha me saído bem, porque não passaram muitos dias depois daquela manhã interpretando duplamente, a língua e as intenções — inexato o segundo fato, mas digamos assim em princípio —, para que me propusessem largar já meu posto na BBC e trabalhar exclusivamente para Tupra (ou eminentemente), junto a ele e a seu devoto Mulryan, a jovem Pérez Nuix e os outros, com horários teoricamente muito flexíveis e rendimentos muito maiores, nenhuma queixa sob esse aspecto, ao contrário, podia mandar mais dinheiro para casa. Foi inevitável a sensação de ter passado num exame e de que eu me incorporava ao que quer que fosse aquilo, na época não me indaguei muito a respeito nem tampouco mais tarde, nem tampouco agora, porque aquilo talvez tenha sido sempre impreciso (e a indefinição era sua essência), e porque sir Peter Wheeler tinha me avisado alguma coisa, ou o suficiente: "Disso não te falarão os livros, nenhum deles, nem os mais antigos nem os mais modernos, nem os mais exaustivos que se publicam agora, Knightley, Cecil, Dorril, Davies, sei lá, Stafford, Miller, Bennett, tantos, nem criticamente os que em seu tempo foram mais críticos, Rowan, Denham, e continuam sendo. Não procure neles. Não vai encontrar nem alusões quase. Só vai perder paciência e tempo". Ao longo daquele domingo de Oxford não posso dizer que tenha me falado sempre com meias palavras, mas talvez sim com três quartos, no máximo com três quartos, nunca com as completas palavras. Pode ser que ele também as conhecesse ou as tivesse inteiras, pode ser que ninguém as tivesse, nem mesmo Tupra, nem Rylands quando vivia. Pode ser que não existissem.

A incorporação não foi de repente, quero dizer que uma vez acertada minha contratação foram me encomendando ou pedindo tarefas avulsas, cada vez mais, gradativamente mas num ritmo sempre crescente e vivo, e ao cabo de um mês, talvez menos, minha colaboração já era plena, ou assim cheguei a senti-la. As modalidades dessas tarefas variavam, sua essência porém pouco ou nada, consistia em ouvir, prestar atenção, interpretar e contar, em decifrar condutas, aptidões, caracteres e escrúpulos, desprendimentos e convicções, o egoísmo, ambições, incondicionalidades, fraquezas, forças, veracidades e repugnâncias; indecisões. Interpretava — em três palavras — histórias, pessoas, vidas. Histórias por acontecer, frequentemente. Pessoas que se desconheciam e que não poderiam ter se aventurado a ver sobre si mesmas nem uma décima parte do que eu via nelas, ou me instavam a ver algo nelas e a expressar isso, era o trabalho. Vidas que ainda podiam fracassar logo cedo e não durar nem para assim se chamar, vidas incógnitas e a ser vividas. Às vezes pediam-me que estivesse presente e ajudasse a fazer perguntas, as que me ocorressem, em entrevistas ou encontros (ou eram interrogatórios maneirosos, sem intimidações), embora não houvesse de permeio dificuldades de compreensão, nenhum idioma a traduzir, tudo em inglês e entre britânicos. Outras sim me utilizavam como intérprete da língua, a espanhola e também a italiana, mas no amplo conjunto de conversas e supervisões (a calada atividade assim chamada), essas vezes logo passaram a ser as menos numerosas, e em todo caso nunca me limitava a apenas trasladar palavras, requeriam meu ponto de vista no fim, quase meu prognóstico em certas ocasiões, como dizer, uma aposta. Em outras oportunidades preferiam-me como presença ausente, e eu assistia às conversas de Tupra, ou de Mulryan, ou da jovem Nuix, ou de Rendel com suas visitas numa espécie de cabine contígua à sala do primeiro, que me permitia ver e ouvir o que acontecia ali sem ser visto, como nas delegacias. O que no escritório de Tupra era um espelho oval e oblongo, naquela saleta correspondia a uma vidraça de idênticos tamanho e forma: vidro transparente de um lado, do outro um vidro espelhado que não despertava a menor suspeita no meio de tantos livros e no que, mais que um escritório, parecia um clube ou salão privado. Aquele esconderijo era uma modalidade antiga e caseira das invisíveis guaritas das quais as vítimas de um assalto ou as testemunhas de um crime identificam os suspeitos em fila, ou das quais os superiores controlam ocultos os interrogatórios dos detidos, para que as mãos não se soltem muito nas bofetadas ou toalhadas molhadas dos policiais. Devia ser uma cabine pioneira, sabe lá se adaptada ou feita nos anos 1940 ou até nos 1930: parecia ter sido concebida como imitação reduzida de um compartimento de trem daqueles tempos ou até de antes, toda de madeira, com dois bancos estreitos arrumados frente a frente, perpendiculares à janela ovalada e, entre os dois, uma mesinha fixa para tomar notas ou apoiar os cotovelos. De modo que quem supervisionava fazia-o forçosamente em posição um tanto oblíqua ou de lado, com a inevitável sensação de estar olhando pela janela de um vagão ferroviário ao viajar, ou antes, ao permanecer parado numa estação o tempo todo, uma estranha estação-escritório, tão acolhedora como nunca houve, a paisagem um interior sempre igual, nele só mudavam os personagens, as visitas e os anfitriões, em limitada variedade estes últimos, que costumavam ser dois ou no máximo três, Tupra e Mulryan, ou eles dois mais eu próprio (como havia acontecido com o comandante Bonanza), ou Tupra com a jovem Nuix e com Rendel, se era preciso falar alemão, ou russo, ou holandês ou ucraniano (dizia-se que Rendel era austríaco de origem, e que seu nome tinha sido inicialmente Rendl, Randl, Redl, Reinl ou até mesmo Handl, tinha se britanizado um pouco, Randall, Rendell, Rendall ou Randell teriam sido mais verossímeis, o que não se daria com Haendel), ou Mulryan e eu e algum outro menos assíduo, ou a jovem Nuix, Tupra e eu... Ele e Mulryan (ou melhor, um dos dois) nunca faltavam. E dado que a mim cabia ocupar às vezes a guarita, tive de supor que quando estava do outro lado, na estação-escritório, um dos ausentes se postaria nesta e nos vigiaria, embora total certeza eu não tivesse no início; e tive de imaginar que naquela primeira ocasião com o capitão Bonanza, Rendel ou a jovem Nuix (e pensei: "Tomara que tenha sido ela") deviam ter estado no vagão-reservado, prestando atenção no tenente mas também em mim, quase certo, e que depois teriam emitido seu objetivo relatório sobre minha pessoa, além de sobre o sargento (ia se degradando na minha memória aquele homem), sempre mais objetivo, desapaixonado e fiável o relatório de quem é invisível, e não está presente, e espia à vontade impunemente, sempre mais que o de quem por sua vez é espiado por seus interlocutores e intervém e fala, e nunca pode demorar muito na sua observação calada sem criar grandes tensões, uma situação violenta.

 É sem dúvida esse o sucesso da televisão, porque nela se vê e se espia as pessoas como nunca se pode fazer na realidade, a não ser que você se esconda, e mesmo assim na realidade não se dispõe mais que de um só ângulo e de uma só distância, ou de dois se usar binóculos, eu às vezes meto um no bolso ao sair de casa, e em casa os tenho à mão. Enquanto numa tela se oferece a oportunidade de espiar sem cuidado e ver mais e saber mais portanto, porque você não se prende mais aos olhares devolvidos nem se expõe por sua vez a ser julgado, nem precisa dividir sua concentração ou sua atenção entre um diálogo de que participa (ou seu simulacro) e o frio estudo de um rosto, de gestos, das inflexões de voz, de poros, dos tiques e das hesitações, das pausas e das bocas secas, da febrilidade, de falsidades. E inevitavelmente você julga, emite logo algum juízo da ordem que for (ou não o emite e é de si para si), apenas demora uns segundos e sem poder remediar, ainda que seja fragmentário e adote a forma menos elaborada de todas, que é o gosto e o desagrado (os quais no entanto já são juízos ou sua antecipação possível, o que costuma antecedê-los, embora muita gente nunca dê o passo nem cruze a linha, e assim nunca saia das suas simples e inexplicáveis atração ou repulsão: para eles inexplicáveis, por nunca dar esse passo e deter-se sempre no epidérmico). E você se surpreende dizendo-se, quase sem querer, a sós diante da tela: "Do jeito que eu gosto", "Não aguento esse cara", "Eu a cobriria de beijos", "Não consigo engolir esse sujeito", "Daria tudo o que ele quisesse",

"Dá vontade de lhe meter a mão na cara", "Sujeitinho arrogante", "Está mentindo", "Essa compaixão é falsa", "Vai se dar mal", "Boboca", "É um anjo", "Que cara mais convencido, metido a besta", "Não suporto esses dois cafonas", "Coitada", "Eu fuzilava esse aí sem pestanejar, no ato", "Me dá dó", "Enche o meu saco", "Está fingindo", "Mas que ingenuidade", "Que cara ele tem", "Que mulher inteligente", "Que nojo me dá", "Acho graça". O registro é infinito, cabe tudo. E o veredicto instantâneo é certeiro, ou assim se sente quando vem (no segundo instante já nem tanto). Você forma uma convicção sem passar por um só argumento. Sem que razão alguma a sustente.

Por isso também me entregavam vídeos. Às vezes eu os via ali mesmo, no edifício sem nome e só com número, sem placas nem rótulos nem função aparente, a sós ou acompanhado pela jovem Nuix, ou por Mulryan ou Rendel; e às vezes levava para casa, a fim de vê-los mais detidamente e melhor deslindá-los e depois apresentar meu relatório, quase sempre apenas oral, raramente me pediam por escrito, ou um tanto mais tarde, creio ter redigido muitos.

Naqueles vídeos havia de tudo, material muito heterogêneo, muitas vezes misturado, quase embolado em algumas fitas, em outras agrupado e distribuído com maior critério e até com tendência à monografia: fragmentos de programas ou de informativos que tinham sido transmitidos publicamente, gravados da televisão, cortados e editados mais tarde (ou então programas inteiros que eu tinha de engolir, recentes ou antigos e até de gente já morta, como Lady Diana Spencer, com seu péssimo inglês cheio de erros e o escritor Graham Greene com seu inglês excelente); intervenções parlamentares, discursos ou coletivas de políticos destacados ou obscuros, britânicos e estrangeiros, de diplomatas também; interrogatórios de réus em dependências policiais e seus posteriores depoimentos ante o tribunal da vez, assim como as sentenças ou admoestações dos emperucados juízes, muitos vídeos de severos juízes, não sei por quê; entrevistas com celebridades que nem sempre pareciam feitas por jornalistas nem destinadas à exibição, algumas tinham toda a pinta de conversas informais ou mais ou menos privadas, talvez com curiosos ou com fingidos admiradores (lembro-me ter visto uma inefável com o cantor Elton John sumamente alegre, outra muito simpática com o ator Sean Connery, o autêntico James Bond que acertou Rosa Klebb em *Moscou contra 007*, espetos mortais, e outra também graciosa com o ex-futebolista beberrão George Best; uma pavorosa com o empresário Murdoch e uma bastante pomposa e cômica com lorde Archer, o ex-político — já então condenado por mentir sobre alguma coisa, me esqueci qual — e romancista de voluntariosa ação); outras vezes as caras me pareciam familiares, mas não eram bastante famosas para que eu as identificasse, talvez glórias excessivamente locais (nem sempre aparecia uma legenda com o nome de quem falara, podia não haver a menor indicação e só letras e números para cada rosto assinalado como de interesse ou sujeito a interpretação — A2, BH13, Gm9, e assim por diante —, aos quais eu podia fazer referência mais tarde em meus relatórios); e havia também entrevistas ou cenas com pessoas anônimas em circunstâncias variadas, muitas vezes filmadas, creio eu, sem o conhecimento delas nem portanto seu consentimento: alguém que pedia emprego ou se oferecia para o que fosse, havia uns muito desesperados; um funcionário granítico (branco do olho à vista) ouvindo aflito um cidadão, provavelmente em seu escritório municipal ou ministerial; um casal discutindo num quarto de hotel; um indivíduo pedindo um desvantajoso crédito numa casa bancária; quatro torcedores do Chelsea num pub, preparando-se para massacrar o Liverpool à base de ingestão de álcool e vociferado ardor; um almoço de negócios promovido por alguma empresa, com uns vinte comensais (por sorte não inteiro, somente *highlights* e um discurso final); um *don* dando uma péssima aula; ocasionalmente uma conferência (por azar não inteira, vi uma interessantíssima de um professor de Cambridge sobre a literatura que nunca existiu); o sermão de um bispo anglicano que parecia meio bêbado (o sermão inteiro, este sim); *prelims* orais com estudantes que aspiravam a ingressar nesta ou naquela universidade; um médico diagnosticando com arrogância, detalhe e verbosidade; moças respondendo a perguntas estranhas durante sessões de casting, quem sabe para um anúncio ou uma baixaria maior, tudo monossilábico demais para poder averiguar. Às vezes apareciam vídeos indubitavelmente caseiros ou muito pessoais, por conseguinte mais misteriosos (eu não podia evitar de me perguntar como tinham chegado até nós e, assim, até os meus olhos, a não ser que entre nossos clientes também pudesse haver particulares): a patriarcal felicitação natalina de algum ausente que se imaginava saudosamente lembrado e portanto em falta; a mensagem de um homem rico (era de supor que póstuma ou destinada a sê-lo), explicando a seus herdeiros e deserdados o porquê do seu testamento arbitrário, caprichoso, decepcionante, deliberadamente injusto; a declaração de amor de um doente confesso de timidez (suposto, melhor seria dizer), que garantia não ser capaz de suportar "ao vivo" o "não" da destinatária, que dizia esperar irremediavelmente e ao mesmo tempo não esperava de modo algum, tão seguro o via falando. Isso no que diz respeito ao material britânico, que, evidentemente, constituía o grosso. Tive consciência da quantidade de ocasiões e lugares em que nós somos gravados e filmados ou podíamos ser: para começar, em quase todas as situações em que nos submetemos a uma prova ou exame, por assim dizer, e em que solicitamos algo, um trabalho, um empréstimo, uma oportunidade, um favor, uma subvenção, uma recomendação, um álibi. E, claro, clemência. Vi que cada vez que pedimos estamos expostos, entregues, à mercê quase absoluta de quem concede ou nega. E hoje registram-nos, frequentemente imortalizam-nos no momento da maior humildade ou, se preferem, da humilhação. Mas também em qualquer lugar público ou semipúblico, o mais chamativo e escandaloso eram os quartos de hotel, você já conta em princípio que gravarão sua imagem num banco, numa loja, num posto de gasolina, num cassino, num recinto esportivo, num estacionamento, num edifício do governo.

    Raras vezes me avisavam com antecipação em que devia prestar atenção, que traços de caráter ou que grau de sinceridade, ou que intenções concretas de cada pessoa ou rosto assinalado eu devia tentar decifrar, quanto dizer quando levava trabalho para casa. No dia seguinte, ou poucos dias depois, dedicava a isso uma sessão com Mulryan ou Tupra ou com ambos, e eles me perguntavam então o que era do seu interesse, às vezes uma só e mínima coisa, às vezes muito extensamente, conforme, referindo-se aos personagens daqueles vídeos por seus respectivos nomes, se eles figuravam nos filmes ou eram inconfundíveis de tão conhecidos, ou, se não, pelas letras e números atribuídos: "Acha que mr. Stewart está fraudando outra vez o fisco, apesar das suas palavras de contrição? Foi pego faz cinco anos, chegou-se a um acordo, pagou acima do limite máximo para evitar problemas, será que ele poderia pensar que está livre de suspeitas por isso?". "Acha que FH6 tinha o propósito de devolver o crédito quando foi pedi-lo ao Barclays? Ou não tinha essa intenção? O crédito foi concedido, como o senhor há de saber, e faz três meses que não se tem rastro dele." Eu respondia o que acreditava ou podia e passávamos ao seguinte, isso nos casos mais breves, práticos e prosaicos. A maioria, no entanto, não era nada disso, eram casos evasivos e de aspecto complexo, facilmente vagarosos e até etéreos, sempre arriscados de responder, mais parecidos com os que Wheeler havia elucidado em seus tempos e anunciado para os meus também, ou antes, havia dado a entender que me chegariam, se bem que agora não houvesse guerra; que viriam ao meu discernimento mais cedo ou mais tarde. E para essa maioria era preciso de fato o que ele tinha chamado distraidamente, como para tirar um pouco da solenidade daquelas duas expressões somente em primeira instância contraditórias ou nem mesmo nessa, "a coragem para ver" e "a irresponsabilidade de ver". Senti muito mais a segunda coisa por bastante tempo, até que um dia me acostumei, e ao me acostumar me despreocupei. E então... Ah, sim, então, é verdade, a grande irresponsabilidade.

Esse processo de familiarização, contudo, Wheeler já tinha iniciado naquele domingo oxfordiano em que também falou de mim. Ou talvez Toby Rylands, que por sua vez tinha falado anteriormente de mim com Wheeler e me havia apontado como um semelhante deles, feito da mesma massa com que eles dois tinham sido modelados. Mas não, Rylands não, porque o que muda as coisas não é o que se diz de uma pessoa sem essa pessoa saber — não o que as varia dentro de nós —, mas o que alguém com autoridade ou apenas insistência nos diz na cara sobre nós mesmos, o que descobre, explica e nos induz a crer. É o perigo que espreita todo artista ou político, ou todo indivíduo que receba opiniões e interpretações acerca da sua atividade. A um diretor de cinema, a um escritor, a um músico começam chamando de gênios, luminares, reinventores, gigantes, e não é difícil que acabem admitindo tudo isso como possibilidade. Tornam-se então conscientes do seu valor, e ficam com medo de decepcionar ou — o que é mais ridículo e insensato, mas não é outra coisa a formulação — de não estar à altura de si mesmos, isto é, de quem resulta que foram — agora lhes contam, se dão conta agora — em sua tão elevada obra anterior. "Com que então não foi produto da casualidade, nem da minha intuição, nem mesmo da minha liberdade", podem pensar, "mas tinha coerência e propósito à medida que eu ia fazendo, que honra eu também me inteirar disso, mas também que maldição. Porque agora não me resta mais que ater-me a isso e alcançar cada vez esse condenado nível para não desmerecer de mim mesmo, que desastre, que enorme esforço, e quanta desolação para meus quefazeres." A mesma coisa pode acontecer com qualquer um, embora não sejam públicos seu trabalho nem sua personalidade, basta que ouça uma explicação plausível das suas inclinações ou do seu proceder, uma encantatória descrição dos seus atos ou uma análise do seu caráter, uma avaliação do seu método — saber que isso existe ou lhe atribuem —, para que qualquer um perca seu bendito rumo mutável, imprevisível, incerto e, com isso, sua liberdade. Tendemos a pensar que existe uma ordem oculta que desconhecemos e também uma trama de que gostaríamos de tomar parte consciente e, se dela vislumbramos um só episódio em que possamos nos encaixar ou assim pareça, se percebemos que nos incorpora à sua débil roda um instante, então é fácil não sabermos mais voltar a nos ver desgarrados dessa trama entrevista, parcial, intuída — uma figuração —, nunca mais. Nada pior do que procurar o sentido ou crer que haja um. Ou se houvesse, pior ainda: crer que o sentido de algo, nem que seja do detalhe mais insignificante, dependerá de nós ou das nossas ações, do nosso propósito ou da nossa função, crer que há vontade, que há destino e até uma trabalhosa combinação de ambos. Crer que não nos devemos inteiramente ao mais errático e desmemoriado, divagante e descabelado acaso, e que algo consequente pode ser esperado de nós em virtude do que já demos ou fizemos, ontem ou anteontem. Crer que pode haver em nós coerência e deliberação, como crê o artista que existem na sua obra ou o poderoso em suas decisões, mas só uma vez que alguém os convenceu de que existem sim.

Wheeler havia começado do princípio ao fim, se é que há princípio de alguma coisa alguma vez. Como quer que seja, naquela manhã de domingo em que acordei mais tarde do que gostaria e portanto do que ele esperava, e não se permitiu mais preâmbulos nem protelações nem circunlóquios, na medida em que lhe era possível renunciar totalmente a essas características tão estáveis do seu pensamento e da sua conversa. Já tinha mistério e limitações suficientes, suponho, com as incompletas palavras de que dispunha para me contar o que ia me contar. Quando me viu descer a escada, mal barbeado e com cara de sono (só uma barbeada rápida para aparecer apresentável ou pelo menos não patibular), instou-me a tomar assento diante dele e à direita da senhora Berry, que ocupava uma das cabeceiras da mesa em que os dois já tinham acabado de tomar o café da manhã. Aguardou que ela me servisse amavelmente café, mas não que eu o bebesse nem me desentorpecesse um pouco mais. No meio da mesa sem toalha e pratos e xícaras e geleias e frutas havia, aberto, um volume alto e grosso, sempre livros por toda parte. Bastou que eu o espiasse com o rabo do olho (a atração pela letra impressa) para que Peter me dissesse num tom premente, provavelmente devido àquele atraso com o qual ele não tinha contado em meu despertar:

— Pegue-o, vamos. É para você ver.

Puxei o volume até mim, mas antes de ler uma só linha entrecerrei-o — dedo no meio — para dar uma olhada na lombada e saber que livro era aquele.

— O *Who's Who*? — Foi uma pergunta retórica, porque era sem sombra de dúvidas o *Who's Who*, com sua capa vermelho intenso, o guia de nomes mais ou menos ilustres, a edição daquele ano no Reino Unido.

— Sim, o *Who's Who*, Jacobo. Certamente nunca lhe passou pela cabeça me procurar nele. Meu nome está aí nessa página, em que está aberto. Leia o que diz, ande, faça o favor.

Olhei, procurei, havia uns tantos Wheeler, sir Mark e sir Mervyn, um tal de Muir Wheeler e o Honorável Sir Patrick e o Reverendíssimo Philip Wlesford Richmond Wheeler, e lá estava ele, entre esses dois últimos: "Wheeler, Prof. Sir Peter", ao que seguia um parêntese que não entendi à primeira vista, dizia: "(Edward Lionel Wheeler)". Mas só demorei dois segundos para recordar que Peter costumava assinar seus escritos como "P. E. Wheeler", e que o E era de Edward, logo o parêntese se limitava a registrar o nome em sua integridade oficial.

— Lionel? — perguntei. Foi de novo uma interrogação retórica, mas não tanto. Surpreendeu-me esse terceiro nome de batismo, que sempre me pareceu de ator, na certa por causa de Lionel Barrymore, de Lionel Atwill, que foi o arqui-inimigo professor Moriartry contra o grande Basil Rathbone como Sherlock Holmes, e de Lionel Stander, que foi perseguido na América pelo senador McCarthy e teve de se exilar na Inglaterra para poder trabalhar (transformar-se em inglês postiço). Havia também Lionel Johnson, mas este era um poeta amigo de Wilde e de Yeats, de quem descendia John Gawsworth, segundo ele contava (John Gawsworth, o pseudônimo literário de quem foi na vida Terence Ian Fytton Armstrong, aquele escritor recôndito, mendigo e rei, que tinha me obcecado um pouco em meus tempos de professor em Oxford, tantos anos antes: claro que sua fantasiosa ascendência também incluía nobres jacobitas, isto é, Stuarts, e o dramaturgo Ben Jonson, contemporâneo de Shakespeare, e a suposta "Dama Escura", a "*Dark Lady*" dos sonetos dele, Mary Fitton, a cortesã). — Lionel? — repeti com levíssima ironia que Wheeler notou.

— Sim, Lionel. Nunca uso, qual o problema? Não perca tempo com tolices, não é isso o que interessa, o que quero que você veja. Continue, vamos.

Voltei à nota biográfica, mas no mesmo instante tive de parar e erguer a vista outra vez, depois de ler os dados relativos ao seu nascimento, que assim diziam: "Nascido em 24 de outubro de 1913, em Christchurch, Nova Zelândia. Filho mais velho de Hugh Bernard Rylands e da falecida Rita Muriel, em solteira

Wheeler" — "*née*", vinha escrito à francesa em inglês. "Adotou o sobrenome Wheeler mediante escritura legal em 1929."

— Rylands? — Desta vez não houve nada de retórico na pergunta, só espontânea e sincera estupefação. — Rylands? — repeti. Meus olhos devem ter-se mostrado desconfiados, talvez com um quê de censura. — Não é, não será, não é mesmo? Não pode ser uma coincidência.

O olhar que Wheeler me devolveu refletiu um misto de impaciência e paciência, ou de contrariedade e paternalismo, como se já houvesse previsto que eu ia me deter naquilo, no inesperado sobrenome de seu pai, Rylands, e aceitasse ou compreendesse minha reação, mas essa questão o aborrecesse, ou a visse como um trâmite delicado antes de centrar-se na que então desejava abordar. A julgar por sua expressão, podia ter dito perfeitamente: "Também não é isso o que interessa, o que quero que você veja, Jacobo. Continue". E veio mais ou menos a me dizer isso, porém não de imediato, teve um pouco de consideração; não sem antes fazer uma tentativa de pôr-se a salvo das minhas recriminações:

— Ora, vamos. Não vá me dizer que não sabia.

— Peter. — Meu tom foi de advertência séria e também de clara censura, como o que às vezes empregava com meus filhos quando insistiam em bancar os desentendidos para assim não me obedecer.

— Bem, bem, achei que você estava a par, teria jurado que sim. De fato: muito me estranha que não.

— Por favor, Peter: ninguém está a par, não em Oxford. Ou se estão, calam, calaram com insólita discrição. Acha que se Aidan Kavanagh ou Cromer-Blake, Dewar ou Rook ou Carr, Crowther-Hunt, a própria Clare Bayes soubessem não me teriam contado? — Eram antigos amigos ou apenas colegas do meu tempo na cidade, alguns menos fofoqueiros que outros. Clare Bayes também tinha sido minha amante, fazia muito que não a via nem sabia dela, nem do seu menino Eric, que já não devia ser menino, não mais, devia ter terminado de crescer. Talvez já não me agradasse, minha remota amante, se a visse. Nem eu a ela tampouco, talvez. Melhor não se ver, melhor assim. — A senhora sabia, mrs. Berry?

A senhora Berry sobressaltou-se um pouco, mas não hesitou em responder:

— Sim, estava a par. Mas considere que estive a serviço dos dois irmãos, Jack. E é claro que não costumo contar nada. — Ela, como todos os ingleses que tinham dificuldades para pronunciar o nome de Jacques e desconheciam o espanhol para me transformar em Jaime ou em Jacobo ou em Diego, me chamava assim (uma aproximação fonética), por esse diminutivo de John ou Juan, que não de James. Quando deixaram de lado seus "mr. Deza" (não demorou muito), Tupra e Mulryan me chamaram de Jack também. Rendel não, ele nunca se permitia confianças com ninguém, pelo menos não no edifício sem nome nem aparente função. E a jovem Nuix, tal como Luisa, se inclinou por Jaime ou, às vezes, apenas pelo sobrenome, Deza às secas, como Luisa também.

— Irmãos — murmurei, e desta vez consegui não transformar em pergunta a repetição. — Irmãos, hein? O senhor sabe muito bem que eu não sabia de nada, Peter. Nem sequer sabia que era neozelandês de origem, a primeira vez na vida que tocou no assunto comigo foi dias atrás, por telefone. — Conforme eu falava foi me vindo rápida lembrança de Rylands, as recordações às vezes são convocadas com temível rapidez. — E então Toby — falei, lembrando-me: — corria sobre ele o boato de que tinha nascido na África do Sul, e dei isso por certo quando, em certa ocasião, ouvi-o dizer de passagem que até os dezesseis anos não havia saído desse continente, da África. A mesma idade com que o senhor chegou aqui, nisso também tocou de passagem pela primeira vez nessa conversa telefônica de outro dia. Não vai me dizer agora que eram gêmeos, não é?

Wheeler voltou a me fitar sem falar, seus olhos disseram que não estava a fim de ouvir recriminações nem ironia que fosse, não naquela manhã, tinha outras coisas em mente, ou no repertório programado para aquela função.

— Bem, se você de fato não sabia... Suponho que nunca deve ter me perguntado, então — replicou. — Não é que eu tenha ocultado isso. Talvez Toby sim, ele podia preferir, talvez ele sim tenha te ocultado. Eu não. Também não vejo por que deveria ser obrigado a lhe contar. — Essa frase ele disse no mesmo tom quase indulgente, sem alteração; mas eu a isolei, reconheci-a: era uma frase para me pôr freio. — Não éramos gêmeos. Eu era quase um ano mais velho. Agora já sou muitos anos mais.

Eu conhecia Wheeler, quando algo o incomodava ou ficava evasivo, insistir era perder tempo, irritá-lo até, ele sempre decidia do que se falava.

— Como quiser, Peter. Se tiver a bondade de me explicar, serei todo ouvidos, curiosidade e interesse. Suponho que era isso que queria que eu visse no *Who's Who*, confio em que me dirá por quê. Por que agora, quero dizer.

— Ah não, em absoluto — respondeu. — Garanto que disso eu pensava que você estivesse inteirado, de outro modo não teria me arriscado a que encalhássemos aqui. Não. Do que quero te falar é de outro assunto, embora indiretamente tenha a ver com Toby, alguma coisa tem a ver. Ontem à noite adiei um, não é verdade, para hoje. Ande, continue a ler, não acabou, faça o favor. — E com um indicador imperativo que se moveu de cima para baixo como se fosse autônomo e sua gravidade o dirigisse (quase a prumo deixou-o cair), tocou no grosso volume que eu tinha aberto diante de mim.

— Peter, não pode me deixar assim agora — atrevi-me a protestar.

— Isso já vai se esclarecer, Jacobo, não se preocupe, não vai ficar sem saber. Mas a história é trivial, você vai se decepcionar. Vamos, continue logo. E leia em voz alta, por favor. Não quero também que vá até o fim, é muito chato. Eu te digo onde parar.

Voltei à nota biográfica, ao item seguinte, que era o de *"Education"* ou *"Estudos"*. Li em voz alta e em inglês, mas pulando as abreviaturas e siglas incompreensíveis para mim:

— *"Cheltenham College; Queen's College, Oxford; Lecturer of St John's College, 1937-53, and Queen's College, 1938-45. Enlisted, 1940."* — E aqui não pude evitar deter-me de pronto, embora ele ainda não me houvesse indicado que assim fizesse. Levantei a vista. — Alistou-se em 1940, não sabia — disse. — E vejo que não aparece em lugar nenhum o ano de 1936. Foi quando esteve na Espanha? Muitos britânicos que lá estiveram foram embora no início ou em meados de 1937, assustados ou feridos, não demoraram, entre eles o próprio George Orwell. — Lembrei-me então de que também havia procurado por via das dúvidas, sem sucesso, o sobrenome Rylands nos índices onomásticos dos volumes consultados durante a noite, logo também não podia ser seu possível primeiro ou verdadeiro nome, Peter Rylands, o que Wheeler havia usado na Guerra do meu país. Ou talvez sim, mas não tinha feito nada destacado nele para merecer posteriores menções nos livros de história, e só por diversão tinha me permitido imaginar que sim.

Wheeler pareceu ler meus pensamentos, além de ouvir minha extemporânea pergunta.

— Muitos nunca se foram, lá continuam assustados e feridos. Gravemente feridos até morrer — replicou. — Mas deixemos agora a Guerra da Espanha, por mais que ontem à noite tenha se consagrado a ela, eu te suplico. Quase ninguém utilizava o próprio nome lá, tampouco durante a Segunda Guerra Mundial. Nem o próprio Orwell se chamava George Orwell, como você deve se lembrar. — Não me lembrava e, como ele notasse minha falta de memória, acrescentou: — Não? Seu verdadeiro nome era Blair, Eric Blair, eu o conheci vagamente, durante a Guerra esteve na Seção Índia da BBC. Eric Arthur Blair. Nasceu em Bengala e tinha vivido na Birmânia em sua juventude, conhecia bem o Oriente. Era dez anos mais velho que eu. Agora eu sou infinitamente mais que ele. Morreu jovem, disso você sabe, nem chegou aos cinquenta. — "Mais um", pensei, "outro britânico forasteiro ou inglês postiço." — Está bem, vamos, continue lendo ou nunca falaremos do que há que falar.

— Desculpe, Peter. — E li: — *"Commissioned Intelligence Corps, December 1940; Temporary Lieutenant-Colonel, 1945; specially employed in Caribbean, West Africa and South East Asia, 1942-46. Fellow of Queen's College, 1946-53..."*

— Basta. — *"That's enough"*, disse em inglês, a língua em que falávamos, outra teria sido uma descortesia para com a senhora Berry, estranhava-me um pouco que ela não se retirasse, normalmente costumava fazê-lo, inclusive nas conversas mais convencionais ou sem encaminhamento certo, eu ainda ignorava qual desta vez. Quer dizer que era isso que Wheeler queria me mostrar: "Designado para o Corpo de Informação em 1940" (hoje os maus tradutores diriam "Corpo de Inteligência", dá na mesma, ambos seriam o Serviço Secreto, o MI5 e o MI6, Military Intelligence significam as iniciais, para alguns uma contradição em termos, o equivalente britânico das soviéticas GPU, OGPU, NKVD, MGD, KGB, infinitos seus nomes ao longo do tempo: o MI5 para o interior e o MI6 para o exterior, o primeiro atento ao nacional e o segundo ao internacional); "Tenente-Coronel Provisório em 1945; encargos especiais" (isto é, "missões") "no Caribe, África Ocidental e Sudeste Asiático entre 1942 e 1946". Era isso o que eu acabava de ler.

— O resto não nos concerne agora, são minhas qualificações, publicações, empregos, blá-blá-blá — acrescentou.

— Toby também esteve no MI5, era o que se contava quando ensinei aqui — falei. — Bem, a verdade é que numa ocasião ele me confirmou.

— Ele te falou disso? — perguntou Wheeler. — Estranho. Estranho e até muito estranho, você deve ter sido um dos poucos a quem falou. Na verdade, ele esteve no MI6, nós dois estivemos durante a Guerra, como quase toda a gente de Oxford e Cambridge, quero dizer, os que tínhamos suficiente formação e desenvoltura e sabíamos línguas, e teríamos sido de muito menor utilidade nas frentes, além do mais, se bem que alguns de nós também pisou nelas. O fato de que o MI6 ou o SOE logo nos recrutaram e reclamaram não teve nada de particular, melhor ainda, começaram a se valer de nós para as tarefas e postos de responsabilidade. — Deu-se conta de que eu não conhecia essa última sigla e esclareceu: — Special Operations Executive, funcionou durante a Guerra apenas, de 1940 a 1945. Não, minto, foi desmantelado oficialmente em 1946. Verdadeira e totalmente, bem, suponho que nada do que existe nunca se desmantela total nem verdadeiramente. Eram isso, executores, e bastante brutos: o MI6 se dedicava à investigação e à informação, bem, chame de espionagem e premeditado engano; o SOE à sabotagem, à subversão, aos assassinatos, à destruição, ao terror.

— Assassinatos? — Temo que perante essa palavra a gente nunca consegue reprimir-se e calar, menos ainda que ante sua companheira, o terror.

— Sim, claro. Eles acabaram com Heydrich, por exemplo, o protetor do Reich na Boêmia e Morávia, uma das maiores façanhas deles, como estavam eufóricos em 1942. Foram dois resistentes tchecos que lançaram as granadas no carro dele e o metralharam, mas a operação tinha sido concebida e organizada pelo coronel

Spooner, um dos chefes do SOE. Com escassa previsão, cálculo ruim e execução regular, claro, talvez você tenha ouvido falar desse episódio ou tenha visto no cinema, não sei se você se interessou muito pela Segunda Guerra Mundial. Heydrich não sofreu ferimentos necessariamente mortais; acreditou que escaparia, e cada dia da sua convalescença (que acabou sendo sua agonia) era pago por cem reféns fuzilados ao anoitecer. Levou uma semana para morrer, imagine, e se de fato morreu foi, dizem, porque o veneno que havia nas balas acabou produzindo um efeito muito lento. Bem, isso segundo os alemães: disseram que haviam sido impregnadas de toxina botulínica trazida da América pelo SOE, não sei, pode ser que os médicos nazistas tenham metido os pés pelas mãos, quiseram salvar a pele e inventaram isso. Mas se a história for verdadeira e Frank Spooner de fato mandou envenenar a munição, poderiam tê-la untado com algo mais rápido e fulminante, não?, curare talvez, como os índios suas flechas e lanças, não? — E Wheeler riu um pouco, sem alegria: pela primeira vez seu riso me lembrou o de Rylands, que era breve e seco e um tanto diabólico e não soava aspirado (*rrá, rrá, rrá*), mas explosivo, com um *t* claramente alveolar, como é sempre o *t* em inglês: *tá, tá, tá*, fazia. *Tá, tá, tá*. — Claro que teria dado na mesma, a rapidez. Quando Heydrich por fim morreu, os nazistas exterminaram toda a população de Lidice, a aldeia em que os agentes do SOE que dirigiram o atentado in situ tinham aterrissado com seus paraquedas. Não sobrou vivalma, mas isso não lhes bastou, e eles reduziram o lugar a escombros, terraplenaram-no, riscaram-no do mapa, era estranho o forte sentido espacial deles, uma coisa malsã, a aversão deles aos sítios, como se acreditassem no *genius loci*, o ódio espacial deles. — "Isso Franco também tinha", pensei; "e acima de tudo odiou minha cidade, Madri, porque ela não o quis e não se rendeu até o fim." — Eram meio brutos os homens do SOE, agiam frequentemente sem avaliar se as consequências compensavam ou não a ação. Alguns soldados os detestavam, os desprezavam. Li faz uns meses num livro de Knightley que o Chefe de Bombardeios, sir Arthur Harris, tachava-os de amadores, irresponsáveis e mendazes. Outros disseram coisas piores. Seu efeito mais benéfico foi psicológico, na realidade, o que não é de desdenhar: saber da sua existência e das suas proezas (que eram mais lenda que outra coisa) elevava o moral nos países ocupados, onde supunha-se que tinham poderes de que careciam e muito mais inteligência, infalibilidade e astúcia do que jamais tiveram. Falharam muito, acho eu. Mas as pessoas acreditam no que necessitam acreditar, disso nós sabemos, e tudo tem seu tempo para ser acreditado. Onde estávamos? Por que falávamos disso?

— O senhor me contava sobre a gente de Oxford e Cambridge que entrava no MI6 ou no SOE. — Basta que se mencione e explique um nome a alguém para passar a empregá-lo quase com familiaridade. Wheeler tinha dito a mesma frase de Tupra, "tudo tem seu tempo para ser acreditado", eu me perguntei se não seria um lema, conhecido por ambos. Enquanto Wheeler falava, eu fui dando uma olhada no resto da sua nota biográfica que já não nos dizia respeito: um homem cheio de distinções e condecorações, espanholas, portuguesas, britânicas, americanas, Comendador da Ordem de Isabel, a Católica, do Infante Dom Henrique. Vi que entre os seus escritos estava este título de 1955: *The English Intervention in Spain and Portugal in the Time of Edward III and Richard II*. "Passou a vida inteira estudando as ingerências do seu país no estrangeiro", pensei, "desde o século XIV, desde o Príncipe Negro, talvez o interesse tenha surgido após sua passagem pelo MI6." — Disse que Toby pertenceu ao primeiro.

— Ah, sim. Ah, é. Bem, você sabe do nosso privilégio: consideraram-nos preparados, capacitados em princípio para qualquer atividade, tenha ou não relação com nossos estudos ou nossas disciplinas. Pois bem, essa Universidade vem intervindo há muitos séculos através dos seus rebentos no governo deste país para que nos negássemos a colaborar quando mais precisavam de nós. Também não dava para escolher então, não eram tempos de paz. Mas houve quem o fez, houve quem se negou. E pagou por isso, muito caro. A vida toda. Também quem foi agente duplo e quem traiu, deve ter ouvido falar de Philby, Burgess, Maclean e Blunt, seu escândalo dosado ao longo dos anos 1950 e 1960, e até 1970, de Blunt nada se soube até 1979, quando mrs. Thatcher resolveu descumprir o pacto que herdara e tornar público o que ele tinha confessado em segredo quinze anos antes e assim afundá-lo bem, despojaram-no de tudo, a começar ridiculamente por seu título de sir. Enfim, sendo tantos os envolvidos, não é nada estranho que tenham surgido quatro traidores das nossas universidades, por sorte foram da outra os quatro, não da nossa, faz meio século que isso vem nos favorecendo caladamente, um pouco mais. — "O rancor espacial, o castigo do lugar", pensei, "aqui também." — Bem, quatro: os Quatro da Fama do Círculo dos Cinco, mas houve muitos mais. — Não entendi a que se referia: *"The Four of Fame from the Ring of Five"*, tinham sido suas palavras em inglês. Mas desta vez dissimulei minha ignorância até no gesto, não queria que parasse de novo por causa dela. "*Ring*" também podia ser "anel". — Entrei, Toby entrou, como tantos outros, não deixou de ser uma coisa comum, nem mesmo depois da Guerra, sempre necessitaram de tudo e foram buscar nos melhores lugares os indicados. E sempre necessitaram de linguistas, decifradores, gente que soubesse idiomas: não creio que haja alguém do departamento de Eslavas que não lhes tenha prestado algum serviço alguma vez. Não de campo, claro, nenhuma missão, alguém de Eslavas já estava marcado demais por sua profissão para lhes ser útil, teria sido como enviar um espião com um cartaz na testa dizendo "espião". Mas requisitaram-nos para traduzir, servir de intérpretes, decifrar, autenticar gravações e treinar sotaques, realizar escutas e interrogar, lá em Vauxhall Cross ou em Baker Street. Antes da queda do Muro, é claro, agora não precisam muito, é a vez dos arabistas e dos eruditos do islã, estes nem fazem ideia do que lhes espera, não vão deixá-los em paz. — Lembrei-me então do cabeçudo Rook, eterno tradutor de Tolstói e suposto e inverossímil amigo de Vladimir Nabokov, e de Dewar, o Estripador, o Carniceiro, o Martelo e o Inquisidor (pobre Dewar, vítima da insônia, e quão injustos seus apelidos), que era hispanista mas lia Pushkin em russo, conforme descobri, deleitando-se com seus versos iâmbicos em alta ou meia-voz. Velhos conhecidos da cidade de Oxford em que eu havia permanecido dois anos mas sempre de passagem, com quase todos eu havia interrompido o relacionamento ao voltar a Madri. Cromer-Blake e Rylands mortos, com quem eu havia estabelecido maior amizade. Clare Bayes de volta para o marido Edward Bayes, talvez, ou com um novo amante, em todo caso não sobrava espaço para mim como amigo, ou para mim não havia justificação, tinha sido secreta nossa efusividade. Mantinha com Kavanagh um contato esporádico, o chefe do meu departamento, homem divertido, grande hipocondríaco, talvez por isso escrevia sob aquele pseudônimo seus romances de terror, duas formas diferentes de gosto pelo pavor. E Wheeler. Mas na realidade ele era posterior à minha estada, era antes uma herança de Rylands e seu sucessor, seu substituto ou revezador na minha vida, inteirava-me agora do seu caráter familiar, o da herança e da sucessão, quero dizer. Wheeler ficou pensativo um momento (talvez se apiedasse de algum arabista conhecido seu, e de sua iminente sina acossado pelo MI6), depois retrocedeu a algo anterior, insistiu: — É muito estranho que Toby tenha te contado o que quer que fosse disso. Ele não gostava de que soubessem, nem de recordar. Como de fato eu também não, não creia agora que eu vá te narrar andanças pelo Caribe ou pela África Ocidental ou pelo Sudeste Asiático, segundo as imprecisas acusações do *Who's Who*. O que foi que ele te disse naquela ocasião? Lembra-se como foi?

Sim, eu me lembrava, palavra por palavra quase, em nenhuma outra ocasião Rylands tinha falado comigo com tanta intensidade, tão entregue à sua memória e prescindindo tanto da sua vontade. Era verdade: não gostava de recordar na companhia de alguém, e não queria que se soubesse de algo.

— Falávamos da morte — respondi. "O grave da aproximação da morte não é a própria morte, com o que ela possa trazer ou não trazer, mas o fato de já não se poder fantasiar com o que há de vir", dissera Rylands sentado numa cadeira do seu jardim à beira do mesmo rio pausado que agora víamos, o rio Cherwell de terrosas águas, só que a casa de Rylands dava para um trecho mais selvagem, mais feérico e muito menos tranquilizador. Às vezes apareciam cisnes, para os quais ele jogava pedaços de pão.

— Da morte? Isso também é estranho — comentou Wheeler. — É estranho que Toby falasse, e é estranho que alguém fale, ainda mais se já conta com ela, por doença ou por idade. Ou por caráter, também. — "Wheeler já conta", pensei, "mais porém por sua inteligência do que por sua idade."

— Cromer-Blake já estava muito doente, temíamos o que logo aconteceu. Falar disso, e do pouco tempo, levou Toby a recapitular. — "Tive o que comumente se chama de uma vida plena, ou assim a considero", dissera Rylands. "Não tive mulher nem filhos, mas creio que tive uma vida de conhecimento, que era o que me importava. Nunca deixei de saber mais do que sabia antes, e é indiferente onde você queira colocar esse *antes*, ainda que seja hoje, ainda que seja amanhã."
— E te contou então o que tinha feito, te contou das suas andanças? — perguntou-me Wheeler, acreditei notar um pouco de apreensão na sua voz, como se pudesse estar se referindo a algo mais concreto do que ter colaborado com o MI6, o que, no fundo, em Oxford, era algo sem importância, vulgar.
— Quis me explicar que havia tido uma vida plena, que não havia se limitado ao estudo, ao conhecimento e ao ensino, como podia parecer — repliquei. "Mas também tive uma vida plena porque essa vida teve ação, e imprevistos", tinha dito Rylands.
— E foi então que me confirmou o que eu tinha ouvido como boato por aí: que tinha sido espião, foi a palavra que usou. E deduzi que havia pertencido ao MI5, não me ocorreu pensar no MI6, talvez porque este seja menos notório para nós, espanhóis.
— Ele te disse isso. — Não houve tom de interrogação. — Usou essa palavra, humm — murmurou Wheeler, como fazia tanta gente em Oxford, e Rylands também. — Huumm. — Vi Peter tão meditativo e curioso que me pareceu egoísta e de mau amigo não lhe ampliar o contexto, que eu tão bem recordava, e não lhe citar verbatim seu irmão mais moço. — Huumm — resmungou outra vez.
— "Fui espião", ele me disse, "como certamente você ouviu dizer e como foram tantos de nós, porque isso pode fazer parte de nossa tarefa; mas não de gabinete, como são aquele Dewar, do seu departamento, e a maioria, mas de campo." — Notei nos

olhos de Wheeler que ele acusava a coincidência com algumas das expressões que acabava de empregar.

— Disse mais alguma coisa? — perguntou.

— Sim, disse mais: falou por um bom momento, quase como se eu não estivesse presente, e acrescentou algumas coisas. Disse, por exemplo: "Estive na Índia, no Caribe e na Rússia, e fiz coisas que já não posso contar a ninguém porque seriam ridículas e ninguém acreditaria, sei bem o que se pode contar e o que não se pode, conforme a época, porque dediquei minha vida a sabê-lo na literatura, e faço essa distinção".

— Toby tinha razão nisso, há coisas que não se podem mais contar, apesar de terem acontecido, ou dificilmente. Os feitos de guerra soam pueris em tempos de relativa paz. E que uma coisa tenha acontecido não é suficiente para admitir seu relato, não basta para que seja verdadeiro para ser plausível. A verdade às vezes fica inverossímil com o passar do tempo; afasta-se, e então parece fábula, ou já não é verdade. A mim mesmo parecem-me fictícios episódios que vivi. Episódios importantes, mas dos quais o tempo que segue começa a duvidar, talvez não tanto o próprio tempo, o da gente, quanto as épocas, são as épocas novas que rebaixam o anterior e o que elas não viram, não sei, quase como se tivessem ciúme. Muitas vezes o presente infantiliza o passado, tende a transformá-lo em fantasioso e pueril, e assim o deixa imprestável, o estropia para nós. — Fez uma pausa, assentiu com a cabeça ao cigarro que hesitantemente eu havia levado aos lábios depois de tomar o café (não sabia se a fumaça incomodaria a essa hora). Olhou pela janela para o rio, para o seu trecho mais civilizado e harmônico que o de Toby Rylands. Tinha perdido momentaneamente toda pressa e toda impaciência, costuma acontecer quando se rememoram os mortos. — Quem sabe se não morremos por isso, em parte: porque anula-se tudo o que vivemos, e então cadu-

cam até mesmo nossas recordações. Caducam as vivências, primeiro. E, depois, também nossas recordações.
— Tudo também tem seu tempo para *não* ser acreditado, é isso, não?

Wheeler sorriu vagamente, como a contragosto. Não lhe passou inadvertida minha inversão da sua frase de pouco antes, do possível lema que compartilhava com Tupra, se é que era um lema e não uma coincidência dos pensamentos dos dois, mais uma afinidade entre ambos.

— Mas mesmo assim te contou — murmurou então Wheeler e, mais que apreensão, acreditei notar agora fatalidade, ou derrota, ou resignação, na sua voz, quer dizer, rendição.

— Não creia, Peter. Contou e não contou. Embora às vezes se alheasse, nunca perdia totalmente a vontade, creio eu, nem dizia mais do que tinha consciência de querer dizer. Embora fosse uma consciência remota ou recôndita, ou amortecida. Exatamente como o senhor.

— Que mais contou ou não contou, então? — Deixou de lado minha última observação, ou guardou-a para mais adiante.

— Na realidade não contou, só disse. Disse: "Nada disso deve ser contado agora, mas corri riscos mortais e delatei homens contra os quais nada tinha pessoalmente. Salvei vidas e mandei outras pessoas para o paredão ou para a forca. Vivi na África, em lugares inverossímeis e em outras épocas, e vi a pessoa que eu amava se matar".

— Ele disse "vi se matar..."? — Não repetiu a frase inteira. Era grande a surpresa de Wheeler, ou vai ver que era irritação. — E isso foi tudo? Disse quem, como foi?

— Não. Lembro-me que parou bruscamente então, como se sua vontade ou sua consciência houvessem dado à sua memória um aviso para que não se excedesse; depois acrescentou: "E assisti a combates", lembro-me bem. Depois continuou falando, mas do seu presente. Não falou mais do seu passado, ou só em termos muito gerais. Mais gerais ainda.

— Posso saber que termos foram esses? — A pergunta de Wheeler não soou autoritária, mas tímida, isso sim, como se me pedisse licença; foi quase um rogo.

— Claro, Peter — respondi, e na verdade não houve reserva nem insinceridade no meu tom. — Disse que sua cabeça estava cheia de recordações nítidas e fulgurantes, espantosas e exaltantes, e que quem pudesse vê-las em seu conjunto como ele as via pensaria que eram o suficiente para não querer mais, para que a simples rememoração de tantos fatos e de tantas pessoas emocionantes enchesse os dias da velhice mais intensamente que o presente de tantos outros. — Detive-me um instante, para lhe dar tempo de ouvir as palavras interiormente. — Com muita aproximação, foram esses seus termos ou foi isso o que disse. E acrescentou que não era assim, entretanto. Que não era assim, em seu caso. Disse que continuava querendo mais. Disse que ainda queria tudo.

Agora Wheeler parecia ao mesmo tempo aliviado, entristecido e inquieto, ou não, apenas comovido talvez. Seguramente em seu caso tampouco era assim, por mais recordações fulgurantes e nítidas que conservasse. Seguramente nada enchia bastante os dias da sua velhice, apesar das suas maquinações e esforços.

— E você acreditou nisso tudo — disse.

— Não tinha por que não acreditar — retruquei. — Além do mais falou com verdade, isso às vezes a gente sabe, sem sombra de dúvida, que alguém fala com verdade. Não são muitas, isso sim — acrescentei —, em que não cabe a menor dúvida.

— Você se lembra quando foi isso, essa conversa?

— Sim, era no Hilary *term* meu segundo curso aqui, fins de março.

— Ou seja, um par de anos antes da morte dele, não é?

— Mais ou menos, quem sabe um pouco mais. Pode ser que na época nem mesmo tinham nos apresentado, o senhor e eu. O senhor e eu devemos ter nos encontrado pela primeira vez já em Trinity daquele ano, pouco antes da minha volta definitiva a Madri.

— Já tínhamos alguma idade, Toby e eu, aposentados os dois. Nunca acreditei que eu chegasse a ter tanta mais, não sei como ele teria suportado toda esta que se somou à minha, e à dele não. Provavelmente mal, pior que eu. Era mais descontente que eu, porque também era mais otimista, e portanto mais passivo, não lhe parece, Estelle?

Surpreendeu-me que de repente chamasse a senhora Berry por seu nome de batismo, nunca o tinha ouvido, e não eram poucas as vezes em que ele havia estado a sós comigo e mesmo assim sempre tinha se dirigido a ela como "mrs. Berry". Perguntei-me se a índole da conversa tinha algo a ver. Como se com ela estivessem me abrindo uma porta ou várias (eu ainda não sabia qual nem quantas), entre elas a do dia a dia deles, sem testemunhas. Ela sempre o chamava de *"Professor"*, o que não significa "professor" em Oxford, mas sim catedrático ou chefe de departamento, logo há tão só um *Professor* em cada Faculdade, os demais são meros *dons*. Desta vez a senhora Berry correspondeu e também o chamou de "Peter", simplesmente. Era assim que deviam se chamar quando estavam a sós, Peter e Estelle, pensei. Impossível saber se se tratavam de você, porém, já que no inglês atual não há nenhuma distinção entre "você" e "o senhor" ou "a senhora", *only "you"*.

— Sim, Peter, tem razão. — Decidi imaginar que teriam conservado tratamento formal, o *"usted"*, se tivessem falado em espanhol, como eu o conservava mentalmente para Wheeler quando me dirigia a ele na sua língua. — Ele confiava que as pessoas viessem até ele e as coisas chegassem por si sós, por isso

se decepcionava mais. Não sei se era mais otimista ou mais orgulhoso. Mas não ia atrás delas. Não ia procurá-las como o senhor.
— O tom calmo e discreto da senhora Berry foi no entanto o habitual, não percebi a menor variação.
— Não são características excludentes, Estelle, o orgulho e o otimismo — respondeu-lhe um Wheeler levemente professoral. — Foi ele que me falou de você — disse em seguida olhando para mim, e nele sim houve uma clara mudança de tom em relação aos que vinha empregando até agora: sua bruma tinha se dissipado (a apreensão ou a irritação possível ou a fatalidade), como o houvesse tranquilizado, após uns momentos de alarme, constatar que eu não sabia além da conta sobre Rylands, apesar das suas confidências improvisadas naquele dia de Hilary do meu segundo ano em Oxford. Que sua rememoração não havia traído inteiramente sua vontade na minha presença, e talvez nunca na de ninguém, pois. Que eu sabia da sua condição passada de espião e de alguns imprecisos fatos sem data nem lugar nem nomes, mais nada porém. Tornou a sentir-se com domínio da situação após um breve desequilíbrio, notei-o em seus olhos, notei-o na inflexão algo didática da voz. Sem dúvida aborrecia-o descobrir que não possuía todos os dados, se havia imaginado que sim, e agora deu por certo que de novo contava com todos, com os que lhe faltavam ou lhe proporcionavam folga e comodidade. À luz da manhã um tanto avançada seus olhos estavam muito transparentes, não tão minerais quanto costumavam ser, porém muito mais líquidos, como eram os de Toby Rylands ou pelo menos seu olho direito, o que adquiria a cor do xerez ou do azeite, conforme o sol o iluminasse, e predominava, e assimilava o outro quando contemplados à distância: ou quem sabe a gente se atreve a achar mais semelhanças entre as pessoas quando nos sabemos apoiados pela consanguinidade delas. Wheeler ainda não tinha me explicado nada desse parentesco ignorado até então, mas não me cus-

tou muito aplicar essa correção ao meu pensamento e não vê-los mais como amigos, e sim como irmãos. Ou como irmãos além de amigos, isso em todo caso devem ter sido. Os olhos de Wheeler me pareciam agora quase duas gotas grossas de vinho rosé.

— Foi Toby que me adiantou que você podia ser como nós, talvez — acrescentou.

— Em que sentido, como nós? O que quer dizer? O que quis dizer?

Wheeler não me respondeu diretamente. A verdade é que raramente o fazia.

— Quase não há mais gente assim, Jacobo. Nunca houve muita, pouquíssima na verdade, daí quão reduzido foi sempre o grupo, e quão disperso. Mas nestes tempos a escassez é absoluta, não é trivialidade nem exagero dizer que estamos em vias de galopante extinção. Nossos tempos se tornaram sem graça, melindrosos, hipócritas para dizer a verdade. Ninguém quer ver nada do que se deve ver, nem se atreve a olhar, menos ainda a fazer ou arriscar uma aposta, a se precaver, a prever, a julgar, não digamos a prejulgar, que é ofensa capital, oh, é de lesa-humanidade, atenta contra a dignidade: do prejulgado, do prejulgador, de quem não. Ninguém mais ousa dizer ou reconhecer consigo mesmo que vê o que vê, o que tantas vezes está aí, calado ou quiçá muito lacônico, mas manifesto. Ninguém quer saber; e saber de antemão, bem, disso têm horror, horror biográfico e horror moral. Para tudo requerem demonstrações e provas; o benefício da dúvida, o que assim se chamou, foi invadido por tudo, sem deixar uma só esfera por colonizar, e acabou por nos paralisar, por nos tornar formalmente equânimes, escrupulosos e ingênuos, e na prática idiotas, completamente néscios. — Esta última palavra ele disse assim, em espanhol, sem dúvida porque em inglês não existe nenhuma que se assemelhe a ela nem fonética nem etimologicamente: *"utter* necios", saiu-lhe ao misturar.

— Néscios em sentido estrito, no sentido latino de *nescīus*, o que não sabe, o que carece de ciência, ou como diz o dicionário de vocês, conhece a definição que dá? "Ignorante e que não sabe o que podia ou devia saber", você se dá conta: "*o que podia ou devia saber*", isto é, o que ignora conscientemente e com vontade de ignorar, o que se recusa a se inteirar e abomina aprender. O satisfeito insipiente. — E tanto para a citação como para este último adjetivo também recorreu ao espanhol: a gente sempre se lembra de termos das línguas alheias que seus falantes já não usam e quase não conhecem. — E é assim, para ser néscia, que se educa a gente desde criancinha em nossos países tão pusilânimes. Não é uma evolução nem uma degeneração naturais, não é casual, mas algo procurado, deliberado, institucional. Todo um programa para a formação de consciências ou para sua anulação (para a anulação do caráter, *ça va sans dire!*). Hoje em dia detesta-se a certeza: isso começou como moda, ficava bem ir contra elas, os simples a meteram no mesmo saco dos dogmas e das doutrinas, que pedantes (e entre eles houve vários intelectuais), como se fosse tudo sinônimo. Mas a coisa fez fortuna, arraigou-se, e até que ponto. Hoje tem-se horror pelo definitivo e seguro, e por conseguinte pelo já fixado no tempo; e é em parte por isso que também se detesta o passado, a não ser que se consiga contaminá-lo com nossa vacilação, ou que se possa contagiá-lo com a indefinição do presente, já se tenta isso sem parar. Hoje não se tolera saber que alguma coisa foi; que tenha sido e tenha sido assim, como foi, de ciência certa. Na realidade não é sabê-lo que se tolera mas o mero fato de ter sido. Sem mais, só isso: ter sido. Sem nossa intervenção, sem nossa ponderação, como dizer, sem nossa indecisão infinita nem nossa escrupulosa aquiescência. Sem nossa tão querida incerteza como imparcial testemunha. Esta época é tão soberba, Jacobo, como não houve outra igual desde que estou no mundo (você se ri de Hitler), e tenho dificuldade de acreditar que possa ter havido antes. Leve em conta que cada dia que me levanto tenho de fazer um esforço notável e recorrer à ajuda de amigos mais moços, como você mesmo, para me esquecer de que guardo memória direta da Primeira Guerra Mundial ou, como vocês chamam para meus maiores desgosto e escárnio, da Guerra de 1914. Leve em conta que uma das primeiras palavras que aprendi ou retive, à força de ouvi-la, foi "Gallipoli", parece incrível que eu já estava vivo quando se deu essa matança. Tão soberba é a época que nela se dá um fenômeno que eu imagino sem precedentes: o rancor que o presente sente pelo passado: pelo que ousou acontecer sem a gente aqui, sem nossa cauta opinião nem nosso dubitativo consentimento e, o que é pior ainda, sem nosso proveito. O mais extraordinário é que esse ressentimento não obedece, pelo menos aparentemente, à inveja de esplendores pretéritos que se foram sem nos incluir, à aversão por uma excelência de que tivéssemos percepção e para a qual não contribuímos, que não experimentamos e perdemos, que nos desdenhou e não presenciamos, porque a jactância do nosso tempo é de tal calibre que não pode admitir a ideia, nem sequer a sombra ou a névoa ou o bafo de nenhuma superioridade antiga. Não, é tão só o rancor pelo que não se pôde abarcar e nada nos deve, pelo que já se encerrou e portanto nos escapa. Escapa a nosso controle e a nossas manobras e decisões, por mais que os governantes peçam hoje perdão pelas estripulias dos seus antecessores, e até tentem repará-las com valores ofensivos aos descendentes dos prejudicados, e por mais que esses descendentes os embolsem de bom grado e até os reclamem, por sua vez uns aproveitadores, uns caraduras. Não se viu estupidez maior nem maior farsa, de ambas as partes: cinismo dos que dão, cinismo dos que recebem. E um ato mais de soberba: como se arrogam, um papa, um rei ou um primeiro-ministro o direito de atribuir à sua Igreja, à sua Coroa ou a seu país, aos do seu tempo, as culpas dos seus predecessores, que estes nunca viram como tais nem as reconheceram faz séculos? Quem imaginam ser nossos representantes, nosso governo, para pedir perdão em nome dos que foram livres para fazer e fizeram, e já estão mortos? Quem são para emendá-los, para contradizer os mortos? Se fosse apenas simbólico, seria uma bobagem, nada mais, afetação e propaganda. Mas não há simbolismo possível se há "compensações", grotescamente retrospectivas e nada menos que monetárias. Cada pessoa é cada pessoa e não se prolonga em seus remotos descendentes, nem mesmo nos imediatos, que muitas vezes são infiéis; e de nada adiantam essas transações e gestos voltados aos que foram prejudicados, aos que foram perseguidos e torturados, escravizados e assassinados de verdade em sua única e verdadeira vida: esses estão bem perdidos na noite dos tempos e na das infâmias, que sem dúvida não será menos longa. Oferecer ou aceitar desculpas agora, vicariamente, exigi-las ou apresentá-las pelo mal infligido a vítimas que já nos são informes e abstratas é um deboche, e não outra coisa, de suas carnes chamuscadas concretas e de suas cabeças ceifadas, de seus peitos furados e de suas gargantas cortadas. De seus concretos e desconhecidos nomes de que foram privados ou aos quais renunciaram. Um deboche do passado. Não o suportamos, não, o passado; não suportamos não poder remediá-lo, não tê-lo podido conduzir, dirigir; nem evitá-lo. De modo que o deformamos, ou o fraudamos, ou o alteramos se for possível, o falseamos, ou então fazemos dele liturgia, cerimônia, emblema e, no fim de tudo, espetáculo, ou simplesmente o movemos e removemos para que pareça que interviemos apesar dos pesares e embora ele já esteja bem estabelecido, disso fazemos caso omisso. E se não o for, se não for possível, então o suprimimos, o desterramos ou expulsamos, ou o sepultamos. Isso se consegue, Jacobo, uma coisa ou outra se consegue demasiadas vezes, porque o passado não se defende, não está ao seu alcance.

E, assim, hoje ninguém quer inteirar-se do que vê nem do que acontece nem do que no fundo sabe, do que já se intui que será instável e móvel ou, inclusive, será nada, ou em certo sentido não terá sido. Ninguém está disposto portanto a saber com certeza nada, porque as certezas foram abolidas, como se estivessem empestadas. E assim vamos, e assim vai o mundo.

O olhar de Wheeler tinha se adensado e iluminado enquanto falava, seus olhos me pareceram gotas de moscatel agora. Não era só que gostasse de perorar, como qualquer ex-conferencista ou docente. Era também que a índole daquelas suas reflexões o acendia por dentro e um pouco por fora, como se a cabeça ardente de um palito de fósforo chispasse em cada pupila sua. Ele mesmo se deu conta, quando se deteve, de que estava agitado, por isso não tive escrúpulos em esfriá-lo com minha resposta, ou em decepcioná-lo, a expressão inquieta da senhora Berry — dividida entre os dois — lembrou-me que muita excitação dialética o prejudicava.

— O senhor há de me perdoar, Peter, mas lamento lhe confessar que não entendo nada do que está me dizendo — retruquei-lhe, aproveitando sua pausa (que em princípio talvez fosse só para ele tomar fôlego). — Não descansei direito e devo estar meio entorpecido, mas a verdade é que não sei bem do que está me falando.

— Me dê um cigarro — disse. Não costumava fumar. Estendi-lhe meu maço. Pegou um, acendi para ele, segurou-o entre os dedos com pouca desenvoltura, deu duas tragadas e depois vi-o acalmar-se, para isso o tabaco às vezes serve, digam os médicos o que quiserem. — Eu sei, eu sei. Parece que divago, mas não estou divagando, não na verdade, Jacobo. Estava falando do que estamos falando, não distraia a minha atenção, não se engane. Não esqueci o que você me perguntou. O que quis dizer e a que se referia Toby quando me avisou que você podia ser como nós, é isso, não?

— É isso, exato. E que foi mesmo que quis dizer? Ainda não me explicou.

— Sim, estou explicando. Mas espere. — A cinza já começava a crescer. Aproximei-lhe o cinzeiro, mas ele não deu atenção. — Embora tenhamos estado separados por muitos anos e sem um saber do outro, eu conhecia bem Toby, e em algumas questões confiava muito no seu critério (não em todas, claro, tinha pouca confiança em seus juízos literários). Mas eu o conhecia mais ou menos, tanto a criança que também já estava no mundo quando mandaram nossos irmãos mais velhos para o matadouro de Gallipoli com os australianos..., todos como se fossem porcos, alguns só com baioneta, sem balas..., quanto o colega universitário aposentado e vizinho de rio nos seus últimos anos; vizinhos quando eu vinha, claro. Quando coincidíamos. — Fez um breve inciso rememorativo e histórico, talvez o que havia protelado a fim de terminar sua frase anterior; fez, assim, outra pausa: — ("Anzac", chamaram-nos, não sei se você sabe: um acrônimo de Australian and New Zealand Army Corps; e os anzacs, assim no plural, foi o nome glorioso daqueles inúteis sacrificados nossos, os de Chunuk Bair, os de Suvla... Houve tantos no meu tempo, e tantos por isso, por não ver o que estava à vista e não saber o que era sabido, tantos no transcurso de uma só vida. A minha é comprida, está bem, mas é só uma. Dá medo pensar nos sacrificados que houve e continuará havendo por isso, por não se atreverem e não quererem... Quanto desperdício.) Levamos vidas surpreendentemente paralelas, Toby e eu, para termos nos despedido um do outro na pré-adolescência e ter ele mudado de país e de continente. Quero dizer em nossas carreiras, no acessório, foi engraçado termos obtido cátedras na mesma Universidade inglesa (e não numa qualquer) ao cabo do tempo.

Não foi tão casual, em compensação, ambos fazermos parte do grupo, fui eu que o recrutei, suponho. A história dos nossos nomes é trivial, eu te avisei, não é nenhum mistério. Nossos pais se divorciaram quando tínhamos uns oito e nove anos respectivamente, em 1922 ou por aí, ele um ano mais moço, já disse. Ficamos com minha mãe, entre outras razões porque nosso pai se afastou logo, creio que não quis ver como minha mãe ia se aproximar de outro homem mais cedo ou mais tarde, ele tinha certeza (mas isso é o que creio agora; bem, e desde há tempo). Mudou-se para a África do Sul e parecia não sentir muito a nossa falta. Tanto parecia que, por anos e anos, dei isso por indubitável e certo, e o rancor me foi fácil. Nosso avô materno, Wheeler, decidiu cuidar dos dois netos, economicamente falando. E como só tinha estes, chamados Rylands como era lógico, minha mãe, sem dúvida nada perita em psicologia de pré-adolescentes, mudou seu nome e o nosso, quer dizer, retomou o seu de solteira e colocou-o em nós também: uma forma de perpetuar nosso avô, imagino, nominalmente; quem sabe se ele não lhe impôs isso. A coisa se oficializou para todos os efeitos em 1929, mediante escritura legal — *"by deed poll"*, foi a expressão inglesa, eu a tinha visto no *Who's Who* —, mas já vínhamos utilizando esse sobrenome Wheeler desde pouco depois do divórcio. Era assim que estávamos matriculados no colégio, e era assim que já nos conheciam em Christchurch, onde nascemos. A medida da pobre Rita, minha mãe, foi uma provável mostra de gratidão ou uma compensação a vovô, seu pai, e uma ainda mais provável e pueril represália contra o nosso, seu ex-marido Hugh. Quase de um dia para o outro deixamos de nos sentir Peter e Toby Rylands para ser os irmãos Wheeler, sem pai e sem patronímico sensu stricto. Mas assim como eu não protestei por isso (depois me dei conta da perturbação, dos desacertos, como dizer: de que o rótulo de uma identidade não é mudado impunemente), Toby se rebelou desde o primeiro momento. Continuava respondendo "Toby Rylands" quando lhe perguntavam seu nome e assim continuava assinando no colégio, até nos exames. E ao cabo de dois ou três anos de lutas e de infelicidade evidente, não sei, aos onze, exprimiu seu estridente desejo de não só conservar seu sobrenome de sempre como de ir morar com o pai. Teve-lhe mais afeto que eu, mais admiração, mais camaradagem e mais dependência; era mais sentimental, no fim ou no meio das contas não deve ter tolerado a ideia de nos perder, a mim e à minha mãe, embora nunca me tenha dito isso, era um bocado orgulhoso; mas do pai sentiu muita falta, imensa; e o rancor que eu desenvolvi contra ele, em Toby foi crescendo contra nossa mãe. Por assimilação ou por intuição, também contra nosso avô Wheeler, que ele nunca conseguiu deixar de ver como um suplantador ou rival do pai, talvez o avô não fosse tão paterno com a filha. E eu também não me salvei, nenhum Wheeler. O desgosto e a hostilidade de Toby se tornaram tão insuportáveis, para ele e para nós, que no fim das contas minha mãe aceitou sua mudança, caso nosso pai estivesse disposto a levá-lo ou carregá-lo com ele, o que parecia improvável. Que meu pai o tenha aceitado contra todos os prognósticos (ou o meu, um desideratum mais que outra coisa, só mais tarde compreendi) contribuiu não pouco para eu querer eliminá-lo inteiramente da minha consciência, como se ele nunca houvesse existido, e também, por assimilação e por despeito, para que quase conseguisse suprimir das minhas lembranças meu irmão, que tinha preferido a ele e ido embora. Bem, você sabe, isso sempre acontece, na idade adulta e até na velhice, posso te garantir: mas na infância é ainda mais marcante a sensação de abandono e infelicidade (e de traição: é isso: de deserção sofrida) para quem permanece quieto, ali onde estava, enquanto outros se vão e desaparecem. Também quando os outros morrem, a impressão não é muito diferente, pelo menos para mim, algum rancor eu guardo dos meus mortos. Ele foi para a África do Sul e eu fiquei na Nova Zelândia. Não é que aquilo fosse melhor, a África do Sul, nenhuma razão objetiva para acreditar nisso, mas para mim se transformou então num lugar infinitamente mais atraente, e logo comecei a me impacientar, a desejar que chegasse logo a hora de ir para a universidade, quando poderia sair do país, talvez, na minha percepção, sombrio e murcho pelas ausências, e vir para cá. Foi o que fiz, por fim, aos dezesseis anos, metido num navio tão lento que parecia não chegar nunca ao destino, já me chamando Wheeler oficialmente. Não me lembro nem tampouco dou por certo, porque alguma classe de posterior afronta senti em relação à minha mudança de nome, mais a mudança de facto que a *de iure*, mas dizia minha mãe que a certidão legal tramitou para minha conveniência, se é que não foi para me agradar. É verdade que nos anos 1920 e até nos 1930 tudo era mais fácil e natural, e em muitos aspectos a gente era mais livre que agora: nem o Estado nem a justiça regulavam ou intervinham tanto, deixavam a gente respirar e se mover, isso hoje acabou, nossa obsessão tutelar não existia, a gente não teria consentido. De modo que é possível que com o tempo meu nome tivesse sido Wheeler de qualquer forma e para qualquer efeito, sem necessidade de papelório, sancionado pelo uso e pelo costume, do mesmo modo que Toby pôde ir morar com o pai após o mero acordo dos genitores e a declaração da minha mãe, sem que nenhuma autoridade ou juiz, que eu saiba, tenha se intrometido em assunto tão privado. Como quer que seja, foi então que passei a me chamar Wheeler *também* legalmente, e de muito bom grado. Nem é preciso dizer que a certidão só afetou a mim, não a Toby (era só o que faltava), de quem já fazia quatro anos que mal sabia dele. Não manteve contato direto, ou melhor, nem ele nem eu o buscamos. De vez em quando tinha algumas vagas notícias dele através da minha mãe, a quem por sua vez chegavam principalmente, temo, através do nosso pai. E ele devia ter algumas minhas pela mesma via. Vagas, sempre vagas. De modo que nasci Peter Rylands e o fui até os nove ou dez anos, se é que não até os dezesseis in partibus. Mas não se engane, ele também foi "Toby Wheeler" durante um período, se bem que a contragosto, claro: você não sabe como se mortificava com isso em nosso colégio de Christchurch, por exemplo quando faziam a chamada. Não costuma acontecer com o que dão a você ao nascer, mas de Toby pode-se dizer com justiça que, além de recebê-lo, ele conquistou e ganhou seu nome. — Wheeler mudou de expressão um instante, e eu supus, ao ver a nova, que agora vinha alguma observação irônica ou humorística. — E olhe que com o nome de batismo nunca se conformou muito, coube-lhe o mesmo do nosso avô Wheeler, que azar. Se esse é que tivesse sido submetido à troca, teria aceitado com prazer, tenho certeza. E quem sabe não teríamos continuado juntos então, quem sabe. Dizia que lhe recordava o pesadíssimo cavaleiro da *Noite de reis*, sir Toby Belch — na realidade ele disse *"Twelfth Night"*, não ia chamar de outro modo essa obra de Shakespeare —, sabe o que quer dizer *"belch"*, não é? Depois, já adulto, se reconciliou um pouco com o nome, quando leu *Tristram Shandy*, graças ao personagem do tio Toby. — Wheeler pareceu dar por encerradas aqui suas explicações sobre Wheeler e Rylands, porque acrescentou à maneira de fecho: — Pois é isso. Eu te disse. Uma história trivial. Um divórcio. O apego a um nome. A uma mãe. A um pai. Uma segregação. A aversão a outro nome. A uma mãe. E a um avô. A um pai. — Estava misturando duas subjetividades, a dele e a do irmão. — Nenhum grande mistério. — Tive então a impressão, pela lentidão com que as foi soltando, de que esperava uma refutação minha a essas palavras, agora que tinha me contado a história; mas se assim foi, não a obteve. Ele devia saber que ela não era nem um pouco trivial (aquela separação tão drástica das partes: Rylands dizendo-me outrora "quando saí da África pela primeira vez", como se tivesse nascido lá e negando portanto com isso seus dez ou onze anos iniciais na Nova Zelândia, em outro continente, embora fossem ilhas) e que nela havia mistério sim, por maior que fosse a naturalidade que ele pôs ao contá-la. E devia tê-la contado apenas em parte: não havia contado o próprio mistério, mas a parte que o margeava, ou que como uma flecha o assinalava.

— E depois? — perguntei. — Quando tornaram a se encontrar?

— Já na Inglaterra, bem mais tarde. Na época eu já era Wheeler de verdade, e ele era Rylands. Creio que já era o que sou, se sou o que creio ser. Eu o procurei, não nos encontramos. Não exatamente. Mas essa é outra história.

— Certamente é — respondi, talvez um pouco impaciente sem querer estar: o pouco sono me cobrava sua fatura em alguns momentos, e o que diz respeito a gente é difícil de esperar, nem que seja apenas um comentário. — E imagino que em algum ponto dela se esconderá a resposta à minha já velha pergunta provocada pelo senhor: em que eu podia ser como vocês dois, segundo Toby. Não vá me dizer que era por meu variável nome de batismo, já sabe: o senhor e outros me chamam de Jacobo, mas Luisa e muitos outros me tratam de Jaime, e até há quem me conhece por Diego ou Yago. Para não falar de Jack, aqui na Inglaterra. Não é nada incomum.

Wheeler notou minha leve impaciência, essas coisas não lhe escapam. Vi que se divertia, não o perturbava em absoluto, nem o apressava.

— Eu, por exemplo, o chamo de Jack — disse timidamente a senhora Berry. — Espero que não o incomode... Jack. — Desta vez hesitou ao pronunciar o nome.

— De maneira nenhuma, mrs. Berry.

— E por qual você se conhece a si mesmo? — aproveitou Wheeler para me perguntar.

Não precisei pensar nem um segundo.

— Por Jacques. Foi assim que o aprendi, e o fiz meu de criança. Apesar de quase ninguém, além da minha mãe, ter me chamado assim. Nem mesmo meu pai.

— Aí está — disse Wheeler em tom absurdamente demonstrativo. *"There you are"*, foi sua expressão, que não me ocorre traduzir aqui de outra forma. — Mas não, Toby não se referia a isso, nem eu — acrescentou em seguida. — Ele tinha me falado bastante, antes de você e eu nos conhecermos. De fato, em parte chegamos a nos conhecer por isso, ele despertou minha curiosidade. Que você talvez pudesse ser como a gente... Ele tinha me adiantado isso e confirmou-o depois em alguma ocasião em que sucedeu falarmos do velho grupo. Mas claro, você já não vivia aqui então, nem se podia imaginar que você fosse voltar um dia para ficar. Calma, não quero dizer que agora você vá ficar para sempre, tenho certeza de que voltará para Madri mais cedo ou mais tarde, vocês, espanhóis, não aguentam ficar muito tempo longe do seu país; e olhe que você é madrileno, vocês são os que menos saudades têm. Mas você voltou para ficar indefinidamente aqui em princípio, note a contradição relativa, e isso já é regresso. De modo que o que Toby opinava adquire de repente, postumamente, como diria, um suplemento de interesse prático. Sobretudo porque eu também acho (afinal de contas, ele já não tem influência, nem podem mais pressioná-lo), depois de ter estado bastante com você desde a morte dele. Intermitentemente, é claro, mas já são muitos anos. Eu não confiava muito em seus juízos literários, já te disse. Mas sim, em contrapartida, em seus juízos pessoais, em seus juízos sobre as pessoas, na interpretação e antecipação delas, ele as via ou, como vocês dizem, as penetrava. — Estas duas últimas palavras ele falou na minha língua. — Nisso ele raramente se equivocava, era pouco menos que infalível. Quase tanto quanto eu. — Riu um segundo estudadamente, para anular ou diminuir a imodéstia. — Possivelmente, mais que nosso amigo Tupra, que é muito bom, ou que aquela moça tão competente, suponho, coube a vocês uma época que não põe tanto à prova: também espanhola, essa moça, ou só meio, falou-me várias vezes dela mas nunca consigo me lembrar do seu nome, diz que será com o tempo a melhor do pessoal, se conseguir retê-la suficientemente consigo, essa é uma das dificuldades, a maioria se cansa e logo o abandona. Toby era quase tão infalível como você deve ser, nesta sua época de exigências menores. Bem, segundo ele. Ele achava que você seria mais que ele mesmo, que poderia superá-lo quando primeiro tomasse consciência e depois se livrasse dela, ou pelo menos a diferisse, como fizemos os que tínhamos, os que temos consciência. Indefinidamente a princípio, note também essa contradição relativa para a suspensão das consciências. Mas para dizer a verdade, não sei se você chegaria a esse ponto.

— De que grupo está falando, Peter? Já o mencionou várias vezes. — Tentei mudar a pergunta. Mas não estava mais impaciente, tinha sido reflexo, um instante. E se ele esteve antes com pressa, devia-se sem dúvida apenas à minha demora em acordar e descer, com a qual ele não tinha contado, o não cumprimento dos seus horários e planos mentais o alterava e aborrecia. Mas agora que me tinha diante de si, divertia-se me deixando intrigado e na expectativa: ele não ia arruinar sua representação prevista, talvez sonhada, acelerando-a. Como era de esperar, não me respondeu à nova pergunta, mas finalmente à velha. Claro que com meias palavras apenas, ou no máximo três quartos. Palavras inteiras, como eu já disse, ele não devia conhecer. Nem sequer deviam existir.

— Toby me disse que sempre admirava e ao mesmo tempo temia o dom especial que você tinha para captar os traços característicos e essenciais, tanto externos como internos, de seus amigos e conhecidos, muitas vezes inadvertidos, ignorados por eles mesmos. Ou até de gente que você só tinha visto por alto ou de passagem, numa assembleia ou numa *high table*, ou com a qual você tinha cruzado uma ou duas vezes nos corredores ou nas escadas da Tayloriana sem trocarem palavra. Creio que, além disso, você escreveu para ele, pouco antes de ir embora, uns breves perfis de alguns dos nossos colegas, para diversão dele, não é?

Aquilo me pareceu vagamente familiar. Fazia tanto tempo que eu havia apagado qualquer vestígio. A gente esquece muito mais o que escreve do que o que lê, se nos é dirigido; o que manda do que o que recebe, o que diz do que o que escuta, quando ofende do que quando é ofendido. E embora a gente ache que não, vai apagando mais depressa o que houve com os que já estão mortos. Uns pequenos folhetos, talvez, umas poucas linhas, sim, sobre meus colegas da época em Oxford, os da Faculdade de Espanhol, que Rylands, *Professor* de Literatura Inglesa recém-aposentado então, conhecia bem, embora não tanto quanto o próprio Wheeler, chefe direto da maioria deles durante anos, até sua aposentadoria, principalmente dos que já eram veteranos naquele tempo. Senti uma vergonha retrospectiva repentina, ia recordando difusamente: talvez tenham sido uns perfis festivos, afetuosos, mas com uma pitada de malícia ou ironia. Por isso tive de negar, em primeira instância.

— Não me lembro disso — retruquei. — Não, não creio ter escrito para ele nenhum perfil de ninguém. Pode ser que de viva voz, isso sim. Conversávamos muito de tudo, de todos.

— Pode me passar a pasta, Estelle? — pediu Wheeler à senhora Berry, e esta pegou uma e passou imediatamente a ele, como se fosse o instrumental de um médico que sua enfermeira deixa pronto. Devia ter ficado no seu colo aquele tempo todo, como um tesouro. Wheeler enfiou-a debaixo do braço, ou melhor, da axila. Levantou-se em seguida e me disse: — Vamos ao jardim um pouco, andar no gramado. Faz bem para mim algum exercício e mrs. Berry precisará da mesa livre se quisermos almoçar mais tarde. Não faz muito frio agora, mas é melhor você se agasalhar, esse rio é traiçoeiro, penetra nos ossos sem a gente perceber. — E com seus olhos novamente mineralizados acrescentou sério e com calma (ou foi com tato, como se me prendesse com suas palavras mas não quisesse me afugentar): — Escute, Jacobo: segundo Toby, você tinha o raro dom de ver nas pessoas o que nem mesmo elas são capazes de ver em si mesmas, ou não costumam. Ou, se veem ou vislumbram, ato contínuo se recusam a ver: ficam caolhas com a labareda e depois só se miram com o olho cego. Esse é um dom raríssimo hoje em dia, cada vez mais raro, o de ver as pessoas através delas mesmas e diretamente, sem mediações nem escrúpulos, sem boa vontade nem má tampouco, sem se esforçar, como dizer, sem predisposições e sem fazer histórias. É nisso que você podia ser como nós, Jacobo, segundo Toby, e agora concordo. Nós dois víamos assim, sem mediações nem escrúpulos, sem boa vontade nem má. Víamos. Com isso prestamos serviço. E ainda continuo vendo.

Uma noite em Londres acreditei ter assustado a mim mesmo, depois de ter acreditado que estavam me seguindo e talvez me ameaçando. Pode ter sido a chuva, pensei ao acreditar primeiro nisso, que faz os passos soarem no calçamento como se soltassem chispas ou lustrassem, a escovada rápida dos engraxates antigos; ou o roçar da minha capa na calça ao andar ligeiro (o roçar das abas soltas, dançantes, desabotoada a capa, que as rajadas de chuva também golpeavam); ou a sombra do meu próprio guarda-chuva aberto, que eu sentia o tempo todo como uma inquietude demorada às minhas costas, eu o segurava um tanto inclinado, na verdade apoiado no ombro como se levam um fuzil ou uma lança quando se desfila; ou talvez o leve chiado das suas esforçadas varetas, de tão sacudidas. Eu tinha a sensação incessante de que me seguiam de perto, em alguns momentos ouvia como que pisadas velozes e breves de cachorro, que sempre parecem andar sobre brasas e tender ao ar, tão pouco apoiam no chão seus dezoito invisíveis dedos, dir-se-ia que estão a ponto de pular ou elevar-se, permanentemente. Tis tis tis, era esse o barulho que me acompanhava, era isso que eu ia ouvindo e que me fazia virar para trás a cada poucos passos, um rápido giro de pescoço sem me deter nem reduzir a marcha, por culpa do vento o guarda--chuva só cumpria sua função em parte, caminhava com celeridade estável, tinha pressa de chegar em casa, voltava de um dia longo demais no edifício sem nome e era tarde para Londres, se bem que não para Madri, em absoluto (mas eu não ia mais a Madri); só tinha almoçado uns sanduíches, fazia muitas horas e muitíssimos mais rostos, um ou outro observado do compartimento de trem imóvel ou guarita revestida de madeira, mas a maioria em vídeo, e suas vozes ouvidas, ou antes, atentadas, seus tons sinceros e presunçosos, apoucados ou falsos, astutos ou fanfarrões, dubitativos ou desafogados. O esforço de captação, de afinação a que eu ia me obrigando não era menor, e eu tinha a impressão de que poderia ir sempre aumentando: quanto mais se satisfazem as expectativas, mais estas crescem e maiores sutilezas e precisões se exigem. E se desde logo (quiçá desde o próprio cabo Bonanza) havia fabulado a partir das minhas intuições, agora o grau de irresponsabilidade e ficção a que me forçavam ou induziam Tupra, Mulryan, Rendel e Pérez Nuix me causava tensão, quase angústia em certos instantes, em geral antes ou depois, e não durante minhas tarefas de invenção, chamadas interpretações ou relatórios. Eu me dava conta de que ia perdendo mais escrúpulos cada dia, ou, como tinha dito sir Peter Wheeler, de que ia suspendendo minha consciência e redesenhando-a, suspendendo-a indefinidamente; e de que eu estava me aventurando sem seu acompanhamento, cada vez mais longe e com menor reserva.

Pensei que não era estranho assustar-me comigo mesmo, uma noite de chuva com as ruas quase vazias de transeuntes e sem um táxi livre, ao que eu já havia renunciado; que tivesse os nervos à flor da pele e que qualquer coisa me sobressaltasse, meus sonoros sapatos molhados, o açoite anárquico das abas da capa, a cúpula batida do meu guarda-chuva que o asfalto refletia flutuante nos trechos mais iluminados, ao passar junto dos monumentos que as muitas praças vão salpicando já melancólicos desde o anoitecer, o metálico cantar de grilos produzido por meu balanceio e as rajadas do vento noturno, talvez as reais pisadas imponderáveis de algum cachorro extraviado que eu não via, mas que de fato vinha me seguindo por pura eliminação de candidatos — houve quarteirões inteiros em que não cruzei com ninguém — e talvez por dissimulação, antes que o escorraçassem ao vê-lo solitário. Tis tis tis. Notava todos os meus odores passados pela água: a seda úmida e o couro úmido e a lã úmida, e talvez também suasse, sem que restasse vestígio da minha colônia da manhã. Tis tis tis, virava a cabeça e não havia nada nem ninguém, só a inquietude na minha nuca e a sensação de ameaça — ou era nada mais que prontidão — acompanhando todos os meus passos rítmicos e constantes — um, dois, três e quatro —, como se avançasse numa interminável marcha com meu guarda-chuva-fuzil ou meu guarda-chuva-lança, embora fosse sua verdadeira função a de frágil e folgado elmo ou a de escudo instável em braço que estremece e dança. "Sou minha própria dor e minha febre", pensava enquanto acreditei me assustar, "eu mesmo devo sê-lo."

Não, não era estranho. Quem passa os dias avaliando, prognosticando e até diagnosticando — não falemos por ora dos vaticínios —, muitas vezes opinando sem fundamento, empenhando-se em ter visto embora tenha visto pouco ou nada — se é que não fingindo fazê-lo —, aguçando o ouvido em busca de estranhas ênfases ou hesitações, de atropelos e tremores de fala, atentando para a escolha das palavras quando os observados dispõem de vocabulário para escolher entre várias (e isso não é frequente, alguns nem sequer encontram a única que é possível e então é necessário guiá-los e sugeri-las, e se torna fácil manipulá-los), aguçando o olho para detectar os voluntariosos olhares opacos e piscar de olhos exagerados, o recuo de um lábio ao preparar sua mentira ou a vibração de mandíbula do ambicioso descabelado, escrutando os rostos até não vê-los mais como rostos vivos e em movimento, observando-os como se fossem pinturas, ou como se estivessem adormecidos ou mortos, ou como o passado; quem tem como trabalho não confiar acaba percebendo tudo a essa luz suspicaz, receosa, interpretativa, inconforme com as aparências e com o evidente e óbvio; melhor dizendo: inconforme com o que há. E então se esquece facilmente de que o que há na superfície ou em primeira instância pode ser tudo às vezes, sem virada de página e sem dubiedade nem segredo, ao existir quem não esconde por ignorar como fazê-lo, ou até as próprias noção e prática do ocultamento.

Eu já estava havia alguns meses desempenhando minha tarefa quase diariamente, raro era o dia em que me dispensavam totalmente de ir ao edifício sem nome, nem que só por um instante para informar do analisado e do captado, ou do decidido antes em casa. Tinha percorrido um bom trecho no processo típico dos atrevimentos (se é que não foi afoitamento). Você começa a dizer "Não sei" com frequência, "Ignoro"; ou, para matizar e precaver-se o máximo: "Poderia ser", "Aposto que...", "Não estou certo, mas...", "Acho possível", "Talvez sim", "Vai ver que não", "É improvável", "Quem sabe", "Sei lá", "Não sei se é ir longe demais, mas...", "Isso é supor muito, no entanto...", "*Perhaps*", "*It might well be*", o arcaico "*Methinks*", o americano "*I daresay*", há todas as colorações em ambos os idiomas. Sim, você evita na sua língua as afirmações e afugenta da cabeça as certezas, sabedor de que as outras trazem umas tanto quanto umas trazem as outras, há quase simultaneidade, não há apenas diferença, é excessivo como se contaminam, o pensamento e a fala. É assim no começo. Mas logo vai se animando: você se sente felicitado ou censurado por um olhar oblíquo ou por um comentário solto, sem aparente destinatário e pronunciado em tom neutro mas que você entende que alude a você, sabe aplicá--lo a você. Nota que o "Não sei" não agrada muito, que a inibição não é apreciada, que se vivem como decepção as ambiguidades e passam batidas as deferências; que não conta nem se recolhe o demasiado inseguro e cauteloso, o duvidoso não convence nem da própria dúvida, as reservas são quase uma piada; que o "Quem sabe" e o "Talvez" são tolerados pelo bem da empresa ou do grupo, que não quer se suicidar apesar de toda a sua audácia, mas nunca suscitam entusiasmo nem paixão, nem aprovação sequer, são aceitos como medo ou mansidão. E à medida que você vai se atrevendo, as perguntas que lhe fazem se multiplicam e atribuem-lhe mais faculdades, a perspectiva do cognoscível está sempre por um triz de se perder, e um dia você descobre que esperam que você enxergue o indiscernível e esteja a par do inverificável, que não responda ao provável nem mesmo ao apenas possível, mas ao incógnito e insondável.

O mais chamativo da questão, o perigoso, é que você mesmo se vá sentindo capaz de ver e sondar, de pôr-se a par e conhecer, e portanto de aventurar. A ousadia nunca está quieta, ela míngua ou cresce, se desenfreia ou se retrai, se subtrai ou se avassala, e quando muito desaparece após algum enorme revés. Mas se há ousadia, ela se move, nunca é estável nem se dá por satisfeita, é tudo menos estacionária. E sua propensão primeira é ao ilimitado aumento, enquanto não seja cerceada ou freada bruscamente, brutalmente, ou obrigada a retroceder com método. Em seu período expansivo as percepções se alteram muito ou se embriagam, e a arbitrariedade, por exemplo, deixa de parecer arbitrariedade, para alguém que crê basear seus pareceres e suas visões em critérios sólidos por mais subjetivos que sejam (um mal menor, que remédio); e chega um momento em que pouco importa a capacidade de acerto, sobretudo porque na minha atividade este raras vezes era constatável ou, se era, não costumavam me dar a saber, essa a verdade. De minha permanência ali, da solicitação de meus préstimos — digamos burocrática e ridiculamente —, da minha não demissão, inferia que minha porcentagem era boa, mas também me perguntava de vez em quando se isso era uma coisa verificável e se, caso fosse, alguém se preocupava com verificá-la. Eu emitia minhas opiniões e veredictos, e meus preconceitos e conceitos: eram lidos ou ouvidos; me faziam perguntas concretas: eu as respondia, ampliando assim ou demarcando, detalhando, precisando ou sintetizando, indo por força sempre longe demais. Eu não sabia o que se fazia com tudo aquilo depois, se tinha consequências, se era útil e com efeitos práticos ou nada mais que carne de arquivo, se de fato beneficiava ou prejudicava alguém; não costumava ter mais, não me informavam posteriormente, tudo ficava — pelo menos para mim — naquele primeiro ato dominado por meus discursos e um breve interrogatório ou diálogo; e que a meus olhos não houvesse segundo nem terceiro nem quarto, fazia que tudo parecesse em conjunto (no dia a dia, o que mais conta) um jogo sem maior importância, ou hipotéticas apostas, sessões de exercícios de fabulação e de perspicácia. E assim, por muito tempo, nunca tive a sensação nem a ideia de poder estar causando mal a ninguém.

Quando ocorreu o golpe contra Hugo Chávez na Venezuela, não pude deixar de me perguntar se teríamos algo a ver indiretamente com isso; primeiro, em seu aparente êxito inicial, depois em seu grotesco fracasso (pareceu ter havido pouca determinação); e em seu caos, em todo caso. Na televisão, prestei atenção para ver se saía alguma imagem do general Ponderosa ou como de fato se chamasse, mas nunca o vi, vai ver que não tinha participado. Talvez o golpe tenha gorado porque Tupra havia desaconselhado qualquer financiamento e apoio, vá saber. Com ele não fui capaz de guardar total silêncio:

— Viu a Venezuela? — perguntei uma manhã, mal entrei na sua sala.

— Vi sim — respondeu, com o mesmo tom que antes havia confirmado ao militar civil venezuelano que ele não tinha nosso telefone, embora nós tivéssemos o dele. Era seu tom conclusivo, ou quem sabe não deveria dizer concludente. Ao notar que eu hesitava entre insistir e não, acrescentou: — Mais alguma coisa, Jack?

— Mais nada, mr. Tupra.

Não, não costumavam me comunicar meus acertos nem meus desacertos.

"Talvez seja aventurar muito, mas...", "Posso estar enganado, no entanto...". São esse "mas" e esse "no entanto" as frestas que acabam abrindo de par em par todas as portas, e em pouco tempo as próprias fórmulas verbais delatam nosso afoitamento: "Aposto meu pescoço que esse indivíduo mudaria de lado ao menor contratempo e tornaria a mudar quantas vezes precisasse, seu maior problema seria que não o admitissem em nenhum deles, por ser um pusilânime manifesto", você diz de uma cara funcionarial — calva bem cuidada, óculos sujos — que você nunca tinha visto até meia hora antes e que agora observa pela falsa janela ou pelo falso espelho ovalado com uma disposição de espírito que é um misto de superioridade e desamparo (o desamparo de crer que vão tentar enganá-lo sempre, a superioridade do olhar oculto, de ver tudo sem arriscar os olhos).

"Essa mulher está louca para que lhe deem bola, seria capaz de inventar as fantasias mais descabeladas para chamar a atenção, além do mais precisa se exibir diante de tudo o que se move e em qualquer circunstância, não apenas diante de quem valeria a pena e poderia beneficiá-la, mas diante do seu cabeleireiro, do seu fruteiro e até do gato. Não sabe nem sequer dosar seus arroubos ou selecionar seu público: já não distingue, de muito pouco pode servir a alguém", diz Tupra de uma atriz famosa — bela cabeleira mas queixo demasiado tenso, pétreo; enfeitiçada pelo envaidecimento — ao observá-la num vídeo, e todos sabemos que ele tem razão, que acertou como quase sempre, embora não haja um só elemento de juízo — como dizer — descritível para sustentar suas asserções.

"Esse sujeito tem princípios e não é subornável, poria a mão no fogo. Melhor dizendo: nem sequer são princípios, mas ele aspira a tão pouco e desdenha tanto tudo que nem a lisonja nem a recompensa o levariam a sustentar posições que não o convencessem ou pelo menos o divertissem. No caso dele só se poderia entrar com a ameaça, porque medo ele pode ter, medo físico digo, nunca recebeu uma bofetada na vida, ou digamos desde que saiu do colégio. Viria abaixo com o menor dano. Ah, sim, se desconcertaria tanto. Se desarmaria ao primeiro arranhão, à primeira espetadela. Serviria em alguns casos, sempre que lhe evitasse correr essa classe de riscos", diz Rendel de um jovial romancista cinquentão, agradável — agudos traços de duende, voz pausada, leve sotaque de Hampshire segundo Mulryan, óculos redondos, nada vazia sua fala —, ao ouvir e ver uma entrevista gravada com ele bem de perto, quase só primeiros planos, não vimos nem uma vez suas mãos; e nos parece que Rendel tem razão, que o romancista é homem valoroso em sua atitude e com as palavras, mas que se acovardaria ante a menor violência porque não pode nem mesmo imaginá-la em sua realidade cotidiana: é capaz de falar dela, mas só porque a vê abstrata. Não teria mãos, como na fita, nem para se defender.

"Com esse sujeito eu nem atravessaria a rua, ele poderia me empurrar para debaixo das rodas de um carro se estivesse irritado, num repente. É um intempestivo e um impaciente, não dá para entender que possa mandar em alguém, num escritório, nem que tenha montado um negócio, ainda menos próspero, que dizer então do seu império. Sua sina natural teria sido atacar passantes ao anoitecer ou dar surras exageradas, um valentão de aluguel farto de revoluções. É um feixe de nervos, não sabe esperar, não ouve, o que lhe contam nunca lhe interessa, não sabe ficar nem cinco minutos sozinho, não é que queira companhia, mas sim espectadores. Deve ser um colérico daqueles, a mão deve lhe escapar fácil, e a voz nem falar, deve passar o dia e a noite xingando os empregados, os filhos, as duas ex-mulheres e suas seis amantes (ou sete, há controvérsias). É um mistério ele ser empresário ou chefe de alguma coisa, salvo de um pardieiro do Soho à beira da falência. A única coisa que me vem à cabeça para explicá-lo é que incute grandes pânicos e que sua hiperatividade seja de tal calibre que forçosamente acerte em alguns dos seus incontáveis projetos e cambalachos: provavelmente, e por puro acaso, os de maior ganho. Também pode ser que tenha faro, mas não casa muito com seu ritmo acelerado: tê-lo requer persistência e calma, e esse sujeito desconhece o sentido dessas duas palavras; abandona na hora o que resiste a ele e lhe custa algo, é sua maneira de ganhar tempo. Não sei que diabo poderia fazer na política, se vai mesmo se meter nela, como garante. À parte barbaridades e abusos, claro. Estou falando diante de seus eleitores, insultaria a todos quando o reprovassem pela primeira vez, ao menor descuido os cobriria de insultos", disse Mulryan de um multimilionário que se vê sorridente em quase todas as gravações nos mais diferentes eventos, desportivos, beneficentes, monárquicos, a ponto de entrar num balão, nas corridas de Ascot e no derby de Epsom, com as respectivas indumentárias grotescas, na assinatura de um acordo com uma gravadora ou com uma companhia cinematográfico-recreativa americana, na Universidade de Oxford em exótica cerimônia de coloridas togas (vai ver que celebrada ad hoc, nunca vi nada semelhante ali), apertando a mão do primeiro-ministro e a de vários coadjuvantes e a de um cônjuge enobrecido justamente por sua conjugalidade, em estreias, inaugurações, concertos, bailes, em etéreas aristocracias, apadrinhando talentos de todas as vistosas artes, as que permitem público, performances e aplausos; e embora sempre sorridente e satisfeito na reportagem de televisão ou perfil — grandes entradas que no entanto não lhe aumentam a testa, a qual aparece horizontal, alongada; dentes invasivos e vigorosos, praticamente equinos; um bronzeado anômalo; uma tentação de mechas sobrevoando a nuca até um tico mais abaixo, como vestígio plebeu; uma roupa adequada a cada ocasião, mas que se diria invariavelmente usurpada ou até alugada; um corpo aprisionado, robustecido, furioso, como se desgostoso de si mesmo —, todos cremos que Mulryan não está errado e não nos custa imaginar o abastado soltando sopapos entre seu séquito (e, claro, berros a seus subalternos) quando tivesse certeza de que nenhuma câmara o espiava mais.

"Essa mulher sabe muitas coisas ou as viu e decidiu não contá-las, tenho certeza. Seu problema, mais ainda, seu tormento é que tem presente o tempo todo as coisas graves que presenciou ou de que está a par e seu voto particular de calá-las. Não é que tomasse a decisão um dia e isso logo a tranquilizasse, embora a decisão lhe custasse sangue. Não é que a partir de então tenha podido viver com a aceitável tranquilidade de saber pelo menos o que quer, ou melhor, o que não quer que aconteça; que tenha sido capaz de pôr num cantinho da sua mente esses fatos ou conhecimentos, de amortecê-los, de lhes dar paulatinamente a consistência e a configuração de sonhos, que é o que permite que muitos convivam com a recordação de atrocidades e desenganos: duvidar que tenham existido, em certos instantes; nublá-los, envolvê-los com a fumaceira dos anos posteriores acumulados e assim melhor postergá-los. Pelo contrário, essa mulher pensa sem cessar nisso, e muito vivamente, não só no acontecido ou averiguado, mas no que deve ou quer guardar silêncio. Não é que a tente desdizer-se (seria só para consigo mesma, nada mais que para si mesma); não é que sinta sua decisão tomada como provisória permanentemente, não é que estude voltar atrás e passe as noites em vigília, reconsiderando-a. Eu diria que é irrevogável, tanto como outra qualquer, ou mesmo mais do que outra, se querem mesmo saber, porque não obedece a um compromisso. Mas é como se a tivesse tomado ontem mesmo, ontem sempre. Como se estivesse sob o perturbador efeito de algo eternamente recente e que não se desgasta, quando o mais provável é que hoje tudo seja remoto, tanto o ocorrido como sua vontade primeira de que não transpirasse nunca, ou não por causa dela. Não estou me referindo aos fatos relativos à sua profissão, que também os deixa igualmente a salvo, mas à sua vida pessoal: fatos que a afetaram e cada dia afetam-na, ou ferem-na e infectam-na e todas as noites lhe causam febre quando se prepara para se deitar. 'Não será por mim, por mim não se saberá nada disso', deve pensar continuamente, como se tivesse essas experiências antigas debaixo da pele, palpitando. Como se ainda fossem o núcleo da sua existência e o que maior atenção requer, serão a primeira coisa que lhe vem ao acordar, a última de que se despede ao adormecer. Não há nada de obsessão, entretanto, é bom não confundir, sua cotidianidade é ligeira e enérgica; e é clara, não se ressente. Trata-se de algo diferente: é lealdade à sua história. Essa mulher seria para muitos de grande préstimo, é perfeita para guardar segredos e, portanto, também para administrá-los ou distribuí-los, nisso é totalmente confiável, precisamente porque permanece alerta e nada deixa para ela de estar vivo e ser presente. Embora o segredo guardado se afaste no tempo, não se esfuma, e a mesma coisa seria com os revelados. Nem um só perfil se perde. Nunca se esqueceria de quem sabe o que e quem não sabe, uma vez feita a divisão. E tenho certeza de que ela se lembra de todas as caras e nomes que desfilaram diante do seu estrado", diz a jovem Pérez Nuix de uma juíza de idade madura e rosto plácido e alegre, que nós dois observávamos juntos da guarita enquanto Tupra e Mulryan lhe fazem perguntas respeitosas e sinuosas, às senhoras sempre oferecem chá se for de tarde e se de fato são senhoras por sua posição e seu porte, aos cavalheiros não, salvo se são peixes graúdos ou possam ser muito influentes em alguma questão concreta, no máximo um cigarro (mas nunca os faraônicos), e excepcionalmente vermute ou cerveja, se é hora do aperitivo e a coisa está se esticando (há um frigobar camuflado entre as estantes); e apesar dessa atitude serena e dessa expressão jovial da magistrada — o sorriso acolhedor; a pele muito branca mas saudável; os olhos velozes e vivos mesmo sendo de um azul tão claro; as olheiras bem assentadas, tão fundas e favorecedoras que devem vir desde menina; o riso solto e pronto, com um elemento de educação que não impede sua espontaneidade, mas sim qualquer adulação, não há nem sombra disso; a consciência divertida de que emana de Tupra certo desejo por ela, apesar da idade já não propícia (desejo teórico talvez, ou retrospectivo, ou imaginativo), porque ele percebe a jovem que ela foi, ou a fareja, e isso é por sua vez percebido por ela, e lhe agrada e a rejuvenesce —, ao ouvir a jovem Nuix parece-me plausível o que ela adverte e me descreve, porque vejo de fato nessa juíza algo semelhante à excitação ou vitalidade proporcionada por conhecer um segredo de monta e ter jurado a si mesma não compartilhá-lo.

Claro que a jovem Nuix não fala assim enquanto nós dois olhamos e tomamos algumas notas no compartimento, não tão seguida nem tão precisamente (eu organizo e dou forma agora, como fazemos todos nós ao contar alguma coisa, e além do mais complemento com o posterior relatório dela, escrito), mas vai me fazendo comentários soltos por cima da mesa, a nós eles não veem nem ouvem, embora saibam onde estamos, destacados aqui pelo próprio Tupra. E ao ouvi-la eu me lembro — em cada ocasião me lembro, não apenas quando interpreta essa juíza, a juíza Walton — das palavras que Wheeler atribuiu a Tupra naquele domingo: "Diz que será com o tempo a melhor do grupo, se der um jeito de retê-la o suficiente", e cada vez eu me pergunto se já não é, quem mais afina e quem vê mais fundo de nós cinco, a jovem Pérez Nuix, de pai espanhol e mãe inglesa, criada em Londres mas tão familiarizada quanto eu próprio com o país paterno (não por nada passou lá vinte e tantos verões sem falta), totalmente bilíngue ao contrário de mim, em quem prevalece a língua com que me iniciei na fala, do mesmo modo que Jacques será sempre para mim o nome, por ser aquele a que atendi no começo e pelo qual fui chamado por quem mais chamava. Seu sorriso também é acolhedor e seu riso, solto e pronto, os dessa jovem, e também seus olhos são velozes e vivos, com maior fundamento, pois que são castanhos e ainda não devem estar muito carregados de pegajosas visões que não se vão. Deve ter 25 anos, talvez dois a mais ou um a menos, e quando nossos olhares se encontram por cima da mesa ou em qualquer outra circunstância, noto que Luisa e meus filhos começam a esvaecer, enquanto o resto do tempo me aparecem muito nítidos apesar de tão longe, sem dizer que as caras das crianças são tão mutáveis que nunca têm uma só e fixa imagem; eu me dou a de que vai se aposentando, ou predominando, a cara das fotos mais recentes que trouxe comigo para a Inglaterra, levo--as na carteira como qualquer bom ou mau pai, e ainda por cima olho-as. Percebo também que a jovem Nuix não me descarta, apesar da diferença de idade; ou seria melhor dizê-lo no condicional: ronda-me a ideia de que estabeleceu ou havia estabelecido algum vínculo sexual com Tupra, embora nada me indique isso inequivocamente e eles se tratem com deferência e humor, e com uma espécie de paternalismo recíproco, talvez seja esse o maior indício. (Mas a ideia me ronda, e sei que com Tupra não se compete.) Que não me descarta ou não me haveria descartado é algo que vejo em seus olhos, como vi nos de outras mulheres desde há alguns anos sem me enganar — na juventude a gente é mais míope, mais astigmático e mais presbiope, tudo isso ao mesmo tempo —, eu respiro e escuto isso na breve acumulação de energia que costuma fazer, por timidez ou pelo rubor de tocaia, antes de se dirigir a mim para conversar um pouco, quer dizer, além do cumprimento ou da pergunta ou resposta isoladas, como se tomasse impulso ou embalo, ou como se a primeira frase (que nunca é curta, é curioso) ela a construísse mentalmente por inteiro, a estruturasse e a memorizasse completa antes de pronunciá--la. Isso faz com frequência quem fala numa língua estrangeira, mas essa moça e eu, quando a sós ou afastados, apelamos para o espanhol, que também é próprio dela.

E não tive mais dúvida uma manhã em que o rubor não estava de tocaia quando mais deveria tê-la assaltado. Já tinham me dado as chaves do edifício sem nome e, acreditando ser o primeiro a chegar naquela manhã ao andar que ocupávamos (uma insônia matutina tinha me impelido a sair, para começar o dia de verdade e terminar ali um relatório) e acreditando portanto abri-lo (estavam passadas as trancas noturnas), estranhei ouvir barulho e um suave cantarolar numa das salas, cuja porta abri não com violência mas com brio, de uma rajada, na difusa ideia de desconcertar o possível intruso, o espião madrugador ou o sub-reptício *burglar* e assim ganhar vantagem, se tivesse de enfrentá-lo, por mais cantarolador que fosse e tranquilo que parecesse portanto. E então a vi, a jovem Nuix de pé, diante da mesa, nua da cintura para cima e com uma toalha na mão que justo naquele instante passava por uma axila, braço erguido. Embaixo usava uma saia apertada, sua saia do dia anterior, não deixo um dia de prestar atenção nas suas roupas. Tanto a visão me surpreendeu (e ao mesmo tempo nem tanto ou talvez nada: sabia que era voz de mulher, a que cantarolava) que não fiz o que devia ter feito, ruminar uma apressada desculpa e fechar a porta, ficando do lado de fora, naturalmente. Foram só alguns segundos, mas esses segundos eu deixei correr (um, dois, três, quatro; e cinco), olhando para ela, creio, com expressão entre interrogativa e de apreço e falsa perturbação (logo estúpida, decididamente), antes de dizer "Bom dia" num tom totalmente neutro, isto é, como se ela estivesse tão vestida quanto eu ou quase, eu ainda estava de capa. Em certo sentido, suponho, fiz hipocritamente como se não houvesse nada e como se eu não visse; mas para isso me ajudou também — quero crer — que a jovem Nuix fez sua parte, como se nada houvesse. Durante aqueles segundos em que mantive a porta aberta antes de me retirar, não só ela não se cobriu, assustada ou pudibunda, ou pelo menos sobressaltada (teria sido fácil, com a toalha), mas ficou parada, como a imagem congelada de um vídeo, exatamente na mesma postura que quando irrompi na sala, olhando para mim com expressão interrogativa mas nada estúpida, nem falsa nem verdadeiramente perturbada. A única coisa que fez, pois, foi parar seu cantarolar e seus movimentos: estava se enxugando, se esfregando, e parou de fazê-lo, a toalha ficou detida na altura das costas. E nessa postura não só não cobria sua nudez (não o fez, nem como reflexo), mas ao manter o braço erguido permitiu-me contemplar sua axila, e quando uma mulher nua permite que se veja isso, e descobre uma ou ambas, é como se oferecesse um suplemento de nudez. Era uma axila, nem é preciso dizer, limpa, lisa e recém-lavada, segundo deduzi, e evidentemente raspada, sem a moita espantosa que algumas mulheres se empenham em conservar hoje em dia como estranho sinal de protesto contra o gosto tradicional dos homens, ou da maioria. "Bom dia", disse ela também em tom neutro. Foram apenas alguns segundos (cinco, seis, sete, oito; e nove), mas a calma e a naturalidade com que nos comportamos durante o correr deles me lembraram aquela ocasião em que minha mulher, Luisa, pouco depois do nascimento do menino, ficou parada quando já meio despida (descoberto o torso, os peitos crescidos pela maternidade, ia se deitar) e respondeu a umas perguntas absurdas que eu lhe tinha feito sobre nosso recém-nascido ("Você acha que esse menino vai viver sempre conosco, enquanto for criança ou jovem?"). Ela estava se trocando, numa mão ainda tinha as meias que acabava de tirar, na outra a camisola que ia pôr ("Claro, que besteira é essa, com quem se não?"; e havia acrescentado: "Se não acontecer nada com a gente"), enquanto a jovem Nuix segurava na mão a toalha com que pensava se cobrir e não se cobriu, e a outra livre e no alto, como uma estátua da Antiguidade. Ambas estavam meio nuas ("O que quer dizer?", eu tinha perguntado então a Luisa), e a nudez de uma nada tinha que ver com a da outra (quero dizer, para mim, porque tinham certa semelhança de fato, objetivamente): a da minha mulher era conhecida e até costumeira, não é que me deixasse indiferente por isso, muito pelo contrário, e daí eu prestar atenção em seus peitos crescidos inclusive naquele instante volátil e doméstico; mas era normal continuarmos falando como se nada houvesse, que não interrompêssemos a conversa por causa disso ("Nada de ruim, quero dizer", ela tinha respondido); a da minha jovem colega de trabalho era, em compensação, nova, inesperada, inédita, de forma alguma antecipada e até desmerecida e furtiva do meu ponto de vista, produto de um mal-entendido ou de uma imprudência, portanto olhei-a de outra maneira, sem descaramento nem lascívia mas com uma atenção ao mesmo tempo descobridora e memorizadora, com os olhos dessa nossa época, aparentemente velados, que sempre estiveram vigentes na Inglaterra, onde nos encontrávamos e onde esse olhar que não olha ou esse não olhar que olha se desenvolve e se aperfeiçoa, do qual ali só vi Tupra escapar ou livrar-se; e ela me deixou olhar assim não olhando, não procurou impedir, mas tampouco havia descaramento nem exibicionismo em seus olhos nem em sua atitude e, quando acrescentou algo mais, uma explicação que eu não esperava nem era necessária, apesar de ser a primeira frase que me dirigia naquele dia, não pareceu desta vez composta com antecipação em sua mente ("Dormi aqui, bem, dormir eu dormi pouco, passei a noite às voltas com um maldito relatório"), sua voz e seu tom não soaram muito diferentes dos de uma conjugalidade que conheço muito bem. De modo que, uma vez transcorridos os demais segundos (nove, dez, onze e doze: "Tudo bem, não se preocupe, eu é que cheguei cedo para ver se termino o meu", disse por minha vez, não tanto para me explicar quanto a modo de desculpa tardia e implícita), fechei a porta por fim, de um só movimento decidido, quase violento (não tinha chegado a soltar a maçaneta), e me retirei para a minha sala, que era contígua e que dividia com Rendel, ela dividia o dela com Mulryan. Pertencia a outra geração a jovem Nuix, disse comigo; eu disse comigo que sem dúvida devia passar os verões com o torso ao ar nas praias ou piscinas da Espanha, que devia estar acostumada a ser vista assim e admirada, seu pudor atenuado. Pensei também que éramos compatriotas e que isso no estrangeiro equivale quase a um parentesco: cria cumplicidades e solidariedades insólitas e motiva confianças sem base, assim como amizades e amores que seriam inimagináveis, quase aberrantes, no país comum de origem (uma amizade com De la Garza, Rafita, o babacão). Mas ela era mais inglesa do que espanhola, seguramente, eu não podia me esquecer disso. Eu sei muito bem, em todo caso, que quando uma mulher nem sequer faz menção de cobrir na hora a nudez surpreendida, nem que só instintivamente (a não ser que se trate de dançarinas de strip-tease e similares, já andei com uma delas), é porque não descarta quem a surpreendeu e a contempla, e isso ainda vale para todas as gerações vivas, ou pelo menos para as adultas. Não é que a mulher se sinta atraída por esse alguém ou o deseje por força, longe de mim a crença em semelhante e cândida presunção. É tão só que não o descarta, ou não o exclui, não inteiramente, e é bem provável que é só então que ela averigue isso ou se dê conta, no momento de se ver vista por esse alguém e decidir não se cobrir para ele, ou talvez nem haja decisão envolvida nisso. O braço erguido da jovem Nuix não me pareceu a posteriori como o de uma estátua, não na lembrança em todo caso: vi-o antes como se estivesse pendurado na barra de um ônibus, ou sua mão alçada na alça de um vagão de metrô. Continuava agarrada àquilo, o braço no ar, quando fechei a porta e deixei de vê-lo, tal como a lisa axila que realçava o resto. Deve tê-lo baixado imediatamente. Tudo durou doze segundos. Contei-os não no ato, mas depois, na memória.

Não sabia direito na época o que se queria dizer com aquela expressão frequente, tanto nos relatórios escritos como nos orais e até nos comentários improvisados e aparentemente sem importância que se trocavam durante o estudo de fotos, vídeos ou pessoas de carne e osso que Tupra houvesse convidado, muitas vezes convocado ou até mandado vir, lembrava-me. Se trabalhávamos por encomenda de outros, se não tínhamos interesses próprios e só dávamos nosso parecer, e opinávamos, e avaliávamos, era de supor que os observados poderiam "servir" ou "não servir", ser "de grande" ou "de nenhum préstimo" (eu próprio não demorei a empregar essas expressões e me acostumei ao conceito sem acabar de entendê-lo, tantas coisas a prática supre ou de tantas prescinde o desatinado hábito), eles o seriam em cada caso para os que encomendavam as respectivas tarefas, em relação a suas necessidades concretas e suas indagações ou aflições particulares, que deviam ser mais variadas do que imaginei a princípio, quando Wheeler me falou do passado ou pré-história do grupo, como ele o chamava para não chamá-lo, na falta de nome verdadeiro ("Nada te dirão os livros sobre isso", ele tinha me advertido; "não procure neles, só vai perder paciência e tempo").

A procedência ou origem de cada encomenda, isso eu costumava ignorar, raramente se aludia ao assunto, eu tendia a pensar que todas ou a grande maioria vinha de instâncias oficiais, estatais, governamentais, administrativas britânicas ou, em certas ocasiões (conforme a nacionalidade remota ou reiterada dos sujeitos de estudo), de suas equivalentes em países amigos ou interessada e conjunturalmente aliados: era surpreendente o alto número de australianos, neozelandeses, canadenses, egípcios, sauditas e norte-americanos que desfilavam nas nossas telas, principalmente os últimos. Também não me explicava muito por que se submetia a vigilância e juízo alguns desses sujeitos (pois era essa a sensação predominante: a de que os vigiávamos e julgávamos), menos ainda quando não nos perguntam depois a respeito de algum terreno, questão ou característica determinados. Aquela juíza Walton, por exemplo. Nem Tupra nem Mulryan nem Rendel me perguntaram nada de específico sobre ela depois da minha sentinela (talvez sim à jovem Nuix, que havia captado tanto o caráter dela) e me era difícil imaginar que diabos interessava ver, interpretar, decifrar, deslindar ou desmascarar de uma mulher tão correta, inteligente e sólida como ela parecia ser. Outras vezes sim, a própria índole das perguntas me dava ideia de em que se estava mirando, do que preocupava Tupra, Mulryan, Rendel, Nuix ou, mais provavelmente, as instâncias superiores ou inferiores — os clientes — que os contratavam e se valiam deles, isto é, de nós e de nosso suposto dom, ou de nossas presumidas habilidades, ou quem sabe só de nosso atrevimento, que ia de mais a mais, sempre a mais, sempre aumentando.

À medida que as semanas e depois os meses passavam, eu ia ampliando o espectro das minhas respostas, assim como o desplante:

— Você acha que essa mulher está sendo infiel, apesar de jurar o contrário e de não haver provas? — me perguntava Mulryan de uma senhora bem vestida e de nariz um tanto adunco que o negava ao marido em sua sala de estar, os dois sentados num sofá na frente da televisão ligada e filmados sem dúvida por uma câmara oculta, sabe lá se instalada no aparelho pelo próprio esposo (um sujeito de cara larga e propenso a sorrir, mesmo se não houvesse por quê, e não havia então), que teria recorrido a nosso conselho, quiçá, por sentir-se incapaz de distinguir agora os tons sinceros dos enganosos nela, o costume e o convívio tendem às vezes a nivelar, estabelecem-se certo desmaio ou certa atonia nos diálogos e nas respostas, e chega o dia em que o importante e o insignificante, o verdadeiro e o falso, recebem a mesma e escassa dose de ênfase.

— Sim, acho que é — respondia eu. — Sua negação foi descarada demais, eloquente demais, quase sarcástica. A pergunta dele não a surpreendeu nem um pouco, apesar de todas as suas caras e gesticulações. E também não a ofendeu. Ela a esperava para um dia ou outro fazia muito tempo, portanto tinha sua reação pronta, quase memorizadas as palavras que ia empregar, e ensaiados o tom e o gesto com que ia soltá-las. Se não diante do espelho, pelo menos mentalmente. Sua imaginação estava imbuída de tudo isso com anterioridade, só teve de botar em prática. Quase ansiava para que chegasse logo o desagradável momento.

— Acha. Você acha. Só isso, Jack? Ou tem certeza? — insistia Mulryan, omitindo o que todos sabemos: que ninguém pode ter certeza de nada, a não ser que tenha feito ou tomado parte ou sido testemunha (e nem assim, tantas vezes: a mancha de sangue).

— Eu tenho certeza na medida em que minha segurança provém do que vejo e percebo, do que você me oferece — dizia eu enviesadamente, numa derradeira tentativa de proteger um

pouco minha retaguarda e não submergir de todo nas ousadias.
— Ela disse, por exemplo, que as desconfianças dele lhe pareciam "histericamente divertidas". Não teria utilizado esse advérbio se não já o houvesse pensado, escolhido, previsto. Tampouco se de fato assim lhe parecessem, divertidas. Se assim fosse, não teria empregado nenhum, no máximo um mais corrente, como "muito", menos reforçativo, com menos carga irônica. E se fosse falsa a acusação, não a teria qualificado de "estimulante" ou "regozijante" — "*exhilarating*", tinha dito —, nem teria se rebaixado tanto com o argumento de que bem que gostaria, "pobre de mim", despertar desejos em outros homens. Poucas mulheres acreditam firme e sinceramente que não possam despertá-los, sejam quais forem sua idade e seu físico. Estou me referindo às endinheiradas, e essa senhora parece sê-lo bastante. Podem fingir que acreditam, podem lamentar-se da boca para fora para que as contradigam e reafirmem, podem perguntá-lo e até duvidar em alguns instantes de abatimento ou depois de um fora. Raras vezes mais que isso. Logo se recuperam dessa classe de abatimento. Logo imputam o fora a um coração já ocupado, costuma ser para elas uma explicação decorosa, aceitável. — "*Nor Hell a fury, like a woman scorn'd*", citei para mim mesmo: "Nem no Inferno há fúria como o despeito de uma mulher". E pensei: "Não é para tanto". — E se, por fim, um dia acreditam mesmo, não saem por aí contando. Muito menos para o seu par.
— Mas ele acreditou — objetava-me ou assinalava Mulryan.
— Pois vai ser preciso tirá-lo da sua credulidade — respondia eu já mais desenvolto. — Sempre lhe restará o recurso de rejeitar nosso veredicto, de mandá-lo à merda, se é que se destina a ele, se é que foi ele quem nos fez a encomenda. — Já então eu sabia que ali não se tomava excessivo cuidado com o vocabulário durante as sessões. — Ela é infiel a ele, apesar dos pesares, aposto meu pescoço. — A gente sempre acaba arriscando o máximo.

Talvez fosse o orgulho desafiado, talvez eu fosse vendo cada vez mais claro, à medida que as pessoas falavam; ou se convenciam. Que perigoso é dizer. Não é só que outros já não podem evitar levar em conta o que alguém disse. É que você mesmo também se vê obrigado a contar com o dito, uma vez que ele pairou no ar e não apenas em seu pensamento, onde tudo ainda é descartável. Uma vez que foi ouvido e passou a fazer parte do saber desses outros, os quais podem agora fazer uso deste, e até se apropriar dele, e até voltá-lo contra nós.

Ou podia ser Tupra a me perguntar em sua sala acolhedora, na manhã seguinte de um jantar salpicado de celebridades a que tinha me incorporado e levado — "Um velho amigo espanhol recém-chegado, um grande artista, não ia deixá-lo sozinho no hotel": "Ser um grande artista é um passaporte estupendo hoje em dia", costumava me dizer, "e além do mais não compromete muito, porque você pode ser artista de qualquer coisa, da decoração de interiores, do calçado, da Bolsa, dos azulejos ou da confeitaria" —, porque a ele iriam um par de compatriotas meus — ele artista das finanças, ela, da comédia — que ele gostaria que eu distraísse e de passagem sondasse um pouco acerca do anfitrião, enquanto ele se encarregava deste e de outras peças maiores, britânicas:

— Diga-me, Jack, você acha que aquele cafajeste, nosso anfitrião de ontem à noite, sim, aquele cantor ridículo, você acha que ele seria capaz de matar? Numa circunstância extrema, se se sentisse muito ameaçado, por exemplo. Ou não poderia em hipótese alguma, que seria dos que baixam os braços e se deixam esfaquear, em vez de dar seus golpes? Ou, pelo contrário, acha que poderia, e até a sangue-frio?

E eu parava para pensar um instante, já não respondia simplesmente "Não sei, como posso saber", não respondia assim a nenhuma pergunta por mais estranha, rebuscada, fantástica ou precisa demais que fosse, nem mesmo se se referisse a arcanos como este, quem tem ideia de quem pode matar, e quando, e com que sangue, quente, frio ou morno. No entanto sempre aventurava alguma coisa, tratando de ser sincero, isto é, tratando de ver algo antes de dizê-lo e evitando falar só por falar, ou só porque de mim se esperava que falasse. Procurava pelo menos colocar-me na situação ou hipótese a que me empurrava cada pergunta dos meus superiores ou dos meus colegas. O mais curioso ou o mais aterrador era que em todas as ocasiões eu sempre acabava vendo ou vislumbrando alguma coisa (quero dizer que não inventava essa coisa, não eram visões nem astutas fábulas), e em consequência adiantando alguma coisa, esse é sem dúvida o processo do atrevimento, e é o que se consegue à base de prática, e de exigir de si. O problema de quase todas as pessoas, suas limitações, provêm da falta de persistência, da sua preguiça ou fácil contentamento, também do seu medo. Quase todo mundo percorre um breve trecho e freia, para de repente, senta-se, recupera-se do susto ou adormece, e então fica aquém da expectativa. Ocorre-lhe uma ideia e isso normalmente lhe basta, essa ocorrência, você se detém contente diante do primeiro raciocínio ou achado e não segue mais pensando, nem escrevendo com maior profundidade, se escreve, nem exigindo de si ir mais longe; você se dá por satisfeito com a primeira fresta ou nem mesmo isso: com o primeiro corte, com atravessar uma só camada, das pessoas e dos fatos, das intenções e das desconfianças, das verdades e das tapeações, nosso tempo é inimigo da insatisfação íntima e, claro, da constância, está organizado para que tudo se canse logo e a atenção se mostre instável e errática e o voo de uma mosca a distraia, não se suporta a indagação contínua nem a perseverança, o deter-se de verdade em alguma coisa, para se inteirar dessa coisa. E não se consente o olhar comprido, o que tinha Tupra e o que acaba afetando ao que assim é olhado. Os olhos que se demoram hoje ofendem, por isso hão de se esconder atrás de cortinas e de binóculos, e teleobjetivas e remotas câmaras, e espiar das suas mil telas.

Em certo sentido — mas só num — Tupra lembrava meu pai, o qual não nos permitia nunca, nem a meus irmãos nem a mim, que nos conformássemos com a aparência de uma vitória dialética em nossas discussões ou com um sucesso ao nos explicar. "Que mais", nos perguntava depois de termos dado por encerrada, exaustos, uma exposição ou uma argumentação. E se lhe respondíamos "Mais nada. Só isso. Acha pouco?", ele respondia, para nosso momentâneo desconcerto: "Sim, você apenas começou. Continue. Vamos, corra, se apresse, continue pensando. Pensar uma só coisa ou divisá-la já é alguma coisa, mas também é quase nada, uma vez assimilada: é ter chegado ao elementar, que, é verdade, a maioria nem alcança. Mas o interessante e difícil, o que pode valer a pena e o que mais custa é continuar: continuar pensando e continuar olhando além do necessário, quando você tem a sensação de que não há mais que pensar nem nada mais que olhar, que a sequência está completa e que continuar é perda de tempo. O importante está sempre aí, no tempo perdido, no gratuito e no que parece supérfluo, mais além da linha em que você se sente satisfeito, ou se cansa e se rende, muitas vezes sem reconhecer que o faz. Ali onde você diria que não pode haver mais nada. Por isso diga o que mais, o que mais te ocorre e o que mais você argumenta, o que mais você oferece e o que mais você tem. Continue pensando, corra, não pare, vamos, continue".

Tupra também se instalava nisso, no assinalamento da insuficiência, ele havia feito isso desde a primeira vez a respeito do soldado Bonanza, com seus "O que mais", "Explique isso", "Diga-me o que acha", "Por que pensa assim", "Continue", "Fale-me desses detalhes", "Algo mais?", "Foi tudo o que observou?". Era uma tenacidade suave e dosada, com que no entanto extraía o que alguém tinha pensado e visto, até mesmo o sonho ou a sombra dos pensamentos e das imagens, o que ainda não estava formulado nem delineado nem portanto pensado nem visto totalmente, mas só esboçado ou intuído ou implícito, ainda irreconhecível e fantasmagórico, como a escultura que o bloco de mármore encerra ou os poemas que as gramáticas e dicionários contêm quase inteiros. Conseguia que o ilusório adquirisse verbo e tomasse corpo. E se plasmasse. Às vezes eu sentia isso como um ato de fé da sua parte: fé nas minhas capacidades, na minha perspicácia, em meu suposto dom, como se tivesse certeza de que, ante a sua adequada insistência — guiado por ela, adestrado por ela —, eu acabaria lhe entregando sempre o desenho ou o texto, lhe oferecendo o retrato que ele me pedia, ou de que necessitava.

Sim, seria algo assim, se o relatório que vi uma vez sobre mim mesmo fosse autêntico, e não tinha por que não ser. Encontrei-o uma manhã procurando uns dados nuns velhos arquivos. O que não era para os olhos devia ser guardado e armazenado ali, e não nos computadores, tão inseguros e desprotegidos. Vi meu nome, *"Deza, Jacques"*, e puxei a ficha sem pensar duas vezes. Estava datada de uns dois meses depois da minha primeira intervenção (ou era assim que eu a via), tradução do recruta Bonanza e posterior interrogatório sobre minhas impressões do indivíduo, e na realidade não era um relatório em regra, mas sim umas tantas notas improvisadas, possivelmente tomadas à mão — possivelmente pelo próprio Tupra — por conta de sabe lá que atuações ou interpretações minhas, embora quem quer que fosse as tinha julgado dignas de arquivo e mandado transcrever para o computador ou à máquina — vai ver que ele próprio tinha se dado ao trabalho de digitá-las. Li com rapidez, tornei a sepultá-las. Ninguém nunca tinha me proibido de consultar aquele velho arquivo, mas tive a nítida sensação de que era melhor eu não ser pego fisgando o que estava escrito sobre mim e não tinham me mostrado. Era breve o relatório, eram notas quase impressionistas, nada sistemáticas ou organizadas, um tanto perplexas e contraditórias, quiçá indecisas. Diziam mais ou menos:

"É como se ele não se conhecesse muito. Não se pensa, embora creia que sim (também não acredita com grande afinco). Não se vê, não se sabe, ou melhor, não se escuta nem se investiga. Sim, é muito mais isso: não é que não se conheça, mas que esse é um conhecimento que não o interessa e que ele mal cultiva, portanto. Não se aprofunda nele, veria isso como uma perda de tempo. Talvez não lhe interesse por ser muito antigo, tem pouca curiosidade por si mesmo. Dá por certo ou por sabido. Mas a gente vai mudando, ele não se preocupa em registrar nem analisar suas mudanças, não está a par delas. É introspectivo. E no entanto olha para fora quando mais parece olhar para dentro. Só lhe interessa o exterior, os outros, por isso enxerga tão bem. Mas os outros não lhe interessam para intervir nem influir nas suas vidas, nem por interesse. Pode ser que não lhe importe muito o que acontece com alguém. Não é que não lamente nem festeje os fatos, é solidário, não lhe são indiferentes. Mas de um modo um tanto abstrato. Ou quem sabe é muito estoico, com os assuntos dos outros e com os próprios. As coisas acontecem e ele toma nota, sem nenhum propósito definido, sem sentir o mais das vezes ter algo a ver com elas, muito menos estar envolvido nelas. Talvez por isso perceba tantas. Tantas não sei se lhe escapam, quase dá medo imaginar o que ele sabe, quanto vê e quanto sabe. De mim, de você, dela. Sabe mais de nós do que nós mesmos. Quero dizer, do nosso caráter. Ou, melhor ainda, de nossos moldes. Com um saber que nos é alheio. Julga pouco. O mais estranho de tudo é que não faz uso do seu saber. É como se vivesse paralelamente uma vida teórica, ou uma vida futura que esperasse a vez na alcova. Sua hora em outra existência. E como se fossem parar nela as descobertas, os reconhecimentos, as informações e as constatações. E não na presente, na efetiva. Inclusive o que o afeta, até suas experiências próprias e seus dissabores parecem cindir-se em duas partes, e uma das duas ser destinada a esse seu saber meramente teórico, ou da expectativa. Para enriquecê-lo, para nutri-lo. Estranhamente, não tendo em vista nada. Pelo menos nesta sua vida real que avança. Não faz uso do seu saber, é muito estranho. Mas tem um. E se um dia fizesse uso, haveria que temê-lo. Eu creio que ele não perdoa. Às vezes vejo-o como um enigma. E às vezes creio que ele também o é para si mesmo. Então torno a pensar que não se conhece muito. E não presta atenção em si porque na realidade renunciou a isso, a se entender. Considera-se um caso perdido com o qual não tem por que desperdiçar reflexões. Sabe que não se compreende e que não vai compreender. Assim, não se dedica a tentá-lo. Creio que não representa um perigo. Mas sim que há que temê-lo."

A verdade é que fiquei como estava, embora aquele texto tenha me feito pensar que em algum lugar devia haver sobre mim um relatório em regra, com dados e datas, fatos comprováveis e características detalhadas, com meu currículo convencional (ou quem sabe se o currículo inconfessável) e com observações e descrições menos etéreas e inverificáveis. Deviam existir de todos nós, o contrário seria uma incongruência, prometi-me procurá-los um dia com calma, podiam me interessar os de Rendel e da jovem Nuix, o de Mulryan nem tanto; e claro que o de Tupra, se também existia. Antes de fechar o arquivo, apoiei o polegar na borda superior das fichas e fiz correr sob ele umas quantas, sem muita rapidez, por curiosidade, parando-as ao acaso de vez em quando. Vi cabeçalhos muito conhecidos: "*Bacon, Francis*", "*Blunt, Sir Anthony*", "*Caine, Sir Michael (Maurice Joseph Micklewhite)*", "*Clinton, William Jefferson 'Bill'*", "*Coppola, Francis*

Ford", "Le Carré, John (David Cornwell)", "Richards, Keith (The Rolling Stones)", "Straw, Jack" (o ministro das Relações Exteriores britânico, antes ministro do Interior, o que soltou Pinochet, que afronta, era sobre quem precisava de dados naquela manhã, do seu impróprio passado), "Thatcher, Margaret Hilda, Baroness". Foram as fichas que meu dedo freou, alguns já estavam mortos. Outras muitas epígrafes não significavam nada para mim, eram-me desconhecidos: "Booth, Thomas", "Dearlove, Richard", "Marriott, Roger (Alan Dobson)", "Pirie-Gordon, Sarah Jane", "Ramsay, Margaret 'Meta', Baroness", "Rennie, Sir John", "Skelton, Stanyhurst (Marius Kociejowski)", "Truman, Ronald", "West, Nigel (Rupert Allason)", minha vista caiu sobre eles, quanta gente não se chamava como se chamava, minha memória é excelente para os nomes.

Sentia-me grato por se incomodarem comigo, tendo tal companhia; por quererem deslindar-me, por prestarem atenção em mim. O que mais me intrigou foi sem dúvida aquele momento em que o redator ou elucubrador, fosse ele quem fosse, se dirigia a outra pessoa, abertamente a alguém, o qual indicava que suas impressões ou conjeturas tinham um destinatário concreto: "De mim, de você, dela", dizia. Pensei que por exclusão a jovem Nuix seria "ela", embora certeza absoluta não pudesse ter. Mas quem era esse "você", quem era esse "eu". Havia várias possibilidades, eu não podia saber de maneira nenhuma. Tampouco quem acreditava, portanto, que deviam me temer, isso também me estranhou bastante, porque eu não acreditava que fosse verdade então. (A não ser que fossem um "eu" e um "você" e um "ela" metafóricos, hipotéticos, intercambiáveis, como se a expressão tivesse sido "Quase dá medo imaginar o que ele sabe, quanto vê e quanto sabe. Deste, daquele, do outro".) Nem é preciso dizer que essas notas não eram assinadas, como as outras do arquivo, pelo menos daquela gaveta. Pareciam escritas todas ao correr da pena, por pouco não me atrevi a distrair-me lendo-as, quando meu polegar detinha algumas: tão vagarosas e especulativas eram as relativas a mim quanto as dedicadas ao ex-presidente Clinton ou a mrs. Thatcher, dei uma olhada nelas.

— Acho que sim, que poderia sim — respondia a Tupra a respeito do anfitrião do jantar-*cum*-celebridades (ele próprio um cantor celebridade, vou chamá-lo aqui de Dick Dearlove, como um dos desconhecidos e inverossímeis nomes vistos no arquivo, ali fiquei sabendo que era um alto e seriíssimo funcionário de algo, só li um par de linhas, mas com semelhante nome mereceria ter sido um grande ídolo de massas trotando pelos mil cenários, como nosso cantor anfitrião ex-dentista), depois de meditar por alguns segundos. — Numa situação de perigo, claro que desferiria antes seus golpes, se tivesse oportunidade de fazê-lo. Inclusive antes do tempo, quero dizer antes que o risco da sua vida fosse iminente e certo. A mera sombra de uma ameaça grave faria dele um homem desmedido, até descontrolado. Reagiria com violência, creio eu, facilmente. Ou antes, anteciparia a violência: não sei se existe em inglês, em espanhol temos o ditado de que quem bate primeiro, bate duas vezes. Mas não seria por isso, por cálculo, nem por valentia, nem tampouco por nervosismo, nem por pânico exatamente. Está tão satisfeito com sua biografia e com a existência que leva, tão assombrado e eufórico com o que conseguiu e continua conseguindo (ainda não vê limites para si), seu conto de fadas está lhe saindo tão acabado e perfeito, que não poderia suportar que tudo fosse por água abaixo em alguns segundos, prematuramente, por um mau passo ou por má sorte, por uma imprudência ou um desencontro. Sobretudo, não suportaria a ideia. Suponhamos que uns ladrões entrassem na sua casa, dispostos a tudo — *"burglars"*, eu disse —, ou que o atacassem na rua: não, ele nunca sairá andando pelas ruas. Suponhamos que o carro sofresse uma avaria ao passar por um bairro horroroso, que enguiçasse tarde da noite ao voltar de sua casa de campo, estando ele sozinho ao volante ou acompanhado por um guarda-costas, deve andar sempre com pelo menos um, não deve percorrer cem jardas sem uma mínima proteção. E que mal pusessem o pé no chão se vissem cercados por um bando numeroso, agressivo, armado, um bando de desesperados contra o qual pouco pudessem fazer dois homens, um deles ainda por cima acostumado somente à adulação e aos mimos, e à total ausência de sobressaltos.

— Pediriam ajuda no ato com seus celulares ou já teriam feito isso com o do carro, para a polícia ou seja lá quem fosse — interrompeu-me Tupra. Eu gostava da facilidade com que se prestava ou se incorporava às minhas fabulações. Creio que se divertia comigo, bastante.

— Suponhamos que o celular do carro tenha pifado com o próprio carro e que os outros estavam fora da área de cobertura, ou que os tenham tomado, sem lhes dar tempo de usá-los. Não sei se na Inglaterra, mas na Espanha é a primeira coisa que os delinquentes roubam, arrancam os celulares antes mesmo das carteiras, por isso todos os assaltantes, até os ínfimos de seringa, de mãos trêmulas, dispõem invariavelmente de celulares. Em Madri não se vê um ladrãozinho, quase não se vê um mendigo que não tenha um.

— Verdade — retrucou Tupra tentado a sorrir. Entendia meus exageros, não os desaprovava.

— Verdade. Garanto, vá ver na minha cidade. Bem, nessa situação, se Dearlove tivesse uma faca, para não falar num revólver (seria capaz, com porte e tudo), é provável que se pusesse a dar tiros e facadas sem nem mesmo parlamentar e antes de ter certeza do alcance da ameaça, do nível de desespero e ódio dos desesperados, que até podiam ser fãs dele e que acabariam lhe pedindo autógrafos ao reconhecê-lo, poderia ser, não se deve excluir nenhum grau de popularidade em seu caso. Na Espanha, por exemplo, também é um imenso ídolo, principalmente no País Basco, não sei se sabe.

— Imagino. Nestes tempos todos os cafajestes triunfam universalmente — disse Tupra. — Continue. — Naquela época ele já me chamava de Jack, mas eu ainda o tratava de mr. Tupra.

— O que Dearlove não poderia suportar — eu não chamava Dearlove de Dearlove, claro, mas por seu nome verdadeiro — é que seu fim fosse esse, como dizer: ele acharia isso pior que o próprio fim. Claro que o apavoraria ver truncada sua vida de sucessos e perdê-la, como qualquer um, mesmo que fosse uma vida de fracassos; além do mais não creio que seja um sujeito valente, já disse isso, sentiria um medo infinito. Mas o que mais espanta Dearlove, como toda a gente de vitrine (mesmo se talvez não saibam disso), é que o fim do seu conto seja tal que predomine sobre o anterior e obscureça o que foi feito e acumulado até agora, que o eclipse; que quase apague e anule o resto, e posteriormente se erija em dado único, no que conta e no que se conta. Se seria capaz de matar (e acho que seria), é mais que nada por isso, por repugnância narrativa, se me permite a expressão. O senhor verá, mr. Tupra, se alguém como ele é morto por um grupo de mal-encarados em Clapham ou em Brixton, ou, ainda mais chamativamente, se é linchado, essa classe de morte constituiria tal escândalo em seu caso, impressionaria tanto o mundo, que sempre viria à tona junto com seu nome, em qualquer ocasião e circunstância, embora se falasse dele por qualquer outro motivo, por sua contribuição à música popular do seu tempo ou pela história e auge dos cafajestes, pela descomunal fortuna amealhada com sua garganta ou como um dos exemplos mais preocupantes do delírio das massas. Daria na mesma, sempre se agregaria a cantilena de que morreu linchado em Brixton num passo em falso, em Clapham numa noite funesta com seu melhor guarda-costas, nas mãos de uns facínoras de Stratham de crueldade indescritível. Chegaria um momento em que, de fato, dele só se recordaria isso. Até ao repreender os filhos quando cismassem de se meter em bairros barra-pesada ou em zonas turvas as mães viriam com a cantilena: "Lembre-se do que aconteceu com Dick Dearlove, e olhe que ele era famoso e estava com um guarda-costas". Uma verdadeira maldição póstuma, para alguém como ele, quero dizer.

— "Lembre-se de Dick Dearlove, querido, de como acabaram com ele" — melhorou Tupra, agora com um sorriso franco: "*Darling*", disse. "*How they did 'im in*", disse (se bem me lembro), imitando um sotaque *cockney* (ou vai ver que do sul de Londres semieducado, não distingo muito bem) e fazendo voz de mãe.
— Deus do céu, certamente não lhe terá ocorrido um epitáfio tão sórdido. Nem em suas apreensões mais abomináveis. Nem em seus pesadelos mais vexatórios. Que mais então, continue.

— Bem, não sei se essa fobia está registrada, nem se tem algum nome menos pedante do que como a chamei. Está claro que Dearlove não empregaria semelhantes termos. Não deve ter nem sequer consciência do que estou descrevendo, deve lhe parecer grego. Mas não se trata de outra coisa: é um horror narrativo, ou uma repugnância; é um pavor à sua história arruinada pelo desenlace, posta a perder para sempre, arrasada, a seu completo desbaratamento por um final espetacular para o mundo e deplorável para o interessado; a um transtorno para o conto sem remédio possível, a uma mancha tão poderosa e ávida que se estenderia até submergir todo o resto, retrospectivamente. Dearlove seria capaz de matar para evitar tal sina. Tal sina estética, argumentativa, narrativa, como você preferir. Seria capaz de matar por isso, agora acredito. Ou é o que acredito. — Ao terminar às vezes retrocedia um passo, me encolhia um pouco, mas não adiantava mais, tinha falado, tinha dito.

— "Vocês vão acabar como Dick Dearlove, vocês todos vão acabar assim" — insistiu Tupra em sua imitação mais um instante, rindo brevemente e erguendo um dedo admoestador. Depois acrescentou: — A única coisa, Jack, é que um sujeito como ele nunca atravessaria Clapham nem Brixton de automóvel, nem para entrar na cidade nem para sair dela.

— Bom, está bem, mas poderia se perder, errar a saída da rodovia e acabar ali, não? Às vezes acontece, não? Vi algo parecido num filme chamado *Grand Canyon*, o senhor viu?

— Não vou muito ao cinema, só se o trabalho me obriga. Antes sim, quando era jovem. Mas me parece que você não imagina o nível econômico dessa gente, Jack. O mais provável é que Dearlove se desloque quase sempre com seu helicóptero para as distâncias curtas. E, nas longas, com seu avião particular, com um séquito capaz de apequenar o da rainha. — Ficou calado uns segundos, como se se lembrasse de alguma viagem sua num avião desses, particulares. Tupra se mostrava muito depreciativo em relação a Dearlove e outras figuras semelhantes, mas o certo é que se relacionava com bom número delas ocasionalmente, da televisão, da moda, da canção ou do cinema, e na medida em que fui testemunha, tratava-as com desenvoltura, com simpatia e com confiança. Às vezes eu me perguntava se esses contatos, difíceis para a gente comum, lhe eram proporcionados pelas altas esferas, em função do seu cargo e para lhe facilitar o trabalho. Claro que nunca soube com exatidão qual era esse cargo. Além do mais, não parecia incomodado ao lado das celebridades mais frívolas. Isso podia fazer parte do seu preparo, do seu ofício, não significava necessariamente que apreciava essas companhias. A verdade é que não parecia incomodado em nenhum ambiente, nem nos mais sisudos, nem nos mais sérios, nem nos mais pretensiosos, nem nos mais idiotas, nem no baixo mundo, nem nos simples, era sem dúvida um homem que se aclimatava ao que era necessário. Depois voltou atrás: — Diga-me, você acha que ele seria capaz de matar em alguma outra circunstância, além da de ver sua vida não só em perigo, mas, na sua opinião..., digamos em tese? Talvez você tenha razão, talvez lhe desse calafrios que seu fim fosse feio, inadequado, angustiante, indigno, sarcástico, turbulento, sujo...

— Não sei — respondi meio contrariado com seu rigor realista, e logo me arrependi de ter dito as palavras mais decepcionantes naquele edifício, "Não sei", ou mais desdenhadas. Apressei-me a tapá-las. — Esse me parece o principal motivo possível, mas suponho que não seria imprescindível que sua vida corresse risco, se, como penso, em certo sentido lhe importa mais sua história, mais o relato dessa vida do que a própria vida. Embora ele ignore isso, provavelmente. Essa prioridade não se daria tanto, creio eu, por causa dos futuros biógrafos ou mesmo dos contemporâneos, quanto por ter de recontá-la a si mesmo diariamente, por ter de conviver com ela. Não sei se me explico bem.

— Não. Nem um pouco, Jack. Esmere-se, por favor. Vamos. Não se enrole.

Essa classe de comentários me provocava, com certo infantilismo de minha parte, mas eu nunca me livrava disso e não me livrarei, seguramente.

— Ele gosta da sua imagem, gosta da sua história em conjunto, com sua fase odontológica e tudo; nunca a perde de vista, nunca a esquece — tentei esmerar-me. — Ele tem sempre presente sua trajetória inteira: seu passado, também seu futuro, portanto. Vê a si mesmo como um conto, de cujo final deve cuidar, mas não menos do seu desenvolvimento. Não é que não admita reveses nem fraquezas nem manchas, nesse conto, não é tão cândido assim. Mas deveriam ser de um tipo que não se destacasse em excesso por sua estridência, que não sobressaísse obrigatoriamente (uma proeminência horrível, um inchaço) quando cada manhã se olhasse no espelho e pensasse em "Dick Dearlove" como num todo, uma ideia, ou como se fosse um título de romance ou de filme, já clássicos de resto. Não é nada relacionado com a moral, nem com a vergonha, não é isso, na verdade quase todo mundo olha para a própria cara sem o menor problema, sempre se encontram desculpas para os próprios desmandos, ou para se negar que o sejam, a consciência pesada e o arrependimento desinteressado já não são deste tempo, estou falando de outra coisa. Ele se vê de fora, principalmente de fora, não tem dificuldade para se admirar. E talvez a primeira coisa que se diga ao acordar seja algo parecido com isto: "Caramba, não foi um sonho: sou Dick Dearlove, nada menos, e tenho o privilégio de me ver e de conviver diariamente com semelhante lenda". Na realidade, isso não é nada estranho, tanto se deixarmos como se tirarmos a palavra "lenda". Sabe-se de escritores que receberam o prêmio Nobel e que passaram o que lhes restou de vida pensando a cada instante: "Sou prêmio Nobel, sou mesmo, sou um Nobel, e como brilhei em Estocolmo", e às vezes, ao dizerem em voz alta, foram ouvidos por seus próximos preocupados. Mas também conheço bastante gente sem significação objetiva nem fama que, no entanto, se percebe desse modo ou de modo parecido, e que assiste à sua vida como se estivesse no teatro. Um teatro permanente, isso sim, reiterativo e monótono até a náusea, que não regateia um só detalhe nem dois segundos de tédio. Mas essas pessoas são espectadoras muito benevolentes e contentadiças, não é por nada que cada uma delas também é o autor, o ator e o protagonista das suas respectivas obras dramáticas (dramáticas é maneira de dizer). O senhor sabe que a internet tornou efetiva essa forma de viver e de se ver. Ouvi dizer que há indivíduos que até ganham dinheiro mostrando isso, cada soporífero e mísero instante das suas existências, focalizadas ininterruptamente por uma câmara estática. O assombroso, o cerebralmente doentio, o vitalmente malsão é que haja quem esteja disposto a contemplar isso, e pagando; quero dizer, espectadores distintos dos próprios autores, atores, protagonistas, neles não é muito anômalo, neles sim se explica.

— Vamos, Iago, por favor: ao concreto. Nas especulações, não te acompanho. Dearlove. Quando mais você acha que ele poderia acabar com alguém?

Claro que Tupra me acompanhava sim nas especulações, ele nunca se perdia, embora o que ouvisse lhe interessasse pouco, e creio que comigo não se aborrecia, a gente nota isso, quando capta a atenção de quem tem diante de si, não foi à toa que dei aulas, elas já estão se distanciando muito no tempo. Às vezes ele me chamava assim, Iago, com a clássica forma, quando desejava me irritar ou me trazer de volta ao assunto. Ele sabia que Wheeler se referia a mim como Jacobo mas não devia se atrever a tentar pronunciar o nome, de modo que o deixava no meio do caminho, na familiaridade shakespeariana, quem sabe se com segundas intenções gozadoras, não eram descartáveis. Claro que Tupra me acompanhava, mas às vezes fingia que a tradicional aversão para com o especulativo e teórico da formação e do espírito ingleses lhe impedia de me acompanhar muito longe em minhas digressões. Ele não só acompanhava tudo, mas além disso registrava, arquivava, retinha. E era bem capaz de se apropriar.

— Desculpe, mr. Tupra, não era minha intenção me desviar — disse eu; na época eu ainda era cheio de dedos. — Bem, dizem que Dearlove é bissexual, ou pentassexual, ou pansexual, não sei, sexualíssimo, uma fúria viva, na imprensa não faltam insinuações. E, claro, ontem à noite me pareceu hiperestimulado quando se afundou na sua bata verde e se empenhou em limpar as cáries de mrs. Thompson. Embora sem dúvida teria gozado mais remexendo na boca do filhinho. Pena para o doutor Dearlove, suponho, que o garoto não se prestasse à prática apesar da sua melíflua insistência. Dizem também que o comovem muito os... neopúberes, digamos?

— É, dizem — respondeu Tupra em tom sério, mas quase sem dissimular no rosto que achava graça daquilo tudo. — E então?

— Bem, suponhamos que um menor lhe armasse uma cilada, um menor ou uma menor, tanto faz. Se não estou mal informado, ele deixa correr todos esses boatos tranquilo, já que são apenas isso, boatos. Imagino que não seja má forma de despachá-los: não fazer caso deles, nem sequer dar-lhes atestado de existência com desmentidos, processos, queixas-crime. Ele nunca disse uma palavra sobre suas predileções sexuais, pelo que eu saiba. Bem, no fim das contas sabe-se dos seus dois casamentos, embora fossem sem filhos, e a isso se atém, não?, oficialmente.

— Mais ou menos. Não estou muito a par desses aspectos.

— Bem, suponhamos que um menor ou uma menor o dopem com um comprimido no copo. Em plena ação, os dois já pelados e tudo o mais. Suponhamos que tirem fotos enquanto ele vaga pelo limbo, o garoto ou a garota entram no enquadramento, é claro, ativam o disparo automático e se encarregam da direção cênica, tendo um fantoche descabelado nas mãos, nosso ex-dentista. Suponhamos que, no entanto, o efeito do comprimido não seja bastante forte no titânico doutor Dearlove: que uma sensação interna de alarme o ajude a dar a volta por cima. De modo que não chega a dormir profundamente ou acorda antes do tempo. Com o rabo do olho vê o que está acontecendo. Com um quarto da sua consciência controla a situação, com um décimo até. Não é que ele seja puritano em suas posturas e declarações públicas, isso o faria perder fãs; ao contrário, é ousado, sem exagerar, defende a legalização das drogas, a eutanásia responsável, esse tipo de causas que também não tiram clientes. Mas a aparição de fotos assim na imprensa já pertence a outra esfera, a mesma do seu esfaqueamento por meliantes de Brixton, Clapham ou Stratham. Exatamente a mesma, não sei se o senhor está de acordo. Embora num caso ele seja o desprezível e asqueroso infrator e, no outro, a pobre, compadecida e chorada vítima. Para efeitos narrativos, a distância não é grande, ambas as coisas são proeminências. Não se trataria aqui de um final, no caso do "Boa noite, Cinderela" e das fotos, mas sim de um episódio que teria para sempre um lugar na sua história, que nunca seria ressaltado no conto, nem na ideia de Dick Dearlove. E do jeito que estão os ânimos em relação aos abusos de menores, poderia até lhe acarretar a detenção e um mal julgamento. E ainda que fosse absolvido, pela simples acusação e seu eco, pelas imagens vistas e repetidas mil vezes, pelo escândalo e a grave desconfiança que teriam durado meses, poderia acabar igualmente como cantilena das mães a seus filhos adolescentes: "Veja lá com quem você anda, para não topar com um Dick Dearlove". Como está vendo, é o lado ruim de ser tão famoso, é só se descuidar que acaba numa balada.

— Estou vendo que está muito a par do cafajeste. Até das opiniões dele, muito bem — disse Tupra num tom gozador.

— Já disse que é um ídolo incrível na Espanha, quase tanto quanto aqui, diria eu. Lá já fez um monte de shows. É difícil não estar a par.

— Eu imaginava que fosse gente severa, a do atual País Basco — acrescentou com sincera estranheza. Nunca deixava passar nem se esquecia de nada.

— Severa? Bem, depende. Também há muita cafajestada por lá. O caudilho dá o tom, o senhor sabe. Como na Lombardia. Bem, como em toda a Itália agora. Para não falar da Venezuela, lembre-se de nosso amigo Bonanza.

— Não se iluda, aqui também estamos chegando lá — respondeu, e isso me escandalizou um pouco, na verdade sem motivo: eu não sabia direito para quem Tupra trabalhava (isto é, trabalhávamos), tudo eram insinuações de Wheeler e irrefletidas deduções minhas. — O "Boa noite, Cinderela", você disse?

— É assim que se conhece na Espanha esse golpe, utiliza-se para esvaziar a casa do adormecido, principalmente. Foi assim que a imprensa chamou.

— Nada mal, "Boa noite, Cinderela". — Ele gostava do nome. — O que acontece com o de Dearlove, então. O príncipe acorda, com o rabo do olho. E o que acontece.

— Qualquer barbaridade, qualquer coisa. Era onde eu queria chegar. Também poderia matar por uma coisa assim, é só um possível exemplo, outros haveria. O horror narrativo, a repugnância. Isso o faz perder o controle, estou convencido, obceca-o. Conheci outras pessoas com essa aversão, ou esse alerta, e olhe que nem eram famosas, a fama é um fator decisivo nisso, há muitos indivíduos que sentem sua vida como matéria de um minucioso relato, vão instalados nela pendendo do seu hipotético ou futuro conto. Não se colocam muito o problema, é só uma maneira de viver as coisas, uma maneira acompanhada, digamos, como se houvesse espectadores ou testemunhas permanentes, até das maiores insignificâncias e dos momentos mortos. Talvez seja um sucedâneo da antiga ideia da onipresença de Deus, que com seu olho estava atento a cada segundo da vida de cada um, era muito lisonjeiro no fundo, muito reconfortante apesar do elemento implícito de ameaça e castigo, e três ou quatro gerações não bastam para que o homem aceite que sua trabalhosa existência transcorra sem que ninguém assista a ela nem a contemple nunca, sem que ninguém a julgue nem a desaprove. O caso é que sempre há um, de fato: um ouvinte, um leitor, um espectador, uma testemunha; e um narrador e um ator simultâneos, que coincidem com aqueles: são os próprios indivíduos que vão narrando a própria história a si mesmos, cada um a sua, que se debruçam sobre ela e a espiam e tornam a espiar diariamente, de fora, até certo ponto; ou de um falso fora, melhor dizendo, a generalização do narcisismo, às vezes chamado de "consciência". Por isso há muitos que não suportam a caçoada, a vexação, o ridículo, a subida do sangue ao rosto, a desfeita, isso mais que tudo. Dearlove tem esse asco, esse alarme, vence-o essa vertigem e, quando os sofre, quando lhe dá um ataque, então não pensa mais. O mais provável é que mal abre meia pálpebra e se dá conta do que está acontecendo, nem mesmo lhe passe pela cabeça adquirir as fotos, oferecer por elas mais do que jamais daria nenhum jornal sensacionalista, chegar a um acordo com o garoto ou a garota, negociar, subornar, tapeá-los, contratá-los para sempre. Sua fortuna, se possui avião e helicóptero, lhe permitiria comprá-los por dez mil, cem mil vezes, em corpo, em escravidão e em alma.

— Não tentaria isso. Você diz. Que faria. Pra você, que faria então.

— O mesmo que com os assaltantes de Brixton, acho. Se anteciparia ao mal. Se precipitaria. Tentaria matar, mataria. Mataria o menor, a garota ou o garoto, quem tivesse levado para casa naquela noite. Um cinzeiro pesado mata, arrebenta o crânio. Um jarro, um peso de papéis, um abridor de envelopes, qualquer coisa mata, para não falar nessas espadas e lanças com as quais decora aquela parede da sala, a parede maior do salão contíguo à sala de jantar onde comemos; o senhor deve ter reparado ontem à noite, suponho.

— Reparei — disse Tupra. — Pode ser que não tenha sido a primeira vez que estive lá, não acha?

— Claro. Já combina ser um devoto do medieval, o Dearlove, ou da coisa celta e semimágica. Do chique fantástico. Eu vejo a coisa assim: embora esteja atordoado pelo comprimido, ou justamente por estar, extrai forças do seu tremendo susto e alcança aquela parede cambaleando; vive como se fosse um fato consumado e certo a proeminência narrativa espantosa com que terá de conviver para sempre por culpa dessas suas imagens que tiraram traiçoeiramente, e isso o legitima ou faculta em sua bruma ser colérico e desmedido. De modo que tira uma daquelas lanças da parede e com ela atravessa o peito da garota ou do garoto e lhes destroça a carne que antes ansiava, sem pensar nas consequências, não nesse instante. Em momentos assim, esses homens não veem, não veem o que só três minutos depois ficará claro: que é menos difícil fazer desaparecer umas fotos do que um cadáver, menos árduo tapar a boca de alguém do que limpar seus muitos litros derramados de sangue. Vou lhe dizer: conheci tipos assim, tipos que não eram ninguém e que no entanto tinham esse medo superlativo da sua história, da que poderia ser contada e portanto eles também teriam de se contar. Da sua história borrada e feia. Mas é sempre de fora, insisto, o determinante é o externo: pouco tem a ver isso tudo com a vergonha, o pesar, o remorso, o desprezo a si mesmo, embora sejam fatores que possam fazer efêmero ato de aparição em algum instante. Esses indivíduos só se veem obrigados a se contar de verdade suas ações ou suas omissões, boas ou más, valorosas, abjetas, covardes ou desprendidas, se há outros que também as conhecem (se forem a maioria, melhor dizendo) e ficam assim incorporadas ao que deles se sabe, isto é, a seus retratos oficiais. Não é um assunto de consciência, na realidade, mas de representação, ou de espelhos. O que não é refletido por estes pode ser posto em dúvida em pouco tempo e crer que foi ilusório, envolvê-lo na neblina da difusa ou má memória e decidir por fim que não aconteceu, e não há recordação, porque não pode haver recordação do não ocorrido. E assim não é mais possível que atormente esses indivíduos: é incrível a capacidade que certas pessoas têm de se convencer de que não houve o havido e sim existiu o não existido. O grave para Dick Dearlove, o insuportável, não seria ter dado cabo de um malfeitor da rua ou de um adolescente esperto, mas que se viesse a saber e que o fato ficasse colado (por assim dizer) na sua ficha. Dentro da sua obnubilação no momento do homicídio, ele talvez saiba que isso, embora com dificuldade enorme, é possível ocultar. Mas não sua própria morte nas mãos de uns selvagens, nem suas fotos nu com um rapazola ou uma ninfeta, uma vez impressas e admiradas universalmente. — Detive-me então um momento. Pensei, como sempre ao fim das minhas interpretações ou relatórios, que tinha ido longe demais. E que tinha começado novamente a especular. Ocorreu-me também que não devia estar contando a Tupra nada que ele não soubesse. Ele sem dúvida estava cansado de saber de tudo o que dizia respeito àqueles indivíduos, talvez até a Dearlove, já o conhecia de outras visitas ou, quem sabe, até de viagens juntos pelo ar (Tupra em sua comitiva, misturado com os convidados, os supervisores, os neopúberes e os guarda-costas). Talvez me estudasse mais do que aprendesse com o que eu dizia. — Conheci outros tipos assim, mr. Tupra, de qualquer idade, em toda parte — acrescentei, como que me desculpando. — O senhor também, tenho certeza. Ambos conhecemos.

— Um cigarro, Jack? — disse. E me ofereceu um dos faraônicos do seu vistoso maço vermelho. Aquele era um gesto de apreço, ou assim eu o interpretava.

E pensei, ou fiquei pensando: "Conheci Comendador, por exemplo. Desde sempre".

Comecei a fazer o teste de parar bruscamente naquela noite tão teimosa com a sua chuva em Londres: parar de repente e sem nenhum aviso para assim certificar-me de que não vinha de mim aquele leve e quase alado ruído, tis tis tis, as pisadas suaves de um cachorro ou o vaivém da minha capa ao andar eu com brio, a oscilação do guarda-chuva ou o deslizar oculto de alguém hesitante, que não se aproximava de mim nem se mostrava mas tampouco renunciava a me seguir — ou então a me acompanhar em paralelo, a algumas jardas —, pois se afinal se decidia tinha prazo para pensar até eu chegar em casa e abrir a porta, e antes de entrar dobrasse o guarda-chuva e o sacudisse com força no assoalho (quatro gotas mais nas improvisadas lagoas e riachos em miniatura das ruas das cidades) e a fechasse atrás de mim bem rápido, impaciente para estar logo lá em cima, no meu lugar de passagem que cada vez se tornava mais protetor e mais próprio, agora até me acalmava subir e me trancar, e contemplar a sós — a salvo das perguntas e respostas, da fala — a Square ou praça do meu terceiro andar, com suas árvores rumorosas no meio como se fizessem o acompanhamento de cada mansidão ou sublevação do ânimo; e as luzes das famílias ou dos solteiros em frente (meus semelhantes), o elegante hotel sempre aceso e vivo como um cenário mudo ou como um plano geral de filme que não mudasse nunca nem terminasse, os enormes escritórios já em seu repouso vigiado da sua guarita pelo vigia noturno que bocejava ouvindo seu rádio com o boné no cocuruto e a pala levantada, e na escuridão os mendigos ziguezagueantes e fugitivos que parecem soltar cinza, quando se cruzam e ciscam, das suas roupas compactadas, ou vai ver que soltam o pó acumulado; e claro meu vizinho dançarino (de tão desentendido do mundo, dá alegria vê-lo) e seus ocasionais pares também dançantes, ultimamente eu o tinha visto entregar-se com intrepidez ao *sirtaki*, meu deus do céu, parecia uma louca, quer dizer, não um homossexual mas outra coisa — um deslumbrado primoroso, um boboca, um leso meloso e dengoso —, a esta altura o termo não tem nada a ver com as preferências carnais reais de quem é qualificado com ele, isso pelo menos eu separo, é meu modo de ver, e não há dança mais ridícula para um homem sozinho do que o *sirtaki* grego, se excetuarmos provavelmente o *aurresku* basco, por sorte meu vizinho não deve conhecer.

    De modo que fiz o teste duas ou três vezes, parei de supetão quando nada indicava que fosse fazê-lo, e nas três ocasiões o ruído de cautelosos ou semiaéreos passos, o cantar de grilos ou o frufru ou o que fosse — como o trote aloucado de um relógio de parede antigo, também se parecem com isso as pisadas de um cachorro —, levou mais do que o devido para parar, ainda pude ouvi-lo quando eu já estava parado e sem que de mim pudesse sair nenhum som involuntário ou descontrolado. Não virei a cabeça ao fazer esse teste, nem para trás nem para os lados, ao contrário de quando andava com meu passo estável e o guarda-chuva reclinado no ombro, quase à moda de uma sombrinha durante o passeio, como se quisesse proteger a nuca acima de tudo, protegê-la do vento, da água, dos possíveis olhares e das imaginárias balas que os teriam furado (tanto a nuca como o guarda-chuva), a gente pensa essas coisas absurdas quando percorre de noite um bom trecho a sós e se sente seguido sem ver ninguém seguindo. Durante os últimos trechos havia zonas de gramado à esquerda e à direita aqui e ali, o trajeto se encurtava pelas alamedas, ou antes, pelas veredas de um pequeno parque vizinho, de bairro, e talvez fossem na grama aqueles passos nunca vistos. Esperei até ter deixado para trás esse pequeno parque mal iluminado e estar bem perto de casa. Faltavam-me dois quarteirões e atravessar outra praça quando de novo fiz o teste e desta vez, sim, virei o pescoço ao parar e as vi então, duas figuras brancas a certa distância que normalmente não teria me permitido ouvir arquejos nem pisadas. O cachorro era branco e a mulher, a pessoa, vestia como eu uma capa clara. Pareceu-me uma mulher desde o primeiro instante, e era mesmo, porque após um segundo ou um resquício de dúvida gostei das suas pernas, ao ver que não as cobriam uma calça escura mas sim botas negras de cano alto (mas sem salto, ou muito baixo) que delineavam ou acentuavam bem a curva das suas panturrilhas fortes. Seu rosto ficava oculto pela copa do guarda-chuva, tinha ambas as mãos ocupadas, com a outra segurava a correia do cachorro, que a puxava com pouca esperança e talvez muito cansaço, o animal não estava protegido por nada, devia estar ensopado, sem dúvida lhe pesava a chuva por mais que se sacudisse violentamente nas pausas (a chuva não parava de cair nele então), e estavam numa delas porque as duas figuras também tinham freado, com um pouco de inevitável atraso em relação a mim, ou ao meu tão abrupto alto. Fiquei uns segundos olhando para elas, não poucos. A mulher não pareceu se importar muito com ser vista, quero dizer que sempre podia ser alguém que, apesar do tempo delirante, tinha levado o cachorro para passear e também não teria por que me dar explicações, se eu as tivesse pedido. Tudo aquilo podia ser uma coincidência: às vezes você faz o mesmo caminho que outro transeunte por alguns longuíssimos minutos, embora não vá em linha reta, e às vezes você chega a se impacientar por isso, por nada, tão só anseia que a coincidência se desfaça e cesse, na qual você vê um mau agouro ou da qual se farta, às vezes você se desvia do seu trajeto de propósito e até faz um rodeio desnecessário, só para se separar e perder de vista o insistente ser paralelo.

Devia haver entre os dois, melhor dizendo entre mim e eles, umas duzentas ou mais jardas, o bastante para que eu tivesse de gritar ou retroceder muitos passos se decidisse falar com ela, perguntar à figura humana, uma mulher jovem com toda a certeza, suas botas eram impermeáveis, flexíveis, brilhantes, colavam à perna, não eram botas quaisquer de chuva, mas escolhidas, estudadas, possivelmente caras, valorizadoras, talvez de grife. Olhei para ela sem dissimulação, ela não descobriu o rosto, em nenhum momento elevou o guarda-chuva que o tapava e não me devolveu o olhar portanto, mas também não se inquietou por um homem observá-la parado não muito longe, de noite e debaixo de tanta água. Agachou-se, as abas da capa se abriram ao fazê-lo e vi parte de uma coxa, apalpou e acariciou o lombo do cachorro, cochichou com ele provavelmente, ergueu-se de novo, e as abas fecharam-se, visão da carne terminada, ficou parada, sem reatar a caminhada em nenhuma direção, ocorreu-me então atribuir-lhe certo desamparo, como se estivesse perdida numa zona que desconhecia ou fosse uma jovem cega com seu cão-guia, ou fosse estrangeira e não soubesse a língua, ou uma puta tão necessitada que não podia pular um só de seus trottoirs noturnos, ou hesitasse em me pedir dinheiro, ajuda, conselho, alguma coisa. Não porque eu fosse eu, mas por ser o único ser paralelo ali presente. Tive a sensação de que o encontro era impossível e, ao mesmo tempo, de que seria uma pena se não acontecesse e que era melhor não acontecer. A sensação foi de lástima, não sei se por mim ou por ela, claro que não por ambos, porque um dos dois teria saído prejudicado — pensei — e o outro beneficiado, costuma acontecer assim com o que surge na rua.

Muitos anos atrás no mesmo país, quando estudava em Oxford, havia seguido meus passos por instantes perdidos um homem com um cachorro de três patas, a traseira esquerda cuidadosamente amputada, e depois tinha me visitado sem prévio aviso na minha casa, chamava-se Alan Marriott, mancava por sua vez notavelmente da perna esquerda (mas a conservava) e era um bibliômano que tinha ouvido os livreiros de sebos que eu lá frequentava falarem dos meus interesses livrescos, coincidentes em parte com os dele. O cachorro era um terrier, já devia estar bem morto o coitado, não persistem como nós. O da moça me pareceu, à distância, um pointer e tinha as quatro patas intactas, o que me alegrou estranhamente, em contraste com o estropiado, suponho, que me veio de repente à memória sob a noite de chuva eterna. "Mas eu não quero nada de ninguém", pensei, "nem espero nada de ninguém, tenho pressa em desaparecer dessa chuva e chegar em casa, e subtrair-me das interpretações desse longo dia que não se acaba ou que não acabará enquanto eu não estiver lá em cima, a salvo. Ela que se aproxime, se quiser algo de mim ou se vinha me seguindo. Ela que o faça. Não deve ser à toa, para não me falar, se de fato me seguia ou se ainda está seguindo." Dei meia-volta e apertei agora o passo rumo ao meu destino, mas não pude evitar aguçar o ouvido durante os trechos que me restavam, atento a continuar ou não ouvindo aquele tis tis tis que de fato era o de um cachorro com seus dezoito dedos, ou quem sabe o de botas de cano alto e salto tão plano que deslizava no asfalto sem batê-lo nunca, e sem ressonância.

Cheguei à minha porta, enfiei a chave, abri, só então dobrei o guarda-chuva e o sacudi na rua para molhar o menos possível dentro e, uma vez em cima, levei-o logo para a cozinha, também deixei lá a capa para que secasse, depois fui até a janela impaciente e esquadrinhei a praça, não vi nela a moça nem seu pointer, apesar de ter sentido seu ruído imponderável até o fim, acompanhando-me até a porta de baixo, ou assim eu havia acreditado. Ergui então a vista e procurei à minha altura o vizinho dançarino que muitas vezes me sossegava. Lá estava ele, sim, era de prever que não teria saído por aí com um tempo tão asqueroso, além do mais tinha visita, a mulher negra ou mulata com quem às vezes dançava: pelos movimentos, a postura e o ritmo não tive dúvida de que estavam absortos numa dança pseudogaélica, grande velocidade nos pés que não fazem nenhum percurso (os pés se restringem a um ponto sobre o qual insistem, percutem e repercutem no espaço de um ladrilho, ou de uma lajota, se não exageramos), os braços porém caídos, colados ao corpo, inertes, bem tesos voluntariamente, pensei que deviam estar ouvindo a música de algum espetáculo demente daquele ídolo das ilhas que sapateia como um possesso, Michael Flatley, passavam seus antigos vídeos com notável frequência, não sei se já se aposentou ou se dosa muito suas apresentações, para tornar assim mais excepcionais seus iracundos saltos pelos palcos. Que contente ele estava sempre, meu vizinho, dançasse o que dançasse, sozinho ou acompanhado, às vezes eu sentia a tentação de imitá-lo, isso é uma coisa que todos nós podemos fazer, dançar em casa quando acreditamos que ninguém nos vê. Mas a gente nunca está seguro de que ninguém nos vê nem nos ouve, nem sempre nos damos conta de que nos observam, ou de que nos seguem.

 Aquele pobre terrier do bibliômano Marriott teria só catorze dedos, pensei, se lhe falta uma pata. Talvez tenha me lembrado dele porque sua imagem ficou para sempre associada à de uma moça que também costumava usar botas de cano alto, uma florista cigana que aos domingos se postava bem em frente da minha casa oxfordiana, para lá da rua comprida que ali conhecem como St Giles'. Chamava-se Jane, era casada apesar da sua extrema juventude, usava jeans e casaco de couro na maioria dos dias, eu trocava umas palavras com ela de vez em quando, e aquele Alan Marriott tinha parado na sua banca para lhe comprar umas flores justo antes de tocar a minha campainha na manhã ou na tarde em que me visitou, um desses domingos "desterrados do infinito" (citei para mim mesmo). Ele e eu tínhamos acabado falando do escritor galês Arthur Machen (um dos seus favoritos) e da literatura de horror e terror que ele havia cultivado para deleite de Borges e de não muitos mais, embora eu me lembre que ele não sabia quem era Borges. E tinha de repente me ilustrado o horror mediante uma hipótese que envolvia seu cachorro, de três patas e cara esperta, com a florista das botas de cano alto. "Os horrores dependem em boa medida da associação de ideias", tinha dito. "Da conjunção de ideias. Da capacidade de uni-las." Expressava-se com frases curtas, mal recorrendo às conjunções, fazendo pausas mínimas mas muito profundas, acentuadas, como se contivesse a respiração enquanto duravam, como se também mancasse um pouco da fala. "O senhor pode não associar nunca duas ideias de modo que lhe mostrem seu horror, o horror de cada uma delas, e assim não o conhecer por toda a vida. Mas também poderá viver instalado nele se tiver o azar de associar continuamente as ideias certas. Por exemplo, essa moça que vende flores em frente da sua casa", tinha dito apontando para a janela com o indicador bem esticado, um desses dedos que mesmo limpos parecem sempre impregnados do que costumam tocar, por mais que seus donos os lavem: eu os vi em carvoeiros, em açougueiros, em pintores de parede e até em fruteiros (em carvoeiros durante a minha infância); nos dele permanecia o pó de livros que tanto gruda, por isso eu usava luvas quando fuçava nos sebos ou brechós, mas em compensação o giz ia grudando quando dava aulas. "Não há nada terrível nela, por si só não pode infundir horror. Pelo contrário. É muito atraente. É simpática e amável. Acariciou o cachorro. Comprei dela estes cravos." Tirou-os do bolso da capa, onde os havia guardado com total descuido, como se fossem lápis ou um lenço. Eram só dois, estavam meio esmagados. "Mas essa moça pode infundir horror. A ideia dessa moça associada a outra ideia pode infundir horror. Não acredita? Ainda não sabemos qual é a ideia que falta, a ideia adequada para que ele nos seja infundido. Seu par assustador. Mas é certo que existe. Deve existir. É questão de aparecer. Também pode não aparecer nunca. Poderia ser, quem sabe, meu cachorro." Apontou para ele com seu indicador na vertical para baixo, o terrier tinha se posto a seus pés, não chovia naquele dia, não havia risco de que manchasse a sala, não merecia o desterro da cozinha, no andar de baixo (seu indicador poeirento invisivelmente). "A moça e meu cachorro", repetiu e tornou a apontar primeiro para a janela (como se a florista fosse um fantasma e tivesse seu rosto grudado no vidro, era a janela do segundo andar, tinha três aquela casa piramidal, eu dormia no mais alto e trabalhava naquela sala), depois para o cachorro, o dedo sempre muito reto e rígido. "A moça com seu cabelo castanho comprido, suas botas altas, suas longas pernas compactas e meu cachorro sem a pata esquerda." Lembro-me que tocou então o cotó com afeto, ou antes, com cuidado como se ainda pudesse lhe fazer mal, o animal dormitava um pouco. "É normal que o cachorro venha comigo. É necessário. É inusitado, se quiser. Quero dizer, os dois juntos. Mas não há horror nisso. Seria mais chocante se o cachorro fosse com ela. Seria horroroso, talvez. O cachorro *é* sem pata. Ninguém mais além de mim se lembra de quando tinha quatro. Minha memória pessoal não conta. Não é nada diante dos olhos dos outros. Diante dos olhos dela. Dos do senhor. Dos dos outros cachorros. Agora é como se meu cachorro tivesse sido sem pata sempre. Se fosse dela, certamente não a teria perdido numa briga estúpida depois de um jogo." Marriott já tinha me contado a história, eu havia perguntado: uns torcedores embriagados do Oxford United, a estação de Didcot tarde da noite, o homem manco coberto de pauladas e agarrado por vários deles, o cachorro ainda não coxo posto nos trilhos para que um trem que não parava o arrebentasse. Tinham-no soltado, tinham se afastado com medo no último instante, ele tinha se revirado, teve sorte no fim das contas. ("Não imagina como sangrava.") "Foi um acidente. Ossos do ofício de cachorro de um homem manco. Mas com ela talvez a tivesse perdido por outra causa. O cachorro *é sem pata*. Com mais motivo. Com mais gravidade. Não por um acidente. É difícil imaginar essa moça numa briga. Talvez a tivesse perdido por *sua* causa." A expressão em inglês foi "*because of her*", sem confusão possível quanto ao "*sua*", da moça. "Talvez, para que este cachorro perdesse a pata pertencendo a essa moça, só se ela a amputasse. Como pode perder a pata um cachorro bem protegido, cuidado e querido por uma moça tão atraente e simpática que vende flores? A ideia é horrível. É horrível essa ideia. É horrível a ideia da moça cortando a pata do meu cachorro com as próprias mãos; vendo-o com seus próprios olhos; assistindo a isso." Aquelas últimas frases de Alan Marriott tinham soado levemente indignadas; indignadas com a florista. Ele tinha se interrompido então, como se houvesse sugestionado excessivamente a si mesmo com sua truculenta hipótese e houvesse de fato divisado um par espantoso. "Com os olhos da mente", como se tivesse visto com eles, citei para mim mesmo, através da minha janela. Pareceu ter-se perturbado, ter assustado a si mesmo. "Vamos deixar isso de lado", ele disse. E embora eu tenha insistido — "Não, continue, o senhor está prestes a inventar uma história" —, ele não estava disposto a continuar pensando naquilo ou a imaginá-lo: "Não. Vamos deixar de lado. Não é bom exemplo", tinha respondido taxativamente. "Como quiser", repliquei-lhe eu, e assim passamos a outra coisa. Não teria havido forma de convencê-lo para que prolongasse sua fabulação, soube disso no ato, uma vez que tinha se alarmado por causa dela. Talvez tenha ficado horrorizado com ela. Deve ter se espantado com sua própria mente.

Um cachorro e uma moça de botas de cano alto. Aquela noite de chuva era na realidade a primeira vez que eu tinha visto essa conjunção com meus olhos, aquela imagem; mas minha memória já a tinha registrada ou sinistramente associada desde havia muitos anos, naquele mesmo país que não era o meu, quando ainda não estava casado nem tinha filhos. (Esse meu tempo ia se parecendo com aquele outro: não havia agora nem mulher nem filhos, mas eu contava com eles e lhes mandava dinheiro e também sentia diariamente a falta deles, num momento ou outro de cada dia.) A florista Jane costumava usar as botas por cima do jeans, quase à mosqueteiro. A mulher oculta pelo guarda-chuva usava saia, eu tinha vislumbrado uma coxa sua. Sem dúvida por esse precedente invisível, por essa fantasia transmitida então pelo bibliófilo que mancava, tinha me aliviado muito que o pointer branco noturno conservasse suas quatro patas, eu as tinha contado uma a uma apesar de tê-las visto naturalmente também de um só olhar. Mas tinha querido me certificar (esses casos de superstição reflexa, eu agora me dava conta) de que ele e sua dona não formavam um possível par espantoso que já havia sido imaginado por alguém.

Era isso o que eu fazia em troca de uma remuneração, no edifício sem nome. Levava a cabo sem cessar associações, mais que interpretações, decifrações ou análises, ou estas só vinham depois, como débil consequência. Talvez sem utilizar a palavra, Wheeler tinha me anunciado isso naquele domingo de Oxford, em seu jardim ou durante o almoço: Não há nem nunca houve duas pessoas iguais, disso nós sabemos; mas também não há ninguém que não esteja aparentado em algum aspecto com alguém que já passou pelo mundo, que não tenha com algum outro o que Wheeler chamou de afinidades. Não há ninguém sem nenhum vínculo nem nunca houve, sem um nexo de destino ou caráter, que são o mesmo conceito (parafraseou Wheeler abertamente), salvo quem sabe os primeiros homens, se é que na verdade houve homens anteriores a outros e não que surgiram muitos em muitos lugares, simultaneamente. Você vê duas pessoas totalmente diferentes e além do mais separadas por séculos da sua própria vida, a ponto de a primeira estar esquecida há séculos quando a segunda aparece, como eu guardava anestesiada a imagem daquele par espantoso discernido por Alan Marriott. São pessoas diferentes em idade, em sexo, em educação, em crenças, em mentalidade, em temperamento, em afetos; podem falar línguas diferentes, vir de países muito distantes um do outro, ter biografias opostas e não compartilhar uma só experiência, nem uma hora paralela dos seus respectivos e desproporcionados passados, nem uma só equiparável. Você conhece uma moça muito moça, com sua ambição tão intacta que ainda não se pode nem saber se a tem ou carece dela, lembro-me ao ouvir Wheeler. Sua timidez a torna hermética, tanto que você não está seguro de que essa timidez não é apenas fingimento, uma máscara selvagem. É a filha de um casal espanhol amigo que você vai visitar, os pais obrigam-na a cumprimentar, a estar presente pelo menos um instante, a jantar com o convidado e com eles. A moça não quer ser conhecida nem sequer vista, está ali a contragosto, simulando indiferença e desinteresse pelo mundo, esperando que o mundo, que ela sente em dívida com ela, é que se interesse por ela e a corteje e a procure e até lhe ofereça um desagravo, mas experimentando um fastio enorme se o amigo dos seus pais (que para ela não é parte do mundo: por assimilação, excluiu-o) demonstra uma curiosidade insistente, observa-a com simpatia, a faz falar para lisonjeá-la. É uma esfinge vagamente ofendida, ou talvez temerosa, ou vulnerável e interrogativa, ou enganosa, uma impostora. Impossível adivinhá-la, deseja que prestem atenção nela e ao mesmo tempo vê isso como uma intromissão, não suporta isso se vem de quem não tem importância, daquele a quem não cabe fazê-lo, de acordo com sua percepção ou seu critério. Não é, não pode ser antipática ou não chega a tanto, não o é nunca totalmente quem se ruboriza com um lindo rosto desses, mas não há maneira de imaginar o que se esconde por trás do elmo da sua juventude extrema, como se estivesse com a viseira abaixada e de seus olhos aparecessem nada mais que umas pestanas. O imaturo e o não acabado, isso é o mais insondável, como os quatro traços de um desenho incompleto e abandonado cedo demais, que nem sequer permitem prognósticos sobre a figura a que aspiravam ou a que se encaminhavam. No entanto acaba aparecendo alguma coisa, quase sempre, diz Wheeler. Rara é a pessoa diante da qual você fica nas trevas definitivamente, rara é a vez em que alguma figura não surja ao fim do tempo da nossa persistência, ainda que seja borrada ou muito tênue, muitas vezes distinta da que se podia esperar, com frequência remota, desvinculada ou imprópria desses traços primeiros, incongruente muitas vezes. Você vai se acostumando com a obscuridade de cada rosto ou pessoa ou passado ou história ou vida, começa a distinguir após escrutar sem rendição as sombras, a penumbra abre passagem e então você já capta algo, já discerne: cede o desalento então ou nos invade e envolve, conforme ansiássemos por ver ou não ver nada, conforme em quem descubramos tais traços ou afinidades, ou são apenas marcas e reminiscências nossas. Quem está disposto a ver, no fim quase sempre vê, não digamos quem está empenhado ou quem faz disso sua profissão, como você e como eu, você acredita não ter começado mas começou há muito, só falta ser retribuído e vai ser, logo, logo; mas é assim como você já vive. Somos tão poucos os que temos ânimo e paciência para continuar olhando que nos pagam bem por isso ("Vamos, corra, depressa, continue pensando e continue olhando além do necessário, inclusive quando sentir que não há mais, nada mais em que pensar, tudo pensado, nem que olhar, tudo olhado"), para afundar no que parece liso, opaco e negro como um campo de sable heráldico, uma treva compacta. Mas você logo percebe um gesto, uma entonação, um brilho, uma hesitação, um riso, um tique, um olhar oblíquo, pode ser qualquer coisa, ínfima até. Alguma coisa ouve ou vê, o que for, vê isso na jovem filha do casal amigo, alguma coisa que reconhece e associa, que ouviu ou viu antes em alguém, penso enquanto Wheeler se explica. Vê na garota a mesma expressão envaidecida e cruel, complexada, idêntica, que viu tantas vezes num homem adulto, quase velho, um editor de revistas com o qual trabalhou tempo demais, um só dia de trabalho com ele já teria sido além da conta. Nada têm a ver em princípio, ninguém os teria relacionado, um desatino. Não há parecença, nem portanto parentesco. Aquele homem tinha cabelos grisalhos e como que frisados, o da moça é uma deslumbrante cabeleira castanho intenso; nele, a carne ia caindo, a cara despencava visivelmente um pouco mais cada dia, a dela é tão exultante e firme que a seu lado os pais parecem planos (e você mesmo também, supõe, mas a gente não se contempla), como se só ela na sala tivesse volume, ou só ela estivesse em relevo; os olhos dele eram miúdos e desleais, ávidos e daninhos apesar do sorriso que frequentava seus dentes separados e como sem limar ou polir (ou com o esmalte ido, seu efeito era de minúsculas e sujas serras), com a esperança de tornar cordial o conjunto (e enganava muitos, durante algum tempo até a mim mesmo, ou antes fui eu que apartei a vista do que via, é o que todo mundo faz constantemente, e ninguém consegue desprender-se sempre do mundo), e os olhos dela são grandes, fugidios, graves, e parecem não cobiçar nada, seus lábios não concedem sorrisos a quem não os merece do seu tacanho ponto de vista, e não lhe importa mostrar-se insuportável (ainda não lhe interessa seduzir ninguém), e sua dentadura entrevista é uma bênção radiante. Não, não têm nada a ver, aquele trapaceiro dono e editor de revistas, aquele homem adulto jactancioso e nunca comiserativo, tão inseguro das suas consecuções e tão conhecedor dos seus furtos monetários e intelectuais que necessitava esmagar se pudesse aqueles que roubava; não, nada os une, ele e essa garota para a qual você diria que o pano não se levantou, que ainda é plena potencialidade e enigma, uma tela já preparada na qual só caíram umas pinceladas de prova, umas provas de cores. E no entanto. Passado o momento, na hora da sobremesa talvez, passado o tempo da nossa persistência, você vê com nitidez e amargura desinteressada aquela chama, aquele gesto ou mesmo olhar do homem com que não se parece e que não conhece (logo toda mimese descartada). Não é, não pode ser uma superposição de rostos, tão diferentes, tão opostos, isso seria uma aberração visual, um despropósito do olho. Não, é uma associação, um reconhecimento, uma afinidade captada. (Um par espantoso.) É o mesmo gesto de irritação ou a mesma expressão de exigência, motivados sem dúvida por diferentes causas ou após trajetórias tão divergentes que a dele já é declinante e a dela apenas se inicia. Ou talvez em ambos os casos não há causa e as trajetórias pouco contam, não são expressão nem gesto que venham do revés ou da sorte, nem que tragam os acontecimentos. No empresário já estavam assentados, moradores perpétuos da sua avermelhada tez alcoólica salpicada de vasos rompidos, enquanto na moça são uma momentânea tentação apenas, uma bruma se quiserem, algo quem sabe reversível e hoje sem importância. E no entanto você já sabe, depois de ter notado esse vínculo. Sabe como ela é num aspecto e que nesse tão crucial não haverá emenda: ai de quem a contrariar, mas não menos de quem a agradar ("Há pessoas que são simplesmente impossíveis, e a única coisa sábia é afastar-se delas e mantê-las longe, e não existir para elas"). Esse gesto, essa expressão indicam uma coisa advertida desde o primeiro momento e que foi mencionada antes, só que sem relacioná-la ainda com aquele larápio velho de soberba imensa, sem ter percebido que a moça compartilhava com ele esse traço, ou o reproduz (calca-o sem conhecê-lo, idêntico). Ambos sentem, julgam quem sabe, que o mundo vive em débito com eles; tudo o que lhes chega de bom lhes é devido, nada menos; desconhecem o contentamento e a gratidão portanto; nunca levam em conta os favores que lhes dispensam nem a clemência com que são tratados; vêm aqueles como preito, esta como debilidade e medo de quem teve a vara na mão e se absteve de vergastá-los. São gente intratável, que nunca aprende nem toma jeito. Sentem-se credores do mundo, sempre, embora passem a vida inteira ofendendo-o e despojando-o, através de incontáveis rebentos seus que encontram por seu caminho. E se por idade a garota ainda não tenha podido abater muitos, não tive dúvida de que logo se ressarciria do tempo intolerável de espera a que o preguiçoso crescimento físico submete os caracteres resolvidos com celeridade e grande adiantamento. É então, ao reconhecer essa expressão envaidecida e cruel, complexada — presságio de cólera, sempre —, é ao ver esse nexo nefasto quando alguém deixa de mostrar curiosidade para com a moça, de observá-la por simpatia, de lisonjeá-la com suas cativantes perguntas de adulto. E ela, que suportava mal isso tudo e desdenhava as atenções por vir de quem vinham — um amigo dos pais, tão pesado, uma pessoa velha —, suporta ainda menos a suspensão das suas deferências. Por isso acaba a sobremesa a toda pressa, levanta-se da mesa, sai sem se despedir. Sofreu, acumulou, colecionou outra ofensa.

 Outras vezes é o contrário, por sorte: o que você vê, ou identifica, associa, é algo tão saudoso e querido que logo você se tranquiliza, conta-me Wheeler. Você ouve um timbre de voz e uma dicção familiares na mulher com quem conversa, acabaram de apresentá-la. Escuta seu riso fácil com um agrado nostálgico, ou, mais ainda, uma emoção longínqua. Lembra-se, escuta, lembra-se dela: oh sim, claro, já sei, conheço essa predisposição para a festa, a jovialidade que contagia, a pronta dissipação das névoas, a chamada para a diversão, o espírito que se aborrece com a própria tristeza e faz o que está a seu alcance para aliviar e abreviar as doses que a vida lhe impõe como a qualquer outro, a ela também, não é que se livre delas. Mas tampouco se oferece nem se verga inerme e, quando vê que sobrevive a essa carga, se endireita um pouco e trata de sacudi-la fora, o mais longe possível das suas frágeis costas. Não para suprimir a pena, como se ela não existisse, não é que se faça de desentendida ou se safe, não é que se esqueça irresponsavelmente; mas sabe que só poderá vigiar essa tristeza se a mantiver em perspectiva, à distância, e assim quem sabe também entendê-la. E nessa mulher de idade mediana você percebe a afinidade inconfundível com uma moça que não o foi para sempre, com sua própria esposa — Valerie, Val, quase não lhe resta mais que a lembrança do nome, mas agora voltam a aparecer vestígios vivos ou animados dela, noutra voz e noutro rosto —, que morreu cedo e não pôde nem sequer sonhar em chegar a esses anos, nem claro dar à luz um filho nem fantasiar possivelmente com ele, demasiado jovem sua morte para imaginar-se mãe, quase sem tempo para imaginar-se casada com Peter Wheeler ou com Peter Rylands, para imaginar-se casada além de já o estar. Tinha o olhar sonhador e diáfano, e muito alegres os lábios, irônicos afetuosamente. Caçoava muito, não deixou para trás os usos de sua juventude, nunca esteve em condição de fazê-lo. Uma vez me disse por que gostava de mim, com esses lábios: "Porque gosto de te ver lendo o jornal enquanto tomo o café da manhã, por isso, mais nada. Vejo no seu rosto como o mundo amanheceu e como você amanhece cada manhã, que é na minha vida o representante principal do mundo. O mais visível com diferença". Essas palavras voltam inesperadamente, ao ouvir o timbre e a dicção idênticos e ao ver o sorriso tão comparável. Então você logo sabe que nessa mulher madura que acabam de te apresentar você pode muito bem confiar, absolutamente. Sabe que não te fará mal, ou pelo menos não sem te avisar.

"Foi muito útil essa capacidade ou dom durante a Guerra, é algo inapreciável em tempos de guerra, por isso se organizou e canalizou na época, e foi rastreada conscienciosamente, logo se constatou que poucos tinham esse dom, essa faculdade, menos ainda talvez nos tempos de então, a Guerra deforma a visão até extremos inconcebíveis, a metade das pessoas enxerga fantasmas e bruxas em toda parte e na outra metade se aguça a habitual tendência a não enxergar nada, e também a não tentar enxergar. Mas foi a Guerra que a trouxe, as coisas só nos acontecem quando nos são necessárias, inclusive as mais simples", havia murmurado Wheeler no jardim, enquanto passeávamos com lentidão à beira do rio, à espera do almoço. "Foi pena que a ideia não tivesse surgido poucos meses antes, quem sabe se Val, minha mulher, se Valeria não teria morrido nesse caso. Mas por desgraça já havia morrido quando a ideia ocorreu não sei se a Menzies ou a Ve-Ve Vivian, ou se a Cowgil, ou a Hollis, ou inclusive a Philby (a Jack Curry não creio, ele eu descarto), todos queriam ser os mais inventivos, sempre se presumiram disso no MI5 e no MI6, olhavam-se de soslaio, acabavam se espionando também uns aos outros, deve continuar acontecendo, com certeza. O mais provável é que tenha ocorrido ao próprio Churchill, era o mais inteligente e o mais ousado, o que menos temia o ridículo. Tanto faz. Essas coisas, essas paternidades não há quem as saiba, e a ninguém importa mais que aos candidatos a ter iluminado o desvio da morte poeirenta em ontens nossos já distantes", variou Wheeler com humor amargo a célebre citação de Shakespeare, "cada qual conta a sua história e a nenhum se dá crédito e de nenhum se faz caso. Como quer que fosse, tudo partiu da campanha contra a *careless talk*, já ouviu falar disso?" Não me soava estranha a expressão, "conversa despreocupada" literalmente, ou "negligente", ou "descuidada", ou "conversa imprudente", difícil uma tradução satisfatória e exata, relacionei-a com o que em espanhol conhecemos como "*hablar a la ligera*", embora não seja isso também, nem "mexerico", nem "fofoca", nem "disse me disse". Neguei com a cabeça: não sabia, em todo caso, de nenhuma campanha contra o assim chamado. Naquela época também ignorava que nomes eram aqueles que Wheeler havia manejado com tanta desenvoltura, com exceção de Churchill, é claro, e do famoso agente duplo Kim Philby (esse outro inglês forasteiro ou postiço nascido na Índia e filho de um explorador e orientalista nativo por sua vez do Ceilão e convertido ao islã aos quarenta e tantos anos), que de resto estivera na Espanha durante nossa Guerra como correspondente do *Times* junto aos insurretos, mas segundo parece com a encomenda (soviética, não britânica) de aproveitar a proximidade para assassinar Franco (não se desincumbiu, claro, nem no grau de intenção: tiveram de castigá-lo por isso). Só posteriormente soube que todos haviam sido funcionários ou espiões com altas responsabilidades, como também demorei a saber, por exemplo (não vou me gabar de conhecimentos infusos), que aquele primeiro nome dito por Wheeler, Menzies, era esse e assim se escrevia, porque ele o pronunciou estranhamente como "Mingiss". "Não? Huumm", prosseguiu Wheeler enquanto abria sua pasta e procurava alguma coisa nela. "Foi levada a cabo durante a Guerra, empapelaram o país inteiro com cartazes, avisos, exemplos ilustrativos, anúncios no rádio e na imprensa, com as ilustrações de Eric Fraser e de muitos outros, Eric Kennington, Wilkinson, Beggarstaff (tenho algumas aqui, você vai ver), quando todos nós nos sugestionamos e nos convencemos de que a Inglaterra, e a Escócia e o País de Gales, estavam empesteados de espiões nazistas, muitos deles tão britânicos quanto qualquer outro de nascimento, educação e gostos, gente comprada ou fanática e enfeitiçada, gente traidora, gente doente e infectada. Desconfiava-se de qualquer um, sobretudo uma vez iniciada a campanha, com resultados práticos desiguais (combatia uma coisa invencível) mas considerável eficácia anímica ou psíquica: tinha-se receio do vizinho, do parente, do professor, do colega, do quitandeiro, do médico, da mulher, do marido, muitos aproveitaram as suspeitas tão fáceis, tão amplas, tão compreensíveis naquele clima para perder de vista o detestado cônjuge. Embora não se pudesse demonstrar que se estava convivendo com um agente alemão encoberto ou infiltrado, a simples e insuperável dúvida parecia um obstáculo suficiente para tornar impossível a permanência ao lado do suposto monstro detectado ou, o que é a mesma coisa, motivo suficiente para se divorciar. Como era possível compartilhar o travesseiro, noite após noite, com alguém de quem se desconfiava tão gravissimamente, com alguém tão temível que não hesitaria em nos matar se se sentisse descoberto ou ameaçado? Era essa a ideia do espião inimigo, fosse ele moço ou velho, mulher ou homem, britânico ou estrangeiro, a de indivíduos impiedosos, sem escrúpulos nem limite algum, sempre dispostos a infligir o maior mal possível, direto ou indireto, na retaguarda ou na frente, no moral coletivo ou nos materiais bélicos, na população civil ou nas tropas, tanto fazia. Não era errônea a ideia, por certo. As pessoas exageravam seus medos com o intuito de no fundo não acreditar neles, de concluir posteriormente que nada podia ser tão maligno quanto se imaginava, é uma coisa que todos nós fazemos, pensar o pior de propósito mas sem consciência aparente, de forma paranoica, descabelada, imaginar o mais truculento para assim acabar descartando-o em nosso foro íntimo: ao cabo do processo, dessa atroz viagem mental, chamemo-la desse modo, nos dizemos invariavelmente: bah, não deve ser tanto assim. O engraçado ou o tétrico é que a verdade, essa sim, costuma sê-lo: é tanto e até mais. Segundo a minha experiência, segundo meus conhecimentos, a realidade coincide muitas vezes com o mais cruel do pressentido e também, em certas ocasiões, vai além dele, isto é, coincide precisamente com o que foi rechaçado no apogeu ou na culminação do medo, com o que afinal foi tomado por pesadelos excessivos, loucos, da apreensão e da fantasia. Claro que os numerosos agentes nazistas em solo britânico matavam quem fosse preciso matar ou representasse o mais ínfimo risco para eles, assim como os nossos no continente ocupado, principalmente os do SOE, mas não só eles. Em tempos de paz é totalmente impossível fazer uma ideia ou entender o que é uma guerra, esta de fato é inconcebível, nem mesmo são recordáveis as já vividas, as que já se deram e além do mais aqui mesmo, inclusive nas que se tomou parte ou desempenhou um papel; do mesmo modo que em tempos de guerra a paz é que não é recordável, nem concebível. A gente não tem consciência de até que ponto uma coisa nega a outra, suprime-a, repele-a, a exclui da nossa memória e afugenta da nossa imaginação e do nosso pensamento (como a dor e o prazer quando não estão presentes), ou na melhor das hipóteses a transforma em fictícia, você tem a sensação de que nunca conheceu nem experimentou de verdade o que em cada tempo está ausente; e esse ausente, se houve antes, também não funciona, não se assemelha ao passado, ou ao resto do que já é pretérito, mas sim aos romances e aos filmes.

Torna-se irreal para nós, é uma invenção. E no que diz respeito à guerra, parece-nos incrível tanto desperdício." Senti-me tentado a perguntar a Wheeler se ele também tinha matado, no MI6 (saco de carne, mancha de sangue), talvez no Caribe, ou na África Ocidental, ou no Sudeste Asiático; ou na Espanha, antes. Mas não deu tempo para a tentação se concretizar, porque mal fez uma pausa antes de acrescentar: "Custa-nos indescritivelmente dar crédito depois, quando a guerra se acaba; mal deparamos com a derrota ou com a vitória, sobretudo com uma vitória. São como compartimentos estanques, o estado de paz, o estado de guerra. Quanto desperdício". Em seguida voltou ao anterior: "Olhe isto, nunca tinha visto uma reprodução disto?".

Wheeler tirou da sua pasta um recorte de jornal amarelado com uma propaganda em que a primeira coisa que saltava aos olhos era uma grande cruz gamada no meio, peluda como uma aranha, e a teia que esta havia tecido, a qual envolvia, ou melhor, capturava umas tantas cenas. "Informação ao inimigo", rezavam as letras grandes, um título presumivelmente, a julgar pelas letras pequenas no rodapé, que diziam mais ou menos: "Esta obra de G. R. Rainier, que ilustra como as conversas imprudentes" (deixemos "*careless talk*" ser isso aqui), "por mais inocentes que possam parecer no momento, poderiam ter suas peças juntadas e encaixadas pelo inimigo e assim trair segredos vitais, será emitida de novo esta noite às dez em ponto." Eram quatro as cenas: três pessoas conversam num pub jogando dardos, o mais atrás seria o espião, pelo monóculo, o nariz adunco, a cabeleira de artista e a barba afetada; um soldado conversa num trem com uma loura, ela sem dúvida seria a espiã, não só por exclusão mas também por elegância; dois pares numa rua, um de homens, outro misto: os respectivos espiões deviam ser o indivíduo com a gravata-borboleta e o do cachecol, embora aqui não fosse tão claro (mas eu diria que são os que ouvem); por fim, um aviador é recebido em

This play by G. R. Rainier, which illustrates how careless talk, however innocent it may seem at the time, might be pieced together by the enemy and give away a vital secret, will be broadcast again tonight at 10.0.

casa, seguramente por seus pais e, em segundo plano, por uma jovem criada de avental e touca: seguramente é ela a espiã, por ser moça e empregada, por ser intrusa. Além dessas cenas, um avião embaixo e outro em cima, este bem próximo de um incompreensível furgão (talvez disfarce) que traz pintado o rótulo de "Lavanderia".

"Não, não conhecia", disse e, depois de examinar o prospecto de Eric Fraser detidamente, virei-o, como sempre faço com os que são antigos. *Radio Times*, 2 de maio de 1941. Aparecia parte da programação daqueles dias, da BBC, supus, que então era apenas rádio. O título completo da didática obra daquele mr. Rainier (parecia um nome mais alemão que inglês, ou vai ver que era um monegasco) era, segundo vi, *Fifth Column: Information to the Enemy*. Aquela expressão, quinta-coluna, tinha se originado na minha cidade, creio eu, em Madri, sitiada durante três anos por Franco, suas tropas, seus aviadores alemães, seus assaltantes mouros e infestada de quinta-colunistas seus, tínhamos exportado rapidamente ambos os termos para outras línguas e outras plagas: naquela época, maio de 1941, só fazia 25 meses que tínhamos encontrado uns a derrota, outros a vitória, meus pais entre esses uns, e eu também, quando nasci (há muito mais desperdício e dura mais entre os vencidos). Aquela programação radiofônica de sessenta anos atrás incluía (seus olhos sempre se dirigem para as palavras no seu idioma) a apresentação de *Don Felipe and the Cuban Caballeros, with Dorothe Morrow*, estava previsto que tocassem meia hora, até o encerramento das onze: *Time, Big Ben: Close down*. Onde estariam agora Don Felipe y los Caballeros de Cuba e aquela tão imprópria Doroteia Amanhã, provavelmente a vocalista. Onde, se vivos, e onde, se mortos. Quem sabia se de fato tinham conseguido se apresentar naquela noite ou se teriam sido impedidos por algum bombardeio da Luftwaffe, planejado e dirigido por quinta-colunistas, confidentes e espiões em nosso território. Quem sabia até se teriam sobrevivido à data.

"E isto? E isto? Olhe isto; e isto; e isto." Wheeler continuou tirando folhetos da sua pasta, agora em cor e já não originais, mas recortados de revistas, talvez de livros, ou eram postais e cartas de baralho do Imperial War Museum de Lambeth Road e de outras instituições, deviam ser vendidos agora como recordações nostálgicas ou meramente curiosas, até se ilustrava um baralho com elas, é estranho como as coisas úteis e até vitais da própria vida se transformam em ornamentos e em arqueologia, quando essa vida ainda não está concluída, pensei na de Wheeler e pensei que eu chegaria a ver em catálogos e em exposições objetos, diários, fotos, livros a cuja criação, tomada ou até escrita eu teria assistido, se vivesse anos suficientes ou nem mesmo tantos, tudo se faz remoto muito depressa. Esse museu, o Imperial da Guerra, ficava bem perto do quartel-general ou sede principal do MI6, isto é, do Secret Intelligence Service ou SIS, ali em Vauxhall Cross, nada secreta arquitetonicamente essa sede mas na verdade chamativa, nem mesmo discreta mas proeminente, um zigurate, um farol; e também nada longe do edifício sem nome a que eu devia ir todas as manhãs por um período que foi longo para mim, embora eu ainda ignorasse então que aquele ia ser outro lugar de trabalho meu, já tive uns tantos.

"O senhor as coleciona?", perguntei-lhe enquanto olhava as peças com atenção. Sentamos um momento nas cadeiras cobertas por lonas ou capas impermeáveis que Wheeler tinha em seu jardim, em torno de uma mesinha, ele as punha para fora na primavera e tirava tarde no outono, enquanto o sol ainda se encompridava, mas as mantinham ou deixavam cobertas conforme os dias ou na maioria deles, ele e a senhora Berry, sempre tão variável na Inglaterra o tempo, por isso sua língua tem a expressão *"as changing as the weather"*, que se aplica por exemplo às pessoas volúveis. Sentamos diretamente nas lonas cor de capa de chuva clara, estavam secas, era só uma pausa para melhor manipularmos e abrirmos as ilustrações em cima da mesinha também encapada, todos aqueles móveis disfarçados de escultura moderna ou de fantasmas encadeados. No jardim de Rylands também havia uns, parecidos, em seu jardim perto dali, à beira do mesmo rio, eu me lembrava.

"Sim, mais ou menos, algumas coisas você quer recordar com a maior precisão possível. Mas é mais mrs. Berry quem se encarrega, também lhe interessam e ela vai mais a Londres. Ninguém pensa em guardar as bagatelas quando elas se dão, em seu tempo, quando existem naturalmente, você tem a sensação de que estão à mão e de que sempre vão estar. Depois se transformam em verdadeiras raridades, e antes que você se dê conta já são relíquias, basta ver as bobagens que hoje se leiloam, pelo simples motivo de que não se fabricam mais e encontrá-las é impossível. Há coleções de figurinhas de quarenta anos atrás que atingem preços exorbitantes, brigam como loucos por elas os mesmos que as colecionaram em criança e que, jovens, jogaram fora ou deram de presente, quem sabe não compram exatamente, após longa viagem, após sua passagem por muitas mãos, os mesmos álbuns que um dia colecionaram e completaram com infantil perseverança. É uma maldição o presente, não nos deixa ver nem apreciar quase nada. Quem teve a ideia de fazer-nos viver nele pregou-nos uma peça de péssimo gosto", disse Wheeler zombeteiramente, e apontou para aquelas estampas, seu indicador tremia um pouco: "Olhe, logo percebe o que recomendavam. É insólito, não?, da perspectiva atual sobretudo, tão voraz e tão incontinente esta época. Não sabe deixar de perguntar nem se calar."

Numa via-se um navio de guerra afundando em alto-mar no meio da noite, sem dúvida torpedeado, no céu clarões e fumaça, e uns tantos sobreviventes afastando-se dele num bote a remo sem

lhe dar as costas, olhar fixo naquele desastre de que só se salvavam em parte, como todo tripulante e todo náufrago. "Umas poucas palavras imprudentes podem acabar nisto", dizia a legenda do que deve ter sido um cartaz, ou quem sabe um anúncio de revista; e em letra menor se explicava: "Muitas vidas se perderam na guerra anterior por culpa das conversas imprudentes. Estejam em guarda! Não falem de movimentos de navios ou de tropas". A "anterior" era a guerra de 1914, da que Wheeler guardava direta e infantil memória, de quando ainda se chamava Rylands.

Noutra a cena era mundana: uma mulher atraente recostada numa poltrona (colar, traje de noite, flor no busto, unhas pintadas e compridas) olha para a frente com frieza e ironia enquanto a rodeiam, cortejam e atendem três oficiais com seus cigarros e copos durante uma festa, é de supor que lhe relatem façanhas recentes ou lhe anunciem iminentes proezas para encantá-la, ou que falam entre si delas sem se preocupar com que a mulher os escute. A legenda dizia: "Mantenha a boca fechada" (ou, para procurar algo mais coloquial ainda, e em parte mais próximo do original: "Cale a boca"), "ela não é tão boba assim!" (se bem que havia aqui um jogo de palavras, já que "*dumb*" significa "bobo" ou "tola", mas também "mudo"; além do mais havia rima). Embaixo, em letras vermelhas, o lema principal da campanha: "As conversas imprudentes custam vidas".

Outra era ainda mais explícita e instrutiva, alertava contra a possível cadeia, involuntária e incontrolável, a que as palavras ditas estão sempre expostas, e aqui o espião ou espiã não estavam espreitando no início, mas esperando no fim dela. A ilustração estava dividida em quatro partes, duas com fundo vermelho, duas com fundo branco. O quadro superior esquerdo mostrava um marinheiro falando com uma moça de cabelos louros (sua namorada, sua irmã, talvez uma amiga) da qual não tem motivo para desconfiar, ao contrário, ela o escuta com interesse desinteressado (quer dizer, se interessa mais por ele do que pelo revelado ou contado) e olha para ele com enorme apreço, se é que não se trata de encantamento. Embaixo, em maiúsculas, a palavra "CONTAR". O quadro seguinte, o superior direito, apresentava essa mesma moça loura conversando com uma amiga de cabelos castanhos presos no alto, que a ouve com expressão de espanto, o interesse desta não parece tão desinteressado: no mínimo saboreia antecipadamente a notícia que ela poderá por sua vez dar; talvez não seja mal-intencionada mas apenas fofoqueira, uma dessas pessoas que adora contar e passar adiante novidades e mostrar-se a par das coisas, surpreendendo os outros com o muito que sabem de tudo. Embaixo, em minúsculas, "a um amigo pode". O quadro inferior esquerdo representava a mulher de cabelos castanhos contando no ouvido de outra amiga, esta de cabelos negros repartido no meio e com uma espécie de coque baixo, frios olhos rasgados e uma expressão de interesse já totalmente interessado, pois ao mesmo tempo que escuta pensa principalmente em seu próximo interlocutor, ao qual já não dará uma mera notícia, mas uma informação valiosa. Embaixo, de novo em minúsculas, "significar contar". Por último, o quadro inferior direito pintava a terceira mulher, a de cabelos negros, sussurrando quase no ouvido — os olhos malignos fechados — de um homem louro de olhar enviesado e feições duras, sem dúvida um impiedoso nazista cujo passo seguinte não será contar mais nada, e sim passar à ação, tomar medidas que seguramente levarão à morte de muitos, inclusive do culpado e inocente marinheiro. Embaixo, as letras voltavam a ser maiúsculas, "AO INIMIGO", assim a soma de todas era "CONTAR a um amigo pode significar contar AO INIMIGO", sendo a principal mensagem a dessas maiúsculas sobre fundo vermelho. Não pude evitar de notar, sorrindo para mim mesmo, a estudada gradação das três mulheres: a "boa" era loura de cabelos curtos, no pescoço um modesto e simples laço branco; a "frívola" ou a "insensata" era castanha, usava o cabelo preso e um colar na garganta (uma mulher mais coquete); a "má", a espiã, era de cabelos negros bem mais rebuscados, o pescoço adornado por uma espécie de gargantilha preta com um broche esverdeado brilhando no centro, e era a única de brincos (uma verdadeira sedutora, provavelmente). Muitas compatriotas minhas, entre elas minha mãe, pensei, teriam tido má reputação na Inglaterra, naqueles anos.

Outra propaganda apresentava um soldado da infantaria olhando para a frente: homem de meia-idade (um veterano), com um cigarro nos lábios, levando o indicador da mão esquerda à têmpora, sob o capacete, recomenda, em tradução literal: "Guarde-o debaixo do chapéu", modismo que na realidade equivale a "Nem uma palavra sobre isso" ou "Não deixe escapar uma sílaba", ou talvez, mais castiça e antiquadamente, "Nem chus nem bus". E acima, em letras vermelhas, "Cuidado com os espiões!".

"Eram destinadas principalmente às forças, não eram? Essas propagandas", perguntei a Wheeler.

"Ah, sim, mas não só", respondeu-me com uma ligeira vibração na voz. "Isto é o mais interessante, que a mensagem não era apenas para os soldados, que mais sabiam e maiores cuidados e discrição deviam ter, mas para todo mundo, para qualquer civil também. Olhe estas outras." E tirou da pasta umas tantas mais que, de fato, já não eram dirigidas aos militares, mas ao conjunto da população.

Algumas eram caricaturas. Uma representava um senhor falando no telefone de uma cabine pública de cor vermelha, como ainda são as inglesas: "... Mas pelo amor de Deus, não diga que *eu* te contei!", eram suas palavras segundo o texto, enquanto pelas paredes e no teto da cabine mostravam suas caras clônicas catorze ou quinze pequenos Hitlers. Noutra viam-se duas senhoras sentadas no metrô, e a primeira dizia à segunda: "A gente nunca sabe *quem* está ouvindo!". Dois bancos atrás viajavam satisfeitos da vida dois figurões nazistas fardados, um magro, o outro gordo e carregado de condecorações, o primeiro também se parecia com Hitler. Noutra imagem, feita quem sabe a partir de uma foto, via-se um homem comum e corriqueiro com sua gravata, sua capa e seu boné (talvez um *cockney*), que parecia piscar o olho para o espectador e mais ou menos dizia: "O que eu sei... guardo para *mim*" ou "reservo para mim". Também havia propagandas para convencer as crianças e inculcar-lhes por mimetismo a conveniência do silêncio ("Seja como papai: cale a boca!"), ou anúncios oficiais meramente tipográficos, sem ilustração ("Mil vidas se perderam na guerra anterior por causa da valiosa informação revelada ao inimigo por conversas imprudentes. Estejam em guarda!"), que devem ter invadido os quadros de aviso dos escritórios, das escolas, dos pubs, das fábricas, assim como as ruas, nos muros, nos trens e nos ônibus, nas estações ferroviárias e do metrô. Noutras se explicava, em verso, por que se impunha a censura a informações em princípio inócuas e que em tempos de paz se davam sem nenhum problema ou até de maneira obrigatória, como por exemplo por que um trem ficara retido ou parado ou chegara com acumulados atrasos: "Diz o censor que devem ser ignoradas/ as circunstâncias das nossas nevadas/ para os nazistas seriam notícia/ que usariam com grande delícia", este era o estilo equivalente, mais ou menos, das parelhas ou dísticos (mostra de consideração e civismo, explicar aos cidadãos por que não se explicava). E sempre mais propagandas dirigidas aos membros das Forças Armadas, cujos descuidos eram os que em maior perigo podiam pôr a todos e, nem é preciso dizer, a eles próprios. Um soldado de capacete e um telefone com corpo alertava: "Pare! Pense duas vezes antes de fazer uma chamada de longa distância". Ou um homem e uma mulher de uniforme deixando aparecer apenas seus pés e suas cabeças detrás de um biombo azul que ocultava seus distintivos com a palavra "CENSURADO" em grandes letras brancas; o rapaz e a moça juntavam as brasas

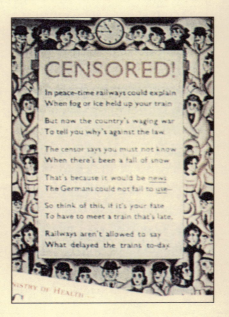

YOUR UNITS MUST NOT BE DISCLOSED!

dos seus respectivos cigarros, um dava fogo ao outro e com isso uniam seus lábios por tabaco e fogo interpostos (fumar não era malvisto nem perseguido, para alguma coisa aqueles tempos tinham de servir), mas eram advertidos: "Suas unidades não devem ser reveladas!". A maioria das peças insistia, em todos os casos, no lema fundamental da campanha: *"Careless talk costs lives!"*, "As conversas imprudentes custam vidas". Ou não seria tradução de todo infiel "cobram vidas".

"Tenho a vaga impressão de que em nossa Guerra Civil houve avisos parecidos contra os quinta-colunistas, mas não tenho certeza, o senhor se lembra?", perguntei-lhe. "Não sei, ronda-me a cabeça algum lema do tipo 'O inimigo tem mil ouvidos', mas vai ver que estou inventando, não sei, não conservo na retina, aliás, imagens equivalentes às que o senhor me mostra, não creio tê-las visto reproduzidas." Na verdade não sabia, embora não fosse descartável que também houvéssemos exportado essa iniciativa. Ou talvez minha memória se confundisse com o difamatório cartaz contra o POUM da primavera de 1937, o rosto cruzado por uma suástica aparecendo sob a máscara com a foice e o martelo; Nin tinha sido vítima da paranoia semijustificada que fez ver espiões e colaboradores de Franco em cada esquina, ou antes, seus inimigos tinham se valido dessa paranoia para acusá-lo de traição e espionagem. Acusaram-no de ter informado, de ter falado, e foi o que paradoxalmente nunca fez perante seus torturadores. Ali calou e não se salvou, manteve a boca fechada, não deu com a língua nos dentes, não deixou escapar uma sílaba, *he kept mum* precisamente, o que sabia guardou para si ou debaixo do chapéu, ou quem sabe não disse nada por serem todas as incriminações falsas, teria de ter inventado patranhas e histórias para poder admiti-las e reconhecê-las, para confessar-se o "cavalo de Troia" que aquele poético "amante da verdade" e "quixotesco probo" glosou um pouco mais tarde com "sua voz de candeeiro" que encantou Trapp-Tello, tão infamatória essa voz.

"Ontem à noite eu te disse que antes da Guerra contra a Alemanha eu tinha passado pela de vocês, e costumo me expressar com bastante precisão, Jacobo. Ainda creio fazê-lo. Isso quer dizer que não estive muito tempo na Espanha. Só isso, que passei por ali", respondeu-me Wheeler, e percebi uma nota de leve impaciência em sua voz, como se o importunasse um pouco que eu lhe trouxesse naquele instante outra contenda e outra época, por mais relação que aquela tivesse com a dele e próxima que esta lhe fosse. "De modo que não estou em condição de jurar, mas não me lembro de ter assistido no seu país a uma coisa semelhante, nem li ou ouvi falar disso. Cartazes, campanha contra os quinta-colunistas sim, isso houve se não me equivoco; incitou-se a população de Madri e Barcelona, e talvez de Valencia, a procurá-los e descobri-los, tirá-los das suas cloacas e esmagá-los, a mesma coisa do outro lado: rastrear e aniquilar os camuflados, poucos deviam estar vivos naquela zona cheia de loquazes padres confessores, mas foi essa a instigação. Claro que se pediu à gente que mantivesse os olhos abertos e vigiasse a retaguarda, como também se fez timidamente durante a Primeira Guerra, aqui e na França, que eu saiba. Mas o que não creio que nunca tenha havido é uma campanha como esta contra a *careless talk*, em que não só se pôs os cidadãos em guarda contra os possíveis espiões, como se recomendou a eles o silêncio como norma geral: pediu-se que não falassem, ordenou-se e implorou-se que se calassem. De repente apresentaram às pessoas sua própria língua como inimiga invisível, incontrolável, inesperada e imprevisível: como a pior, a mais assassina e a mais temível, como uma arma espantosa que qualquer um, todo o mundo, podia ativar e pôr em funcionamento sem que nunca fosse possível saber quando dela partia uma bala ou não, nem se esta acabaria transformada nos torpedos que poriam a pique um dos nossos encouraçados no meio do oceano a milhares de milhas, ou nas bombas de um Junker que alcançariam com enorme precisão nossos bairros e nossas casas, ou que cairiam sobre os objetivos militares que mais era preciso resguardar e defender, sobre os mais secretos e camuflados e mais vitais. Não sei se você se dá plenamente conta disso, Jacobo: alertaram as pessoas contra sua principal forma de comunicação; fizeram-nas desconfiar da atividade a que elas se entregam e sempre se entregaram de maneira natural, sem reservas, em todo tempo e em todo lugar, não só aqui e então; indispuseram-nas com o que mais nos define e mais nos une: falar, contar, dizer-se, comentar, murmurar e passar informação, criticar, trocar notícias, fofocar, difamar, caluniar e espalhar boatos, referir-se a acontecimentos e relatar ocorrências, manter-se a par e fazer saber e, claro, também brincar e mentir. Essa é a roda que move o mundo, Jacobo, acima de qualquer outra coisa; esse é o motor da vida, o que nunca se esgota nem para jamais, esse é seu verdadeiro alento. E de repente pediu-se às pessoas que desligassem esse motor; que deixassem de respirar. Pediu-se a elas que renunciassem ao que lhes é mais caro e indispensável, àquilo pelo que vivemos e do que todos podem desfrutar e valer-se quase sem exceção, os pobres como os ricos, os incultos como os instruídos, os velhos como os moços, os doentes como os sadios, os soldados como os civis. Se algo fazem ou fazemos todos que não seja uma estrita necessidade fisiológica, se algo nos é verdadeiramente comum enquanto seres com vontade, esse algo é falar, Jacobo. O falar funesto. A maldição de falar. Falar e falar sem parar, para isso ninguém fica sem munição. Pouco importam os conhecimentos gramaticais e sintáticos e léxicos, os dotes oratórios menos ainda, e menos ainda a pronúncia, a dicção, o sotaque, a eufonia, o ritmo. O homem mais sábio do mundo falará com maiores ordem, propriedade e precisão, e com maior proveito para seus ouvintes talvez, ou quem sabe só para os ouvintes semelhantes a ele ou que a ele queiram se assemelhar. Mas não necessariamente falará mais à vontade que a dona de casa semianalfabeta que não cala o dia inteiro um segundo, e à noite só porque a vencem o sono e sua abusada e ressentida garganta. O homem mais viajado do mundo poderá contar infinitas histórias amenas e maravilhosas, incontáveis anedotas e aventuras de países inauditos, remotos, exuberantes e perigosos. Mas não necessariamente falará mais nem com maior desembaraço que o botequineiro rude que nunca saiu de trás do seu balcão e só viu na sua vida as vinte ruas e o par de praças de que se compõe seu vilarejo recôndito. O mais iluminado poeta ou o narrador mais ziguezagueante poderão inventar e recitar de improviso palavras encadeadas e hipnóticas que soarão como música, tanto que aos que escutam pouco importará o sentido, melhor dizendo, o captarão sem esforço e sem ter de pensar nele antes de apreendê-lo ou de serem absorvidos, tudo será simultâneo e tudo uno, mesmo se depois, acabada a música, esses ouvintes não serão capazes de repeti-lo nem de resumi-lo, talvez nem mesmo de continuar compreendendo o que um instante antes compreendiam tão bem enquanto se sentiam embalados e lhes durava o encantamento, com tanta leveza em sua mente como em seus ouvidos, com a mesma permeabilidade em ambos. Mas não falarão necessariamente mais nem com maior desinibição ou desenvoltura do que o escriturário ignorante, repetitivo e embotado que se acha cheio de donaires e graça e que existe em todos os escritórios do mundo, não importa em que latitudes e climas, e ainda que sejam escritórios de intérpretes e de espiões..."

Wheeler parou um instante, nada mais que — me pareceu — para tomar fôlego. Tinha dito em espanhol as palavras "donaires" e "graça", parafraseando quem sabe Cervantes fora do seu *Dom Quixote*, coisa incomum mas que nele era bem possível. Não resisti a tentar verificá-lo e aproveitei sua pausa para citar lentamente, pouco a pouco, quase sílaba por sílaba, como quem não quer a coisa ou não se atreve de todo a ela, murmurando:

"Adiós, gracias; adiós, donaires; adiós, regocijados amigos; que yo me voy muriendo..."

Não pude concluir a citação. Sabe lá não agradou a Wheeler que eu lhe recordasse esta última frase em voz alta, muitas vezes os velhos não querem nem ouvir falar disso, do seu acabamento, talvez porque começam a vê-lo como algo verossímil, ou plausível, ou não sonhado ou não fictício. Mas não, não creio ou não estou certo, ninguém vê assim o próprio fim, nem mesmo os muito velhos, nem os muito doentes, nem os muito ameaçados e em constante perigo. Ao contrário, somos nós, os outros, que começamos a ver assim neles. Deixei para lá e ele continuou. Fingiu não perceber o que recitei na minha língua, e assim fiquei sem saber se tinha sido uma coincidência ou se havia aludido a Cervantes ao se despedir alegre.

"Às vezes se diz de alguém que carece de conversa. É ridículo. Diz isso alguém culto, o primeiro-ministro (bem, vamos dá-lo por adestrado mentalmente), de alguém que não o é de maneira nenhuma, por exemplo o seu barbeiro. O que na realidade ele diz é que não lhe interessa e o chateia sobremaneira o que este possa lhe contar. Tanto, provavelmente, como chateará ao barbeiro o que o premiê disser enquanto lhe corta o cabelo, esse é sempre um tempo morto, nada fácil de preencher, como os trajetos dos elevadores, ainda mais se a cabeça descabelada requer malabarismos para ficar semiapresentável e não parecer uma cenoura virada. Mas eu acho que tem papo sim, esse barbeiro, e quem sabe até mais que o obtuso ministro, obcecado com o andamento do país no abstrato e com o da sua carreira no muito concreto. Não sei, gente que ignora tudo, pessoas que nunca pararam para pensar um minuto sobre nada de nada com a consciência de fazê-lo, que não têm uma só ideia própria nem quase tampouco alheia, falam no entanto incansavelmente, sem parar, sem nenhuma inibição e sem o menor complexo. Não é apenas o caso dos indivíduos sem formação nem estudos, tê-los ajuda pouco no fundo, ou resulta secundário; há casos muito mais espantosos que os dos rústicos: você vê um grupo de cretinos e esnobes idióticos" (bem, Wheeler disse em inglês *"idiotic"*, acho engraçado esse anglicismo), "a maioria com doutorado em Cambridge ou conosco, e se pergunta de que diabo poderão falar entre si passada a primeira hora em que trocam cumprimentos e comunicam suas quatro mesquinhas notícias já sabidas por fofocas, põem-se a par de suas duas ninharias e três maldades (sempre me perguntei, de que iam falar esses sujeitos, nas recepções régias, semeadas deles). Você pensa que se verão obrigados a calar e pigarrear amiúde, a perturbar-se com suas longas pausas, a suportar agudezas várias sobre a chuva e as nuvens e embaraçosos silêncios próprios dos tempos mortos mais defuntos, ou simplesmente natimortos: por sua falta absoluta de ideias, de fatos, de conhecimentos, de verve para contar o que for, de engenho e diálogo e até de monólogo: de luzes e de substância. Mas não é assim. Não se sabe bem de que, nem por quê, nem como, mas o caso é que passam as horas e os dias papeando sem fim, bestialmente, noitadas inteiras de cavaco, sem fechar a boca um só instante, mais ainda, tomando a palavra uns dos outros, tratando de monopolizá-la. É um mistério e ao mesmo tempo não é um mistério. Falar, muito mais do que pensar, é o que todo o mundo tem ao seu alcance (refiro-me ao que é volitivo, insisto, e não meramente orgânico, ou fisiológico); e é o que compartilham e compartilharam sempre os maus com os bons, as vítimas com os carrascos, os cruéis com os compassivos, os sinceros com os mentirosos, os pouco inteligentes com os muito burros, os escravos com os amos e os deuses com os homens. Contam todos com isso, os imbecis, os brutos, os impiedosos, os assassinos, os tiranos, os selvagens, os simples; e também os loucos. A tal ponto é a única coisa que nos iguala que vimos há séculos nos criando leves diferenças, de pronúncia, de dicção, de entonação, de vocabulário, fonéticas ou semânticas, para nos sentirmos cada grupo de posse de uma fala que os outros desconheçam, de uma senha para iniciados. Não é só um assunto das classes antigamente chamadas altas, desejosas de se distinguir e desdenhosas do resto; também as que se chamaram baixas sempre fizeram a mesma coisa, seu desdém não ficou para trás, e assim se forjaram seus jargões, seus códigos, suas linguagens secretas ou cifradas que lhes permitiram reconhecer-se entre si e excluir os inimigos, isto é, os doutos, os pudicos e os refinados, e vedar-lhes parcialmente a compreensão do que seus membros se transmitiam, do mesmo modo que os delinquentes inventam suas gírias e seus códigos, os perseguidos. Dentro de uma mesma língua o que se procura artificialmente é não se entender ou só se entender em parte; trata-se de obscurecer, de velar, e para tanto buscam-se derivações estranhas e caprichosas variantes, metáforas capengas ou totalmente arbitrárias, sentidos tangenciais ou oblíquos que se possam apartar da norma comum a todos, e até se cunham novos vocábulos, substitutivos e desnecessários, para subtrair o dito e mascarar o comunicado. E se isso é assim é precisamente porque o habitual e o dado é entender-se na língua. E essa fala, ou essa língua, são quase a única coisa que alguns possuem e dão e recebem: os mais pobres, os mais humildes, os mais deserdados, os iletrados, os cativos, os infelizes, os subjugados; os pestilentos e os aleijões, como aquele nosso rei de Shakespeare, Ricardo III, que tanto proveito tirou da sua lábia persuasiva. É o que não se pode tirar deles, o falar, a língua, talvez a única coisa que aprenderam e que sabem, o que lhes serve para se dirigir aos seus filhos ou aos seus amores, aquilo com que caçoam, amam, se defendem, sofrem, consolam, rezam, se desafogam, imploram, persuadem, salvam e convencem; e também com o que envenenam, instigam, odeiam, perjuram, insultam, amaldiçoam e traem, corrompem, se condenam e se vingam. Mal ou bem, todos a têm, o rei como seus vassalos, o sacerdote como seus fiéis, o marechal como seus soldados. Por isso existe a linguagem sagrada, uma que não pertence a todos, a que não é destinada aos homens mas às divindades. Mas é se esquecer que tanto o Deus como os deuses também falam e escutam, segundo nossa velha crença quem sabe já moribunda (que são as preces senão orações, palavras, sílabas), e essa linguagem sagrada também acaba sendo decifrada e então aprendida, todos os códigos podem ser um dia deslindados, mais cedo ou mais tarde, e não haverá nenhum segredo que o seja eternamente." Wheeler tornou a se deter, muito pouco, para de novo retomar o alento. Pôs a mão sobre as imagens que tínhamos espalhado na mesa, um gesto instintivo, como se quisesse impedir que uma lufada de vento que não havia as fizesse voar ou talvez as acariciasse. Não fazia frio, havia um sol muito alto, preguiçoso e pálido, fazia apenas um frescor agradável. "Tanto isso nos une e assimila que os poderosos tiveram sempre de procurar sinais, divisas, símbolos nunca verbais, para serem obedecidos e se diferenciar. Lembra-se daquela cena de Shakespeare em que o rei se embuça com uma capa emprestada e se aproxima, se mistura com três soldados na véspera da batalha, senta-se no campo com eles fingindo-se outro combatente insone no meio da noite, prontos para o combate ou logo antes da aurora? Ele lhes dirige a palavra, apresenta-se como amigo, fala com eles, e ao falar os quatro são parecidos, ele mais racional e culto, eles mais toscos e intuitivos, mas se entendem perfeitamente, estão no mesmo plano da compreensão e da fala e nada impede o intercâmbio dos seus pareceres e impressões e até dos seus medos, e chegam até a discutir e a se esquentar, o rei que não é o rei e um súdito que tampouco é súdito, naquele instante. Falam um bom momento, o rei sabe que ao falar se nivelam, ou que se igualam enquanto dura o diálogo. Por isso quando fica sozinho, pensativo com o que ouviu, nos diz a diferença, murmura em seu solilóquio o que é que o distingue de verdade. Lembra-se, Jacobo, dessa cena?"

Eu também pus a mão sobre as imagens, como se temesse o ar.

"Não, Peter", falei. "Que rei é esse?"

Mas Wheeler não respondeu à minha pergunta, e sim passou a citar em voz alta sem que dessa vez eu tivesse dúvida de que ele fazia isso, pois muito poucos além de Shakespeare tinham escrito "*great greatness*" (e tantos professores e críticos atuais do meu país o teriam crucificado por isso).

"'Que infinito sossego de coração devem os reis perder, que os homens comuns desfrutam! E que têm os reis que não tenham também os homens comuns, salvo o cerimonial, salvo a cerimônia geral?' Assim diz o rei a sós, e pouco adiante recrimina isso que o singulariza: 'Oh, cerimonial, mostra-me tão só teu valor!'. E passa a desafiá-lo: 'Oh, ponte enferma, grande grandeza, chama teu cerimonial para que te dê cura!'. Para ver o que consegue, ou se não consegue nada. Mais tarde o rei ainda se atreve a invejar o miserável escravo que se arrebenta ao sol o dia inteiro mas depois adormece profundamente 'com o corpo cheio e a mente vazia' e 'não vê nunca a noite horrenda, rebento do inferno', e que 'assim continua, ao correr dos anos em retirada sempre, com proveitosa tarefa até a tumba'. E o rei conclui com o obrigatório exagero de todo monólogo que ninguém ouve no palco e só se ouve fora dele, só na sala: 'E salvo pelo cerimonial, tal desgraçado, envolvendo com esforço os dias e as noites com sono, avantajou-se aos reis e superou-os em privilégio'." Foi mais ou menos o que Wheeler disse ou citou, e acrescentou logo em seguida: "Os reis antigos eram muito desavergonhados, mas pelo menos os de Shakespeare não se enganavam totalmente: sabiam-se com as mãos manchadas de sangue e não se esqueciam a que deviam o fato de poder cingir-se com a coroa, além de aos crimes e às traições e às conspirações (não sei se foram demasiado humanos). Cerimonial, Jacobo, é isso. A mutável, ilimitada, geral cerimônia. E também o secretismo, o mistério: o hermetismo, o silêncio. Nunca o falar, nunca o contar, jamais palavras por mais estranhas ou arrebatadoras que sejam. Porque isso está, no fundo, ao alcance de qualquer mendigo, e de qualquer escória, e de qualquer pobre-diabo, e do pior rebotalho. Do rei só se diferenciam, nesse campo, numa insignificante e sanável questão de aperfeiçoamento e grau."

"*What infinite heart's ease must kings neglect that private men enjoy!*", foi o que na realidade disse ou recitou na sua língua sir Peter Wheeler, conforme constatei mais tarde, ao encontrar e reconhecer os textos. E depois todo o resto do solilóquio, continuava conservando intacta essa classe de memória, ele citou verbatim.

"Mas não está ao alcance das crianças muito pequenas", observei então, "nem dos mudos, nem daqueles de quem se arrancou a língua ou a quem não se dá ou não se consente a palavra, houve muito disso na história, e há países islâmicos em que as mulheres carecem até desse direito, ao que parece. Pelo menos era o que acontecia com os talebãs afegãos, se não li errado e bem me lembro."

"Não, não se engane, Jacobo: as crianças estão à espera, sua incapacidade é transitória; suponho que ademais se preparam desde que berram ao nascer, e se fazem entender desde bem cedo: por outros meios já *dizem* coisas. Quanto aos mudos, aos sem língua e aos sem voz ou palavra, são exceções, anomalias, castigos, submissões, ultrajes; mas nunca a norma, como tal não contam. E não bastam para anulá-la, nem sequer para contradizê-la. Os assim prejudicados recorrem além do mais a outros sistemas de signos, a códigos não verbais em que se instalam muito rapidamente, e tenha a certeza de que o que fazem com eles também é falar, e não outra coisa. Logo estão contando e transmitindo de novo, como todo o mundo; embora seja por escrito ou por sinais e sem emitir um som; embora seja caladamente, continuam *dizendo*." Wheeler se calou e olhou para o céu, como se ao falar disso quisesse somar-se um instante ao evocado silêncio eloquente. O sol esbranquiçado e apático iluminou seus olhos, e eu os vi muito jaspeados, como bolas de gude de mármore de predominante cor de passa de Corinto. "Antes eu te disse que o falar, a língua, é o que todos compartilham, até as vítimas com seus carrascos, os amos com seus escravos e os homens com seus deuses, basta pegar a Bíblia ou Homero, ou, é claro, Teresa de Ávila e Juan de la Cruz no seu idioma. Mas alguns deixam, sim, de compartilhá-la, como dizer, há os que não a possuem, e não são precisamente os mudos nem as crianças pequenas." Agora, porém, olhou para baixo um segundo, e ainda estava com a vista na relva, pode ser que mais além, na terra debaixo da relva ou mais além, na invisível terra debaixo de terra, quando acrescentou após tão breve pausa: "Os únicos que não a compartilham, Jacobo, são os vivos com os mortos".

"Parece-me que o tempo é a única dimensão que compartilham e em que podem se comunicar, a única que têm em comum e que os une." Veio-me à memória essa citação, ou talvez fosse uma paráfrase, e não pude evitar de dizê-la sem a menor demora, ou sussurrá-la.

Mas Wheeler ia se aproximando pouco a pouco do fim da sua digressão, pensei. Na realidade ele sempre sabia onde se achava, e o que nele parecia casual ou involuntário, consequência da distração, da idade ou de uma percepção um tanto confusa do tempo, das suas tendências divagatórias e discursivas, costumava ser calculado, medido e controlado, e ser parte da sua maquinação e de seus percursos traçados e já previstos. Eu me disse que ele não demoraria muito mais a voltar à *careless talk* e às imagens, olhava novamente para elas com intensidade, postas sobre a lona impermeável que cobria a mesinha como se fossem as cartas de uma paciência, nós também sentados nos tecidos que protegiam nossas cadeiras, e aquelas enrugadas roupagens romanizavam um pouco a figura do falso ancião e imagino que a minha também, nos davam quem sabe um ar remoto de senadores ao ar livre, a nossos pés as abas de compridíssimas e exageradas túnicas que quase nos envolviam. De modo que não me ouviu ou não quis fazer caso, ou não lhe chamaram a atenção minhas frases que não eram minhas mas de outro, eram de um morto quando falou em vida.

"E nem sequer foi sempre assim", prosseguiu ele com as suas. "Ao longo dos séculos eles também a compartilharam, na imaginação dos vivos pelo menos, quer dizer, na dos futuros mortos. Não são apenas os tagarelas fantasmas e as aparições loquazes, os faladores espíritos e os espectros gárrulos de quase todas as tradições. Também se previa que se falasse, se dissesse e contasse com naturalidade no outro mundo. Nessa mesma cena de Shakespeare, sem ir mais longe, um dos soldados com que o rei conversa antes do seu solilóquio anuncia que ele se verá em aperto para prestar contas se não for boa a causa da sua guerra: 'Quando todas estas pernas, braços e cabeças ceifadas na batalha', diz, 'se juntarem no último dia e gritarem todas: — Morremos em tal lugar'. Como você vê, era crença que os mortos não só falariam e até protestariam, mas inclusive suas cabeças e membros espalhados e soltos, uma vez reunidos para se apresentarem com decoro ao juízo."

"*We died at such a place.*" Foi o que Wheeler agora citou em sua língua, e então eu completei a outra citação para mim mesmo, de Cervantes na minha, que ele não tinha me deixado acabar e que também testemunhava essa crença: "Adeus, graças; adeus, donaires; adeus, regozijados amigos; que vou morrendo e desejando vos ver em breve contentes na outra vida". Era o que Cervantes esperava, pensei, sem queixas nem acusações, sem recriminações nem acertos de contas nem ressarcimento pelos dissabores e agravos terrenos, que lhe coube sofrer uns tantos. Nem mesmo justiça última, que é o que mais falta faz desde que há a descrença. Mas o reatamento das graças e dos donaires, do regozijo dos amigos, contentes também na outra vida. É a única coisa de que nos despedimos, a única coisa que desejaríamos continuar conservando na eternidade, onde formos. Eu tinha ouvido meu pai falar várias vezes desses adeuses escritos não tão célebres como deveriam sê-lo, estão no livro que quase ninguém lê e que, no entanto, talvez seja superior a todos, até ao *Quixote*. Gostaria de ter lembrado a Wheeler essa citação inteira, mas não me atrevi a insistir, a desviá-lo do seu caminho com isso. De modo que me limitei a acompanhá-lo e disse:

"A mesma ideia de Juízo Final anunciava que era isso o que mais ia se fazer segundo as expectativas correntes, depois de morto: contar as histórias de todos, inteiras, logo falar, relatar, expor, argumentar, refutar, apelar e, no fim, ouvir a sentença. E além do mais um juízo tão monumental, num só dia, para todos os que pelo mundo passaram, todos ao mesmo tempo, os faraós egípcios misturados com nossos executivos e nossos taxistas, os imperadores romanos com nossos pedintes, nossos gângsteres, nossos astronautas, nossos toureiros, sei lá. Imagine que balbúrdia, Peter, a inteira história do mundo com todos os seus casos particulares transformada num banzé. E os mortos mais remotos e antigos, fartos de esperar, de contar o incontável tempo que faltava para seu Juízo, certamente sublevados pela tardança infinita, nunca mais apropriadamente dita. Eles sim, calados e solitários por milhares de séculos, à espera do último morto e de que já não houvesse nenhum vivo. Na realidade essa crença condenava todos nós a um longuíssimo silêncio. Isso sim que eram '*the whips and scorns of time*', isso sim que era '*the law's delay*'", e agora fui eu quem citou seu poeta, "os açoites e os escárnios do tempo", "a dilação da justiça", disse na língua dele. "E segundo ela, segundo essa crença, no dia de hoje ainda estariam contando suas horas de solidão emudecida, as passadas e as por passar, o primeiríssimo morto de todos os tempos; e se eu fosse ele, estaria desejando com egoísmo que se acabasse de uma vez o mundo e por fim não houvesse nada."

Wheeler sorriu. Tinha achado graça em alguma coisa que eu disse, ou quem sabe em mais de uma coisa.

"É isso, justamente", respondeu-me. "Um silêncio sine die: isso no melhor dos casos e quando a fé era firme. Mas tudo com a agravante de que naquele época, durante nossa Segunda Guerra, já não se acreditava nessa fala, ou justificação, ou relato derradeiro de cada indivíduo no fim dos tempos, e custava muito pensar que as cabeças e membros que noite após noite eram despedaçados pelas bombas jogadas nessas cidades pudessem se reunir um dia e gritar mais tarde: 'Morremos em tal lugar'; e consolava pouco que as causas fossem justas, e importava menos se eram ou não boas, quando a principal causa do morrer e do matar passou a ser apenas a sobrevivência, de você mesmo ou de quem você queria. O mais provável é que já se acreditasse pouco desde muito antes, talvez desde a Primeira, que não foi menos atroz para o mundo que a contemplou e que também é o meu, não se esqueça, tanto como este que nos tolera hoje, a você e a mim, ou que nos arrasta. As atrocidades tornam os homens incrédulos no fundo das suas consciências e de seus sentimentos, inclusive se decidem aparentar o contrário por um reflexo de superstição, outro de tradição e outro de rendição misturados, e se congregam nas igrejas a cantar hinos para se sentirem mais juntos e infundirem-se mais inteireza e conformidade do que coragem, da mesma maneira que os soldados cantavam ao avançar quase indefesos com suas baionetas em riste, mais que tudo para se anestesiarem um pouco com seus alaridos antes do impacto, ou do golpe, ou do voar pelos ares, para aturdir o pensamento ferido muito antes da carne e calar os variados ruídos da morte que andava por ali em caçada fácil. Isso eu sei, eu vi isso nos campos. Mas não são apenas as selvagerias, as crueldades, as que sofremos e as que chegamos a cometer, pela tão justa como injusta causa da sobrevivência. É também a teimosia dos fatos: que ninguém nunca tenha vindo nos falar depois de morto, por mais que se empenhem os espíritas, os visionários, os fantasmófilos, os milagreiros e até nossos atuais e descrentes crentes, residuais ou por inércia todos eles, embora restem milhões deles...; toda essa longa experiência nos obrigou a saber, ao correr dos séculos, talvez no mais recôndito e quem sabe sem pronunciá-lo, que os únicos que não possuem a língua e jamais falam nem contam nem dizem nada são eles, são os mortos." Peter deteve-se, baixou de novo a vista e acrescentou em seguida sem erguê-la: "Nós também, portanto, quando engrossarmos suas fileiras. Mas só então, não antes".

Ficou assim, olhando para a relva. Parecia esperar que eu comentasse alguma coisa ou que lhe fizesse uma pergunta. Mas eu não sabia qual, qual queria ou me pedia em silêncio, ou se na verdade necessitava de alguma. De modo que só me ocorreu sussurrar o que me veio à mente, e sussurrei-o na minha língua, na qual não foi escrito, mas a única em que eu sabia:

"Estranho não poder mais habitar a terra. Estranho não ser mais o que se era e ter de se desprender até do próprio nome. Estranho não continuar desejando os desejos. E penosa a tarefa de estar morto".

Mas por sorte, suponho, Wheeler também não deu importância a isso.

"Só nos falam em sonhos, isso é verdade", continuou então, como se meus meios versos não tomados em consideração lhe houvessem reativado porém algum mecanismo. "E os ouvimos tão claramente, e sua presença é tão viva neles que, enquanto persiste o sono, parece que são essas pessoas com as quais não há meio de trocar frase ou olhar despertos, nem maneira de estabelecer contato, as que de fato nos levam em conta, nos escutam e até nos alegram o ânimo com seus saudosos risos idênticos aos que tiveram em vida nesta terra: são os mesmos, esses risos; sem hesitação nós os reconhecemos. Claro, é muito estranho; se quer saber, inexplicável, um dos poucos mistérios que nos vão ficando intactos. Mas do que não resta dúvida, pelo menos para os racionalistas como você e como eu, e como era Toby e também é Tupra, é de que essas vozes e suas novas palavras estão em nós e não fora, em algum lugar. Estão em nossa imaginação e em nossa memória. Digamos assim: é a memória imaginando e que, por uma vez, não apenas recorda, ou o faz impuramente, com mistura. Estão em *nossos* sonhos, esses mortos; somos nós que os sonhamos, quem os traz é nossa consciência dormida e ninguém pode ouvi-los. Esse fato se assemelha muito mais a uma encarnação, a uma suplantação, a uma personificação de nossa parte" (na realidade, Wheeler empregou um só termo em inglês: *"impersonation"*), "do que a supostas visitas ou advertências do além--túmulo. Esse mecanismo não nos é em absoluto desconhecido, na vigília quero dizer. Às vezes você gosta tanto de alguém que custa pouco esforço ver o mundo com os olhos desse alguém e sentir o que sente esse alguém, até onde são reconhecíveis os sentimentos alheios. Prever essa pessoa, antecipá-la. Pôr-se no seu lugar literalmente. Por isso existe essa expressão, e quase nenhuma é gratuita nas línguas. E se fazemos isso acordados, não é tão estranho que se efetuem essas fusões ou conversões ou justaposições dormindo, ou são quase metamorfoses. Lembra-se do soneto de Milton, conhece? Milton já está cego há tempos quando o escreve, sonha uma noite com sua esposa Catherine morta e a vê e ouve perfeitamente nessa dimensão, a do sonho, que tão bem acolhe e tolera a narração poética. E nela recupera a visão triplamente: a sua, como faculdade e sentido; a imagem da sua mulher impossível, pois não só ele como ninguém pode mais vê-la no presente, ela se apagou da terra; sobretudo o rosto e a figura dela, que nele não são recordados nem mesmo imaginados, novos e nunca antes vistos, porque ele jamais a tinha contemplado em vida senão com a mente e o tato, foram suas segundas núpcias e já estava cego ao se casar. E quando ela se inclina para abraçá-lo no sonho, então '*I wak'd, she fled, and day brought back my night*', assim termina." ("Acordei, ela se desfez, e o dia trouxe de volta a minha noite.") "Com os mortos voltamos sempre à noite, e a não ouvir mais que seu silêncio, e a não obter nunca resposta. Não, não falam, são os únicos; e são também a maioria, se contarmos quantos atravessaram e deixaram o mundo para trás. Embora todos tenham falado, sem dúvida, durante sua estada." Wheeler tocou os folhetos de novo, deu-lhes umas batidas com o indicador, assinalando-os com veemência como se fossem mais do que eram. "Você se dá mesmo conta, Jacobo, do que significava isto? Pediu-se aos cidadãos que se calassem, que se costurassem os lábios, que calassem o bico bem calado, que se abstivessem de toda conversa imprudente e até das que não pareciam sê-lo. Meteu-se medo em todo o mundo, até nas crianças. Medo de si mesmos e de se trair, e, claro, medo do outro, até do mais querido e mais próximo e do de maior confiança. De modo que não sei se você se dá conta, mas o que se estava pedindo com essas diretrizes não era apenas que renunciassem ao ar, mas que se assimilassem com isso aos mortos. E isso, ainda por cima, num tempo em que todos os dias nos chegavam notícias de tantos novos, os mortos das infinitas frentes espalhadas por meio globo, ou em que você os via aqui mesmo no bairro, na sua casa, vítimas dos bombardeios noturnos, e qualquer um podia ser o seguinte. Não bastavam esses mortos? Não bastava o definitivo e irreversível silêncio imposto a tantos, para que os ainda vivos tivessem além disso de imitá-los e emudecer antes do tempo? Como se podia pedir isso a um país inteiro ou a alguém, até mesmo a um indivíduo isolado? Se você observar essas propagandas (e houve mais), verá que ninguém ficou de fora, por mais insignificante que parecesse. O que podiam saber o que é de interesse ou de risco, por exemplo, essas duas senhoras que vão no metrô conversando provavelmente de seus chapeuzinhos ou da sua cotidianidade mais inócua? Ah, um marido, um irmão, um filho podiam estar alistados, de fato era o mais comum, e ainda que seus homens, já avisados, não lhes contassem grande coisa, alguma elas podiam saber de aproveitável importância, como dizer: sem saber que sabiam ou ignorando que o fosse. Todo o mundo pode saber algo, até o mendigo mais misantropo e com quem ninguém fala, não somente na guerra mas sempre, e ainda que a maioria nem sequer tenha consciência do seu caro conhecimento. E quanto menos consciente for, mais perigoso alguém se torna. Parece um exagero, mas na realidade ninguém está a salvo de desencadear calamidades, desastres, crimes, mal-entendidos trágicos e vinganças, apenas por falar, inocente e livremente. Sempre é possível e até fácil dar com a língua nos dentes, que bonita expressão, ao mesmo tempo ampla e precisa, vocês têm em castelhano, que cobre tanto a intencionalidade como a involuntariedade do fato." Wheeler disse isso obviamente no meu idioma, *irse de la lengua*, a bonita expressão. "Em qualquer época e circunstância, disso ninguém está a salvo. Além do mais não se esqueça disto: tudo tem seu tempo para ser acreditado, até o mais inverossímil e o mais anódino, o mais incrível e o mais néscio."

Wheeler voltou a erguer a vista, como se tivesse ouvido antes de mim o que ouvi em seguida mas só ao cabo de alguns segundos, um barulho de motor no ar e barulho de hélice também, talvez ele tivesse se acostumado a perceber o mais ínfimo som ou vibração aérea durante a Guerra ou suas guerras, antes que fosse audível, suponho que também se aprende a pressentir os pressentimentos. Vimos surgir então sobre as árvores um helicóptero que voava baixo, era estranha essa visão no céu de Oxford, ainda mais em dia de folga, num daqueles domingos desterrados do infinito, talvez estivessem celebrando alguma cerimônia acadêmica com a presença do primeiro-ministro ou de outra alta autoridade ou de um indivíduo ou outro da densa hierarquia monárquica (o duque e a duquesa de Kent tendem a se multiplicar, com ajuda sobrenatural, contam) e não estivéssemos a par, Wheeler já tão aposentado que as autoridades universitárias cada ano se esqueciam mais de convidá-lo para seus fastos. Os premiês britânicos manifestam tradicional apreço por nossa Universidade, ainda me lembrava de quando, em meu período docente, os membros da congregação havíamos negado o doutorado honoris causa, em votação nada renhida, à recatada mrs. Thatcher (rancorosa Margaret Hilda) quando ela era apenas senhora, e não baronesa nem lady. Ela havia estudado lá e mandava então, mas isso pouco lhe serviu. Eu tinha momentâneo direito a voto e uni-o com ansiedade e gosto ao da maioria denegadora. Aquela mulher suportou mal o feio, e logo pareceu vingar-se com restrições e leis prejudiciais à Universidade, não só à nossa, mas foi o primeiro premiê a quem se recusou esse título, que de fato tinha sido outorgado a todos ou quase todos os seus predecessores praticamente sem oposição, uma formalidade, ou, digamos, graciosamente.

 O barulho das pás se tornou insuportável num instante, Peter levou as mãos aos ouvidos e fechou os olhos com força, como se o estrondo dentado — uma matraca gigante — também lhe fizesse mal à vista, de maneira que não pôde impedir que os folhetos voassem por causa da turbulência do ar. Ele nem viu. Tentei segurar os que pude com minhas mãos, muito poucos. O helicóptero começou a ir e vir, como se fôssemos nós o objeto da sua vigilância, talvez o piloto se divertisse vendo um ancião espantado e seu acompanhante correr atrás de uns papeizinhos esquivos que iam na direção do rio. Tive de me atirar de barriga no chão (não uma vez só nem duas) para frear e catar o maior número possível antes que caíssem na água, enquanto o helicóptero passava rasante no que eu percebi como uma caçoada conforme eu ia me jogando, pode ser que equivocadamente. Depois se afastou e desapareceu em poucos segundos, tal como havia surgido. Alguns folhetos ainda voavam, principalmente o que era de papel-jornal e portanto o mais leve, a "Informação ao inimigo" de Fraser, temi que se desfizesse como um papiro (tinha sessenta e tantos anos, aquele pedaço), além de molhar. Eu corria atrás de uns e outros quando vi que Wheeler tinha aberto por fim os olhos assim como os ouvidos e — de novo livres as mãos — que agora levava um braço à testa — ou era a mão à têmpora —, como se lhe doesse muito ou estivesse verificando se tinha ficado com febre, ou vai ver que era um gesto de pesadelo. E o outro braço eu vi esticado, apontando com o indicador da mesma forma que havia feito na noite anterior quando não lhe saiu uma palavra e tive de adivinhá-la, ou tenteá-la. Eu teria pensado que era outra vez apenas isso, aquela afasia momentânea, não tivesse sido precedida pelo voo do helicóptero e as voluntárias surdez e cegueira de Peter enquanto a hélice nos aturdia, eu o vira, como dizer, indefeso e desamparado, e não sabia se transportado. Aproximei-me dele temeroso, abandonei os papéis portanto, a caça aos ainda rebeldes:

"Peter, está se sentindo mal, aconteceu alguma coisa?". Negou com a cabeça e continuou apontando com expressão de alarme para a beira do aprazível Cherwell, não precisei desta vez de aproximações: *"The cartoon?"*, foi minha pergunta, e ele assentiu logo apesar de eu, acho, ter errado o termo, era a imagem autêntica que o preocupava, tinha se dado conta do risco somente ao abrir os olhos passado seu susto ou sua recordação-relâmpago, não antes; de modo que corri de novo, pulei, caí, alcancei-a, agarrei-a com dois dedos, intacta à beira da corrente mansa, devo ter parecido um jogador de críquete, desses que voam e se jogam na grama, esse jogo tão inglês que não compreendo, ou um goleiro em seu pulo, esse outro jogo já não tão inglês que compreendo perfeitamente. O ar tinha se acalmado, catei dois ou três papéis mais no chão, estavam todos a salvo, nenhum tinha se perdido nem molhado, só uns tantos tinham se enrugado. "Tome, Peter, acho que estão todos aqui, quase não amassaram, parece", disse a ele enquanto alisava alguns. Mas de Wheeler ainda não saíam palavras, e ele apontou para mim com seu dedo repetidamente, como a um herdeiro ou a um destinatário, entendi que aquelas imagens eram para mim, ele me dava. Abriu a pasta e fui colocando-as nela, menos a de Fraser, a que não era reprodução mas recorte original, porque ergueu o indicador detendo-me quando eu ia depositá-la junto com as outras, e ato contínuo tocou com o polegar no peito. "Esta não, esta é para mim", disse aquele gesto. "Esta o senhor vai guardar?", quis ajudá-lo. Assentiu, coloquei-a à parte. Era estranho que ficasse de repente sem fala, justo quando estava falando dos poucos ou muitos — conforme se encare — que eram assim, sem fala. Na noite anterior, quando o vocábulo "almofada" tinha ficado entalado, ele havia explicado depois, ao recuperar a voz ou o desembaraço: "Acontece de quando em quando. É só um instante, como se a vontade se retirasse". E foi então que tinha utilizado aquele cultismo raro, não tanto em inglês como na minha língua: "É como um anúncio, ou uma presciência...", sem chegar a completar a frase, nem mesmo quando eu havia insistido pouco depois para que o fizesse; ao que ele tinha me respondido: "Não pergunte o que já sabe, Jacobo, não é do seu estilo". Presciência era o conhecimento das coisas futuras, ou o saber prévio dos acontecimentos de ciência certa. Não sei se isso existe, mas às vezes também se nomeia o que não existe, e então nasce a incerteza. Agora não me cabia dúvida quanto ao final da sua frase, eu tinha me perguntado ou havia intuído na véspera, hoje tinha a resposta segura embora ele não a houvesse dado: "É como um anúncio, ou uma presciência do que é estar morto". E talvez poderia ter acrescentado: "É não falar, apesar de querer. Só que além do mais já não se quer, a vontade se retirou. Não há querer nem não querer, ambos se foram". Olhei para a casa, a senhora Berry tinha aberto uma janela do térreo e nos fazia sinais com o braço erguido. Talvez tenha aparecido mal ouviu o estrépito da fustigante hélice e assistido às minhas corridas e mergulhos sem que nos déssemos conta. Elevei a voz para perguntar: "Hora de almoçar?", e acompanhei meu grito com um gesto da mão na altura da boca, meio absurdo, como quem enrola o espaguete no garfo. Não creio que tenha me ouvido, mas me entendeu. Com a mão negou, depois colocou-a um momento em posição de espera, como que me dizendo "Não, ainda não", e em seguida apontou para Peter com um gesto de inquietude, ou de dúvida, "Ele está bem?", era a tradução daquilo. Confirmei com a cabeça várias vezes, tranquilizando-a. Ela levantou as duas mãos ao mesmo tempo, como ante um assalto, "Ainda bem", fechou a janela e desapareceu para dentro. Então Wheeler recuperou a palavra:

"Sim, guardo esta para mim, te dou uma cópia se quiser", disse referindo-se ao desenho de Fraser. "Pode ficar com as outras, tenho repetidas, ou reproduzidas melhor em livros; também conservo um ou outro original. Este da aranha gamada me agrada especialmente. Que demônio de helicóptero", acrescentou sem pausa e aborrecido, "o que terá perdido por aqui, isto é zona de conhecimento. Espero que não venha mais despentear-nos, você não tem um pente à mão? Vocês, latinos, costumam ter." O cabelo de Wheeler parecia, de fato, a espuma raivosa da crista de uma onda, e o meu, notei, como se o tivessem transformado em nós. "O que queria mrs. Berry?", também encadeou isso sem pausa. Voltou a chamá-la como em sociedade. Estava se arrumando e precisava prestar atenção nisso; ou era o hábito da dissimulação. "Já nos chamava para o almoço?" Consultou o relógio sem se deter em observá-lo, procurava sair do sobressalto sem comentários meus, embora bem soubesse que eu não ia largá-lo sem fazer pelo menos uma tentativa.

"Não, ainda não está pronto. Imagino que o barulho assustou-a, não devia saber o que era", respondi, e acrescentei por minha vez sem pausa: "Sua voz ficou engasgada de novo, Peter. Ontem à noite me disse que só lhe acontecia de quando em quando. Mas já são duas vezes este fim de semana".

"Bah", respondeu fugidio, "foi casualidade, má sorte, esse maldito helicóptero. São ensurdecedores, esse soava quase como um velho Sikorsky H-5, só seu barulho provocava o pânico. E é também porque falo muito, com você falo demais e acabo me ressentindo, já não tenho tanto costume. Você me deixa falar, faz cara de interessado, e eu te agradeço muito, mas deveria me interromper mais, me obrigar a ir direto ao assunto. Estou um pouco sozinho aqui em Oxford, acho, ultimamente, e com mrs. Berry tudo já está falado, o que se pode falar com ela, claro, ou o que ela quer que falemos. Não imagine que muita gente venha me visitar. Muitos morreram, outros se foram para a América assim que se aposentaram e vivem lá como parasitas, eu não quis isso, limitam-se a esperar tomando sol o mais que podem, consentem-se bermudas, viram fãs via televisão daquele futebol de lá com muitos enchimentos e capacete, preocupam-se com os intestinos e só se alimentam de brócolis, vagam pela biblioteca e pelo campus que pela sorte lhes coube, deixam que seus departamentos os exibam de vez em quando como prestigiosas múmias ultramarinas ou como desluzidos troféus de uns difusos tempos heroicos que ninguém sabe por lá em que consistiram. Em suma, como antiguidades, é muito deprimente. Sim, gosto de falar com você. Os ingleses fogem do que não é anedota, dado, fato e comentário ou glosa irônica; a especulação lhes desagrada, o raciocínio lhes é supérfluo: justo o que mais me diverte. Sim, gosto muito de falar com você. Você deveria vir com mais frequência: além de tudo, você está muito só lá em Londres. Se bem que logo estará muito menos, quem sabe. Ainda hei de te propor uma coisa, e pedir o favor de aceitá-la sem dar muitos tratos à bola nem me fazer muitas perguntas. Também não vai perder um tempo que você já dá por perdido, o das convalescenças sentimentais se preenche com o que for, o conteúdo é o de menos, com o que estiver mais à mão e mais ajudar a empurrar o tempo, são poucas as exigências, não é mesmo? Depois mal se recordam, esses períodos, nem o que se fez neles, como se tudo fosse permitido, a gente se justifica muito pela desorientação e pelo sofrimento; é como se não houvessem existido e em seu lugar houvesse um branco. E um vazio de responsabilidades também, 'Sabe? Eu não era eu, então.' Oh, sim, o padecimento sempre foi nosso melhor álibi, o que melhor finge desculpar-nos de qualquer ato. Quero dizer, desculpar os homens, o melhor álibi do gênero humano, dos indivíduos e das nações."

Ele disse tudo isso como por dizer, mas não pude evitar de sentir uma pinçada de emoção e outra de orgulho, afinal de contas eu pensava que o distraía e lhe era simpático e talvez o lisonjeasse de vez em quando, que ele me tolerava sem fazer força, mas nunca mais que isso. Ele sempre tinha muito que contar e que argumentar, embora fizesse a primeira coisa tão somente a conta-gotas; sua conversa me ensinava, me instruía e me removia ideias ou as renovava, para não dizer que me cativava. Eu não lhe oferecia grande coisa em troca, creio, mais que tudo companhia e ouvidos atentos, minha cara de interesse não era fingida. Rylands o tinha deixado como herança para mim e além do mais ele era seu irmão. Pode ser que Peter olhasse para mim com olhos benevolentes e afetuosos por me ver, por sua vez, em parte, como uma herança de Toby, embora eu não pudesse me transformar em figura substitutiva dele, como Wheeler era para mim de Rylands. Faltava-me idade, passado comum, agudez, conhecimento, mistério. Perturbei-me levemente, não soube o que responder, de modo que tirei do bolso interno do paletó o pente latino que ele me havia pedido.

"Tome, Peter", disse. "Um pequeno pente." Olhou um segundo para ele com desconcerto, já devia ter se esquecido de que precisava de um. Depois pegou-o prudentemente, esquadrinhou-o contra a luz (estava limpo) e recompôs o cabelo o melhor que pôde, não é muito fácil sem espelho e com um pente pequeno. O topo ficou arrumado, mas não os lados, o aeronáutico vento tinha jogado os cabelos para a frente e eles lhe invadiam rebeldemente as têmporas, dando-lhe um ar ainda mais romano. "Se me permite", falei. Entregou-me sem receio o pente, com três ou quatro movimentos rápidos amansei totalmente os fios laterais. Confiei em que a senhora Berry não nos estivesse observando, teria me tomado por um cabeleireiro louco frustrado.

"É melhor que você também dê uma penteada nos seus", disse Wheeler olhando para a minha cabeça criticamente ou quase com aversão, como se eu houvesse posto um louro nela. "Não sei como você conseguiu, mas se sujou todo de grama. Nem percebeu", e apontou para o peito da minha camisa clara, deixando ver que não associava meus dois ou três borrões verdes com a salvação das suas imagens. Entre a noite de festa, escritório e bebidas, o pouco sono, o barbear rápido e as vicissitudes ao ar livre, eu devia parecer um pedinte nas últimas ou um valentão caído em desgraça e transformado em menos que nada. O paletó e as calças tinham se amarrotado todos ao rolar no gramado. "Bonito de ver", acrescentou Wheeler, "igual a um guri." Sem dúvida debochava de mim, isso também o animava. Passei os dedos pelo pequeno pente (um gesto mecânico), depois desemaranhei o cabelo, adivinhando. Quando terminei submeti-o à consulta:

"Está bem assim?", e lhe mostrei teatralmente meus dois perfis.

"Passável", respondeu depois de me lançar uma olhada condescendente, como um superior que inspeciona com pressa o capacete do seu soldado. Em seguida voltou ao ponto em que estava justo antes do ataque aéreo, ele nunca perdia o fio, a não ser que quisesse. Apesar dos muitos rodeios, meandros, desvios, ele concluía seus trajetos. "O que aconteceu com essa campanha?", perguntou retoricamente. "Fracassou em conjunto, como estava escrito. Nasceu condenada a isso, irremediavelmente. Bem, para alguma coisa serviu, sim, claro, para não pouco seguramente: as pessoas tomaram consciência do perigo que corriam por falar demais, a maioria nem tinha imaginado isso. Surtiu efeito, sem dúvida, em muitas tropas, e o principal era isso, por serem elas as mais informadas e as mais expostas a sofrer as consequências dos descuidos e excessos verbais. E, claro, os comandos, políticos e militares, se comportaram com grande cuidado. Incrementou-se o costume de se comunicar em código, ou mediante meros duplos sentidos e transposições semânticas, com sinédoques e metalepses improvisadas, de pouca monta, e isso já foi coisa espontânea da população inteira, cada um dentro das suas ocorrências e possibilidades. Criou-se, implantou-se a sugestão de que qualquer um podia estar escutando com intenção inimiga. Sim, pode-se dizer (e isso já foi insólito e admirável em si mesmo) que se adquiriu plena e coletiva consciência, por transitória que fosse, do que ilustram a imagem do marinheiro e da moça e a sequência posterior: de que nossas palavras, uma vez soltas, não têm mais controle possível. É o que mais deixa de nos pertencer, muito mais do que nossos atos, que, por assim dizer, conosco ficam, bons ou maus, sem que outro possa se apropriar deles salvo nos casos flagrantes de usurpação ou impostura, que sempre cabe denunciar, abortar, desfazer ou desmascarar, nem que tardiamente." Wheeler disse "desfazer" na minha língua, claro, se não em que outra. Também tinha dito nela "como estava escrito" e "de pouca monta", gostava de dar mostras do seu espanhol coloquial e do seu espanhol livresco, como do seu português e do seu francês, suponho, esses três idiomas ele conhecia a fundo e talvez outros, pelo menos tinha noções de híndi, alemão e russo, que eu soubesse. "Nada se entrega tanto nem tão cabalmente quanto as palavras. Você as pronuncia e no mesmo instante se desprende delas e as deixa em posse, melhor dizendo, em usufruto de quem as escutou. Este pode subscrevê-las, para começar, o que já é ingrato porque em certo sentido se apodera delas; ou rebatê-las, que também o é; mas sobretudo pode transmiti-las por sua vez ilimitadamente, citando a fonte ou fazendo-as suas conforme lhe convenha, conforme sua decência ou conforme queira nos desgraçar ou nos delatar, depende das circunstâncias; e não só isso, também pode adorná-las, melhorá-las ou piorá-las, deformá-las, podá-las, tirá-las do contexto, mudar seu tom, deslocar sua ênfase e assim lhes dar um sentido diferente e até facilmente contrário ao que tiveram em nossos lábios ou quando as concebemos. E, claro, repeti-las com absoluta exatidão, verbatim. Isso era o mais temido durante a Guerra, por isso muitos procuraram falar apenas com meias palavras, de forma metafórica ou nebulosa, com voluntárias imprecisões ou pura e simplesmente em linguagem secreta. Muitos aprenderam a dizer sem dizer, e se acostumaram com isso."

"Algo parecido aconteceu durante a ditadura de Franco na Espanha, para driblar a censura", disse eu; Wheeler tinha me convidado a interrompê-lo com maior frequência: "muita gente passou a falar e a escrever de maneira simbólica, alusiva, parabólica ou abstrata. Era preciso fazer-se entender dentro do obscurecimento deliberado do que se dizia. Um sem sentido: camuflar-se, velar-se e mesmo assim, entretanto, pretender o reconhecimento e que fossem captadas as mensagens mais difusas, crípticas e confusas. As pessoas não têm paciência para os trabalhos de decifração. Durou muitos anos, chegou a dar a impressão de não ser transitório, mas definitivo. Houve quem não pôde se desacostumar logo, e foi então que ficou calado."

Wheeler me escutou, e pensei que, se fizesse caso do que eu dizia, poderia desviar-se de novo do seu trajeto. Mas agora parecia decidido a continuar nele, se bem que a seu medido passo:

"Muitos aprenderam a dizer sem dizer", repetiu a frase; "mas o que quase ninguém aprendeu foi não dizer, calar-se, que era o que se pedia e o conveniente. Era normal, é natural: este é um aprendizado impossível para o comum ou o grosso dos mortais, não tenha dúvida, é exigir demais deles, ir contra sua própria essência, por isso a campanha estava fadada ao mais que parcial fracasso. Era como dizer às pessoas: 'Bem, vocês não só têm de suportar a escassez de tudo, a penúria e o racionamento, e sofrer os bombardeios da aviação inimiga sem saber a quem caberá não acordar amanhã nem esta noite talvez nem mesmo com o uivo das sirenes, e ver suas casas incendiadas ou reduzidas a escombros num instante após os relâmpagos e o estrondo, e enterrar-se durante horas nos refúgios profundos para não se abrasar nas suas ruas que ainda parecem as de sempre, e sofrer a perda dos maridos e filhos, em todo caso sua ausência e a angústia mortificante em relação à sua diária sobrevivência ou morte, e subir em aviões para que os metralhem enquanto batalham no ar e façam ferocidades para derrubá-los, e ir a pique em submarinos, destróieres e encouraçados sob as águas distantes e chamejantes, e asfixiar-se ou arder dentro de um tanque, e atirar-se de paraquedas em território ocupado e receber o fogo das baterias ou a perseguição dos cães depois, se conseguem descer a salvo em terra, e explodir em pedaços se tiverem a má mas possível sorte de serem atingidos por um obus ou uma granada, e enfrentar tortura e carrasco se vão em sua missão à paisana e são capturados em terras proibidas, e combater corpo a corpo no front com a baioneta calada, nos campos, nos bosques, nas selvas, nos alagados, nos gelos e nos desertos, e voar rápido pelos ares a cabeça do rapaz que assoma com o capacete e o uniforme odiados, e ignorar cada dia e cada noite se perderão esta guerra e no fim tudo só terá servido para que sejam cadáveres não lembrados, prisioneiros perpétuos ou escravos dos seus vencedores, e passar frio e fome e sede e calor extremos e sufoco e sobretudo medo, todos medo e muito medo, um contínuo pavor a que acabarão por se acostumar embora estejam assim há vários anos e nunca chegue esse costume...' Sim", acrescentou Peter depois de parar bruscamente, fazer uma pausa mínima e tomar um bom fôlego, "foi como se dissessem às pessoas: 'Pois além de tudo isso vocês têm de se calar. Não falem mais, não contem mais, não gracejem, não perguntem nem muito menos respondam, nem à sua mulher, nem a seu marido, nem a seus filhos, nem a seu pai, nem de maneira nenhuma à sua mãe, nem ao irmão ou ao melhor amigo. E a seu amor..., a seu amor não lhe sussurrem nem mesmo ao ouvido, não lhe expliquem com verdades nem com doçuras nem com mentiras, não lhe digam adeus, e não lhe deem nem o consolo da voz e do verbo, não lhe deixem de recordação nem o som das últimas promessas falsas que sempre fazemos ao nos despedir'." Wheeler deteve-se e ficou repentinamente absorto, batia com os nós dos dedos no queixo, umas batidinhas suaves, como se estivesse rememorando, pensei, como se a ele não houvesse tocado viver aquilo, privar o seu amor das principais palavras, as que desejam ser ouvidas e as que querem ser ditas, as que depois são esquecidas tão facilmente, ou confundidas com outras, ou repetidas a outros com idêntica ligeireza e a mesma alegria, mas que em cada último instante parecem tão necessárias, embora sejam doçuras exageradas e portanto insinceras, isso é o de menos, em cada instante derradeiro. "Foi o que veio a ser, ou esteve perto de. Não exposto tão cruamente, não assim colocado. Mas foi assim entendido por muitos, assim entenderam e assumiram os mais pessimistas e desmoralizados, os muito assustados, os muito abatidos e os já derrotados, e em tempos de guerra eles são a maioria. Nos das guerras indecisas, claro, as que temem ser perdidas a cada minuto com fundamento e sempre pendem de um fio, um dia depois do outro e uma noite depois da outra ao longo de anos eternos, as que são de fato de vida ou morte, de extermínio absoluto ou de maltratada e maculada sobrevivência. Entre elas não se contam, certamente, todas estas mais recentes, nem a do Afeganistão, nem a de Kosovo, nem a do golfo, nem a das Ilhas Falkland, que piada. Ou Malvinas, como quiser, você devia ter visto quão pateticamente as pessoas se inflamaram aqui, quero dizer na frente da televisão, para mim foi muito penoso. Nessas guerras de agora abundam os eufóricos, que assistem prazerosamente a elas nas suas poltronas em casa. Euforicamente, sim. Que imbecis. E criminosos. Não sei. Mas na época era pedir demais, não acha? Que as pessoas aguentassem tudo e além do mais guardassem silêncio sobre o que as atormentava sem uma só hora de trégua. Já calavam bastante os incontáveis mortos."

"O senhor fez isso, guardar silêncio?", perguntei. "A campanha o impressionou?"

"Claro. A mim e à maioria. Em tese, não se iluda, foram muitos os que seguiram essas recomendações ao pé da letra. E não só em tese, mas na memória coletiva. Eu digo que fracassou em seu conjunto e que assim tinha de ser, mas se você perguntar a outras pessoas que viveram essa época, ou que a ouviram contada de primeira mão, ou se consultar as referências à *careless talk* em alguns livros, sejam de história, de sociologia ou da mistura de ambas que agora chamam com aparato de micro-história, verá que a versão estabelecida, inclusive as recordações pessoais sinceras daquilo tudo, coincidem em afirmar e crer que essa campanha foi um grande sucesso. E não é que mintam conscientemente e de comum acordo nem que se equivoquem em massa, mas que o efeito real de algo assim não é verificável nem mensurável (como saber quantas catástrofes a imprudência desencadeou ou quantas o sigilo evitou?) e, quando as guerras acabam sendo vencidas (nem vamos dizer se com tudo contra), torna-se fácil, quase inevitável, pensar retrospectivamente que os esforços levados a cabo foram abnegados, vitais e heroicos, e que todos e cada um contribuíram para a vitória. Já que passamos tão mal e tanto nos devorou a incerteza, contemo-nos pelo menos o conto que mais nos alivie o luto e nos compense dos sofrimentos. Oh, sim, eu sei, houve milhões de bem-intencionados britânicos que levaram muito a sério as advertências e diretrizes, e que acreditaram aplicá-las escrupulosamente na prática: assim acreditaram suas consciências, e alguns de fato as cumpriram, principalmente as tropas, os políticos, os funcionários, os diplomatas, já te disse. E, portanto, eu próprio, mas sem mérito: leve em conta que entre 1942 e 1946 só permaneci na Inglaterra por temporadas nunca muito longas, quando vinha de licença ou com algum encargo específico que não costumava me tomar muito tempo, meu principal lugar era longe, meu posto variava demais. Como você leu no *Who's Who*, andei pelos mais diversos lugares naqueles anos, e em funções que já traziam implícitos ou incorporados o segredo, a discrição, a cautela, o fingimento, o engano, a traição se fosse o caso (obrigatoriamente) e, claro está, o silêncio. Eu jogava com uma vantagem, não me custava nada observar este último com todo rigor. Mais ainda, quem sabe por estar sempre alerta, lá onde me destinaram, eu tinha melhor percepção do que acontecia em geral com as pessoas, aqui em casa, na retaguarda. A campanha também foi uma tentação tremenda, como dizer, para a população inteira: tão descomunal quanto inadvertida, tão irresistível quanto inconsciente, tão imprevista quanto sibilina."

"A que está se referindo, Peter? Não entendi."

"Os cidadãos, Jacobo, os de qualquer nação, a imensa maioria, normalmente não têm nada que contar de verdadeiro valor para ninguém. Se você parar para pensar de noite no que disseram ou contaram ao longo do dia as muitas ou poucas pessoas com que tiver falado (e o grau de cultura e saber delas é indiferente), verá que raro é o dia em que tenha ouvido algo de verdadeiro valor, interesse ou discernimento, deixando de lado os detalhes e questões meramente práticos, incluindo, é claro, em compensação, o que tiver vindo de um jornal, da televisão ou do rádio (outra coisa é se você leu um livro, e também depende). Quase tudo o que todos nós dizemos e comunicamos é conversa fiada, é recheio, é supérfluo, é vulgar, chato, intercambiável e surrado, por mais que seja 'nosso' e que as pessoas, como se repete agora com pernosticismo extremo, 'sintam a necessidade de se exprimir'. Nada teria variado se não tivessem sido expressos os milhões de opiniões, sentimentos, ideias, fatos e notícias que no mundo se expressam e se relatam diariamente." (Vale assinalar que Wheeler recorreu à minha língua para expressar a ideia de "pernosticismo", usando a palavra *cursilería*, que não tem equivalente exato em nenhuma outra.) "'Falando a gente se entende', vocês costumam dizer em espanhol. 'Falar é bom', costuma-se afirmar, em diferentes situações e contextos. Só faltava que os psicólogos e similares enfiassem essa noção absurda na cabeça dos falantes para que estes dessem curso mais livre ainda ao que sempre foi sua tendência natural. Falar não é em si nem bom nem ruim e, quanto a se entender fazendo-o, bem, é em igual medida fonte de conflitos e mal-entendidos como de harmonia e entendimento, de injustiças como de reparações, de guerras como de armistícios, de crimes e traições como de lealdades e amores, de condenações como de salvações, de ofensas e fúrias como de consolos e apaziguamentos. Falar é em todo caso o maior esbanjamento da população inteira, sem distinção de idade, sexo, classe, riqueza nem conhecimentos, o desperdício por antonomásia. Quase ninguém tem algo a dizer que seus possíveis ouvintes pudessem considerar na verdade apreciável, digno de atenção, para não dizer de ser comprado, quem paga pelo que é sempre grátis, salvo em contadíssimas exceções, sendo às vezes até obrigado a fazê-lo? E no entanto, estranhamente, contudo, a maioria se empenha em falar sem parar, e diariamente além do mais. É incrível, Jacobo, se você se dá ao trabalho de pensar: os homens e as mulheres se explicam à saciedade a si mesmos, procurando quem os escute ou impondo seus discursos, se puderem, o pai aos filhos, o mestre aos discípulos, o pároco a seus paroquianos, o marido à mulher e a mulher ao marido, o comandante às suas tropas e o chefe aos seus subalternos, o político aos seus partidários e até à nação congregada, as televisões a seus espectadores, os escritores a seus leitores e até os cantores a seus adolescentes, que ainda por cima repetem seus refrões, para maior tributo. Também os pacientes a seus psiquiatras, só que aqui a índole da relação é reveladora, trata-se de uma transação muito clara: cobra quem ouve, paga quem fala. Desembolsa quem tagarela, se espelha quem discorre." (Estes quatro últimos verbos foram novamente em espanhol. Pensei numa amiga minha de Madri, a doutora García Mallo, psicanalista muito sábia: eu lhe recomendaria aumentar os honorários sem um pingo de consciência pesada.) "Essa é uma relação exemplar, seria a apropriada no fundo, para todas as ocasiões. Pois nunca há muitos que escutem de bom grado, não sobram, mais que tudo porque são infinitamente mais os que aspiram à trincheira contrária, isto é, a dizer e ser ouvidos portanto. Na realidade, se você prestar atenção, há uma disputa permanente e universal para tomar a palavra: em qualquer lugar concorrido, privado ou público, há dezenas se não centenas de vozes irrefreáveis brigando para prevalecer ou para abrir passagem, e o desideratum de cada uma delas seria elevar-se acima das demais e calá-las: tentam-no, na medida do tolerável. Dá na mesma que seja numa rua, numa feira ou no Parlamento, a única diferença é que no último se estabelece a vez e se requer de quem aguarda que finja prestar atenção; dá na mesma que seja num pub ou num chá em casa aristocrática, só variam a intensidade e o *tempo*, na segunda se vai pouco a pouco, se dissimula um instante até adquirir confiança para se espraiar como no bar, embora com o diapasão mais baixo. E bastam quatro pessoas em torno de uma mesa para que pelo menos duas rivalizem para elevar a voz cantante. Eu fiz bem em ser professor: por muitos anos, desfrutei sem luta o enorme privilégio de não me ver interrompido por ninguém, ou não sem meu consentimento prévio. E ainda desfruto dele em meus livros e artigos. Outra não é a ilusão dos que escrevemos, crer que abrem nossos volumes e que os percorrem de cabo a rabo, retendo a respiração e com pouca pausa. É e foi a de todos, não duvide, eu sei por experiência alheia e também por experiência própria, a você falta esta última que eu saiba, não imagina o bem que fez ao não se deixar tentar pela escrita. É essa a ideia ilusória desses romancistas que lançam seus vários e imensos tomos cheios de aventuras e reflexões desmedidas, como o Cervantes de vocês, Balzac, Tolstói, Proust ou aquele pesado quádruplo de *Alexandria* que esteve tão na moda ou nosso Tolkien de Oxford (ele sim era sul-africano de nascimento, sabia?), quantas vezes não cruzei com ele no Merton College ou o vi tomando alguma coisa no *The Eagle & Child* com Clive Lewis ao cair da tarde sem que nenhum de nós suspeitasse o que ia acontecer com seus três livros tão excêntricos então, ele menos ainda que nós, seus mui céticos colegas; e a desses poetas torrenciais que tanto põem e concentram em cada um dos seus enganosos versos que parecem tão curtos, como Rilke e Eliot, ou antes, Whitman e Milton, e antes ainda o grande Manrique de vocês; e a desses dramaturgos que pretendem manter os espectadores sentados durante quatro ou mais horas, como o próprio Shakespeare em *Hamlet* e em *Henrique IV*: claro que no tempo dele muitos ficavam de pé e entravam e saíam do teatro sem a menor cerimônia e quantas vezes lhes desse na telha; também a desses cronistas e memorialistas como Saint-Simon, Casanova, o Inca Garcilaso de vocês, o Bernal Díaz de vocês ou nosso ilustre Pepys, que não se fartam nunca de encher folhas como maníacos; e a desses ensaístas como o incomparável Montaigne ou como eu mesmo (guardando as inguardáveis proporções, por favor), que imaginamos ingenuamente, enquanto redigimos, que alguém terá a milagrosa paciência de engolir o que lhe quisermos soltar sobre Henrique, o Navegador, imagine que loucura, meu último livro sobre ele tem cerca de quinhentas páginas, uma descortesia, um absurdo. Você já leu, com certeza."

"Ainda não, Peter, peço que me desculpe, sinto do fundo do coração. Ultimamente tenho tido muita dificuldade para me concentrar na leitura", respondi, e não mentia. "Mas quando pegar, não tenha dúvida, vou ler de fio a pavio, contendo a cada instante a respiração e quase sem pausa, disso estou certo", acrescentei sorrindo para ele e em tom de leve e afetuosa brincadeira, e ele sorriu um pouco também com um olhar rápido, seus olhos eram mais jovens que sua figura em conjunto. E em seguida perguntei: "Qual foi essa tentação? A que a campanha contra a *careless talk* trouxe consigo. Era do que você me falava, não?, ou ia fazê-lo".

"Ah, sim. Assim é que eu gosto, que você siga minhas instruções e me traga à rédea curta." Essa sua resposta também encerrava um pouco de gozação. "Ninguém se deu conta a princípio, mas a tentação era muito simples e, no fundo, nada surpreendente: você vai ver, a essa população que não tem nada de muito imprescindível nem de cobiçável para contar normalmente, comunicou-se de repente que sua língua, suas conversas e sua verborreia natural podiam constituir um perigo, e instou-se que ela tomasse cuidado com o que falasse e atentasse para onde, quando e com quem falava; avisaram-na que quase qualquer um podia ser um espião nazista ou um subornado à espreita das suas palavras, como se ilustra no folheto das duas donas de casa que vão de metrô e na dos dois jogadores de dardos. E isso vinha a ser, imagine só, como se se dissesse aos cidadãos: 'Na maioria dos casos vocês não sabem o que, mas de seus lábios podem sair coisas importantes, cruciais, que por conseguinte seria melhor que não fossem proferidas nunca, em nenhuma circunstância. Vocês ignoram o que, mas entre a muita baboseira que suas bocas soltam diariamente, pode haver algo de valor, e de valor imenso para o inimigo. Ao contrário do habitual, isto é, do desinteresse geral da maioria pelo que vocês insistem em contar e explicar, é provável que agora haja entre nós ouvidos interessadíssimos em lhes prestar toda a atenção do mundo e até em soltar-lhes a língua. Melhor dizendo, há com toda a certeza: são muitos os paraquedistas alemães que foram caindo no solo britânico nestes últimos tempos e estão todos bem preparados, treinados especialmente para nos enganar, sabem nossa língua como se fossem nativos de Manchester, Cardiff ou Edimburgo, e conhecem nossos costumes porque não poucos já viveram aqui no passado ou são meio ingleses, por parte de pai ou mãe, embora hoje tenham optado pelo pior dos sangues. Aterrissam ou desembarcam privados de escrúpulos e providos de armas, e de documentos falsos de imitação perfeita, quando não os arranjam rapidamente seus cúmplices aqui nas Ilhas, muitos deles nossos compatriotas cabais, tão britânicos quanto nossos avós, e esses traidores também estão de ouvido em suas palavras, para ver o que pescam e transmitem a seus chefes de carnificina, para ver se algo nos escapa. De modo que andem todos de olho: do seu bate-papo irresponsável ou do seu leal silêncio podem depender o destino da nossa aviação, nossa frota, nossas tropas terrestres, nossos prisioneiros e nossos espiões. Talvez não na mão de vocês, mas na língua esteja a sorte desta guerra que já nos custou tanto sangue, denodo, lágrimas e suores'." (Wheeler citou na devida ordem, sem se esquecer do "*toil*" que sempre se omite.) "'E seria imperdoável que acabássemos perdendo-a por um deslize de vocês, por uma evitável imprudência, porque qualquer um de nós foi incapaz de morder e conter a língua.' Assim se viam as coisas, o país empesteado de agentes nazistas de ouvido aguçado, dedicados à escuta furtiva" (e aqui Wheeler empregou um verbo inglês dificilmente traduzível, *"to eavesdrop"*), "não só em Londres e nas cidades grandes mas também nas pequenas, nas aldeias e, é claro, no litoral e até nos campos. Os poucos alemães e austríacos antinazistas que tinham se exilado aqui anos antes, após a ascensão de Hitler ao poder, passaram maus bocados, soube de Wittgenstein, por exemplo, que levava em Cambridge meia vida, ou conheci o grande ator Anton Walbrook, o escritor Pressburger e aqueles magníficos eruditos da Arte do Instituto Warburg, Wind, Wittkower, Gombrich, Saxl e também Pevsner, alguns dos vizinhos de sempre começaram de repente a ter receio deles, coitados, eram cidadãos britânicos e os mais interessados de todos, provavelmente, na derrota do nazismo. Foi nessa época que se instaurou aqui pela primeira vez um documento oficial de identidade, contra nossa tradição e nossa preferência, para dificultar um pouco mais as coisas aos alemães que se infiltravam entre nós. Mas as pessoas o perdiam, desacostumadas que estavam de usá-lo, e tamanha aversão se teve por ele que a carteira em questão foi suprimida mais tarde, por volta de 1951 ou 52, para aplacar o descontentamento que sua obrigatoriedade provocava. Tupra me disse que agora se fala, nas altas esferas, em implantar de novo algo parecido, junto com as demais medidas inquisitoriais, esses medíocres que nos governam com espírito tão totalitário a que a matança das Torres Gêmeas está dando pouco menos que carta branca. Espero que não venham com a deles. Por mais que se empenhem, agora tampouco estamos em verdadeira guerra, não numa de incerteza e de dor constantes. E embora já não sejamos muitos os vivos que participaram ativamente da Segunda Mundial, para nós é uma ofensa e uma brincadeira grave o que em nome da segurança, ó pré-histórico pretexto, se propõem fazer e impor esses paspalhões ao mesmo tempo pusilânimes e autoritários. Não lutamos contra os que queriam controlar todos e cada um dos aspectos da vida dos indivíduos para que agora nossos netos venham a dar maroto mas cabal cumprimento às tresloucadas fantasias dos inimigos que já vencemos. Não sei, enfim, seja como for não verei isso por muito tempo, de qualquer modo, por sorte." E Wheeler voltou a olhar para a relva enquanto murmurava essas expressões supérfluas, ou quem sabe não era para as várias guimbas que eu vinha jogando no chão e esmagando com meu sapato. Desta vez recuperou o fio sozinho, logo em seguida: "Qual foi o resultado de dizer aquilo tudo aos cidadãos de então? Eles se viram numa situação estranha, talvez até paradoxal: podiam possuir informação valiosa, mas a maioria ignorava se o era de fato e também qual diabos era ela, em caso afirmativo; ignoravam também para quem do seu entorno podia sê-lo, para que próximos ou conhecidos ou se para algum, o que trazia como consequência que nunca podiam descartar ninguém como potencial perigo; sabiam, por último, que se ocorriam esses dois fatores ou elementos, de resto sempre incomprováveis — isto é, a inconsciente posse de uma informação valiosa e a proximidade de um inimigo encoberto que a arrancasse ou por acaso a ouvisse" (e aqui apareceu outro verbo da mesma gama sem equivalente exato na minha língua, "*to overhear*") "—, essa conjunção podia ter uma importância enorme e ser causa de calamidades. A ideia de que o que alguém diga, fale, comente, mencione ou conte possa ter importância, causar dano e ser cobiçado por outros, nem que pelo Demônio com suas inumeráveis hostes, resulta irresistível para a maioria; e assim se juntaram e conviveram na maioria as duas tendências antagônicas, contraditórias, adversas: uma, a calar tudo sempre, até o mais anódino e inócuo, para afugentar qualquer ameaça e também toda sensação de culpa, ou de ter podido incorrer em alguma falta de arrepiar; a outra, a contar e falar tudo diante de todos e em todas as partes (tudo o que cada um soubesse ou tivesse ouvido, no mais das vezes bagatelas, insignificâncias, nada), para assim saborear a aventura ou seu espectro e experimentar o risco, e também o calafrio desconhecido e novo da importância própria. De que adianta ter algo valioso se não se passeia e se exibe e até se esfrega nos outros, de que adianta algo cobiçável se não se cutuca a cobiça alheia ou pelo menos se sente a sua possibilidade e o perigo de que a tomem, de que adianta um segredo se alguma vez não se conta e não se trai esse segredo. Só assim se pode calibrar a verdadeira medida da sua horribilidade e do seu prestígio. Mais cedo ou mais tarde a gente se cansa de pensar sempre a sós: 'Ai, se eles soubessem, ah, se ele se inteirasse, oh, se ela tivesse conhecimento do que eu guardo comigo'. E mais cedo ou mais tarde chega o momento de botar para fora, de desvencilhar-se, entregar, nem que seja uma só vez e a uma só pessoa, mais cedo ou mais tarde isso acontece com todos nós. Mas como os cidadãos não sabiam diferenciar (com exceções) o que era ouro e o que era bugiganga, muitos punham tudo em cima do balcão ou da mesa com um prazenteiro estremecimento, iludidos, atraídos pela perspectiva de que diante deles houvesse algum espião maligno e, ao mesmo tempo, cruzando os dedos e rogando ao céu para que não houvesse, nem tampouco ninguém que o transmitisse, quero dizer seu tolo ou confuso conto. E nada tão emocionante quanto algum compatriota mais responsável e íntegro lhes calar a boca então e recriminar sua leviandade, porque isso era um sinal quase inequívoco, para o falador, de que tinha entrado no território proibido do grave e com significação e peso, que nunca havia pisado antes. Essa excitação temerosa, a de se aventurar a um prejuízo expondo a ele de passagem a nação inteira, é ilustrada pela propaganda do senhor que telefona de uma cabine assediada por pequeninos

Führers, e também o terceiro quadro, mais que o segundo, da que se inicia com o marinheiro e a namorada, cá estão. Em sua maioria, as pessoas, inteligentes ou burras, respeitosas ou desconsideradas, corrosivas ou bondosas, se parecem muito, bastante ou um pouco com essa moça de cabelos castanhos presos no alto: em geral escutam com espanto e deleite, mesmo que seja terrível o que lhes comunicam, porque sobre isso se impõe (e é por isso que se dignam prestar atenção, breve e ocasionalmente, porque já se imaginam contando) o antecipado prazer de dar por sua vez a notícia, seja ela repugnante, incrível ou suponha um desgosto enorme, e de suscitar em outros a mesma reação que agora provoca nelas. No fundo só nos interessa e importa o que compartilhamos, o que passamos adiante e transmitimos. Queremos sempre nos sentir parte de uma corrente, como dizer, vítimas e agentes de um inesgotável contágio. E é esse o maior contágio e o que está ao alcance de todo mundo, o que as palavras nos trazem, o desta praga do falar que a mim também achaca, está vendo o que acontece comigo, como me embalo quando me soltam a rédea. Por isso tanto mais mérito têm os que alguma vez se negaram a seguir essa predominante inclinação nossa. E também tanto mais mérito aqueles que foram brutalmente interrogados e no entanto nada disseram, não abriram a boca. Nem que arriscassem a vida nisso, e a perdessem."

Ouvi o piano vindo da casa, música de fundo para o rio e as árvores, para o jardim e a voz de Wheeler. Uma sonata de Mozart talvez, ou podia ser um Bach, Johann Christian, mestre daquele e pobre genial filho do gênio, tinha vivido na Inglaterra por muito tempo onde é de fato conhecido como "o Bach de Londres", interpretado com frequência e lembrado, um alemão inglês como os do Instituto Warburg e aquele admirável ator vienense que tinha se chamado primeiro Adolf Wohlbrück e que também se desvencilhou do nome, e como o comodoro Mountbatten, que foi Battenberg em sua origem, todos britânicos postiços, nem Tolkien se livrava disso. (E como meu colega Rendel, também era um inglês austríaco.) A senhora Berry devia ter acabado todos os seus quefazeres e entretinha-se até chegar a hora de nos chamar para o almoço. Tocava ela e tocava Wheeler; ela com energia, ele raras vezes eu tinha visto ou ouvido tocar, me lembrava de uma ocasião em que quis que eu conhecesse um hino intitulado *Lillabullero* ou *Lilliburlero*, ou algo assim espanholizante, o piano não estava no salão mas no andar de cima, num quarto vazio com exceção dele, nada se podia fazer ali salvo sentar-se ao instrumento. Pode ter sido a música alegre, pelo contraste, ou suas próprias frases lamuriosas, mas o caso é que Wheeler pareceu logo muito cansado, levou a mão à testa e deixou-a cair com todo o seu peso, confiando-o ao cotovelo apoiado na mesinha coberta por sua lona de abas sobrantes. "Assim vivemos os séculos", pensei enquanto esperava que ele prosseguisse ou pusesse fim à conversa, temi que pudesse decidir por isto, eu tinha adquirido demasiada consciência das suas conversações e vi-o fechar os olhos como se lhe ardessem, embora seus dedos na testa meio os ocultassem. "Assim vivemos os séculos e assim nada cede nem se acaba nunca, tudo se contagia, nada nos solta. E esse tudo vai escorrendo como neve nos ombros, escorregadia e mansa, só que é neve que viaja no tempo e mais além de nós, e que talvez nunca pare."

"Andreu Nin perdeu-a, por exemplo", disse eu por fim, ainda pairavam na minha cabeça os improvisados estudos da minha noite tão espichada. "Andrés Nin", insisti ao notar o desconcerto de Wheeler, notei-o apesar de não ter mudado ainda de postura, continuava imóvel e como que desfalecido. "Ele não falou, não respondeu, não deu nomes nem disse nada. Nin, enquanto o torturavam. Custou-lhe a vida, seguramente teriam acabado por tirá-la de qualquer forma." Mas Wheeler continuava sem compreender, ou já não queria bifurcações:

"Eh?", conseguiu proferir, e vi que abria os olhos, um brilho de estupefação, como se me julgasse transtornado, que história é essa. Sua mente estava longe demais de Madri e Barcelona na primavera de 1937, era possível que o que havia vivido na Espanha, o que quer que fosse, lhe tenha marcado pouco diante do que veio depois, do verão tardio de 1939 até a primavera de 1945, ou pode ser que até mais tarde no caso dele. De modo que tentei voltar então ao país em que pisávamos, a Oxford, a Londres (às vezes eu me esquecia que ele tinha oitenta e muitos anos; ou melhor, esquecia continuamente, só às vezes é que me lembrava):

"Então foi contraproducente a campanha", falei.

Ele destapou o rosto com gesto lento e vi-o em forma de novo, era admirável como ele se recuperava e se recompunha após seus momentos de abatimento, ou cansaço, ou de obstrução da fala, costumava ser o interesse — sua maquinadora cabeça ou o afã de dizer ou ouvir alguma coisa, mais alguma coisa — o que o reavivava. O humor também, uma ironia, um donaire, uma graça.

"Não exatamente", respondeu-me com os olhos um pouco apertados, como se o ardor perdurasse. "Seria simplificar muito, além de ser injusto, afirmar isso. Porque o que não houve foi malícia nas pessoas, não foi isso, nem mesmo nos mais indiscretos e jactanciosos, nos mais basbaques." Esta última palavra lhe saiu em espanhol, às vezes dava para ver que fazia tempo que não pisava no meu país, esse é um termo que já não se ouve por aqui, como outros do mesmo estilo, por motivos óbvios: quando numa sociedade predominam os mentecaptos, os pacóvios, os basbaques e os capadócios, perde sentido alguém chamar alguém assim. "E também houve os que se transformaram em túmulos. Ambulantes, agora não estou me referindo aos mortos: pessoas escrupulosas, voluntariosas, com um forte sentido do dever, muito tenazes, que selaram os lábios sem vacilar, embora ninguém fosse se inteirar da sua atitude obediente nem felicitá-las por isso.

Foram muitos mas talvez não muitíssimos, era uma diretriz muito difícil de cumprir, quase descabelada, 'Não falem, nem um murmúrio, um sussurro, nada, porque podem ler seus lábios, de modo que esqueçam a língua'." ("Cale-se, e então salve-se", cruzou por meu pensamento, e também, um segundo, se meu tio Alfonso teria falado ou calado, nunca saberíamos.) "Se digo que a campanha fracassou em seu conjunto não é porque as pessoas não estivessem dispostas a segui-la, estiveram em sua maioria; e serviu, serviu para que se adquirisse uma consciência geral de que não estávamos sozinhos mas tão acompanhados quanto os atores no teatro; e de que fora dos focos, na penumbra, sombra ou treva, tínhamos um nutrido, atentíssimo e memorioso público, por invisível ou irreconhecível e disperso que fosse, composto por espiões, escutas furtivos" (aqui o vocábulo foi novamente de má tradução, "*eavesdroppers*"), "quinta-colunistas, confidentes e decifradores profissionais; de que cada palavra nossa que captassem podia ser mortal para nossa causa, assim como eram vitais as que roubássemos do inimigo. Mas ao mesmo tempo essa campanha — daí seu forçoso fracasso apesar de seus indiscutíveis benefícios e êxitos — aumentou, inevitável e incrivelmente, o número de incontinentes verbais, de grandíssimos linguarudos. E assim como muitos que até então tinham falado com naturalidade e despreocupação aprenderam a pensar duas vezes como recomendava uma das peças publicitárias, também muitos que até então haviam permanecido calados ou pelo menos lacônicos, inibidos ou taciturnos, não por gosto nem por prudência mas na ideia de que o que pudessem contar e dizer seria indiferente, indigno de interessar a quem quer que seja e de consequência nula, agora não se viram capazes de resistir à tentação de sentir-se perigosos e censuráveis, uma ameaça, merecedores de atenção por isso e de certo modo protagonistas, cada um em seu âmbito, se bem que no mais das vezes esse protagonismo tenha sido apenas um tanto louco, irreal, ilusório, fictício, desiderativo. Mas puseram-se a falar como papagaios, isso em todo caso é verdade; a dar-se importância e a bancar os bem-informados, e o que finge ser isto também acaba procurando sê-lo, na medida das suas possibilidades, mais um espião, gratuito e agregado. E tanto se consegue como não, o que também é certo é que todo o mundo sempre sabe alguma coisa, inclusive quando não sabe que sabe nem na verdade imagina que de fato saiba algo. Mas até o homem mais fugidio e solitário que em todo o seu dia só grunhe para sua senhoria, se é que cruza com ela, e até a mulher mais tonta ou obtusa e com menos capacidade intelectiva, até a criança menos curiosa ou sociável e mais ensimesmada do reino, todos sempre sabem alguma coisa, porque as palavras, o voraz contágio, se espalham sem necessidade de ajuda e vencendo qualquer obstáculo, e se estendem e penetram mais, muito mais, indizivelmente mais do que qualquer pessoa é capaz de imaginar, isto é, ninguém. E bastam um ouvido detetivesco e sagaz e uma mente associativa e daninha para distinguir e aproveitar essa alguma coisa, e para exprimi-la. Disso sim estavam a par os responsáveis pela campanha, da qual todos sabemos de alguns efeitos e de algumas causas, desconexos embora. Que informação valiosa, insisto, podiam ter em princípio as duas senhoras do metrô ou aquele homem tão irrelevante e comum, de boné, que diz 'O que eu sei... guardo para *mim*'? E no entanto também se dirigiram a eles, a seus iguais, também trataram de convencê-los de que esquecessem a língua. Tarefa vã a de abarcar todos, não acha? E sempre um esforço algo inútil, porque nenhum resultado parcial vai compensá-lo."

  Wheeler deteve-se e apontou para o meu maço de cigarros, pedindo-me um. Estendi-lhe, ofereci-lhe, acendi-o logo. Deu umas tragadas e olhou com estranheza para a brasa temendo que não houvesse pegado, desacostumado sem dúvida com o fumo tão fraco e insípido como os que costumo ter comigo.

"O que o senhor teve a ver com isso tudo?", atrevi-me a perguntar.

"Nada. Nisso nada, ou fui mais um, privilegiado. Já disse que andei por lugares menos castigados que Londres, para minha consciência pesada, durante boa parte daqueles anos. Mas sim no que isso logo trouxe, indiretamente: a formação daquele grupo. Quando a gente do MI6 ou do MI5 percebeu o que acontecia com demasiada frequência, o que hoje chamaríamos aquele efeito colateral da iniciativa, e contrário a ela, alguém teve a ideia de pelo menos tirar partido dele, ou virá-lo um pouco a nosso favor, pô-lo um pouco a nosso serviço. Quem quer que fosse — Menzies, Vivian, Hollis, o próprio Churchill, pouco importa — viu que só com ouvir devidamente e deixar falar as pessoas desejosas de falar e de serem ouvidas (e nem isso mesmo era necessário às vezes), e observá-las com sagacidade, capacidade dedutiva, atrevimento interpretativo e talento associativo, isto é, com o que se supunha e se concedia aos especialistas alemães que se infiltravam entre nós e aos ocultos pró-nazistas que já estavam em nosso solo desde o princípio, podia se conhecer o fundo ou a base das pessoas, quase o essencial delas; saber-se para que valiam e para que não, e até onde era possível confiar nelas, quais eram suas características e qualidades, seus defeitos e limitações, se seu espírito era resistente ou frágil, corruptível ou insubornável, acovardado ou intrépido, traiçoeiro ou leal, impermeável ou sensível à adulação, egoísta ou desprendido, arrogante ou servil, hipócrita ou franco, decidido ou dubitativo, brigão ou manso, cruel ou piedoso, tudo, qualquer coisa, tudo. Também podia-se saber de antemão quem seria capaz de matar a sangue-frio e quem de deixar-se matar se fosse preciso ou se lhe ordenavam, embora este último fato seja sempre o mais difícil de assegurar em todos; quem recuaria e quem daria um passo qualquer adiante, até o mais demente; quem delataria, quem respaldaria, quem emudeceria, quem se apaixonaria, quem invejaria ou sentiria ciúme, quem nos abandonaria à intempérie ou nos cobriria sempre. Quem poderia nos vender; e quem caro e quem barato. Pode ser que as pessoas que falavam raramente contassem nada de muito grave nem de interessante, mas acabavam por dizer quase tudo sobre si mesmas, até quando fingiam. Foi isso o que constataram. É isso o que continua ocorrendo hoje em dia, e é isso o que sabemos."

"Mas as pessoas não são monolíticas", disse eu. "Dependem das circunstâncias, do que lhes toca, além do mais vão mudando, pioram ou melhoram ou se confirmam. Meu pai costumava dizer que, por não ter havido uma guerra como a que tivemos, a maioria dos indivíduos que cometeram vilezas durante seu transcurso, ou na conclusão deste e depois, deve seguramente ter tido uma vida decorosa, ou pelo menos sem grandes manchas; e nunca teriam averiguado do que eram capazes, para sua sorte e a das suas vítimas. Meu pai foi uma destas, o senhor sabe."

"Sim, as pessoas não são monolíticas, Jacobo, seu pai está certo. E ninguém é para sempre assim ou desta maneira, quem não viu aparecer de repente em alguém querido um alarmante e inesperado traço (e sente então o mundo vir abaixo); há sempre que estar atento e nunca dar nada por definitivo; ou nem tudo, melhor dizendo, porque algumas coisas são sem retorno. E no entanto, no entanto: também é verdade que desde o início vemos, em outros e em nós mesmos, muito mais do que reconhecemos. Já te disse que o maior problema é que não costumamos querer ver, não nos atrevemos. Quase ninguém se atreve a olhar de verdade, porque muitas vezes não é agradável o que se contempla ou se vislumbra com esse olhar que não se engana, com o mais profundo que não se conforma nunca em atravessar todas as camadas, mas que depois da última ainda insiste. Assim é geralmente, tanto no que se refere aos outros como a si mesmo, e a maioria necessita se enganar e ser um pouco otimista para continuar vivendo com um pouco de confiança e calma, eu não só compreendo isso como ao longo dos meus numerosos dias senti disso muitíssima falta, do sossego e da confiança: é desagradável e áspero viver sabendo e não esperando. Mas olhe: o que esse grupo se colocou ou se propôs foi justamente averiguar de que seriam capazes os indivíduos com independência das suas circunstâncias e conhecer hoje seus rostos amanhã, por assim dizer: saber desde já como seriam no amanhã esses rostos; e averiguar, para citar suas palavras ou as do seu pai, se uma vida decorosa teria sido decorosa de qualquer modo ou só o era de empréstimo, quer dizer, porque não se havia apresentado nenhuma oportunidade de sujá-la, nenhuma ameaça séria de irremovível mancha." ("Ainda não lhe perguntei sobre a mancha", lembrei-me de repente, "a de ontem à noite que limpei na escada, no alto"; mas logo pensei que também não era aquele o momento adequado, nem já a via tão clara na minha mente.) "Isso se pode saber, porque os homens levam suas probabilidades no interior das suas veias, e só é uma questão de tempo, de tentações e de circunstâncias que por fim as conduzam à sua consecução. Pode-se saber. Com equívocos, claro, mas com muitos acertos. Em todo caso, trabalha-se sobre uma base, embora o principal ponto de apoio consista sempre numa aposta." ("Tem razão nisso", pensei: "eu creio saber quem viria me fuzilar se um dia estourasse outra Guerra Civil na Espanha, cruzo os dedos e bato na madeira e bato no ferro; ou a me dar um tiro sem preâmbulos, como no meu tio Alfonso. Muitos amigos arruinaram a confiança que depositei neles, e o que é desleal com você, nunca te perdoa por ter falhado com você; quanto maior a traição, maior é no meu país a ofensa do traído e maior agravo sente o traidor. Quanto aos inimigos, talvez seja a única coisa em que a Espanha nunca foi pobre, não faltam a quase nenhum de nós.") "O que se revelou inesperadamente difícil foi encontrar quem soubesse ver, interpretar, aplicar esse olhar com desapaixonamento e serenidade suficientes, sem dar chute a torto e a direito." (Wheeler ia recorrendo a expressões e palavras castelhanas cada vez com maior frequência, sem dúvida gostava de fazer visitas-relâmpago a essa língua, já não tinha tantas oportunidades de falá-la.) "Já então era um dom raro, e logo se viu que as pessoas assim rareavam muito mais do que se previu no primeiro instante, quando se improvisou o grupo ou se criou com pressa e aos atropelos, sua missão inicial e urgente (derivou-se ou ampliou-se mais tarde) era descobrir em plena guerra não mais espiões e confidentes deles e também os possíveis nossos (quero dizer, mulheres e homens que nos pudessem servir para isso), mas além disso as presas fáceis ou propiciatórias daqueles, os tagarelas que não resistiam às tentações e cuja predisposição ao diálogo era sempre imprudente; e isso tanto em nosso território como em qualquer outra retaguarda e nos lugares neutros, em todas as partes havia espiões, confidentes, grallas e linguarudos, até em Kingston, garanto, refiro-me a Kingston, Jamaica, não à daqui de perto, à beira do Hull e do Tâmisa. E em Havana também, claro." ("Quer dizer que no Caribe foram Cuba e Jamaica", parei para pensar um instante sem poder deixar de registrar o dado com plena consciência. "Que teriam mandado Peter fazer naquelas bandas?") "Naquele tempo muitos britânicos tinham desenvolvido um espírito inquisitorial ou uma mentalidade paranoide ou ambas as coisas, e em sua suspicácia estavam dispostos a denunciar todo bicho vivo e a enxergar nazistas até no espelho, justo antes de reconhecer a si mesmos, de modo que não prestavam. Depois vinha a grande e distraída massa, a que costuma ver pouco e não observa nada e distingue ainda menos, a que parece usar permanentemente tampões nos ouvidos e venda nos olhos, ou máscara de fendas mal descosidas e estreitas, no melhor dos casos. Depois vinham os aloprados, frívolos e entusiastas, que contanto que se sentissem participantes de algo útil e importante (não com má vontade alguns, coitados), não tinham o menor constrangimento para soltar o primeiro disparate que lhes passasse pela cabeça, para eles palpitar era como jogar dados, todas as suas considerações sem validade e sem fundamento. Por último vinham os muitos que, igual ao que acontece hoje, tinham verdadeira aversão, mais ainda, pânico à arbitrariedade e à possível injustiça dos seus pareceres: os que preferiam não se pronunciar nunca, paralisados pela responsabilidade e por seu invencível medo de errar, esses que se perguntavam angustiados diante de cada rosto: 'E se este homem que acho digno de confiança e honrado for um agente inimigo e por minha burrice morrerem compatriotas meus, morrer eu mesmo?' 'E se esta mulher que acho tão suspeita e turva for totalmente inofensiva e eu a levar à perdição com meu juízo precipitado?'. Não eram capazes de nos orientar. De modo que parece bobagem, mas logo se comprovou que não havia muito onde escolher, com um mínimo de confiança. Foi preciso garimpar o reino a toda pressa para recrutar uns tantos, não mais de vinte ou 25 aqui, na Inglaterra, mais uns poucos dispersos onde nos encontrássemos, e quando vínhamos nos incorporávamos. A maioria proveio dos próprios Serviços Secretos, do Exército, alguns do antigo OIC, você nunca ouviu falar", Wheeler captou no ato minha expressão de ignorância, "o Operational Intelligence Centre da Marinha, eram poucos mas ótimos, os melhores talvez; e, nem é preciso dizer, das nossas universidades: sempre lançando mão dos estudiosos, dos abancados, para os desempenhos difíceis e delicados. É inimaginável o que nos devem desde a Guerra, quando começaram a nos utilizar seriamente, e deveriam ter respeitado a imunidade e o pacto de Blunt até o dia da sua morte e até o do Juízo" ("Morremos em tal lugar", pensei; ou citei para mim mesmo), "nem que só fosse em agradecimento e como deferência à corporação. Claro que todos tivemos de nos acostumar, e melhorar, burilar-nos, adequar nosso olhar e afinar nossa escuta, só o treino aguça qualquer sentido e também qualquer dom, é a mesma coisa. Nunca tivemos nome, nunca nos chamamos coisa alguma, nem durante a Guerra nem depois. Só do que não tem nome se pode negar com verossimilhança a existência, ou ocultá-la; por isso você não encontrará nada nos livros, nem nos mais documentados, no máximo indícios, conjeturas, intuições, algum caso isolado, fios soltos. Melhor assim: acabamos por fazer relatórios até sobre a confiabilidade dos chefes, de Guy Liddell, de sir David Petrie, até do próprio sir Stewart Menzies e creio que alguém fez um de Churchill, não totalmente limpo, a partir dos noticiários. Em certo sentido, nos colocamos acima deles, foi um grande processo de atrevimento. Claro está que não ficaram sabendo do nosso excesso, foi semiclandestino. Por isso parece-me um erro grave de Tupra essa sua tendência de falar em particular (espero que seja só entre nós, mas isso já é um risco) de 'intérpretes de pessoas', de 'tradutores de vidas' ou de 'antecipadores de histórias', e coisas do gênero; com certa petulância além do mais, dado que ele está na frente e é incluído. Os apelativos, os motes, os apodos, os apelidos, os eufemismos fazem fortuna e permanecem sem que a gente se dê conta, a gente acaba se referindo às coisas ou às pessoas sempre da mesma forma, e isso se transforma com facilidade num nome. E depois não há quem o tire, nem quem o esqueça." ("E no entanto tantos se desvencilham até do próprio nome.")

Wheeler calou-se então e olhou para o relógio, agora prestou atenção nos ponteiros; depois voltou a vista para a casa, o piano da senhora Berry ainda nos acompanhava.

"Quer que vá ver a quantas anda o almoço, Peter?", ofereci-me. "Será que estamos atrasados? A culpa é minha."

"Não, a música está terminando, só falta um minueto curtinho. Ela nos chamará faltando cinco para a uma, agora são doze. Eu já conheço essa peça."

Estive tentado a lhe perguntar qual era, mas preferia que me respondesse sobre outra coisa, as oportunidades logo se dissolvem: "Devo entender, então, que o que o senhor chama de grupo continua ativo e que é mr. Tupra que o dirige agora?"

"Falaremos mais sobre esse assunto depois, quero que me faça um favor a esse respeito. Para você também será uma boa coisa, creio, e já me permiti ligar para ele, Tupra, esta manhã enquanto você ainda dormia, para lhe confirmar a sua já esperada sagacidade no teste, refiro-me ao caso dele e Beryl. Sim, suponho que assim se possa dizer, embora tudo esteja tão mudado que não reconheço quase mais nada. Hoje é difícil garantir que qualquer coisa é igual ao que era naquele tempo, ou que ninguém o é, no caso. Essas funções ou atividades sem nome evoluíram muito, na medida do meu conhecimento, foram aparecendo outras necessidades. Imagino que terão degradado, tal como tudo: é só uma suposição realista, não o digo no espírito de criticar nem culpar ninguém. Mas o fato é que não sei. Olhe só para mim: sou o mesmo de então? Posso ser, por exemplo, aquele que esteve casado com uma mulher muito moça que ficou para sempre nisso e que não me acompanhou um só dia em meu longo envelhecimento? Não é essa possibilidade, essa ideia, essa verdade assumida, não é incongruente em excesso, por exemplo, com o que foi depois? Ou com os atos que cometi mais tarde, quando ela já não era testemunha? Por exemplo, com meu atual aspecto? Uma mulher muito moça, entenda, como posso eu ser o mesmo?"

Wheeler voltou a levar a mão à testa, mas desta vez não foi por súbito esgotamento nem por susto, seu gesto foi reflexivo, como se suas próprias interrogações o houvessem deixado intrigado. Tentei então que me respondesse a outra pergunta, apesar de ser talvez absurdo fazê-la naquele instante, faltando poucos minutos para o almoço com a senhora Berry. Embora provavelmente não lhe teria incomodado nem um pouco me responder em presença dela, que já devia conhecer a história, se optasse por me responder.

"Como sua mulher morreu, Peter? Nunca soube. Nunca perguntei. Nunca me contou."

Wheeler tirou a mão da testa e olhou vivamente para mim, não com surpresa nem aborrecimento, mas com olho alerta.

"Por que me pergunta isso agora", tornou.

"Bem", respondi sorrindo, "talvez para que um dia você não me repreenda, como fez ontem à noite quando, ao fim dos séculos, fiquei sabendo da sua passagem por nossa Guerra, por não ter mostrado curiosidade por isso nem tê-lo perguntado nunca. De modo que pergunto agora."

Wheeler reprimiu um sorriso, apagou essa tentação no ato. Levou a mão ao queixo e resmungou como Toby Rylands costumava fazer:

"Huumm", era esse o som. "Huumm", era esse o som de Oxford. Depois falou: "Não será por que você anda preocupado com Luisa, se afligiu de repente e se viu refletido em mim? É isso? Não está com medo de ficar viúvo, antes de divorciado? Tome cuidado com as apreensões. A distância convoca muitos fantasmas. A solidão também. E a ignorância mais ainda".

Aquilo me desconcertou um pouco, podia ser uma argúcia de Wheeler para evitar a questão, uma esquiva veloz. Mas eu não ia largá-lo. Contudo, fiquei pensando um momento. Ele tinha acertado em parte, sem querer, e não vi inconveniente em que soubesse, suas perspicácias o alegravam:

"Sim, estou um pouco preocupado. E com as crianças também, consequentemente. Desde que estou aqui não tenho muitas notícias delas, e de Luisa menos ainda. Há uma espécie de opacidade, embora nos falemos com relativa frequência. Não sei quem ela vê, quem não vê, quem entra, quem sai, é um processo de desconhecimento, dela e do seu mundo substituído, ou talvez ainda esteja em mutação. A verdade é que já não sei direito o que acontece na minha casa, já não tenho imagens. É como se as antigas de sempre houvessem perdido a luz, e cada dia ficassem mais escuras. Mas não perguntei por isso, Peter, e sim porque o senhor a mencionou. Valerie." E me atrevi a pronunciar aquele nome, tão privado que nunca o tinha ouvido até aquela manhã. Tive uma sensação de abuso nos lábios. "De que ela morreu, diga-me."

Então Wheeler não jogou mais. Vi-o tensionar as mandíbulas, notei como apertava os molares, encaixava uns nos outros, como quem acumula forças para que a voz não se quebre quando voltar a falar alguma coisa.

"Isso...", disse. "Deixe-me lhe contar outro dia, está bem? Se não vir inconveniente." Parecia estar pedindo um favor, cada palavra lhe custou.

Eu não ia insistir. Pensei em assobiar o que acabava de ouvir ao piano, uma passagem marcante, para ver se dissipava a névoa em que o golpe o havia envolvido. Mas eu ainda tinha de lhe responder, calar aqui não era resposta.

"Como quiser", disse. "Conte quando o senhor quiser, ou se não quiser não conte."

E logo em seguida comecei a assobiar. Sei que assobiar é contagioso, e também mostrou ser então: Wheeler logo uniu o seu ao meu, certamente sem querer; mas não à toa se conhecia de cor a peça, o mais provável era que também a tocasse. Interrompeu-se entretanto um segundo, bruscamente, para acrescentar algo:

"Na realidade, ninguém nunca deveria contar nada".

Foi o que Wheeler disse já de pé, assim que se levantou, e eu o imitei no ato. Pegou-me pelo cotovelo, agarrou-se a mim para recuperar a firmeza. A senhora Berry nos fazia sinais da janela. A música havia parado, e agora só se ouviam nossos assobios, frouxos e descompassados, enquanto dávamos as costas ao rio e andávamos em direção à casa.

Continuava chovendo e eu ainda não me cansava de ver da minha janela a Square ou praça, era uma chuva alojada, cômoda, tão sustentada e forte que parecia iluminar sozinha a noite com suas fileiras contínuas como varas metálicas flexíveis ou como lanças intermináveis, era como se excluísse para sempre o raso e descartasse todo outro tempo futuro no céu e não permitisse nem conceber sua ausência, tal como a paz quando havia paz e a guerra quando era guerra a única coisa que existia. Meu dançarino de em frente ainda havia executado com seu par umas bobas *country square dances* de figuras banais e passos medidos após seu metralhar de passos gaélicos, e os dois tinham enfiado chapéus de caubói para aquele fim de festa decepcionante, muito loucos ou muito contentes. Agora acabavam de apagar as luzes, a mulata ficaria para dormir, com aquela chuva, mas antes de poder pensar um instante nela com simpatia eu tinha de confirmar, de modo que durante alguns minutos olhei para baixo e além das árvores e da estátua, vigiei a praça para ver se ela saía e ia embora, ao contrário do provável. E foi então que vi rumar para a minha porta as duas figuras, a mulher e o cachorro, ela com seu guarda-chuva cobrindo-a e o animal bamboleando — tis tis tis — desprotegido. Ao se aproximarem da fachada saíram quase totalmente do meu campo visual, minha perspectiva era por demais a prumo quando pararam diante da porta, só aparecia um fragmento da cúpula do guarda-chuva aberto. Soou a campainha, era a de baixo. Ainda olhei inutilmente para fora um segundo com a janela levantada, debruçando-me, inclinando-me (molhei a nuca e as costas), antes de ir atender a porta: tudo salvo o pedaço de pano curvo continuava fora da minha visão a pique. Peguei o interfone. "Sim?", disse em inglês, foi uma tradução literal da minha língua em que eu estava pensando, e foi nela que me falaram: "Jaime, sou eu", disse a voz feminina. "Por favor, pode abrir? Sei que é um pouco tarde, mas precisava falar com você. Não vai demorar, só um minutinho".

Só fazem isso ao chamar, por telefone ou interfone, só dizem "Sou eu" e omitem dizer o nome quem nunca se lembra que "eu" não é nunca ninguém, e também quem está seguro de ocupar muito ou bastante os pensamentos da pessoa que procura. Ou então quem não tem dúvida de que vai ser reconhecido sem necessidade de mais — quem, se não —, desde a primeira palavra e o primeiro instante. E tinha razão a mulher do cachorro, se acreditava nesta última hipótese, embora inconscientemente e sem ter parado para pensar. Porque de fato reconheci sua voz, e de cima abri a porta sem me questionar, para que entrasse à noite na minha casa e subisse para falar comigo.

Julho de 2002
(Fim do primeiro volume de *Seu rosto amanhã*)

1ª EDIÇÃO [2003] 1 reimpressão

ESTA OBRA FOI COMPOSTA PELA PÁGINA VIVA
EM ELECTRA E IMPRESSA PELA GEOGRÁFICA EM OFSETE
SOBRE PAPEL PÓLEN NATURAL DA SUZANO S.A.
PARA A EDITORA SCHWARCZ EM ABRIL DE 2023

A marca FSC® é a garantia de que a madeira utilizada na fabricação do papel deste livro provém de florestas que foram gerenciadas de maneira ambientalmente correta, socialmente justa e economicamente viável, além de outras fontes de origem controlada.